国家社科基金项目成果
兰州大学985工程建设项目成果

中国悲剧观念的现代转型

田广 ◎ 著

中国社会科学出版社

图书在版编目（CIP）数据

中国悲剧观念的现代转型 / 田广著 . —北京：中国社会科学出版社，2014.12
ISBN 978 – 7 – 5161 – 5318 – 5

Ⅰ.①中⋯　Ⅱ.①田⋯　Ⅲ.①悲剧—古代戏曲—文学研究—中国　Ⅳ.①I207.37

中国版本图书馆 CIP 数据核字（2014）第 308891 号

出 版 人	赵剑英
责任编辑	刘志兵
责任校对	芦　苇
责任印制	李寡寡

出　　版	中国社会科学出版社
社　　址	北京鼓楼西大街甲 158 号
邮　　编	100720
网　　址	http://www.csspw.cn
发 行 部	010 – 84083685
门 市 部	010 – 84029450
经　　销	新华书店及其他书店
印　　刷	北京市大兴区新魏印刷厂
装　　订	廊坊市广阳区广增装订厂
版　　次	2014 年 12 月第 1 版
印　　次	2014 年 12 月第 1 次印刷
开　　本	880×1230　1/32
印　　张	11.375
插　　页	2
字　　数	288 千字
定　　价	39.00 元

凡购买中国社会科学出版社图书,如有质量问题请与本社联系调换
电话:010 – 84083683
版权所有　侵权必究

目　录

引论　中国悲剧与中国悲剧观念 …………………………（1）

第一章　中国古代悲剧观念的孕育与生成 ………………（7）
　第一节　悲剧意识的萌生 …………………………………（7）
　　一　悲苦的先民处境 ……………………………………（9）
　　二　悲壮的远古神话 ……………………………………（14）
　　三　悲剧意识的内涵 ……………………………………（24）
　第二节　悲剧意识的扩展 …………………………………（31）
　　一　中国古代哲学中的悲剧意识 ………………………（32）
　　二　中国古典文学中的悲剧意识 ………………………（39）
　第三节　悲剧观念的孕育 …………………………………（72）
　　一　宋代之前悲剧观念的萌芽 …………………………（73）
　　二　宋金杂剧与悲剧观念的孕育 ………………………（81）
　第四节　悲剧观念的生成 …………………………………（86）
　　一　宋代南戏——中国戏曲的诞生 ……………………（86）
　　二　宋代南戏与悲剧观念的生成 ………………………（87）

第二章　中国古代悲剧观念的成熟与演变 ………………（92）
　第一节　元杂剧与悲剧观念的成熟 ………………………（92）

一　元杂剧：悲剧的世界 …………………………… (93)
　　二　《窦娥冤》：悲剧典范及其观念影响 ………… (98)
第二节　明清传奇与悲剧观念的演变 ………………… (104)
　　一　明清传奇悲剧要览 …………………………… (104)
　　二　《牡丹亭》的悲剧性 …………………………… (112)
　　三　《娇红记》：一部纯粹的悲剧 ………………… (116)
　　四　《长生殿》：古典悲剧艺术的集大成者 ……… (118)
　　五　《桃花扇》：终结历史，预示未来 …………… (124)
第三节　中国古代悲剧观念的形态与内涵 …………… (130)
　　一　主题的伦理化 ………………………………… (130)
　　二　人物的符号化 ………………………………… (134)
　　三　结局的团圆化 ………………………………… (137)
　　四　类型的混合化 ………………………………… (141)
　　五　审美的中和化 ………………………………… (144)

第三章　中国悲剧观念现代转型的发生 ……………… (148)
第一节　西方悲剧概念的引进 ………………………… (148)
　　一　内因与外因的合力 …………………………… (148)
　　二　王国维的历史功绩 …………………………… (156)
第二节　早期话剧的悲剧探索 ………………………… (175)
　　一　春柳派的贡献 ………………………………… (176)
　　二　名曰悲剧实为惨剧 …………………………… (182)
第三节　悲剧观念的现代转型 ………………………… (192)
　　一　关于传统戏曲存废的论争 …………………… (193)
　　二　关于现代话剧的理论探讨 …………………… (208)
　　三　认识的深入与观念的转变 …………………… (217)

第四章　中国现代悲剧观念的形成与发展 （226）
第一节　悲剧创作的繁荣 （226）
　　一　欧阳予倩的悲剧创作 （227）
　　二　夏衍的悲剧创作 （231）
　　三　吴祖光的悲剧创作 （235）
第二节　田汉的悲剧创作与观念 （241）
　　一　初期悲剧创作 （243）
　　二　《获虎之夜》 （248）
　　三　《名优之死》 （251）
第三节　曹禺的悲剧创作与观念 （255）
　　一　《雷雨》 （257）
　　二　《日出》 （261）
　　三　《原野》 （265）
　　四　《北京人》 （268）
　　五　《家》 （272）
第四节　郭沫若的悲剧创作与观念 （276）
　　一　早期悲剧创作 （277）
　　二　抗战时期的悲剧创作 （282）
　　三　《屈原》的思想艺术成就 （290）
第五节　悲剧理论研究的深化 （295）
　　一　朱光潜的《悲剧心理学》 （295）
　　二　其他学者的悲剧理论探讨 （308）

结语　中国悲剧观念现代转型总论 （326）
　　一　中国悲剧观念现代转型发生的历史环境 （326）
　　二　中国现代悲剧观念的主要特征 （330）
　　三　中国悲剧观念现代转型的重要意义 （334）

参考文献 （338）

引 论

中国悲剧与中国悲剧观念

我们如果稍微留意一下就会发现，在当今这个时代，"悲剧"一词的使用频率是颇高的，甚至有些泛滥了。无论是在文学艺术领域，还是在我们的日常生活中，乃至政治、经济、军事、文化……几乎在人类生活的任何方面，每天都可能有"悲剧"上演。在百度搜索中输入"悲剧"一词，你会得到一亿多条检索结果！在人们普遍认为悲剧艺术和悲剧精神已日渐衰微的今天，"悲剧"一词却是如此的流行，"悲剧"是如此的无孔不入，这不能不引起我们的深思。在笔者看来，如今的"悲剧"似乎变得越来越生活化和日常化，其概念也越来越宽泛化和世俗化，而距离它本来的含义则越来越远了。

严格说来，"悲剧"是古希腊的一种戏剧形态或者说戏剧类型，它是"对于一个严肃、完整、有一定长度的行动的摹仿"，"借引起怜悯与恐惧来使这种情感得到陶冶（净化）"[①]。亚里士多德对悲剧的定义，是以古希腊经典悲剧尤其是以索福克勒斯的《俄狄浦斯王》为范本的，他的这一定义也成为两千多年来西方乃至全世界的剧作家和戏剧理论家认识悲剧的最经典的依据。按

---

① ［古希腊］亚里士多德：《诗学》，人民文学出版社1982年版，第19页。

照亚里士多德对于悲剧的定义,悲剧的题材必须是严肃而完整的,悲剧主人公应为身份高贵的犯了错的好人,悲剧须具备情节、性格、思想、言辞、形象、歌曲六要素,悲剧应当表现苦难、抗争和毁灭,悲剧须具有英雄的气概和崇高的境界,等等。任何事物都不可能是一成不变的,悲剧在其长期的发展过程中也在逐渐发生演变,同时人们对于悲剧艺术和悲剧精神的理解也在不断产生变化。文艺复兴以来尤其是20世纪兴起的现代派戏剧已经在很多方面颠覆了亚里士多德对悲剧的经典定义,虽然如此,但不可否认的是,亚里士多德关于悲剧的许多论断至今仍在深深地影响着全世界的人。西方的文艺理论体系,是在《诗学》的基础上发展起来的,并且始终没有摆脱《诗学》的影子。而《诗学》,正是亚里士多德的悲剧理论著作。从某种意义上可以说,悲剧是西方文学艺术的"原型"。

悲剧在西方文学艺术中享有至高无上的地位,被誉为"文艺的最高峰"[①]或"艺术的冠冕"[②]。从公元前5世纪古希腊悲剧走向成熟,至今两千多年的西方文学艺术史中,无论是悲剧创作还是悲剧理论抑或是在此基础上形成的悲剧精神,都构成了绵延不绝的传统,成为支撑西方文艺乃至文化大厦最重要的柱石。埃斯库罗斯、索福克勒斯、欧里庇得斯、莎士比亚、维加、高乃依、拉辛、歌德、席勒、雨果、易卜生、契诃夫、萧伯纳、斯特林堡、梅特林克、奥尼尔、萨特、加缪、尤内斯库、贝克特……每一个时代都拥有伟大的悲剧作家,他们不但是闪耀在戏剧天空中的璀璨明星,有的甚至成了世界文化巨人,代表了人类文明所

[①] [德]叔本华:《作为意志和表象的世界》,商务印书馆1997年版,第350页。

[②] [俄]别林斯基:《别林斯基选集》第3卷,上海译文出版社1980年版,第76页。

达到的高度。《普罗米修斯》《俄狄浦斯王》《美狄亚》《哈姆雷特》《熙德》《浮士德》《阴谋与爱情》《欧那尼》《茶花女》《大雷雨》《玩偶之家》《樱桃园》《莎乐美》《毛猿》《秃头歌女》《等待戈多》……层出不穷的悲剧杰作,如无数颗精美绝伦的珍珠,在人类文化的长河中熠熠生辉。柏拉图、亚里士多德、贺拉斯、伏尔泰、莱辛、黑格尔、叔本华、尼采、别林斯基、恩格斯、立普斯、弗洛伊德、布拉德雷、雅斯贝尔斯……这些伟大的哲学家、思想家和文艺理论家,他们把悲剧理论和悲剧精神一次次向前推进,一步步发扬光大。在两千多年的西方文艺史上,悲剧在大多数时候都居于中心的位置,悲剧创作的成就不但代表了一个时代文学艺术的最高水平,同时也深刻地影响着其他文学艺术样式。从某种程度上可以说,"悲剧"是一把标尺,不但用来衡量戏剧艺术,而且还用来衡量一切文艺作品。正如一位西方学者所说:"'悲剧'与其说是对某一种文学种类的描述,不如说是一种尊称。在列这样一个名单时,我们只是在列举艺术杰作。"① 面对如此源远流长、广博深厚而又辉煌灿烂的西方悲剧传统,我们不能不向它脱帽致敬,也不由得心生羡慕和嫉妒之情。很自然地,我们会想到中国,想到中国的戏剧,想到中国的悲剧。我们有像西方这样的悲剧传统吗?

提到"中国悲剧",首先有一个正名的问题。事实上,关于中国有没有悲剧,确切地说是中国古典戏曲中有没有悲剧,这是一个争论了很长时间的问题,从20世纪初王国维第一次提出,到20世纪八九十年代才初步达成肯定的共识,几乎贯穿了一个世纪。胡适、鲁迅、冰心、徐志摩、朱光潜、钱钟书……20世纪上半叶的中国学者几乎异口同声地说,中国古典戏曲中没有悲

---

① [英]海伦·加德纳:《宗教与文学》,四川人民出版社1989年版,第7页。

剧。王国维第一次将西方的"悲剧"概念引入中国，并开创了运用西方哲学和悲剧理论研究中国文学的先河。王国维对中国古典悲剧的认识经历了一个由否定到肯定的过程，他在《红楼梦评论》中认为中国古典戏曲中没有悲剧，但在后来的《宋元戏曲考》中又提出元杂剧中有悲剧，并且称《窦娥冤》和《赵氏孤儿》"即列于世界大悲剧中，亦无愧色也"[①]。然而，王国维否定自己所得出的肯定结论却在此后的近70年间没有得到任何响应，"中国悲剧"的论题也就无从谈起。新中国成立之后的前30年，虽然有过几次关于悲剧问题的论争，但着重讨论的却是"社会主义社会有无悲剧"的问题。对悲剧和悲剧观念（理论）展开真正意义上的研究，则是20世纪80年代以后的事。首先是苏国荣、乔德文、宋常立、邵曾祺、吴国钦等人发表文章，为中国古典戏曲中的悲剧"正名"。20世纪90年代以来，对于中国古典悲剧的研究更是取得了重大进展，主要标志是一批研究专著的问世，如张法的《中国文化与悲剧意识》、邱紫华的《悲剧精神与民族意识》、谢柏梁的《中国悲剧史纲》、杨建文的《中国古典悲剧史》、王宏维的《命定与抗争——中国古典悲剧及悲剧精神》、焦文彬的《中国古典悲剧论》、熊元义的《回到中国悲剧》等。这些论著对中国的悲剧精神以及古典戏曲中的悲剧进行了较为系统深入的研究，为尝试建立中国悲剧美学体系做了富有创造性和建设性的工作。在王国维提出中国古典悲剧说一百多年后的今天，我想是时候为"中国悲剧"彻底正名了。如果到现在我们还抱着亚里士多德两千多年前的理论不放，将其当作金科玉律来作为衡量中国悲剧的唯一标准，而无视中西文化传统的

---

① 王国维：《宋元戏曲考》，《王国维文学论著三种》，商务印书馆2001年版，第161页。

巨大差异，无视世界悲剧理论与创作的发展演变，那就无异于刻舟求剑、削足适履了。难道我们曾经失掉的民族自信力到今天还没有找回来吗？难道我们还要将"他者"的身份延续下去吗？

解决了"中国悲剧"的问题，我们才能够来讨论"中国悲剧观念"的问题，因为这两者是相辅相成的。没有中国悲剧观念作为条件，就不可能有中国悲剧的出现；反过来，如果没有中国悲剧作为依托，那么中国悲剧观念也就失去了生存的土壤。事实上，我们这个民族并不缺乏悲剧观念，也不缺乏伟大的悲剧作品，只不过它们与西方不同罢了。从悲壮的远古神话到丰富的古代哲学再到浩瀚的古典文学，中华民族的悲剧意识深厚而绵长。从宋代南戏到元杂剧再到明清传奇，中国古典戏曲中的悲剧观念从形成到成熟并不断发展。我们拥有伟大的悲剧作家：关汉卿、白朴、马致远、纪君祥、高明、王世贞、李开先、汤显祖、孟称舜、冯梦龙、李玉、洪升、孔尚任、方成培……我们不缺少伟大的悲剧作品：《窦娥冤》《梧桐雨》《汉宫秋》《赵氏孤儿》《琵琶记》《鸣凤记》《宝剑记》《牡丹亭》《娇红记》《精忠旗》《清忠谱》《长生殿》《桃花扇》《雷峰塔》……而我们的悲剧，是"中国悲剧"；我们的悲剧观念，是"中国悲剧观念"。

最后还需要说明一点：我们为什么使用了"悲剧观念"一词，而没有采用更为常见的"悲剧意识""悲剧精神"或"悲剧理论"。首先，"悲剧理论"的概念在这里是不合适的，因为不要说在古代和近现代，即使到了今天，中国也还没有形成一套关于悲剧的思想和理论体系。其次，"悲剧精神"在笔者看来是人头脑中的"悲剧意识"体现在行动中时所呈现的一种道德和审美范畴，它不仅适用于戏剧，也适用于文学艺术和日常生活。再次，"悲剧意识"指的是人在与自然、社会、他人及其自身的冲突中感受到的心理痛苦，是人在与苦难、压迫、死亡、毁灭等的抗争中形成的对于世界和自我的一种基本认识。所以"悲剧意识"也像"悲剧精神"一样,是一个使用范围较广的概念。最后,"悲剧观念"是这样一个概念:当"悲剧意识"在戏剧当中得到呈现和反映时,就形成了"悲剧"这样一种戏剧类型。我们所说的"悲剧观念"指的就是人们关于"悲剧"的"观念",即特指对于这种戏剧类型的基本认识。简言之,我们是在戏剧的范围内来讨论悲剧观念的。这四者之间的关系是:悲剧意识是悲剧观念的基础和前提,悲剧观念反过来又对悲剧意识产生影响;悲剧观念是悲剧理论的基础和前提,悲剧理论是对悲剧观念的系统化和条理化;而悲剧精神,则是悲剧意识和悲剧观念在外化时所体现出来的一种崇高壮美之境界。为了防止概念上的模糊和混乱,也为了研究工作的方便,笔者在吸收前人研究成果的基础上,根据自己的认识和理解,对上述概念作了内涵界定和外延划分,如有不妥之处,欢迎各位专家学者批评指正。

第 一 章

中国古代悲剧观念的孕育与生成

第一节 悲剧意识的萌生

人的一生,在自己的哭声中开始,在别人的哭声中结束,这多少有一些象征的意味。虽然我们不能像叔本华那样断言人生就是一场悲剧,但至少我们可以确定地说,从以往的历史进程和人类生存经验来看,人生与悲剧是密不可分的。

> 一部生命的历史,就是生活形式的创造与破坏。生命在永恒的变化之中,形式在永恒的变化之中。所以一切无常,一切无往,我们的心,我们的情,也息息生灭,逝如流水,向之所欣,俯仰之间,已成陈迹。这是人生真正的悲剧。这悲剧的源泉,就是这追求不已的自心。[①]

宗白华从"无常"的角度阐述了人生的悲剧性:面对一切皆为无常的世界,人类永远是无能为力的;而人类的本质,在于

---

① 宗白华:《美学与意境》,人民出版社1987年版,第73页。

他要追求永恒。理想的永恒与现实的无常之间，构成了不可调和的矛盾，这也就注定了人生的悲剧性是难以消除的。的确，人作为"宇宙的精华，万物的灵长"①，具有不同于其他动物的特性：他不但要生存，而且要追求高质量的生活；他不但要有物质，而且还要追求精神的自由；他不但要依靠自然，而且还要改造自然、征服自然；他不但要改变自己，而且还要改变他人、改变社会。但是，"上帝给了人以无限的希望，但同时却只给了他以有限的能力；上帝给了人以自由的心灵，但同时却又给了他一个狭窄的舞台。正是这种本质的悖论，造成了人生的悲剧性，同时也促成了人类的伟大和崇高"②。可以说，追求自由是人的本性；也可以说，自由是人的本质。不过，人的自由与自然的必然之间却永远存在距离甚至充满矛盾，人的主观能动性终究要受制于自然的必然性，这样一来，不自由也就成为人的一种本质。因此，人的本质就存在于自由与不自由的悖论之中，所以"他的命运是悲剧性的：既是自然的一部分，又要超越自然"③。从这个意义上讲，悲剧意识是具有普遍性的人类心理图景，只要有人类存在，悲剧意识就不会消失。

中华文明是历史最为悠久的人类文明之一，更是延续时间最为长久的文明体系。源远流长的中华文化，诞生了无数足以傲视世界的文学艺术杰作，虽然就戏剧而言，中国没有像古希腊那样在文明起始阶段就产生成熟的悲剧样式，但这是否表明我们的祖先缺乏悲剧意识、悲剧观念和悲剧精神呢？答案显然是否定的。我们承认，与西方相比较，中国古代的悲剧是不发

---

① ［英］莎士比亚：《哈姆莱特》，《莎士比亚喜剧悲剧集》，译林出版社2001年版，第407页。
② 尹鸿：《悲剧意识与悲剧艺术》，安徽教育出版社1992年版，第1页。
③ ［德］弗洛姆：《逃避自由》，上海文学杂志社1986年版，第9页。

达的，但我们同时也必须认识到，中国古代的悲剧观念不但不贫弱，反而是非常强盛的。当然，由于中国戏剧的形成时间较晚（虽然有人提出中国戏剧形成于唐代甚至汉代，更有人认为战国时期屈原的《九歌》是中国最早的戏剧，但这些说法均未得到公认，而一般公认的中国戏剧形成时间是宋代），因此中国早期的悲剧观念不可能以戏剧为载体表现出来，而是大量体现在远古神话、诗词歌赋、散文和史著等文体之中。于是就呈现出这样一种状况：中国的悲剧出现较晚且不十分发达，但中国的悲剧文学却源远流长，丰富多彩，蔚为大观。因此，欲探究中国古代悲剧观念的孕育和生成，悲剧文学就成了值得我们去开掘的珍贵宝藏。

一个民族悲剧观念的萌生，与这个民族所处的自然环境以及他们对待自然和生命的态度有着密不可分的关系。我们要探寻中国悲剧观念的最初萌芽，也应该由此出发，上溯到处于幼年时期的华夏先民。虽然中国不像古希腊那样具有悠久的史诗传统和系统的创世神话，对于先民的生活状况和奋斗历程有着翔实的记载，但从一些流传至今的中国古代典籍当中，我们还是能够通过零星的文字材料，窥知祖先当年的生存环境以及他们对待自然和生命的态度，感受华夏民族最初的悲剧意识。

一　悲苦的先民处境

当我们的祖先第一次直立行走在大地上，作为一种比其他动物更高级的族群，开始以采集、狩猎为生时，他们面对的是怎样的一个世界呢？请看下面这些文字记载吧：

往古之时，四极废，九州裂；天不兼覆，地不周载；火爁炎而不灭，水浩洋而不息；猛兽食颛民，鸷鸟攫老弱。①

松柏菌露夏槁，江、河、三川绝而不流，夷羊在牧，飞蛩满野，天旱地坼，凤皇不下，句爪、居牙、戴角、出距之兽，于是鸷矣。民之专室蓬庐，无所归宿，冻饿饥寒，死者相枕席也。②

昔上古龙门未开，吕梁未发，河出孟门，大溢逆流，无有丘陵、沃衍，平原、高阜，尽皆灭之，名曰鸿水。③

即使到了原始社会晚期，华夏先民告别居无定所的游牧生活，进入定居的农耕文化的尧舜时期，他们的生存环境依然是非常险恶的：

尧之时，十日并出，焦禾稼，杀草木，而民无所食。猰貐、凿齿、九婴、大风、封豨、修蛇皆为民害。④

当尧之时，天下犹未平，洪水横流，泛滥于天下；草木畅茂，禽兽繁殖，五谷不登；禽兽逼人，兽蹄鸟迹之道交于中国。⑤

天不兼覆，地不周载，十日并出，炎火不灭，洪水泛滥，五

---

① 《淮南子·览冥训》。
② 《淮南子·本经训》。
③ 《吕氏春秋·爱类》。
④ 《淮南子·本经训》。
⑤ 《孟子·滕文公上》。

谷不登，禽兽逼人，民无所居……这是一幅多么令人恐怖的景象！虽然这些说法中似乎有一些夸张的成分存在，但是，如果我们不去执着地运用现代科学知识考证天究竟有没有缺过、十个太阳同时出现究竟有没有可能等诸如此类的问题，而是从总体上来把握这些文字所传递的信息的话，我们应该可以得出这样一种判断：它们大体上是可信的。也就是说，我们的先民的确生活在一个极为严峻而残酷的环境中。

地理环境、自然条件对人类活动有着很大的影响，这一点是毫无疑问的。人类进入文明社会以来，人地（人与地理环境）关系一直是受到较多关注的重要问题，对此的研究从来没有间断过。在人地关系学说中，有一派理论被称为"地理环境决定论"。这种理论认为，人类的身心特征、民族特性、社会组织、文化发展等人文现象，均受自然环境，特别是气候条件的支配。总之，地理环境是人类社会发展的决定性因素。

古希腊时代的思想家已开始注意人与地理环境尤其是气候的关系：希波克拉底认为人类特性产生于气候；柏拉图认为人类精神生活与海洋影响有关；亚里士多德认为地理位置、气候、土壤等因素影响着民族特性乃至社会性质。16世纪初期，法国历史学家、社会学家博丹在其著作《论共和国》中认为，民族差异起因于所处自然条件的不同，不同类型的人需要不同类型的政府。18世纪中叶，法国启蒙思想家孟德斯鸠在《论法的精神》一书中，将亚里士多德的论证扩展到不同气候的特殊性对各民族生理、心理、气质、宗教信仰、政治制度的决定性作用，认为"气候王国才是一切王国的第一位"。19世纪下半叶，英国历史学家巴克尔认为气候是影响国家或民族文化发展的重要外部因素，并认定印度的贫穷落后是气候的自然法则所决定的。

第一个系统地把环境决定论引入地理学的是德国地理学家

拉采尔,他在《人类地理学》一书中指出,地理环境从多方面控制人类,对人类生理机能、心理状态、社会组织和经济发达状况均有影响,并决定着人类的迁移和分布,因而地理环境野蛮地、盲目地支配着人类命运。拉采尔的学生、美国地理学家辛普尔将拉采尔的这一理论介绍到美国,并在《美国历史及其地理环境》《地理环境的影响》等书中加以发挥,认为人类历史上的重大事件是由特定的自然环境造成的。美国地理学家亨廷顿于1903年至1906年在印度北部、中国塔里木盆地等地考察后写成《亚洲的脉动》一书,认为13世纪蒙古人大规模向外扩张是由于居住地气候变干和牧场条件日益变坏所致。1915年他又出版《文明与气候》,创立了人类文化只有在具有刺激性气候的地区才能发展的假说。1920年他在《人文地理学原理》一书中,进一步认为自然条件是经济与文化地理分布的决定性因素。

20世纪20年代以来的人地关系学说,开始强调人的作用,普遍认为在人与环境的关系中,人是主动的,是环境变化的作用者。于是,陆续出现了交替作用论、文化决定论、人定胜天论、生产关系决定论等多种思潮,对地理环境决定论提出了异议或否定。但直至今天,地理环境决定论并未完全消失,证明这种理论并非一无是处。

无论强调环境的决定性作用,还是突出人的能动性作用,无疑都是偏颇的。关于这一问题,还是辩证法大师黑格尔的观点最为公允。一方面,黑格尔承认自然环境对民族意识的影响是非常显著的:"助成民族精神的产生的那种自然的联系,就是地理的基础。……自然的联系似乎是一种外在的东西;但是我们不得不把它看作是'精神'所从而表演的场地,它也就是一种主要的、而且必要的基础。"①"我们所注重的,并不是要把各民族所占据的土地当作是一种外界的土地,而是要知道这地方的自然类型和生长在这土地上的人民的类型和性格有密切的联系。"② 与此同时,黑格尔把人与环境的关系看作对立统一的关系,"无机自然是自在的生命,而生命则是自为的无机自然"③。环境决定人的生活与生产方式和社会形态;同时,人也改变外在环境为"人的环境",在改变外在环境的同时,人也改变了自身。黑格尔的这一辩证观点,在马克思那里得到了更明晰的阐发:"正是在改变外间自然的同时,人类改变了自己的自然。"④ 这一辩证的历史过程,马克思称之为"自然的人化""人的本质力量的对象化"。拉法格进一步阐述为:"人们在从事经济活动时不仅改变生活于其中的自然环境,并且还创造出一个人为的或社会环境……而这种人为环境同样也加给人类以自然所曾给予的那种影响。"⑤ 的确,人与环境之间是一种辩证的关系,两者互相作用,互为制约,孤立地强调其中的任一方面都是违背历史规律的,那样只会将人类对世界的认识导向极端和片面,带来不良的甚至是灾难性的后果。

应该说,就人类发展历史的总体而言,自然环境是人类赖以生存和发展的客观物质条件,但并不是主导的或决定性的因素。世间万物的生长,都需要从外部吸收营养,都要与周围环境发生关系,但似乎只有人类在利用自然的同时,还力图改造自然以满足自己的各种需求。因此,人类与环境的关系,要比其他生物与

---

① [德] 黑格尔:《历史哲学》,三联书店1956年版,第123页。
② 同上书,第171页。
③ [德] 黑格尔:《小逻辑》,商务印书馆1980年版,第407页。
④ [德] 马克思:《资本论》第1卷,人民出版社1975年版,第171页。
⑤ [法] 拉法格:《思想起源论》,三联书店1978年版,第29页。

环境的关系复杂得多。从总的历史进程来看，人类对环境的依赖程度呈递减的趋势。也就是说，越是在社会发展的初级阶段，人类对环境的依赖性越大。即使在科技水平已经高度发达、对环境的依赖程度比以往任何时候都要减弱的当今时代，环境仍然对人类有着很大的制约作用，可想而知，在生产力水平极为低下、技术手段非常贫乏的上古时代，人类将怎样被环境所左右。

中华民族发源于以黄河流域为中心的广大地域，虽说这里土地肥沃，植被优良，物种丰富，但生活在其中的人们也面临极大的挑战。著名历史学家汤因比曾将古中国的黄河流域与古巴比伦的两河流域和古埃及的尼罗河流域进行比较，他指出："人类在这里所要应付的自然环境的挑战要比两河流域和尼罗河的挑战严峻得多。人们把它变成古代中国文明摇篮的一片原野，除了有沼泽、丛林和洪水的灾难之外，还有大量的气候上的灾难，它不断地在夏季和冬季的严寒之间变幻。"[①] 生活资料的匮乏、疾病瘟疫的肆虐、凶禽猛兽的侵袭、地质骤变导致的毁灭性打击、气候反常引起的旱涝灾害……尚处于幼年时期的人类在大自然面前是如此的渺小和脆弱，严酷的周遭环境随时都在威胁着人类，随时都会给人类带来深重的伤害，甚至轻而易举地夺去人的生命。据考证，距今四五十万年的北京人平均寿命只有十五岁，距今五六千年的半坡人也只能活到三十来岁。环境的强大威慑和人类的羸弱力量，决定了早期人类生存的艰难和心灵的悲苦，这样的生存状况无疑是充满了悲剧性的。

二 悲壮的远古神话

神话作为人类最古老的文化形式之一，是民族集体想象的结

[①] ［英］汤因比：《历史研究》（上），上海人民出版社1986年版，第92页。

晶，反映了古代人对宇宙与人生、自然与社会的基本认识和价值判断，对民族文化精神的塑造具有极为重大而不可替代的作用。"凡有人类的地方，必有神话。"① 与古希腊相比，中国的远古神话不是那么丰富、完整和系统，但即使从流传至今的为数并不是很多的经典神话中，我们已可较为清晰地勾勒出中华民族悲剧意识的最初轮廓。雅斯贝尔斯指出，以神话和英雄为主题的古冰岛"诗体埃达"、希腊悲剧，乃至"从欧洲到中国的各民族英雄传说"，都是"表现在想象和艺术形式中的悲剧知识的伟大范例"②。可以说，中华民族的远古神话堪称这样的伟大范例。

在所有神话中，创世神话最具原型意味，其他神话大都是在创世神话的基础上产生的。在创世神话中，往往蕴含着民族精神的最重要基因。西方的创世神话有很多版本，其中"上帝造人"无疑是最为经典也最深入人心的。上帝在一周之内，先是创造了光、空气、植物、日月星辰、飞禽走兽，最后按照自己的样子创造了人。他先用泥土造了男人亚当，然后用亚当的肋骨造出了女人夏娃。亚当和夏娃因经受不住诱惑而偷吃禁果，被上帝逐出伊甸园、贬到地球，于是就繁衍出了人类。中国最经典的"盘古开天辟地"的创世神话，则与之形成了鲜明对照：

> 天地浑沌如鸡子，盘古生其中。万八千岁，天地开辟，阳清为天，阴浊为地。盘古在其中，一日九变，神于天，圣于地。天日高一丈，地日厚一丈，盘古日长一丈，如此万八千岁。③

---

① ［英］凯伦·阿姆斯特朗：《神话简史》，重庆出版社2005年版，第2页。
② ［德］卡尔·雅斯贝尔斯：《悲剧的超越》，中国工人出版社1988年版，第26页。
③ 《艺文类聚》卷1引《五运历年纪》。

  元气蒙鸿，萌芽兹始，遂分天地，肇立乾坤，启阴感阳，分布元气，乃孕中和，是为人也。首生盘古，垂死化身；气成风云，声为雷霆，左眼为日，右眼为月，四肢五体为四极五岳，血液为江河，筋脉为地里，肌肉为田土，发髭为星辰，皮毛为草木，齿骨为金石，精髓为珠玉，汗流为雨泽，身之诸虫，因风所感，化为黎甿。①

  中西对比，首先得到这样一种印象：上帝创造世界和人类的工作是非常简单、轻松而惬意的，而盘古开天辟地化生万物的过程却是充满挣扎、痛苦和悲情的。虽然中西创世神话都极具神秘性，在这一点上两者是相同的，但它们的内在精神却有着显著的不同。基督教中的上帝，是全知、全能、全智、全视、全权、全爱、全造的永远至高无上的永生者，是宇宙最高力量的掌管者，可谓神中之神。而中国人心目中的盘古，尽管也具有强大的神性和无穷的力量，但他却是人而不是神，确切地说他介于人神之间，是半人半神的形象；他不像西方的上帝那么虚无缥缈、不可捉摸，而是真实具体、亲切可感的。正因为上帝是神中之神，所以他创造世界只用了一周时间，而半人半神的盘古开天辟地，却耗时一万八千年！虽说都是虚幻的想象，不过我倒觉得中国人的说法可能更接近于历史的真实，因为创造世界绝不是一件容易的事情。

  在盘古开天辟地的神话中，最值得注意的是其中所蕴含的深刻的悲剧性。在创造世界的过程中，盘古的形象顶天立地、高大伟岸，他与宇宙相抗衡，圣天神地，开辟鸿蒙，启阴感阳，肇立

---

① 《绎史》卷1引《五运历年纪》。

乾坤。在死亡降临之际，他将自己身体的各个器官转化为日月星辰、风云雷电、山川河流、万物生命……这是一个惊天地、泣鬼神的故事，这是一个伟大的献身者的形象！中华民族的辉煌历史，在盘古悲壮的牺牲中拉开了序幕，它也奠定了这个民族悲剧精神的基调和底色。在中国历史的各个阶段，在各个阶层的人物之中，这样的悲剧形象层出不穷。可以说，盘古是中国悲剧形象最重要的原型，他身上所体现的牺牲精神和道德色彩是中华民族悲剧精神最核心的元素。

神农也是一位具有崇高的献身精神的神话人物。传说中，"炎帝神农氏人身牛首"①，"生三辰而能言，五日能行，七朝而齿具，三岁而知稼穑般戏之事"②。神农是中华农业之神，因此上述关于他天赋异禀的传说都与农业密切相关。《白虎通义》记载："古之人民皆食兽禽肉，至于神农，人民众多，禽兽不足，于是神农因天之时，分地之利，制耒耜，教民劳作，神而化之，使民易之，故谓神农也。"神农所处的时代，应该是中国从原始畜牧业向原始农业转型的时期。那时，人口已生育繁多，仅靠猎物已难以维持生计。这可是一个生死攸关的大问题，怎么办呢？神农发挥自己的聪明才智，找到了解决之道，那就是：种五谷，事稼穑。仅这一项，就足以让神农彪炳史册了，更何况他还在医药方面作出了巨大贡献。古籍记载："时多疾病毒伤之害"，神农"尝百草之滋味"，"一日而遇七十毒"③，"神而化之，遂作方书，以疗民疾，而医道立矣"④。从教民稼穑和亲尝百草这两件事可以看出，神农是一位有着高度的责任感和使命感，胸怀爱

---

① 《绎史》卷4引《帝王世纪》。
② （清）马国翰辑：《玉函山房辑佚书·春秋纬》。
③ 《淮南子·修务训》。
④ （宋）刘恕：《通外纪》。

民之赤心，以天下苍生为念的领导者。为了百姓的利益，他甘愿冒牺牲生命的危险，这种舍己为民的精神崇高而悲壮，令人由衷而生景仰之情。神农的这种品格，在中国上古时期的三位圣主尧、舜、禹身上都有较为明显的体现。这类传说（不一定是虚构）体现了人民对于理想型君主的赞颂，或者也可以说是一种期盼吧。

中外学者普遍认为，西方的悲剧意识是主动的、刚性的，而中国的悲剧意识则是被动的、柔性的。我们不能说这种观点是错误的，但如果以之来评价中国上古悲剧意识，显然是不合适的。中国悲剧意识中缺乏足够的抗争精神，这是长期以来很多人屡屡提及的一个缺陷，但是这种缺陷在中国远古神话中是不存在的。中国的远古神话里不但有抗争精神，而且是如此的丰沛。我们先来看"鲧窃息壤"和"鲧腹生禹"的神话：

<blockquote>
洪水滔天，鲧窃帝之息壤以堙洪水，不待帝命。帝令祝融杀鲧于羽郊。鲧腹生禹，帝乃命禹卒布土以定九州。①

鲧死三岁不腐，剖之以吴刀，是以出禹。②
</blockquote>

在上古时期，洪水大概要数对人类危害最大的自然灾害了，所以在原始文明中都有关于洪水的神话传说。基督教文化中的洪水神话是神对人的罪行的惩罚和人类的自省，而中国的洪水神话却强调人对自然的抗争，强调人的自我拯救。相传在尧的时代发生了一场大洪水，大家一致推举鲧去治理洪水。他首先奔赴天

---

① 《山海经·海内经》。
② 《归藏·启筮》。

庭,央求天帝收回洪水,还给人们安宁的生活,可是没有奏效;于是他采用堵的方法治水,把高地的土垫在低处,堵塞百川。然而治水九年,洪水仍旧泛滥不止。正当他烦闷之际,一只猫头鹰和一只乌龟相随路过,告诉他可以盗取天庭至宝"息壤"来堙塞洪水。鲧深知此举的罪责,但是看到备受煎熬的人民,他义无反顾地再赴天庭,排除各种阻难,盗出了息壤。息壤果然神奇,撒到何处,何处就会形成高山挡住洪水,并随水势的上涨自动增高。天帝得知鲧盗取息壤的消息后,雷霆震怒,派火神祝融将鲧杀死在羽郊,并收回了息壤,洪水再次泛滥成灾。鲧死不瞑目,尸体三年不烂,天帝知道后担心鲧变成精怪,再次派祝融拿着天下最锋利的吴刀剖开鲧的肚子看个究竟。这时奇迹发生了:从鲧的肚子里跳出一个人(或说黄龙)来,他就是鲧的儿子禹。天帝为鲧不屈不挠、永不言弃的精神所感动,将息壤赐给了禹,让他子承父业继续治水。禹吸取了父亲治水的经验教训,采用疏导的方法,历经九年艰辛,终于将洪水彻底制服。

中国古代的文字材料往往言简意赅,用词极其节俭,它的好处是简洁有力,并留给人们很大的想象空间;但它也有一个明显的弊端,那就是过于抽象含混,给后人解读造成不小的障碍。应该说,中国的鲧和西方的普罗米修斯是两个可以相互媲美的英雄人物,但他们在中西文化中的地位和影响却有天壤之别,我想也许与中西文字的差异有些关系吧。在西方,普罗米修斯的英雄形象早已深入人心,他的名字妇孺皆知。从埃斯库罗斯的经典悲剧《普罗米修斯》开始,西方的文艺作品从来没有间断过对这位盗火英雄的热情赞美和高度颂扬,普罗米修斯的精神已经渗入西方人的血液之中,成为他们的性格乃至文化的重要组成部分。而中国的盗土英雄鲧,虽然在历史的早期阶段也很受推崇,不少文献资料都对他的事迹加以记载,但是到了后来,鲧就渐渐地默默无闻了。人们对禹改堵为疏的治水方法称赞不已,对禹的"三过家门而不入"津津乐道,而鲧偶尔被提及,似乎只是充当一个背景甚至是反面典型,以凸显禹的英明贤能。

从鲧与普罗米修斯的对比中,我们注意到一个现象,那就是:在人类诞生之初,各民族间的差异并不大,正可谓"人之初,性相近"。但由于地理、气候等原因造成的生产方式和生活习惯的不同,以及更进一步的社会结构、政治体制、宗教信仰、道德体系等的差别,使各民族之间逐渐地"习相远",最终形成了互不相同的文化。中国在上古时期并不缺乏普罗米修斯式的抗争英雄,但我们的文化后来逐渐失去了适宜于这类英雄生存的土壤,鲧的大名遂归沉寂。对中国文化来说,这是幸还是不幸?

在中国远古神话中,有不少具有自觉的追求意识和强烈的反抗精神的英雄人物(或神),他们的故事带给我们的,是巨大的震撼和由衷的敬佩。

> 夸父与日逐走,入日,渴欲得饮,饮于河渭;河渭不足,北饮大泽。未至,道渴而死。弃其杖,化为邓林。①

"夸父逐日"的故事在中国远古神话中具有某种独特性或者说不可替代性,一个凡人竟然自不量力地与太阳赛跑,结果是渴死在路上。但这一看似荒唐可笑的行为,其背后却蕴藏着丰富的内涵。夸父为什么要追逐太阳呢?他是为了阻止太阳落山,让它永远给人类带来光明和温暖。夸父虽然牺牲了,但他并没有放弃追求,更没有屈服,临死时还将自己的手杖掷于荒野,化为一片桃林,为后来的追求光明者解除口渴,使之完成自己未竟的宏

---

① 《山海经·海外北经》。

愿。这是多么崇高的献身精神,这是多么顽强的英雄气概!于是夸父悲壮的身影在我们的眼前高大起来,他不但不渺小,反而是一个顶天立地的巨人!

> 刑天与帝争神,帝断其首,葬之常羊之山,乃以乳为目,以脐为口,操干戚以舞。①

> 昔者共工与颛顼争为帝,怒而触不周之山。天柱折,地维绝。天倾西北,故日月星辰移焉;地不满东南,故水潦尘埃归焉。②

"刑天舞干戚"和"共工怒触不周山"两则神话有神似之处,它们都表现了一种抗争到底、永不言败的精神。敢与天帝(一说黄帝)争神,这个刑天胆子可真不小,更让人惊叹的是,被天帝斩断头颅之后,他以自己的双乳为眼睛,以自己的肚脐为嘴巴,又转化成一条生命,拿起武器继续战斗!共工也是一个不服软的汉子,他与颛顼争夺帝位失败后,一头撞向不周山,致使天柱折、地维缺,天倾西北、地陷东南,这动静比原子弹爆炸的威力不知要大多少倍!中国文字的表现力真是奇妙,不但微言大义,而且颇具多义性。从著作的上下文来看,这两则记录的作者的初衷并不是为了赞颂刑天与共工的反抗精神,甚至恰恰相反,但让作者料想不到的是,今天的人们从中读出了不屈的抗争精神,读出了浓郁的悲剧意识。

---

① 《山海经·海外西经》。
② 《淮南子·天文训》。

> 发鸠之山，其上多柘木。有鸟焉，其状如乌，文首、白喙、赤足，名曰精卫，其名自詨。是炎帝之少女，名曰女娃。女娃游于东海，溺而不返，故为精卫。常衔西山之木石，以堙于东海。①

"精卫填海"与上面两则神话的相同之处是，都表现了一种不屈服、不放弃的精神，不同之处在于，精卫的故事更多地凸显了一种复仇的意识。女娲（或曰女娃）游于东海，溺水而死，于是化身为精卫鸟，嘴衔木石填于东海，欲将浩瀚的东海填平。俗话说"有仇不报非君子"，指的是人与人之间的仇恨，而女娲却与大海结仇，而且以眼还眼、以牙还牙，誓报此仇。小小的精卫鸟之于茫茫的大海，强弱对比是如此的悬殊，可是精卫并没有因此而退缩，它竭尽自己弱小之力，向敌人发起连绵不绝的进攻，虽然不知何时才能复仇成功，或者明知这根本就是不可能的。这正是鲁迅所说的"绝望的抗战"，它不是绝望，而是对绝望的反抗和超越，绝望也因此变成了希望。精卫填海的悲壮之美是如此的震撼人心，它是中华民族悲剧精神的又一种写照。

> 往古之时，四极废，九州裂；天不兼覆，地不周载；火爁炎而不灭，水浩洋而不息；猛兽食颛民，鸷鸟攫老弱。于是，女娲炼五色石以补苍天，断鳌足以立四极，杀黑龙以济冀州，积芦灰以止淫水。苍天补，四极正；淫水涸，冀州平；狡虫死，颛民生。②

---

① 《山海经·北山经》。
② 《淮南子·览冥训》。

关于"女娲补天"的神话有很多版本，有些版本的说法是，因为共工怒触不周山以致天塌地陷，所以女娲才炼石补天。在中国的神话谱系中，女娲是可与盘古并肩而立的创世英雄，关于她的传说，不仅有补天治水，还有抟土造人、置媒通婚等。如果说盘古是我们的男始祖的话，那么女娲就是我们的女始祖。女娲集美德、智慧、勇气、毅力于一身，她充沛旺盛的生命力量、昂扬奋进的人生态度、坚韧不拔的顽强意志、舍生忘死的献身精神，是中华民族正视现实、直面苦难、自强不息的民族精神的集中体现，是民族悲剧精神的完美化身。

尧之时，十日并出，焦禾稼，杀草木，而民无所食。猰貐、凿齿、九婴、大风、封豨、修蛇皆为民害。尧乃使羿诛凿齿于畴华之野，杀九婴于凶水之上，缴大风于青丘之泽，上射十日而下杀猰貐，断修蛇于洞庭，擒封豨于桑林。①

羿请不死之药于西王母，姮娥窃以奔月，怅然有丧，无以续之。（高诱注："姮娥，羿妻。羿请不死药于西王母，未及服食之，姮娥盗食之，得仙，奔入月中为月精也。"）②

上面这两个故事实际上并无多大关联，但因为传说中后羿与嫦娥是夫妻，所以我们就把它们放在一起来看。"后羿射日"的神话反映的仍然是人与自然的抗争。后羿射杀九日，为人类立下大功，但他的下场却是悲惨的。《孟子·离娄下》载："逢蒙学射于羿，尽羿之道，思天下唯羿愈己，杀羿。"一位盖世英雄最

---

① 《淮南子·本经训》。
② 《淮南子·览冥训》。

终死在一个小人手里,而且这个小人不是别人,正是自己的学生,岂不悲哉!在民间传说里,后羿死后英魂不散,变成了打鬼的钟馗。这种说法,实际上反映了我国古代人民对这位悲情英雄的无限怀念和深切同情。

透过"嫦娥奔月"神话的文本,我们看到的是古人对于生命的执着追求,对于死亡的超越意识。嫦娥(或曰姮娥)偷吃了后羿从西王母那里求来的不死之药而成仙,却要在月宫里忍受无尽的寂寞,这一方面反映了人类对长生不死的强烈渴望,另一方面也朦胧地道出了这种愿望实际上是不可能实现的,因此嫦娥才会"怅然有丧,无以续之"。后羿的悲情是死的悲情,而嫦娥的悲情却是生的悲情。从某种意义上说,嫦娥的困境更加难以超越,因此这种悲情也就更加深广。在历代民间传说和文人笔下,嫦娥被塑造成一个至善至美、才艺超群的理想形象,在她身上寄托了人们很多美好的愿望。但是,嫦娥的形象越是完美,她的悲情色彩也就越是浓重,连革命领袖毛泽东都不禁写道:"寂寞嫦娥舒广袖,万里长空且为忠魂舞。"① 而李商隐的著名诗句"嫦娥应悔偷灵药,碧海青天夜夜心"②,更是道尽了嫦娥的孤苦寂寞和悔恨愁怨。

三 悲剧意识的内涵

从远古神话中,我们能够非常明显地感受到华夏先民强烈的悲剧意识,这种悲剧意识有着极为丰富的内涵,我们从中既可以看出中华民族上古悲剧意识所特有的品质,也能够发现中国古代

---

① 毛泽东:《蝶恋花·答李淑一》,《毛泽东诗词选》,人民文学出版社1963年版。

② (唐)李商隐:《嫦娥》,《李义山诗集》。

乃至现代悲剧意识在上古时期的萌芽或源头。中国远古神话恰如三江之源，我们会情不自禁地赞叹黄河、长江、澜沧江的绵延千里、波澜壮阔，但我们不应该忘记它们出自同一个源泉，更不应该忘记去领略它们那诞生之初的美丽。悲苦的先民处境和悲壮的远古神话，两者互为表里，勾画出了中华民族悲剧意识最初的轮廓。在这个轮廓里，涵盖了太多的内容，择其要者而言之，可概括为以下五个方面。

(一) 主动的追求精神

悲剧意识不仅仅是指人类对于困境和苦难的被动承受，更重要的是指人类在面临困境和苦难时主动的反抗与超越意识，因此悲剧意识首先表现为一种主体的追求精神。"神话作为古代人类精神活动的智慧果，是他们在大自然威严的力量面前感到惶惑和恐怖，但又渴望摆脱这种惶惑恐怖心理束缚，力图支配自然力的产物。"[①] 换句话说，神话反映了人类在面对神秘而威严的自然力时，主体意识的最初萌芽，即由被动承受向主动进取的转变。在中国远古神话中，"夸父逐日"最典型地体现了这种主体的追求精神。关于夸父为什么要追逐太阳，学者们作过很多推测和考证，种种说法，不一而足。但不管原因和目的是什么，夸父逐日这一行为本身体现了一种主动的追求精神，这一点是毋庸置疑的。在上古时期，人类的生存受到大自然的严重威胁，如果消极等待甚至悲观失望，那么人类就不会取得任何进步，而且很可能走向种群灭绝的境地。因此，主体意识的觉醒，追求精神的唤起，是多么的重要。尽管在那样的时代，人类的力量在大自然面前显得那么渺小，主动追求的结果很可能是失败甚至死亡，但如果没有这种积极的追求，没有这些个体的失败和死亡，人类也就

---

① 谢选骏：《神话与民族精神》，山东文艺出版社1987年版，第40页。

永远不可能有战胜野蛮、走向文明的那一天。夸父没能追上太阳，干渴而死，但这至少可以让先民们明白一个道理：太阳是追不上的。得出这种认识不也是一种进步吗？同样，精卫衔着树枝和石子去填海，能不能将大海填平呢？人类正是在这样的尝试和追求中，不断地认识自然、利用自然进而战胜自然的。在一定意义上可以说，夸父和精卫就是人类探索自然的先行者，尽管他们的追求不一定都能成功，但他们勇往直前、坚韧不拔、不达目的誓不罢休的追求精神，却是人类极为宝贵的财富，他们悲壮的身影，激励着人们永不停止前行的脚步。

（二）不屈的抗争精神

汤因比把人类文明的起源和发展归结为挑战与应战，挑战指的是人的生存受到根本性的威胁和压力，应战指的是人对这种根本性的威胁和压力进行了有效的斗争。[①] 按照汤因比的观点来看待中国远古神话，我们也可以说，中国古代的神话主人公，大都是在群体或个体的生存受到根本性威胁和压力的情况下，奋起反抗和斗争的悲剧英雄。不屈的抗争精神，可以称得上是贯穿于几乎所有中国远古神话中的主旋律。鲧窃息壤，是与万能的天帝抗争；嫦娥奔月，是与有限的生命抗争；女娲补天、后羿射日，是与残酷的大自然抗争；刑天舞干戚、共工怒触不周山，是与强大的敌人抗争……鲧因盗取息壤得罪天帝而被杀，死后三年尸体不化，剖其腹而生禹；刑天被砍掉头颅之后，以乳为目，以脐为口，手持干戚挥舞不止……这种死了还要抗争到底的精神，是何等可怕，又是何等可敬！虽然这些都是神话传说中的故事和人物，但神话并非完全是想象和幻想的产物，而是融进了一定程度

---

① 参见［英］汤因比《历史研究》（上），上海人民出版社1986年版，第86页。

的历史真实，因此神话可以被理解为一种诗化的历史。这也就是说，神话尽管不免会有夸张和虚构的成分，却也有其现实的基础，即以现实中的环境、事件和人物为蓝本，加以综合、变形和幻化处理。说一句可能不太恰当的话，我认为神话的主要价值不在它表面的内容，而在它背后的内容。通过阅读中国远古神话，我们能够约略了解中华民族的早期历史状况，更重要的是能够从中感受到华夏先民的精神脉搏。这是一个在威胁和压力面前毫不退缩、迎难而上的民族，这是一个在死亡和毁灭面前无所畏惧、奋起抗争的民族。正如朱光潜所说的那样："对悲剧说来紧要的不仅是巨大的痛苦，而且是对待痛苦的方式。没有对灾难的反抗，也就没有悲剧。引起我们快感的不是灾难，而是反抗。"[1]当代学者邱紫华也指出，"生命的本质特征之一"，"就是人的生命抗争意识和生存欲望。这种抗争冲动凝聚为意识、观念，就叫做悲剧性抗争精神——悲剧精神"[2]。而华夏先民们这种不惧强暴、不畏艰难、不计后果、不顾利害的不屈不挠的抗争精神，也正昭示着中国早期悲剧意识鲜亮的底色。

（三）崇高的献身精神

为了开天辟地，盘古献出了自己的生命；为了制服洪水，鲧献出了自己的生命；为了征服太阳，夸父献出了自己的生命；为了补天治水，女娲倾尽全力，舍生忘死；为了拯救苍生，神农身中剧毒，无怨无悔……这些神话人物身上有一样相同的东西，那就是自觉的牺牲和献身精神，这种精神让我们产生巨大的心灵震撼，让我们油然而生敬仰之情。牺牲和献身精神无疑是悲剧精神最重要的内涵之一，俄国文艺理论家别林斯基对此有过精辟的论

---

[1] 朱光潜：《悲剧心理学》，安徽教育出版社1996年版，第271页。
[2] 邱紫华：《悲剧精神与民族意识》，华中师范大学出版社2000年版，第4页。

述:"没有一种诗像悲剧这样强烈地控制了我们的灵魂,以如此不可抗拒的魅力使我们心向神往,给我们以如此高度的享受。这一点的基础便是巨大的真实,高度的合理。我们深深同情斗争中牺牲的或胜利中死亡的英雄,但我们也知道,如果没有这个牺牲和死亡,他就不成其为英雄,便不能以自己个人为代价实现永恒的本体的力量,实现世界的不可逾越的生存法则了。"① 是的,这些英雄的献身精神,的确充分体现了人类"永恒的本体的力量",表明了"不可逾越的生存法则"。他们的牺牲不是悲惨的,而是悲壮的;它们的牺牲带给我们的不是伤感和消沉,而是鼓舞和振奋。这种审美情感,就是崇高。作为审美范畴,崇高与悲剧关系密切,甚至可以说悲剧是最适合表现崇高的文艺样式。朱光潜说:"要给悲剧下一个确切的定义,我们就可以说它是崇高的一种,与其他各种崇高一样具有令人生畏而又使人振奋鼓舞的力量;它与其他各类崇高不同之处在于它用怜悯来缓和恐惧。"② 中国远古神话中的英雄们,用他们崇高而悲壮的牺牲和献身精神,标示了中华民族悲剧意识从它一开始就达到的高度,从而也为中国文化的发展提供了丰盈的养分。

(四) 强烈的生命意识

有学者指出:"绝大多数民族的神话与传说都表现着该民族的强烈的生存欲望,同自然界暴力搏击的顽强抗争精神,以及对死亡的超越意识。它们在不同程度上保存了本民族在拼搏的历史过程中的种种悲剧刻痕。这种历史的悲剧性的刻痕深深地浸染了该民族的心理,对形成该民族的悲剧意识有决定性的影响。"③

---

① [俄] 别林斯基:《戏剧诗》,《古典文艺理论译丛》(3),人民文学出版社1962年版,第138页。
② 朱光潜:《悲剧心理学》,安徽教育出版社1996年版,第124页。
③ 邱紫华:《悲剧精神与民族意识》,华中师范大学出版社2000年版,第25页。

在中国远古神话中，就普遍渗透着一种强烈的生命意识，一种对死亡的抗拒和超越精神。由于上古时期我们的祖先处于严酷的生存环境中，自身的力量又非常弱小，随时面临各种灭顶之灾，生命的劫灰无处不在，因此他们对生死问题就格外敏感和焦虑，于是他们便将对永生的期盼和对死亡的反抗诉诸神话，以此来实现对现实的超越，从而达到一种心理上的平衡和安慰。在这些神话中，抗拒和超越死亡的途径可谓多种多样：盘古通过将身体转化为宇宙万物而获得了永生，女娲通过变成精卫鸟而达成了不死的心愿，鲧通过剖腹生禹而延续了自己的生命，刑天通过自我转换而完成了躯体的再生，嫦娥通过服药而实现了长生不老的愿望，夸父通过将手杖化为桃林而找到了生命的替代物……这种生命不灭的神话一方面固然反映了华夏先民对于死亡的恐惧以及对它的绝望反抗，另一方面却也表达了他们对于生命的崇拜和礼赞，体现出他们强烈的生命意识，同时我们也不能忽视其中深含的象征意义，那就是：精神不死，浩气长存。雅斯贝尔斯在谈到悲剧的超越性时说："生命的真实没有在失败中丧失，相反，它使自己完整而真切地被感觉到，没有超越就没有悲剧。即便在对神祇和命运的无望的抗争中抵抗至死，也是超越的一种力量；它是朝向人类内在固有的本质的运动。在遭受毁灭时，他就会懂得这个本质是与他与生俱来的。"① 如果说悲剧英雄的死亡和毁灭体现了一种超越精神的话，那么中国远古神话中的英雄对死亡的超越就是一种意蕴更为深广的超越精神了。

（五）浓厚的道德意识

中国与西方的悲剧意识虽然也有相近之处，但两者的区别似

---

① ［德］卡尔·雅斯贝尔斯：《悲剧的超越》，中国工人出版社1988年版，第26页。

乎更为显著，这种区别在它们各自的源头——中国和希腊神话中已经体现得非常明显。总的说来，希腊神话强调个人价值，崇尚个人神力，注重个体而忽视群体；中国神话则几乎与其完全相反，虽然有时也突出个人力量，但就总体而言更强调群体的价值，为了群体的利益往往要牺牲个人。如果说西方文化更注重追求真的话，那么中国文化则更注重追求善。也就是说，中国文化比西方文化更富有道德意识。中国人的道德是一个体系庞大而结构繁复的巨型工程，其中的种种机关和操作规程非三天两夜所能说清，不过我倒想用一句话来概括其精髓，那就是孔子说的"克己复礼"。我们的所谓道德，实质上就是牺牲个体，成就群体。这一点，在中国远古神话中已经可以清晰地看到；或者也可以说，这些远古神话经过后代道德家的改造而更加符合道德的要求。我们来看一看这些神话英雄：盘古开天辟地、神农尝百草、鲧窃息壤、大禹治水、夸父逐日、女娲补天、后羿射日……他们无一不是为了群体的利益而牺牲了个人的利益，甚至为此而献出了自己最珍贵的东西——生命。德国剧作家、文艺理论家席勒的一段话，阐述了生命的牺牲与道德之间的关系。他说："生命的牺牲本是一种矛盾，因为有生命然后有善；但是为着道德，生命的牺牲是正当的，因为生命的伟大不在它的本身，而在它是履行道德的必由之路。如果生命的牺牲成了履行道德的必由之路，我们就应该放弃生命。"[①] 个体与群体是互相依存的，没有个体就无所谓群体，没有群体也就难以有个体的存在。生命与道德也是互相依存的，没有生命就无所谓道德，没有道德也就谈不上有意义的生命。两组关系都是辩证的关系，即个体与群体之间、生命与道德之间既统一又对立。怎样才能使这种关系始终处于和谐一

---

① 转引自朱光潜《文艺心理学》，复旦大学出版社2005年版，第235页。

致的状态,使其只有统一、没有对立呢?这似乎是一个永远无解的命题。中国远古神话中这些悲壮牺牲的英雄,尽管人们为他们的牺牲添加了种种神秘而圣洁的光环,同时我们也不能不赞叹他们品质的高尚和精神的崇高,但对于这些英雄个体而言,生命的抛弃又何尝不是一种深沉的无奈与悲哀呢?

从具有普遍性的人生悲剧性出发,我们在考察了华夏先民生存境况的悲剧性后,着重就中国远古神话中所蕴含的悲剧意识进行了梳理和解读,最后对上古时期中国悲剧意识的主要内涵作了概括和分析。我们的结论是,在中华文明史开启之前,中华民族的悲剧意识就已经萌生了。中国上古时期的悲剧意识不但浓郁强烈,而且内涵丰富,对后世有着很大的影响。

第二节 悲剧意识的扩展

在考察上古时期中华民族悲剧意识的萌芽时,资料是非常有限的,我们只能从为数不多的神话传说和历史、地理典籍之中寻觅线索,即使只言片语,亦视若珍宝。而夏商以降,尤其是进入春秋战国时代以后,情况就有了很大的好转。《诗经》三百篇,即是一座由悲剧意识铸就的丰碑,而以儒家、道家、佛家为代表的中国古代哲学思想,以楚辞、汉乐府、六朝诗赋、唐诗、宋词、元曲、明清小说为代表的中国古典文学作品,更是为我们探寻中国古代悲剧意识的发展历程提供了大量生动的素材。由于本书的要务是研究中国悲剧观念的现代转型问题,不可能用更多篇幅来详细论述中国古代悲剧意识的所有方面,因此我们将在这一节里跨越两千余载,大致勾勒出上起春秋战国、下至清朝中叶这一区间中华民族悲剧意识的总体面貌,为我们下一步深入讨论中国古代悲剧观念的生成与演变奠定基础。大家可能也注意到了,这个两千多年的区间正是中国封建制度从萌芽、诞生到鼎盛、衰落的过程。在这样一个相当长的历史阶段里，中华民族的悲剧意识在原始悲剧意识的基础上进一步凝聚、升腾和扩展，达到了一种新的高度、广度和深度。

一　中国古代哲学中的悲剧意识

春秋战国时代，王室衰弱，天下大乱，诸侯争霸，百家争鸣。这是一个喧闹的时代，这也是一个宁静的时代：有的人为了实现"王道"而奔走经营，有的人为了探明"天道"而沉静思考，中国古代哲学思想迎来了一次空前绝后的大发展、大荟萃、大碰撞，其中的儒、道两家成为对中国社会文化影响最大的哲学流派。入世进取是这个时代精神的主旋律，儒家为其突出代表，而道家则选择了远离主流的出世退避。两千多年来，儒家思想长期居于正统地位，在塑造民族精神方面发挥了巨大作用，同时也带来了不少流弊。道家虽然在表面上看起来无法与儒家争锋，却在无形之中成为民族精神的重要支撑，并且为无数文学家和艺术家提供了丰富的营养。佛教作为外来思想，在1世纪左右传入中国后，很快便被国人接受并逐渐本土化而形成有中国特色的禅宗，对民族精神的养成亦有不小的影响。儒、道、佛三家，以儒为主、佛道为辅，三者相互交融，以共同的合力构筑起中国人的心灵世界。儒家、道家和佛家的哲学思想有一个共同的特征，那就是悲天悯人，它虽然与西方的悲剧精神有较大差异，但无疑称得上中国式的哲学悲剧意识。

（一）儒家的悲剧意识

儒家思想因被汉代以来的统治者作为维护统治秩序、钳制臣民身心、禁锢思想自由的工具，所以进入近代以来受到了猛烈的抨击，以致在相当长的一段时间里成为"野蛮""落后""反动"的代名词。近年来,我们的心态渐趋平静,对待儒家思想的态度也变得较为客观而宽容。平心而论,儒家学派还是给中华民族留下了许多可贵的精神财富的。就悲剧意识和悲剧精神而言,儒家最突出的表现有以下三个方面。

首先,是强烈的忧患意识。这一点,在孔子的思想中体现得最为显著。孔子的政治理想是建立大同社会,他尊仰"三王之治",主张用道德和礼教来治理国家。然而,孔子所处的春秋时期却是一个"礼崩乐坏""天下无道"的混乱时代,因此他的心中充满了危机感、末世感和忧患意识。孔子说:"德之不修,学之不讲,闻义不能徙,不善不能改,是吾忧也。"① 孟子也说:"世道衰微,邪说暴行有作,臣弑其君者有之,子弑其父者有之。孔子惧,作《春秋》。"② "忧道不忧贫"③ 的孔子,提倡"克己复礼"④,恢复三代之治,并且为之奋斗了一生。虽然孔子的努力最终仍然失败了,但他的这种悲剧精神却是值得赞美和尊敬的。如果说孔子的忧患意识主要体现为"居危思安",那么儒家的忧患意识中还有一个重要的传统,那就是"居安思危",孟子的"生于忧患而死于安乐"⑤、唐太宗的"安不忘危,治不忘乱"⑥、欧阳修的"忧劳可以兴国,逸豫可以亡身"⑦、范仲淹的"先天下之忧而忧,后天下之乐而乐"⑧ 等,即是对这种精神的精要概括。

---

① 《论语·述而》。
② 《孟子·滕文公下》。
③ 《论语·卫灵公》。
④ 《论语·颜渊》。
⑤ 《孟子·告子下》。
⑥ (唐)吴兢:《贞观政要》。
⑦ (宋)欧阳修:《新五代史·伶官传序》。
⑧ (宋)范仲淹:《岳阳楼记》,《范文正公集》。

其次，是勇毅的担当精神。儒家具有强烈的入世精神，以天下为己任，有一种"天将降大任于斯人也"① 的自觉的担当精神。儒家为自己规定的任务是"修身、齐家、治国、平天下"②，"为天地立心，为生民立命，为往圣继绝学，为万世开太平"③。正因为心存高远的济世情怀，所以儒家对自身的期许和要求是很高的，尤其在操守和气节上不允许有丝毫瑕疵。对于他们心目中的道义原则，儒家有一种坚定的持守，并且不惜为之而牺牲生命，这无疑是一种典型的悲剧精神。儒家强调"天行健，君子以自强不息"④，注重培养自身的"浩然之气"⑤，崇尚"富贵不能淫，贫贱不能移，威武不能屈"的"大丈夫"气概⑥，"可以托六尺之躯，可以寄百里之命，临大节而不可夺也"⑦。仁义道德高于包括生命在内的一切："不义而富且贵，于我如浮云。"⑧ "无求生以害仁，有杀身以成仁。"⑨ "生亦我所欲也，义亦我所欲也，二者不可兼得，舍生而取义者也。"⑩ 杀身成仁、舍生取义，这是儒家勇毅的担当精神的集中写照。

最后，是知其不可为而为之的抗争精神。孔子一生都在不遗余力地宣传推广他的以"三王之治"为理想的政治主张，虽然处处碰壁，却还是屡败屡战。有人评价孔子，认为他是"知其

---

① 《孟子·告子下》。
② 《礼记·大学》。
③ （宋）张载：《语录》。
④ 《周易·乾》。
⑤ 《孟子·公孙丑上》。
⑥ 《孟子·滕文公下》。
⑦ 《论语·泰伯》。
⑧ 《论语·述而》。
⑨ 《论语·卫灵公》。
⑩ 《孟子·告子上》。

不可为而为之"①。这句话似乎带有一些贬义，但反过来看，这也正是儒家的一种极为可贵的精神，那就是绝不轻言放弃。即使只有不到百分之一的可能，也要付出百分之百的努力。不达目的，誓不罢休。遇到困难，如果不去想方设法克服，而是无所作为、听天由命，那么也就不会有力挽狂澜、转危为安的可能。所以孔子说，"不怨天，不尤人"，"勇者不惧"②。要实现理想，就必须义无反顾地去行动，哪怕最终失败了，也无怨无悔。三国时期的蜀国丞相诸葛亮，就是"知其不可为而为之"这种儒家精神的典型代表，他明知统一中原的大业很难实现，却仍然为之而奋斗了一生，鞠躬尽瘁、死而后已，这个"失败者"成了无数后人崇拜的偶像。这样的形象，让人想到推巨石上山的西西弗斯，想到鲁迅说的"绝望的抗战"，我们突然发现儒家思想与存在主义哲学竟然有如此相通之处。

（二）道家的悲剧意识

中国文化虽然是以儒家思想为主的，但也不能忽视道家思想的重大影响。儒家和道家表面上看起来是相反的，甚至是对立的，但正如李泽厚先生所言："老庄作为儒家的补充和对立面，相反相成地在塑造中国人的世界观、人生观、文化心理结构和艺术理想、审美兴趣上，与儒家一道，起了决定性的作用。"③"儒道互补是两千年来中国思想一条基本线索。"④ 道家没有儒家那么强烈的入世意识，但也不像有的人所理解的那样是完全逃避现实、道德和责任的，其实道家与儒家有内在的相通之处，只不过外在的表现形式差异较大而已。当然，道家毕竟不是儒家，它有

---

① 《论语·宪问》。
② 同上。
③ 李泽厚：《美的历程》，中国社会科学出版社1989年版，第51页。
④ 同上书，第47页。

自己独特的东西。就悲剧意识而言，情况也是如此，道家的悲剧意识与儒家相比，既有相通的一面，又有不同的一面，试概括为以下三点。

首先，对荒谬社会的批判。悲剧意识的核心在于对现实和命运的反抗精神，在这一点上道家比儒家有过之而无不及，尤其在庄子身上体现得最为突出。老庄哲学是一脉相承的，庄子继承老子的思想又有所发展，因此更能代表道家的思想，所以我们这里就以庄子的哲学来探讨道家的悲剧意识。庄子对这个世界抱有比孔子更高的理想和期待，而现实的巨大反差使他对人间世产生了一种强烈的失望，因此他的批判也就更加激愤。庄子生活在一个"天下大乱，贤圣不明，道德不一"① 的时代，他对道德的沦丧和人性的失落痛心疾首，因此"以天下为沉浊"②，对社会现实充满愤世嫉俗之情。他批判统治者"立人之所病，聚人之所争，穷困人之身，使无休时"③，对"窃钩者诛，窃国者为诸侯"④ 的荒谬社会提出了尖锐的批评和拷问，认为所谓"圣人"是造成诸多社会问题的罪魁祸首，"圣人不死，大盗不止"⑤，等等。而庄子表面上游戏人生的态度，实质上体现的是对黑暗社会的一种彻底反抗，正如颜世安所说："庄子的游世思想鼓吹一种彻底的游戏人生态度，不仅游戏的对待社会政治问题，而且游戏的对待自己的命运，对待自己的祸福生死，这实际是因为他对现实的反感太过激烈，不愿意像别的隐者如杨朱派或是长寿神仙派那样过一种稳定的生活。游世思想的本质并不是以无原则的游戏手段

---

① 《庄子·天下》。
② 同上。
③ 《庄子·则阳》。
④ 《庄子·胠箧》。
⑤ 同上。

谋求好处，而是以彻底的游戏态度嘲讽在这个现实世界里寻找稳定生活的想法。游世思想最深刻的感情是对现实世界的嘲讽和敌意，是坚守内心深处不肯化解的孤独冷漠。"① 事实上，庄子并不像有的人认为的那样在逃避社会，而是充满了悲剧性的反抗精神。

其次，对人生苦难的悲悯。在对荒谬人世的批判中，道家已经表现出对人生苦难的悲悯，而其更深切的悲悯则表现为对人的被奴役的精神世界的关注。庄子说："夫富者，苦身疾作，多积财而不得尽用，其为形也亦外矣！夫贵者，夜以继日，思虑善否，其为形也亦疏矣！人之生也，与忧俱生。寿者惽惽，久忧不死，何苦也！其为形也亦远矣！"② 在庄子看来，人类的悲剧源于不节制的欲望，而欲壑难填，于是必然陷入精神痛苦之中。"与物相刃相靡，其行尽如驰，而莫之能止，不亦悲乎！终身役役而不见其成功，然疲役而不知其所归，可不哀邪！人谓之不死，奚益！其形化，其心与之然，可不谓大哀乎？人之生也，固若是芒乎？其我独芒，而人亦有不芒者乎？"③ 人与环境的争斗、人与人的争斗，使人的精神与肉体一起走向衰竭，这难道不是人类最大的悲哀吗？

最后，对生命本体的追求。众所周知，道家追求"养生"，但这种养生并不仅仅是追求长寿之道，更是对生命本体的一种追寻。庄子说："吾生也有涯，而知也无涯。以有涯随无涯，殆已！已而为知者，殆而已矣！为善无近名，为恶无近刑。缘督以为经，可以保身，可以全生，可以养亲，可以尽年。"④ "性者，

---

① 颜世安：《庄子评传》，南京大学出版社2006年版，第18页。
② 《庄子·至乐》。
③ 《庄子·齐物论》。
④ 《庄子·养生主》。

生之质也。"① 庄子意识到了人的生命短暂这样一个悲剧性处境，因此提倡不役于外物、顺乎自然、循乎天性的生命形式，可以说这也是从另一种角度对抗悲剧命运而又保全生命的方式。"夫天下至重也，而不以害其生，故天下大器也，而不以易生。"② 庄子视生命的价值高于一切，将人的身心健康和精神自由置于国家社会之上，体现出一种强烈的生命意识。悲剧往往体现为人与自然和社会的抗争，但这并不代表只有与自然和社会对立才是悲剧，像庄子这样将生命看得至高无上的思想，又何尝不是一种悲剧意识呢？因为从另一面来看，它也是对"生也有涯"的自然规律的反抗，更是对"天下沉浊"的社会现实的反抗。

（三）佛家的悲剧意识

儒家和道家的哲学思想尽管有较大差异，但从本质上来说它们都属于世间哲学，而佛家哲学则不同，它属于宗教哲学。人们一般认为，"宗教不利于悲剧"③，因为宗教将人生的苦难化解于彼岸世界，"悲剧知识的张力从一开始就被人由天恩而得来的完美和拯救所消解了"④。但也有人持不同观点，海伦·加德纳认为："悲剧诗人的灵感，来自人类有能力理解历史经验之世界的信心，这种试图通过假说和实验来发现物质世界规律的精神是一致的。诗人的假说就是支配着他的时代的想象力的宗教观念。"⑤ 不过总的来说，"不利说"是占据上风的，尼采就认为基督教的

---

① 《庄子·庚桑楚》。
② 《庄子·养生主》。
③ 朱光潜：《悲剧心理学》，安徽教育出版社1996年版，第297页。
④ [德]卡尔·雅斯贝尔斯：《悲剧的超越》，中国工人出版社1988年版，第22页。
⑤ 《宗教与文学》，四川人民出版社1989年版，第112页。

兴起是西方悲剧衰落的根源。不管怎样，就中国的佛教思想而言，它事实上并不是一种纯粹的宗教思想，而是在本土化的过程中融入了中国哲学、伦理学、社会学乃至政治思想、文艺观念等众多成分，呈现出一种复杂多元而且具有现世精神的中国特色，因此它的悲剧意识虽然不像儒家和道家那样浓郁，却也并未完全丧失。

佛教传入中国后，逐渐与中国文化相结合，其发展的路径大致分为两条：一条是向下，一条向上。向下的一条渗入民间，宣扬因果报应、生死轮回等观念，一方面使民众得到心理上的安慰，另一方面也起到了麻痹人心的作用，这无疑会消解人们的悲剧意识。而向上的一条则在士大夫阶层，即知识分子和上流社会中产生流变，主要是追求一种心灵的超越。"这种对玄而又玄的心灵超越的追寻是士大夫禅兴趣之所在，也导致了禅思想史的一大转向。这一转向在中国上层社会宗教生活中的意义是逐渐瓦解了束缚于外在戒律的生活路向，使之转向内在自觉；逐渐瓦解了束缚于神灵救赎的路向，使之转向自心超越；逐渐瓦解了束缚于义理分析的路向，使之转向内在感悟。"① 这种不寄托来世、不祈求神灵的现世超越精神，是禅宗的一大特色。它尽管也以寻求解脱为目的，但这种对人世人性的怀疑、对现实苦难的超越、对精神自由的追求，应该说还是具有一定的反抗精神的，换句话说，其中是蕴含着悲剧意识的。

二 中国古典文学中的悲剧意识

现实的悲剧性用文艺的形式反映出来，就成为悲剧性的文艺

---

① 葛兆光：《中国禅思想史——从6世纪到9世纪》，北京大学出版社1995年版，第99页。

作品。中国历史上不乏悲剧性文艺作品,而在那些脍炙人口的传世经典中,悲剧性作品更是占了相当大的比重。刘鹗曾说:"《离骚》为屈大夫之哭泣,《庄子》为蒙叟之哭泣,《史记》为太史公之哭泣,《草堂诗集》为杜工部之哭泣,李后主以词哭,八大山人以画哭,王实甫寄哭泣于《西厢记》,曹雪芹寄哭泣于《红楼梦》。"[①] 探寻中国古代悲剧意识的脉络,悲剧性文学作品是一个绝佳的桥梁和中介,我们通过它们可以听到古人的"哭泣",触摸到古人悲剧意识的脉动。

(一)《诗经》——中国悲剧文学的源头

作为中国第一部诗歌总集、中国文学的光辉起点,《诗经》对于中国文学与文化史的价值和意义无疑是十分重大的,它也是我们考察中华民族早期悲剧意识极为重要的资料。《诗经》成书于春秋时期,其中收录的诗歌最早的出自西周初期,最晚的成于春秋中期,反映了大约六百年间中国社会的总体风貌和各阶层人们的心路历程。以现实主义为基调的《诗经》有一个突出的特点,那就是抒情。除了《大雅》中的史诗和《小雅》《国风》中的个别篇章外,其余全为抒情诗。而与《诗经》大体处于同一时代的古希腊诗歌,其主要成就则在以《荷马史诗》为代表的叙事诗。史诗和悲剧奠定了西方文学以叙事为主的传统,而《诗经》则奠定了中国文学以抒情为主的传统。西方古典文学的主要成就在于戏剧、史诗和小说,而中国古典文学的主要成就则在于诗歌和散文。西方悲剧意识的主要载体是悲剧,其次为悲剧性史诗和小说;而中国悲剧意识的主要载体则是悲诗,其次则为悲文。《诗经》中的大部分作品都是悲诗,这也在很大程度上奠定了中国文学以悲为主的精神气质。

---

① (清)刘鹗:《老残游记·自序》。

1. 爱情之悲

翻阅《诗经》，悲愁之气扑面而来，绵延不绝。《诗经》开篇："关关雎鸠，在河之洲。窈窕淑女，君子好逑。""求之不得，寤寐思服。悠哉悠哉，辗转反侧。"① 这是一首恋歌，虽然没有浓郁的悲剧气氛，但在美好的爱情追求中，却也有着淡淡的哀愁。男女之恋，是《诗经》的一大题材，而爱情带来的苦恼和忧伤，也就在《诗经》中四处弥漫，牵起读者无限的情思。以《诗经·秦风·蒹葭》为例：

  蒹葭苍苍，白露为霜。所谓伊人，在水一方。溯洄从之，道阻且长。溯游从之，宛在水中央。
  蒹葭萋萋，白露未晞。所谓伊人，在水之湄。溯洄从之，道阻且跻。溯游从之，宛在水中坻。
  蒹葭采采，白露未已。所谓伊人，在水之涘。溯洄从之，道阻且右。溯游从之，宛在水中沚。

秋水迷茫，伊人宛在，上下求索，终不可得。"所谓伊人，在水一方。"你明明看到她就在那里，仿佛近在咫尺，可当你想要靠近她时，却又像是远在天涯。美好的对象，执着的追求者，两者之间始终有距离，有阻碍。这种不远不近的距离，恰是审美的最佳距离，它使对象在追求者心目中的形象越发完美；而这又是一种阻隔，一次次地追寻，终是可望而不可即。越是美好，越要追求；越是有阻碍，越发激起追求的热情和勇气；越是得不到，越是将对象理想化，于是就越是想得到。如此反复的过程，也就成了一个不断强化的过程：理想的不断强化和追求的不断强

---

① 《诗经·国风·关雎》。

化，但距离与阻碍却始终无法消除。求之不得的心情，刚开始可能只是一丝甜蜜的忧伤；渐渐地，就会体味到一种苦涩和无奈；到最后，就只剩下悲哀和伤感了。这是《诗经》中非常多见的一种情感模式，张法称其为"《蒹葭》模式"，认为这是"追求型悲剧意识"的基本模式，并归纳出这种模式的三个基本构成因素："（一）具体而飘渺的目标；美人意象；（二）不竭的（带有超文化性质的）追求；（三）不可克服的阻碍。"①

在《蒹葭》中，不可克服的阻碍是水，但这个"水"却又不仅仅是水，它还有着更深层的象征意义。台湾学者黄永武指出："《诗经》中的水……大半含有一种共通的意义：'水'是'礼'的象征。"② 所以说，《蒹葭》模式中真正阻碍追求者与其追求对象靠近的，正是"礼"。

"礼"是儒家最重要的哲学概念，并且形成了大到国家政治、小到衣食住行的一整套等级制度和行为规范，是中国古代宗法社会得以稳定维系的根本。"礼"的内涵很丰富，笔者以为其要义在于"克己"以致"和"。换句话说，任何人都要恪守自己的本分，所谓"君君、臣臣、父父、子子"，任何情况下都不能有任何超越自己角色规定的思想和言行。只有这样，国、家才能稳定，社会才能和谐。那么，爱情、婚姻的"礼"是什么呢？一言以蔽之："父母之命，媒妁之言。"在宗法社会里，婚姻不是青年男女个人的事，而是家族延续子嗣的手段和需要，因此必须服从家族的意愿，当事人没有任何自主的权利，自由恋爱更属大逆不道之举。"先秦，确切地说是春秋战国时代，婚姻问题正处在以整易'乱'、由宽到严的过渡阶段，既有前代的遗踪，又

---

① 张法：《中国文化与悲剧意识》，中国人民大学出版社1989年版，第40页。
② 黄永武：《中国诗学·思想篇》，台湾巨流图书公司1979年版，第96页。

有后代封建囚笼的雏形。"① 正因为处于这样一个过渡的阶段，所以才会出现《蒹葭》式的爱情悲剧意识，而在后来完全礼制化的社会里，自由恋爱导致的则是彻头彻尾的悲剧了。

在《蒹葭》模式的爱情悲剧意识中，追求者的行为是"发乎情、止乎礼"，他一方面无法抑制"情"的驱动，一方面又无法克服"礼"的阻碍，本能欲望与道德规范之间，亦即人的自然性与社会性这两重属性之间，形成了内在的难以调和的矛盾。正因为这种矛盾是难以调和的，故而才转化为一种悲剧意识。可以说，不仅是男女爱情之悲，中国两千多年来的悲剧意识，大多都是由"情"与"礼"的矛盾冲突所导致的。

追求型悲剧意识的形成，一方面是由于追求者的欲进不能，另一方面也是由于被追求者的欲迎还拒，两者缺一不可。因此这种悲不仅是追求者的悲，同时也是被追求者的悲。《蒹葭》重在表现追求者的悲剧意识，而在《诗经·郑风·将仲子》中，则主要表现了被追求者的悲剧意识：

> 将仲子兮，无逾我园，无折我树檀。岂敢爱之？畏人之多言。仲可怀也，人之多言，亦可畏也。

全诗共三章，此为最后一章。很明显，这首诗是以一个少女的口吻，对追求她的小伙子将仲子所说的话。将仲子的追求是狂热的、违礼的，他逾里、逾墙、逾园，折杞、折桑、折檀，不顾一切地来与心爱的姑娘幽会。面对如此执着而大胆的追求，姑娘是怎样一种心态呢？一方面是"仲可怀也"，我的心是属于你

---

① 许嘉璐：《先秦婚姻说略》，载《文史知识》编辑部《古代礼制风俗漫谈》（四），中华书局1992年版，第149页。

的；另一方面是"人言可畏"，社会舆论是可怕的。这个被追求者的悲，仍然是"情"与"礼"的冲突之悲。《将仲子》模式是对《蒹葭》模式的一种照应或者补充，两者共同构成了《诗经》爱情悲剧意识的基本形态。

2. 思念之悲

《诗经》产生的时代，是一个战乱频仍的时代，为了满足戍守与征战的需要，大量的青壮年男子被王室征去服兵役，造成了无数生离死别的人间悲剧，于是也产生了众多怀人怀土的悲剧性诗篇。另外，日常生活中也常常会有生死离别，也会带来思念之悲。《诗经》中的思念诗，除了前面提到的恋爱相思之诗外，主要包括三类。

第一类：妻子思念丈夫。如《诗经·王风·君子于役》第二章：

> 君子于役，不日不月。曷其有佸？鸡栖于桀。日之夕矣，羊牛下括。君子于役，苟无饥渴？

诗中写这位妇女的心理非常细致真实：夕阳西下的黄昏时分，看到羊牛归栏、鸡儿回窝，马上联想到久役不归的丈夫。正因为无时无刻不在思念丈夫，所以才会有如此自然的联想，可见其思念之切、思念之深。牛羊每天都按时回家，而丈夫的归来却遥遥无期，这无疑加重了思念的悲情。但是，思念又能怎么样呢？只是徒增惆怅与哀愁而已。那么，索性就不去思念了吧。最后，在无可奈何之中，她只能以"苟无饥渴"来寄托自己对丈夫的深情。这首诗的风格细腻委婉，诗中没有一个"怨"字，而句句写的都是"怨"，它从一个侧面写出了繁重的徭役给千百个家庭带来的痛苦。

第二类：丈夫思念妻子。如《诗经·邶风·绿衣》：

绿兮衣兮，绿衣黄里。心之忧矣，曷维其已！
……
绨兮绤兮，凄其以风。我思古人，实获我心！
……

一位男子失去了妻子，睹物伤情，哀痛不已。妻子亲手缝制的"绿衣黄裳"尚在，而人已离去，好不令人伤悲！此诗感情真挚，言辞哀婉，感人至深。《毛诗序》对此诗的解释是："卫庄姜伤己也。妾上僭，夫人失位而作是诗也。"闻一多《风诗类钞》云："感旧也。妇人无过被出，非其夫所愿。他日因衣妇旧所制衣，感而思之，遂作此诗。"但更多的人认为这是一首悼亡诗，亦即丈夫悼念亡故的妻子，笔者也以为悼亡之说更为贴切。此诗所创的"睹物思人"模式，为其后中国悼亡诗的创作树立了典范，在潘岳、江淹、元稹、苏轼、纳兰性德等历代诗人的悼亡诗中，都可以看到它的影子。

第三类：思念故土亲人。如《诗经·小雅·采薇》：

采薇采薇，薇亦作止。曰归曰归，岁亦莫止。靡室靡家，猃狁之故。不遑启居，猃狁之故。
……
昔我往矣，杨柳依依。今我来思，雨雪霏霏。行道迟迟，载渴载饥。我心伤悲，莫知我哀。

这首诗描述的是久戍在外的征人思家、回家的情景。全诗共六章，第一章就提到回家，可回家的日子一推再推，直到最后一章,征人才真正走在了回家的路上。为什么回家如此之难呢?因为狁猃猖狂,战事连绵。在频繁的战斗和居无定所的戍边生活中,征人时时刻刻都思念着远在家乡的亲人,可现实情况却是连捎一封家书都成为一种奢望,这样就使得思乡之情更为迫切。岁暮时节,征人终于从残酷险恶的战场上归来。能够活着回家,并且马上就可以见到日思夜想的亲人了,这本应是一件让人无比快乐的事情,但征人却怎么也高兴不起来。他看到眼前的"雨雪霏霏",想到当初离家时的"杨柳依依",抚今追昔,感慨万端,不禁陷入一种深广的悲伤情绪之中。

同为写思念亲人,《诗经·小雅·蓼莪》又有所不同:

> 蓼蓼者莪,匪莪伊蒿。哀哀父母,生我劬劳。
> ……
> 瓶之罄矣,维罍之耻。鲜民之生,不如死之久矣。无父何怙?无母何恃?出则衔恤,入则靡至。
> 父兮生我,母兮鞠我。拊我畜我,长我育我,顾我复我,出入腹我。欲报之德,昊天罔极!
> ……
> 南山律律,飘风弗弗。民莫不穀,我独不卒!

主人公看到一丛丛的莪蒿在风中摇曳,想起自己已经去世的父母,心中不由泛起苦涩的悲悼之情。诗中连用"生""鞠""拊""畜""长""育""顾""复""腹"九个动词,充分表现了父母的养育之恩和舐犊之情,自然引出了"欲报之德,昊天罔极"的心声。但是,父母已经亡故,天大的恩情何处去报!于是,发生了"鲜民之生,不如死之久矣"的悲天怆地的呼号。全诗抒发了失去父母的孤单苦闷和未能终养父母的巨大遗憾,沉痛悲怆,凄恻动人。清人方玉润《诗经原始》称其为"千古孝思绝作",确为的论。

3. 弃妇之悲

《诗经·邶风·谷风》:

> 习习谷风,以阴以雨。黾勉同心,不宜有怒。采葑采菲,无以下体。德音莫违,及尔同死。
> 行道迟迟,中心有违。不远伊迩,薄送我畿。谁谓荼苦,其甘如荠。宴尔新婚,如兄如弟。
> ……
> 不我能慉,反以我为雠,既阻我德,贾用不售。昔育恐育鞫,及尔颠覆。既生既育,比予于毒。
> ……

这是一首著名的弃妇诗,是遭遇不幸婚姻的女子以极为痛苦的心情唱出的凄婉动人的歌。诗中的这位女主人公勤劳而善良,她与丈夫曾经过着贫苦的日子,但夫妻恩爱,同心同德,苦日子中也不乏甜蜜。后来生活好转了,丈夫却另娶新人,将她无情地赶出了家门。诗中所反映的婚姻悲剧,既是个人悲剧、家庭悲剧,又何尝不是社会悲剧。随着阶级社会的发展和男权制度的确立,妇女失去了原有的社会地位,沦为男子的附属品和玩物,即使付出再多的劳苦和心血,一旦丈夫日久生厌或另有新欢,则难免被无情抛弃的悲惨命运。

像《谷风》主人公这样的悲剧在《诗经》的时代已经不是个别现象,而是比较普遍了,这从《诗经》中弃妇诗的数量之多即可看出。《诗经·卫风·氓》是与《谷风》并称"双璧"的弃妇诗代表作之一,写的同样是一个勤劳善良的女子,丈夫婚前对她信誓旦旦，婚后仅仅三年就将她抛弃了。两首诗的主题和风格有相近之处，却又有明显的区别：《谷风》主要是"怨"，而《氓》主要是"悔"。古人对《氓》的解读大多沿袭《毛诗序》的"刺淫"之说，认为该女子未经媒妁而私自成婚，属于淫行，其悲剧命运是咎由自取，而此"淫妇"的忏悔"供牒"对世人是一种警诫。世易时移，现代人对《氓》的解读又是另一番情形：大家普遍同情女主人公的不幸遭遇，谴责氓的喜新厌旧、忘恩负义。以上两种观点虽然角度截然相反，但应该说都没有错，而且都在一定程度上揭示了此诗此事的悲剧内涵。不过，如果我们再换一个角度来认识，也许更能见出其深刻的悲剧性，那就是女主人公的悔恨本身！如果她只是后悔自己嫁错了人，那么这就只是一个一般性的悲剧；而她真正后悔的是自己违背了礼法，其间虽然有对氓的指责和抱怨，但全诗的重心则在于对自己的自由恋爱行为及其后果的忏悔。她认为是自己错了，而对于礼法却没有半句微词。这就是问题的关键所在，由此可见，礼法是如何的强大，其对人性的压制和摧残是怎样的深重！

4. 奴隶之悲

《诗经·豳风·七月》：

> 七月流火，九月授衣。一之日觱发，二之日栗烈。无衣无褐，何以卒岁？三之日于耜，四之日举趾。同我妇子，馌彼南亩，田畯至喜。

《七月》是国风中最长的一首诗，共八章，每章十一句，此处摘录其第一章。全诗基本上按季节的次序，描写了男女奴隶们劳动和生活的情景，反映了当时奴隶们一年到头的繁重劳动和无衣无食的悲惨境遇。第一章总括全诗，从岁寒写到春耕开始。第二章，写妇女们的采桑劳动。第三章，写妇女们的蚕桑纺织之事，并指出这是为贵族阶级做衣裳用的。第四章，写农事既毕，奴隶们还是为统治者猎取野兽。第五章，写一年将尽，奴隶们为自己收拾屋子准备过冬。第六章，写奴隶们除农业外，还得从事各种副业劳动，以供统治者享用。第七章，写奴隶们农事完毕，还要为统治者修盖房屋。第八章，写一年辛苦之后，还要大办酒宴，为统治者庆贺祝寿。《七月》这首长诗，向我们展示了一幅古代奴隶社会阶级压迫的图画。奴隶们一年到头无休无止地劳动，却仍然过着饥寒交迫的日子，这是怎样的一种悲哀！

5. 生命之悲

《诗经·秦风·黄鸟》第一章：

交交黄鸟，止于棘。谁从穆公？子车奄息。维此奄息，百夫之特。临其穴，惴惴其栗。彼苍者天，歼我良人！如可赎兮，人百其身！

《黄鸟》描写秦穆公死时，以大量的活人殉葬，其中子车氏三兄弟都被殉葬。诗中描写三兄弟殉葬时的情景，表现了对三位壮士的哀悼和惋惜，也表达了对惨无人道的殉葬制度的无比愤怒和强烈抗议。《左传·文公六年》记载："秦伯任好卒，以子车氏之三子奄息、仲行、针虎为殉，皆秦之良也。国人哀之，为之赋《黄鸟》。"由此可见本诗所写不但是真人真事，而且有确切的时间（公元前621年），因此这是一首纪实性很强的诗。另外值得一提的是，为秦穆公殉葬的共有177人，而作者只痛悼"三良"，对其他174个奴隶之死却只字不提，因此作者的身份地位也就不言而喻了。尽管如此，本诗能够以现实生活中具有高度敏感性的重大事件为题材，表达出对无辜牺牲生命的悲悼以及对残酷的礼法制度的控诉，无疑是非常大胆而且难能可贵的。

6. 无名之悲

《诗经·王风·黍离》第一章：

> 彼黍离离，彼稷之苗。行迈靡靡，中心摇摇。知我者谓我心忧，不知我者谓我何求。悠悠苍天，此何人哉！

茂密的黍稷，空寂的道路，孤独的行人，缓慢的步子，恍惚的神态，忧郁的表情。这个踽踽独行的人，我们不知他从何而来，也不知他将向何往，只见他不时仰望苍天，似乎有无尽的悲伤想要诉说。读者不禁要问：他究竟是谁？连作者自己也在问："此何人哉！"有人说他是周朝大夫，有人说他是昔日贵族，有人说他是爱国志士，有人说他是流浪之人……我想，他是什么人已无关紧要，最重要的是他当下的状态和心情。他是如此的忧郁，眼前的一切在他的心中唤不起一丝的喜悦，所有的只是说不出的忧伤。这忧伤无由无名，无边无际，无穷无尽。这不由得让人想到唐代诗人陈子昂的那首千古绝唱："前不见古人，后不见来者。念天地之悠悠，独怆然而涕下。"①《黍离》在境界上当然无法与之相比，但我认为两首诗所表达的情感是接近的，都是一种深广无边的忧愁和悲怆。读这两首诗时，我们虽然不知道作者当时所思所想的具体内容，却仍然会引起强烈的共鸣，陷入一种无法言说的悲愁情绪当中。不管是因其有意为之还是无意间达到的客观效果，优秀的文艺作品往往能够传达一种超越时空的人类共同情感，即使相隔千万年也会让人深深感动。《黍离》以及前文涉及的许多诗篇，就是这样的作品，它们所体现出的悲剧意

---

① （唐）陈子昂：《登幽州台歌》，《全唐诗》。

识，今天依然打动着我们。

（二）中国古典文学中的爱情悲剧意识

爱情是文学永恒的主题，而在中国封建社会的伦理道德和文化环境下，爱情更是诞生悲剧的主要场地之一，因此反映爱情悲剧意识的文学作品数量极多，是我们考察中国古代悲剧意识的首选领域。《诗经》中有大量爱情诗，表现爱情中的追求、思念、遗弃等悲情，楚辞中也有不少作品涉及男女之爱，但这些诗歌往往具有多义性，看似描写爱情，实际上可能不仅仅是表现爱情的，而是借爱情之名表达更加隐晦、更为丰富的内涵。有鉴于此，我们这里主要选取一些大家公认的以爱情为主题的悲剧性作品来考察其中的爱情悲剧意识。首先来看《古诗十九首》中的《迢迢牵牛星》：

> 迢迢牵牛星，皎皎河汉女。
> 纤纤擢素手，札札弄机杼。
> 终日不成章，泣涕零如雨。
> 河汉清且浅，相去复几许。
> 盈盈一水间，脉脉不得语。

全诗以天上的牵牛、织女二星起兴，通过细腻传神的描写，将两个相爱的情侣隔水相望却不能团聚，甚至无法相互倾诉衷肠的痛苦之情表现得质朴清婉而又意蕴深沉。牛郎织女的传说是中国古代四大民间传说之一，反映了人们对于自由恋爱与自主婚姻的向往，也曲折地表达了对王母娘娘所代表的封建专制制度的不满。《迢迢牵牛星》虽然写得比较委婉含蓄，但这种情感和思想倾向是一致的。诗中虽没有直接表现强烈的反抗，而这种饱含泪水的幽怨之情却自有一种撼动人心的力量。

《孔雀东南飞》是中国文学史中的第一部长篇叙事诗,同时也是第一首长篇爱情悲诗。《孔雀东南飞》又名《焦仲卿妻》或《古诗为焦仲卿妻作》,最早见于南朝徐陵编著的《玉台新咏》,诗前序文曰:"汉末建安中,庐江府小吏仲卿妻刘氏,为仲卿母所遣,自誓不嫁。其家逼之,乃没水而死。卿闻之,亦自缢于庭树。时人伤之,为诗云尔。"可见这是根据现实生活中发生的真实事件创作的一首诗,因此具有十分重要的历史价值和认识价值,我们能够从中更加真切地体会到封建礼教对青年纯真爱情的破坏和戕害。

> 孔雀东南飞,五里一徘徊。
> 十三能织素,十四学裁衣。
> 十五弹箜篌,十六诵诗书。
> 十七为君妇,心中常苦悲。
> 君既为府吏,守节情不移。
> 贱妾留空房,相见常日稀。
> 鸡鸣入机织,夜夜不得息。
> 三日断五匹,大人故嫌迟。
> 非为织作迟,君家妇难为。
> 妾不堪驱使,徒留无所施。
> 便可白公姥,及时相遣归。

　　从诗的开篇段落我们可以看出,刘兰芝是一个知书达理、心灵手巧的女子,她不但对焦仲卿感情专一,而且在家里辛苦工作、任劳任怨,可即便如此,还是无法博得婆婆的欢心。无奈之下,她向焦仲卿提出了"及时相遣归"的请求。其实这哪里是她的请求,分明是婆婆已向她下达了驱逐令。果然,当焦仲卿去问母亲时,母亲说:"此妇无礼节,举动自专由。吾意久怀忿,汝岂得自由!"焦仲卿的态度倒是非常坚定:"今若遣此妇,终老不复娶!"可即使焦刘二人爱得怎样死去活来,最终仍然抗拒不了封建家长的权威,一对鸳鸯硬是被棒打分离。两个人虽然被迫分开了,可他们的感情还是坚如磐石,并且幻想着有朝一日能够破镜重圆。然而,残酷的现实很快便将他们的梦想无情地击碎了。在家长逼迫再嫁的情势之下,刘兰芝彻底绝望了,于是"举身赴清池";焦仲卿受此沉重打击,也不愿苟且偷生,最后"自挂东南枝",两个年轻人用生命捍卫了他们坚贞的爱情。

《孔雀东南飞》不但让我们见证了刘兰芝与焦仲卿生死不渝的伟大爱情,而且让我们见识了封建礼教与家长制度的强大威力。这不是传说,而是活生生的现实。焦母既不是达官显贵,也不是富豪士绅,她只是一个普通的家庭妇女,却能有如此强势的表现,归根结底,是因为她手中握有"尚方宝剑",那就是——封建礼教和家长制度赋予了她"生杀予夺"的权力。这种违反人性的制度,不但葬送了青年男女追求幸福和尊严的权利,更是扼杀了人的灵魂和生命。刘兰芝和焦仲卿用他们的悲剧向这种制度表达了最强烈的抗议,可是在几千年的中国历史上,这样的悲剧却在不断地上演着。

如果说刘兰芝和焦仲卿是因为身为平民(焦仲卿只是一个小小的府吏,并无权势)而无法主宰自己的命运,那么身份高贵的帝王将相又如何呢?白居易的《长恨歌》为我们提供了一个绝好的案例。唐玄宗李隆基(唐明皇)与贵妃杨玉环的爱情故事之所以千百年来被人们广为传颂,有一个非常重要的原因就是他们特殊的地位和身份。一个是九五至尊的皇帝,一个是宠荣至极的贵妃,他们的爱情自然非比寻常:

> 汉皇重色思倾国，御宇多年求不得。
> 杨家有女初长成，养在深闺人未识。
> 天生丽质难自弃，一朝选在君王侧。
> 回眸一笑百媚生，六宫粉黛无颜色。
> 春寒赐浴华清池，温泉水滑洗凝脂。
> 侍儿扶起娇无力，始是新承恩泽时。
> 云鬓花颜金步摇，芙蓉帐暖度春宵。
> 春宵苦短日高起，从此君王不早朝。
> 承欢侍宴无闲暇，春从春游夜专夜。
> 后宫佳丽三千人，三千宠爱在一身。

白居易的《长恨歌》摈弃了传说中的唐明皇夺子之爱以及杨贵妃与安禄山私通等有损李杨爱情纯洁度的内容，一心一意地来讴歌他们动人的爱情。的确，像唐明皇这样爱情专一的皇帝是历史上罕见的；当然，杨贵妃的美丽也是历史上罕见的。因为这种罕见，所以人们不禁要问：他们的欢爱是否只是一时的"原始冲动"呢？事实证明并非如此。杨贵妃不仅美艳过人，而且品性贤淑、才华横溢，有这样的佳人相伴，夫复何求？因此唐明皇对杨贵妃的爱，是超越了一般的帝妃之欢的，他们相互倾慕、平等相爱，并且发誓要不离不弃、生死相依。然而，"渔阳鼙鼓动地来，惊破《霓裳羽衣曲》"，在仓皇逃亡的路上，"六军不发无奈何，宛转蛾眉马前死"，"君王掩面救不得，回看血泪相和流"。事情的改变是如此突然，唐明皇还没明白过来，与自己的爱人已是阴阳两隔。而唐明皇的后半生，是在对杨贵妃的思念和对自己的痛责中度过的，"行宫见月伤心色，夜雨闻铃肠断声"，真是情何以堪！为了表达自己对李杨爱情的赞美之情，也为了缓解故事的悲剧性，给读者一种心理安慰，白居易设计了一个浪漫主义的结尾：唐明皇实在无法忍受思念之苦，"遂教方士殷勤觅"，终于在蓬莱仙山找到了杨贵妃。原来，已为仙子的杨贵妃也在日夜想念心爱的君王。两人的天上相见，悲喜交加。杨贵妃拿出唐明皇当年送给她的定情信物，金钗钿盒分开，各持一半："但教心似金钿坚，天上人间会相见。"

    临别殷勤重寄词，词中有誓两心知。
    七月七日长生殿，夜半无人私语时。
    在天愿作比翼鸟，在地愿为连理枝。
    天长地久有时尽，此恨绵绵无绝期。

  虚幻的"团圆"无法弥补悲剧的伤痛，《长恨歌》所描写的无疑是一个凄美的爱情悲剧。对这首诗的主题，历来有多种说法，但不管是以政治为主题还是以爱情为主题或者是二者兼而有之，都改变不了李杨爱情的悲剧属性。在很大程度上可以说，造成唐明皇与杨贵妃的爱情悲剧的原因就在于他们的特殊身份。作为国家的统治者，他们的个人感情和个人生活始终摆脱不掉与政治的纠缠，虽然享受人间至贵的尊崇，可以决定无数人的命运，却无法掌握自己的命运，哪怕只是和相爱的人厮守在一起都难以做到，这难道不是一种莫大的悲哀吗？他们的悲剧，既是国家的悲剧、政治的悲剧，也是个人的悲剧、爱情的悲剧。这种多重的悲剧性，让李杨爱情悲剧成为众多爱情悲剧中最独特、最令人唏嘘感叹也最引人深思的一个。

  无论是太平盛世还是离乱之秋，无论是帝王贵妃还是平民百姓，无论是天上仙界还是凡尘人间，爱情悲剧在中国封建社会随时随处都在发生，在我们的文学作品中持续不断地被书写着。无论是青年男女还是中年夫妇，无论是相恋的甜蜜还是分离的痛苦，无论是残酷的现实还是美好的想象，爱情悲剧的内涵和根源其实都是一样的，因为在一个人不成其为"人"的社会中，人要主宰自己的命运只能是虚妄的奢求，遑论爱情。

（三）中国古典文学中的政治悲剧意识

以儒家文化为主导的中国封建社会，无论是士大夫阶层还是普通平民，都表现出一种积极的入世精神，强烈的政治情怀就是这种入世精神的重要表现。儒家的理想，同时也是对士人的核心要求，就是修身、齐家、治国、平天下。这条道路，是一代又一代知识分子为之奋斗不已的理想追求。这既是知识分子对个人道德与价值理想的追求，也是他们对家国所肩负的责任和使命，因此成为他们矢志不渝想要达到的最高目标。但是有追求就会有失落，修、齐、治、平的另一面就是不修、不齐、不治、不平。于是，历史的必然要求和这种要求的实际上不可能实现之间的悲剧性冲突[①]就形成了萦绕在中国文人心中浓郁的政治悲剧意识。因此，中国古典文学中的政治悲剧意识，主要表现为对政治理想的不懈追求以及理想与现实的巨大落差所导致的内心的郁闷、悲伤、愤怒和忧思。

屈原是中国第一个诗人，也是我们考察中国文人政治悲剧意识的一个典型。屈原出身高贵，才华出众，胸怀大志，曾任三闾大夫、左徒等职，统揽内政外交，是"战国七雄"之一楚国的股肱之臣。然而，受奸佞之徒离间陷害，屈原失去了楚怀王对他的信任，被罢职流放，最终投汨罗江而死。在被流放的日子里，屈原"发愤抒情"，写下了《离骚》《天问》《九歌》《九章》《远游》《卜居》《渔父》等脍炙人口的诗篇。这些作品中，最能反映屈原诗歌创作的思想艺术成就和悲剧意识的无疑是《离

---

① 参见《马克思恩格斯全集》第29卷，人民出版社1985年版，第586页。

骚》。关于"离骚"二字，人们有多种解释，有的说是离别的忧愁，有的说是遭受忧患，有的说"离骚"其实就是"牢骚"，等等。不管怎样，《离骚》是一首政治抒情诗，抒发的是屈原对自己的政治理想无法实现的忧愤之情，这一点应该是没有什么争议的。屈原从自己的身世、品德和理想写起，叙写了自己遭受谗言陷害而被君主遗弃的悲惨境遇，痛斥了卖国求荣、残害忠良的无耻小人，表达了自己不与邪恶势力同流合污的斗争精神和至死不渝的爱国之情。《离骚》共 373 句，我们从中摘录几句，大致可以勾勒出屈原的心路历程："纷吾既有此内美兮，又重之以修能。""虽萎绝其亦何伤兮，哀众芳之芜秽。""长太息以掩涕兮，哀民生之多艰。""亦余心之所善兮，虽九死其犹未悔。""宁溘死以流亡兮，余不忍为此态。""路漫漫其修远兮，吾将上下而求索。"屈原追求的是"美政"理想，他也曾一度有机会施展自己的抱负，为国家建立一番丰功伟业，可是中道失路，美好的理想化为泡影，这对他的打击是非常巨大的。可即便如此，他还是没有放弃自己的人格和理想，还是在为国家的安危和黎民的疾苦而忧心不已。这种忠君爱国、忧国忧民的高尚品格，怀才不遇、抱负难伸的思想焦虑，以及矢志不渝、九死不悔的追求精神，正是中国古代知识分子政治悲剧意识的集中写照。

李白与杜甫是中国诗歌的两座高峰，他们的诗歌风格迥然不同：一个豪放飘逸，一个沉郁顿挫；一个是浪漫主义的翘楚，一个是现实主义的正宗。虽然从表面上看他们似乎截然相反，但在精神内核上实则是极为接近的，尤其在政治悲剧意识这一点上。李白的思想比较复杂，他将儒家、道家、佛家、法家、墨家、兵家、纵横家以及任侠思想和魏晋玄学等兼收并蓄，混合杂糅，既出世又入世，既消极又积极，呈现为一种矛盾的统一体。但透过纷繁复杂的表象，我们还是能够看到李白思想的主干与核心，那就是儒家思想。李白的理想是治国平天下,他要做一个宰相:"申管晏之谈,谋帝王之术。奋其智能,愿为辅弼。使寰区大定,海县清一。"① 可是终其一生,李白也没能实现自己的这个理想,于是我们从他潇洒超逸的诗歌中随处都能够感受到一种别样的政治悲剧意识。在李白的诗歌中,既有"天生我材必有用,千金散尽还复来"(《将进酒》)、"长风破浪会有时,直挂云帆济沧海"(《行路难》)、"大鹏一日同风起,扶摇直上九万里"(《上李邕》)、"俱怀逸兴壮思飞,欲上青天揽明月"(《宣州谢朓楼饯别校书叔云》)、"秦王扫六合,虎视何雄哉"(《古风其三》)、"南风一扫胡尘静,西入长安到日边"(《永王东巡歌其十一》)中豪迈的政治抱负,也有"过江誓流水,志在清中原。拔剑击前柱,悲歌难重论"(《南奔书怀》)、"一唱都护歌,心摧泪如雨"、"君看石芒砀,掩泪悲千古"(《相和歌辞·丁都护歌》)中对社稷倾覆、生灵涂炭的悲愤,更有"总为浮云能蔽日,长安不见使人愁"(《登金陵凤凰台》)、"安能摧眉折腰事权贵,使我不得开心颜"(《梦游天姥吟留别》)、"黄金白璧买歌笑,一醉累月轻王侯"(《忆旧游寄谯郡元参军》)、"呼儿将出换美酒,与尔同销万古愁"(《将进酒》)、"抽刀断水水更流,举杯销愁愁更愁"(《宣州谢朓楼饯别校书叔云》)中政治理想破灭后的失意彷徨、放浪形骸和铮铮傲骨。李白有着远大的政治抱负,却始终没有得到施展的机会,这是他心中难以抚平的伤痛,只能在他的诗歌中聊以排遣和释放,这无疑是有着强烈的悲剧性的。

如果说李白的政治悲剧意识更多是源于怀才不遇的话,那么杜甫政治悲剧意识的缘起和表现形式则与李白有所不同,这主要

---

① 李白:《代寿山答孟少府移文书》,《李太白全集》。

是由于他们所处的社会环境的差异。杜甫比李白小11岁，虽然年龄差别不算太大，但他们创作的黄金期却分别处于唐王朝从鼎盛到衰落的两个不同时期。"安史之乱"是唐王朝由盛转衰的分水岭，杜甫亲历战乱，饱受其苦，对于国家的衰败和人民的疾苦有着深切的体会，因此他的作品中所包含的政治悲剧意识大都来源于此。杜甫诗歌中有一部分也表现个人政治理想的追求与失落，如"男儿生世间，及壮当封侯"（《后出塞五首其一》）、"丈夫四方志，安可辞固穷"（《前出塞九首其九》）、"致君尧舜上，再使风俗淳"（《奉赠韦左丞丈二十二韵》）、"再光中兴业，一洗苍生忧"（《凤凰台》）、"会当凌绝顶，一览众山小"（《望岳》）、"雄姿未受伏枥恩，猛气犹思战场利"（《高都护骢马行》）、"三年奔走空皮骨，信有人间行路难"（《将赴成都草堂途中有作先寄严郑公五首其四》）、"德尊一代常坎坷，名垂万古知何用"（《醉时歌》）、"细推物理须行乐，何用浮名绊此身"（《曲江二首其一》）、"丹青不知老将至，富贵于我如浮云"（《丹青引》）等，流露出与李白相似的个人政治悲剧意识。但这种意识在杜甫的作品中居于相对次要的位置，而占据主流的则是家国之悲和苍生之忧。

> 国破山河在，城春草木深。
> 感时花溅泪，恨别鸟惊心。
> 烽火连三月，家书抵万金。
> 白头搔更短，浑欲不胜簪。

《春望》这首脍炙人口的诗写于"安史之乱"中，表达了诗人忧国伤时、念家悲己的沉痛心情。756年，叛军攻下长安，杜甫投奔在灵武即位的肃宗途中被叛军俘获，带到长安，该诗于次年三月写成。国破家亡、妻离子散,人生之痛,有甚于此者乎?杜甫既是在抒写自己的个人遭际,更是在表达对国家社稷的忧伤之情。760年,杜甫结束了四年颠沛流离的生活,终于在成都安定下来。然而此时战乱尚未平息,目睹国势衰败、生灵涂炭,自己又请缨无路、报国无门,杜甫的心情非常沉重。他去探访武侯祠,感慨万端,写下了《蜀相》这首千古绝唱:

> 丞相祠堂何处寻,锦官城外柏森森。
> 映阶碧草自春色,隔叶黄鹂空好音。
> 三顾频烦天下计,两朝开济老臣心。
> 出师未捷身先死,长使英雄泪满襟。

这首诗表达了杜甫对诸葛亮的雄才大略和精忠报国的由衷赞赏和敬仰之情,以及对他出师未捷身先死的深深惋惜。当然本诗所要传达的远不止这些,它既让我们想到杜甫本人壮志难酬的悲哀,更让我们想到唐朝统治者的懦弱无能,救国于危难、救民于水火的能人志士在哪里?而在四年后写的《登楼》中,杜甫继续表达了他的这种忧国之情,并且将其提升到了一种新的境界:

> 花近高楼伤客心,万方多难此登临。
> 锦江春色来天地,玉垒浮云变古今。
> 北极朝廷终不改,西山寇盗莫相侵。
> 可怜后主还祠庙,日暮聊为梁甫吟。

此时的唐王朝已是"万方多难",内外交困,满目萧条。在这样的环境、这样的时刻登楼凭栏,杜甫的心情自然是伤感而复杂的,但我们看不出丝毫的颓唐之气。尤其"锦江春色来天地,玉垒浮云变古今"两句,思接千载,视通万里,气势阔大,意境壮美。锦江的流水挟着蓬勃的春色从天地的边际汹涌而来,玉垒山上的浮云飘忽起灭正像古今世事的风云变幻。我们能从中感受到一种强大的力量、一种宏阔的气魄。这是对祖国壮丽河山的由衷赞美,也是对几千年民族历史的追寻,表露出诗人对于国家民族的热爱、自豪和自信,于是才有了"北极朝廷终不改,西山寇盗莫相侵"这样义正词严的警告。虽然最后两句略显消沉,但全诗给人的感觉是一种振奋的力量、一种凛然的气魄。这里面透出的,是真正的悲剧精神,即在挫折和苦难面前绝不低头,而是奋力地去抗争!

如果说以上三首诗中多少都含有一些杜甫伤己悲家的成分,那么他的"三吏"(《新安吏》《石壕吏》《潼关吏》)、"三别"(《新婚别》《无家别》《垂老别》)以及《兵车行》《自京赴奉先县咏怀五百字》《北征》等诗,则基本上进入了"无我"的境界,对于国家和人民的悲剧性境遇进行了深刻而有力的书写。其中有战争给人民造成的深重苦难:"嫁女与征夫,不如弃路旁。"(《新婚别》)"存者无消息,死者为尘泥。"(《无家别》)"子孙阵亡尽,焉用身独完?""积尸草木腥,流血川原丹。"(《垂老别》)"野旷天清无战声,四万义军同日死。"(《悲陈陶》)"君不见青海头,古来白骨无人收。新鬼烦冤旧鬼哭,天阴雨湿声啾啾。"(《兵车行》)有贫富悬殊的社会现实:"朱门酒肉臭,路有冻死骨。""入门闻号咷,幼子饿已卒。"(《自京赴奉先县咏怀五百字》)"肥男有母送,瘦男独伶俜。"(《新安吏》)有官吏对人民的作威作福:"吏呼一何怒,妇啼一何苦。"(《石壕吏》)有知识分子的穷愁可悲:"安得广厦千万间,大庇天下寒士尽欢颜,风雨不动安如山。"(《茅屋为秋风所破歌》)当然我们还可以列举更多,但有这些已经足够说明问题。杜诗不愧"诗史"

之誉,从这些诗歌中我们几乎可以看到一幅当时社会的全景图,也能真切地体会到杜甫对社会现实的严厉批判,对人民灾难的深切同情,对国家前途的无比担忧。这是一个高尚的灵魂,这是一种博大的情怀。我们不能不说,杜甫将中国文人的政治悲剧意识发展到了极致。

(四) 中国古典文学中的历史悲剧意识

中华民族有着悠久的文明史,几千年沧海桑田、盛衰兴亡的历史变化以及记载和见证了这些变化的人物、建筑、器物、书籍、传说等,成为历代中国文人取之不竭的创作源泉,而这些作品就成了我们探寻中国古代历史悲剧意识的材料来源。历史因为与现实隔着时间和空间的距离,因而成为审美和哲学观照的理想对象。中国文人喜欢怀古,在面对历史遗迹的时候,发思古之幽情,抒写自己对时空变换和兴衰成败的感慨,表达自己的历史观、世界观和人生观。苏轼的《念奴娇·赤壁怀古》也许是中国最负盛名的怀古之作了,我们不妨先以它为例来看一看:

> 大江东去,浪淘尽,千古风流人物。故垒西边,人道是,三国周郎赤壁。乱石穿空,惊涛拍岸,卷起千堆雪。江山如画,一时多少豪杰。
> 遥想公瑾当年,小乔初嫁了,雄姿英发,羽扇纶巾。谈笑间,樯橹灰飞烟火。故国神游,多情应笑我,早生华发。人生如梦,一樽还酹江月。

这首词将浩荡江流与千古人事并收笔下,气势豪放,意境开阔,情感深沉,读之令人赞叹。"大江东去,浪淘尽,千古风流人物",词一开篇,即达到了情景交融的完美境界。这条大江,千百年来目睹了多少英雄豪杰以及他们所建立的丰功伟业,可如今,这些曾经显赫一时、叱咤风云的历史人物都到哪里去了呢?这虽然是一件令人感到无奈和悲哀的事情,但总有一些人,他们是历史的长河所无法湮没的,比如周瑜。想当年周郎是何等年轻有为、意气风发、英武逼人,谈笑之间就完成了火烧赤壁、大破曹操这样一次惊天动地的壮举。反观自己,华发已生,却还没能一酬壮志、建功立业,怎能不叫人伤感呢?结尾的"人生如梦,一樽还酹江月"看似旷达超脱,实则内蕴着非常复杂的情感,谁能说这里面没有苏轼对自己的人生境遇和社会现实的不满呢?这首词虽然不能看作纯粹悲剧性的作品,但其中渗透着作者浓厚的历史悲剧意识,则是没有疑问的。

应该说,历史悲剧意识也像爱情悲剧意识和政治悲剧意识一样,是一种人们普遍具有的心理意识,只不过有着不同的侧面罢了。由于身份、性格、环境、经历等的不同,李煜与苏轼的历史悲剧意识显然是有差异的。苏轼远隔千年凭吊历史、咏叹沧桑,而李煜则是亲身经历了天翻地覆的历史巨变,亲身感受到了透彻肺腑的亡国之痛,因此他笔下的历史就与一般文人的咏怀古迹迥然不同。我们且以他最著名的一首词《虞美人》为例:

春花秋月何时了,往事知多少?小楼昨夜又东风,故国不堪回首月明中。
雕阑玉砌应犹在,只是朱颜改。问君能有几多愁?恰似一江春水向东流。

这首词之所以千百年来被人们传颂不已,除了李煜作为一个曾经的帝王的特殊身份以及词本身精湛的艺术表现手法以外,恐怕更重要的原因在于它深刻地表现出了人人心中皆有的那种往事不堪回首的凄楚和悲凉,因而引起了无数人强烈的情感共鸣。昨日还是雕栏玉砌、红粉朱颜,到今日却已物是人非、恍如隔世,如此巨大的反差和失落似乎只是历史的传说,然而它却是发生在眼前的真真切切的事实。这是多么残酷的现实,这是多么无情的历史!李煜的悲惨遭遇,使他成为一个失败的帝王,却造就了一位伟大的词人。历史就是这么不公平,历史却又是这么公平。

诗词由于体制和表现手法的限制,它们所反映的历史和历史悲剧意识往往是碎片式的、不连贯不系统的,而能够最大限度地克服这种局限的文学体裁,无疑是长篇小说。中国古代长篇小说的发展比较晚,兴起于元末,繁盛于明清,四大名著《三国演义》《水浒传》《西游记》《红楼梦》是其中最杰出的代表。这四部小说中,除了《西游记》外,其他三部都是描写历史与社会现实的,而在表现历史悲剧意识方面,则以《三国演义》和《红楼梦》尤为突出。《三国演义》展现了东汉末年到西晋初年近一百年间的历史风云,主要描写的是魏、蜀、吴三国之间错综复杂的政治军事斗争,反映了各种社会矛盾的冲突、交织与转化以及风云变幻、波澜壮阔的历史进程,塑造了众多性格鲜明的人物形象,其中一些悲剧性人物形象塑造得尤为成功,比如诸葛亮、关羽、周瑜、刘备、张飞、马超、吕布、貂蝉等。《三国演义》中明显的拥刘反曹倾向历来争议颇多,但在我看来,这恰恰是这部小说能够取得巨大成功的一个非常重要的原因。《三国演义》将情感的重心和描写的中心放在蜀汉一边,这就奠定了小说悲剧性的主调。蜀汉代表的是正统,代表的是人心所向,但以弱小的蜀汉去对抗强大的曹魏,无疑是以卵击石,结果在意料之中。可即便如此,蜀汉也并没有妄自菲薄、放弃梦想,而是不断蓄积力量,一次又一次发起攻击,为兴复汉室而前仆后继地奋斗着。这是一种悲剧性的抗争,其实结果如何已经无关紧要,重要的是人们从中体会到了一种悲壮的力量和崇高的精神,经受了一次心灵的震撼和情感的洗礼，从而得到了极大的审美享受。诸葛亮这样一个"失败者"为什么会受到无数人的赞美和敬仰？正是因为他是这种以弱小抗击强暴、"知其不可为而为之"、为了理想而献身的悲剧精神的完美化身。可以说，《三国演义》的历史悲剧意识，集中地体现在诸葛亮这一人物身上。

《红楼梦》的情况有点特殊，它严格来说不是一部历史小说，而更多地带有曹雪芹自传的色彩，是一部以描写现实生活为主的作品。但是，《红楼梦》的历史感和其中所传达的历史悲剧意识却是我们分明能够感受得到的。曹雪芹生活在乾隆盛世，这是中国封建社会最为鼎盛繁荣的时期，可是我们从他的小说中读出的，却是"悲凉之雾，便被华林"，这是为什么？因为曹雪芹透过贾府这个钟鸣鼎食之家、诗书簪缨之族、花柳繁华之地、温柔富贵之乡，看到了它的金玉其外、败絮其中，看到了它的黑暗、糜烂、腐朽和堕落，看到了它对生命和人性的压制与扼杀，看到了它衰落和崩溃的必然命运。从某种意义上说，贾府就是封建社会的一个象征，曹雪芹以他非凡的思想穿透力，从盛世的繁华背后品味出了末世的苍凉，从而为中国封建社会的总崩溃提前敲响了丧钟、唱出了挽歌。因为有着这样深刻而超前的历史悲剧意识，所以曹雪芹眼中的现实世界是虚妄的、荒诞的，《红楼梦》中的《好了歌》即表达了这样的观念："世人都晓神仙好，惟有功名忘不了！古今将相在何方？荒冢一堆草没了！世人都晓神仙好，只有金银忘不了！终朝只恨聚无多，及到多时眼闭了。世人都晓神仙好，只有娇妻忘不了！君生日日说恩情，君死又随人去了。世人都晓神仙好，只有儿孙忘不了！痴心父母古来多，孝顺儿孙谁见了？"这种对历史和现实的悲悯多少有点虚无主义的味道，但也有其深刻之处。毛宗岗父子评刻《三国演义》时将明代文人杨慎的《临江仙》作为卷首词，这首词与《好了歌》

的含义比较近似却又有所不同，也许最能典型地反映中国文人的历史悲剧意识了：

> 滚滚长江东逝水，浪花淘尽英雄。是非成败转头空，青山依旧在，几度夕阳红。
> 白发渔樵江渚上，惯看秋月春风。一壶浊酒喜相逢，古今多少事，都付笑谈中。

历史上的英雄人物和是非成败在帝王将相眼中可能是"资治通鉴"，但在文人和百姓眼中却只不过是茶余饭后笑谈的故事。这里面既透着一种乐观和洒脱，也有一种挥之不去的悲悯和苍凉。这既是对历史的一种超越，也是对现实的一种批判。看似超脱的背后，其实隐含着对世界人生的冷嘲热讽。因此可以说，中国人对于历史和现实的态度，表面上是消极的，实质上是积极的。之所以说是积极的，是因为它蕴含着一种反抗的精神。中国人的历史意识中不仅有悲悯和超脱，还有批判和反抗，因此我们说这是一种历史悲剧意识。

（五）中国古典文学中的生命悲剧意识

人最宝贵的是生命，这是人对自身的一个最朴素也最本质的认识。然而，生命的长度是有限的，生命的力量也是有限的，这是人类必须面对的最大的悲剧，由此而产生了人类的生命悲剧意识。中国人很早就认识到了"天人合一"，认为人与自然是和谐统一的，人与自然存在同构关系。因此，中国人的生命悲剧意识与自然有着密不可分的关系。孔子在两千多年前就发出过一声叹息："逝者如斯夫，不舍昼夜！"[1] 河水的流逝很自然地让人想到

---

[1] 《论语·子罕》。

了时间和生命的一去不返，不禁生出无奈、惶恐、紧迫之感，因此而更加珍惜生命中美好的一切。

汉魏时期，是中国人的生命意识进入自觉的时代。王瑶先生说："我们念魏晋人的诗，感到最普遍、最深刻、最激动人心的，便是那诗中充满了时光飘忽和人生短促的思想与情感。"[①] 的确如此，而且不仅是魏晋，事实上两汉的文学作品中已经充满了对于时光和生命的感叹。相传为汉武帝刘彻所作的《秋风辞》开篇便是"秋风起兮白云飞，草木黄落兮雁南归"，由萧瑟的秋风和凋零的草木联想到时光的流逝，意识到人生的短促和不可挽回，最后发出感叹："少壮几时兮奈老何！"《古诗十九首》中，更是处处流露出对人生易逝的忧愁和悲叹："人生天地间，忽如远行客。""人生寄一世，奄忽若飙尘。""人生非金石，岂能长寿考。""人生忽如寄，寿无金石固。""生年不满百，常怀千岁忧。""四时更变化，岁暮一何速。""思君令人老，岁月忽已晚。"……在汉魏时期反映生命悲剧意识的文学作品中，影响最大的当数曹操的《短歌行》：

> 对酒当歌，人生几何！
> 譬如朝露，去日苦多。
> 慨当以慷，忧思难忘。
> 何以解忧？惟有杜康。
> 青青子衿，悠悠我心。
> 但为君故，沉吟至今。
> 呦呦鹿鸣，食野之苹。
> 我有嘉宾，鼓瑟吹笙。

---

① 王瑶：《中国文学史论》，北京大学出版社1986年版，第132页。

> 明明如月，何时可掇？
> 忧从中来，不可断绝。
> 越陌度阡，枉用相存。
> 契阔谈䜩，心念旧恩。
> 月明星稀，乌鹊南飞，
> 绕树三匝，何枝可依？
> 山不厌高，海不厌深。
> 周公吐哺，天下归心。

同样是慨叹岁月易逝、人生苦短，曹操的境界显然要高出一筹。面对如朝露般短暂的生命时光，他并没有一味地悲叹而陷入消极虚无，而是想着如何抓住这宝贵的时间，招贤纳才，建功立业，以不虚度此生。因此曹操的生命悲剧意识一方面看到了生命的悲剧性，另一方面又超越了这种悲剧性，从而奏出了汉魏时期生命悲剧意识的最强音。汉魏之后，文学作品对生命悲剧意识的表现虽然不再那么集中而紧张，但也是不绝如缕，产生了很多非常优秀的作品，而张若虚的《春江花月夜》当推为其中的翘楚。

> 春江潮水连海平，海上明月共潮生。
> 滟滟随波千万里，何处春江无月明？
> 江流宛转绕芳甸，月照花林皆似霰。
> 空里流霜不觉飞，汀上白沙看不见。
> 江天一色无纤尘，皎皎空中孤月轮。
> 江畔何人初见月？江月何年初照人？
> 人生代代无穷已，江月年年只相似。
> 不知江月待何人，但见长江送流水。
> 白云一片去悠悠，青枫浦上不胜愁。

谁家今夜扁舟子？何处相思明月楼？
可怜楼上月徘徊，应照离人妆镜台。
玉户帘中卷不去，捣衣砧上拂还来。
此时相望不相闻，愿逐月华流照君。
鸿雁长飞光不度，鱼龙潜跃水成文。
昨夜闲潭梦落花，可怜春半不还家。
江水流春去欲尽，江潭落月复西斜。
斜月沉沉藏海雾，碣石潇湘无限路。
不知乘月几人归，落月摇情满江树。

《春江花月夜》这首诗情景交融、意境空明、笔法清丽、缠绵悱恻，有一种莫名的美感，被闻一多誉为"诗中的诗，顶峰上的顶峰"①。全诗从春江、大海、明月入笔，写景与抒情完美地交织在一起，触景生情，情注于景，情景相生，神思在无穷的宇宙间自由翱翔，将人们带入一种清明澄澈的美妙境界。这首诗囊括了太多的元素，以至于我们很难简明清晰地概括它所表达的主题，但有一点是可以肯定的，那就是诗中表达了对于时间、自然与生命的关系的思索。"春江潮水连海平，海上明月共潮生。滟滟随波千万里，何处春江无月明？"诗人由江上的明月想到海上的明月，想到江水在流动，而不同的江水却被同一轮明月所照耀；又由空间的移动而想到时间的变换："江畔何人初见月？江月何年初照人？人生代代无穷已，江月年年只相似。"这一轮明月，是谁第一个看见？这是一个终极性的追问，但它不需要答案，而只是为了引出这样一种思考：人生是短暂的，明月是永恒

---

① 闻一多：《宫体诗的自赎》，国学网（http://www.guoxue.com/wk/000460.htm）。

的；江畔望月的人换了一代又一代，而江上的这轮明月却照彻古今。这似乎令人伤感和悲哀，但诗人并没有因此而感到颓废和绝望，反而透着一种欣慰和满足：亘古不变的明月，让不同时空的人们得以共存，甚至因之而有了交流和共鸣，这多么让人感到奇妙而温暖。所以，这首诗所表现的生命悲剧意识正像全诗的审美基调一样，是"哀而不伤"的，其对生命的思考既是悲剧性的，又是超越悲剧性的，将中国古代生命悲剧意识提升到了新的境界。

中国文人对于时间、季节和自然景物的变化表现得非常敏感，因之而诞生了无数的文学作品，其中尤以伤春悲秋之作为最多。《文心雕龙·物色》中说："春秋代序，阴阳惨舒，物色之动，心亦摇焉。"秋天虽然是收获的季节，但萧瑟的秋风和飘落的黄叶等景象容易让人产生伤感，因此"悲秋"是可以理解的。而春天是万物复苏、欣欣向荣的季节，中国人为什么还要"伤春"呢？日本学者松浦友久认为，中国文化之所以在四季中偏重春秋，主要是因为中国文化中有一种基于历史感的时间意识，而春秋两季最能够使人感受到时间的变化。[①] 当然，这只是一个方面的原因，另一方面的原因我们将会在后面提到。宋玉的《九辩》大概要算中国悲秋文学的源头了，它的首句被后人经常引用："悲哉，秋之为气也！"而将悲秋文学推到巅峰的，则是杜甫的《登高》：

    风急天高猿啸哀，渚清沙白鸟飞回。
    无边落木萧萧下，不尽长江滚滚来。

[①] 参见［日］松浦友久《中国古典诗歌中的春秋与冬夏》，《古典文学知识》1987年第1期。

万里悲秋常作客，百年多病独登台。
艰难苦恨繁霜鬓，潦倒新停浊酒杯。

这首诗被誉为"古今七律第一"①，在艺术上达到了极高的境界。仅就悲秋主题而言，此诗将壮美而悲凉的秋景与诗人常年漂泊、客居他乡、壮志未酬、年老多病的身世境况以及国势的艰危等元素完美地融合在一起，情感复杂深沉，意境悲怆苍凉，既写出了秋色之悲、身世之悲，更写出了家国之悲、生命之悲，感慨之深，令人赞叹。中国古典文学中的悲秋之作数量很多，恕不一一列举，而伤春之作则更多，尤其是在婉约派宋词中几乎俯拾皆是，我们选取其中有代表性的一首，晏殊的《浣溪沙》：

一曲新词酒一杯，去年天气旧亭台。夕阳西下几时回？
无可奈何花落去，似曾相识燕归来。小园香径独徘徊。

这是一种淡淡的哀愁和惆怅：词是新的，酒是新的，而天气和亭台却还是跟去年一样，有那么一点物是人非的意思。西下的夕阳何时才能重新升起？凋落的鲜花哪天才能重新盛开？这无疑是让人伤感的，但归来的燕子却好像是去年的相识，这多少又让人有点欣慰。美好事物的消逝是"无可奈何"的，是无法阻挡的，但消逝的美好事物还会重现的，只不过不是原封不动地再现，而是"似曾相识"罢了。这样一首婉约清新的词，竟然阐述了一个深刻的哲学道理！中国人为什么喜欢悲秋伤春，尤其是为什么喜欢伤春？这就引出了我们要强调的第二个原因，那就是：中国人的历史循环观念。在中国人的眼中，时间是四季更替

---

① 《诗薮·内编》卷5。

的不断循环,朝廷政权是分与合的不断循环,所以中国人有一种"未卜先知"的能力,以伤春之悲和盛世之悲最为典型。当春暖花开、万物复苏的时候,他们会想到这花是要凋落的、这生命是要死亡的;当一个王朝处于鼎盛的时候,他们会想到它总有一天是要灭亡的,因此,中国人既有末世之悲,也有盛世之悲;既要悲秋,也要伤春。当然,也因为这种历史循环观念,中国人知道"物极必反""祸福相倚",所以他们在乐的时候不会得意忘形,在悲的时候也不会失去希望,正所谓"乐而不淫,哀而不伤",他们总是有办法使内心世界达到一种微妙的平衡。我们总觉得中国人的悲剧意识不如西方人那么强烈,其中的缘由恐怕主要就在这里。

第三节 悲剧观念的孕育

中国戏曲虽然与古希腊悲剧喜剧和印度梵剧并称世界三大最古老的戏剧文化,但与后两者两千多年的悠久历史相比,中国戏曲的历史要短暂得多,至今还不到一千年。中国最早的成熟的戏曲形式是南北宋之交兴起于浙江温州地区的南戏,这是得到学术界广泛认可的一种观点。除此之外,一些学者还提出了不同的看法,认为中国戏剧的发端远在宋代之前。任半塘先生在《唐戏弄》中就认为中国戏剧在唐代即已形成,《踏摇娘》是唐代的一部全能剧。更有学者指出,西汉的《东海黄公》甚至战国时期屈原的《九歌》是中国最早的戏剧。因此在中国戏剧的诞生时间这个问题上,可谓众说纷纭,颇有争议。这里需要注意的是"戏剧"与"戏曲"两个概念的微妙关系,两者虽仅一字之别,实则差别甚大。应当说,"戏剧"与"戏曲"之间是种属关系,即"戏剧"为大概念,"戏曲"为小概念,"戏剧"的外延大于

"戏曲"，它不仅包含了"戏曲"，还包括其他各种舞台剧样式，如话剧、歌剧、舞剧、哑剧等。多年来，中国学术界形成了一种约定俗成的概念区分，"戏曲"专指以歌舞演故事并以曲牌联套体和板腔变化体音乐为显著特征的中国传统戏剧，"戏剧"则指西方戏剧以及中国现代除戏曲以外的各种戏剧样式。即使按照这样来理解，我们还是回避不了一个问题：中国古代不仅仅有"戏曲"，其实也有"戏剧"。如果以"戏曲"论，那么我们可以认定中国戏曲的形成时间是在12世纪左右（南戏）；如果以"戏剧"论，那么中国戏剧的历史则要上溯到更早的时代，至少我们不能否认南北朝时期形成的歌舞戏和北宋时期流行的滑稽戏属于戏剧的范畴。不过关于中国戏剧的形成时间，仍然是一个众说纷纭的问题，我们姑且搁置不谈，但我们至少可以在下面这一点上达成共识，即中国戏剧虽然成熟较晚，但它的萌芽和孕育则是一个漫长的过程。同理，中国戏剧中的悲剧和悲剧观念虽然直到宋代才真正形成，但它的萌芽和孕育同样经过了一个漫长的过程。

一 宋代之前悲剧观念的萌芽

中国悲剧和悲剧观念的萌芽，首先应当从原始歌舞中寻找。从现有文献资料看，原始歌舞大多是模仿动物或劳动、战争等场景，用以祭祀神灵、祖先等的一种具有扮演特征的表演形式，是戏剧的萌芽形态。那么原始歌舞中有没有悲剧和悲剧观念的萌芽呢？我们在前文讨论远古神话时引用了很多《山海经》中的资料，也就是说我们将它看成是一部记录了大量神话传说的地理书。另外，《山海经》也被当作"古之巫书"，譬如其中的"刑天舞干戚"，就有人认为是"巫觋装扮叙事而舞"。果如是，那么这个由巫觋扮演刑天"以乳为目，以脐为口，操干戚而舞"

的表演，就很有些戏剧悲剧的意味了。至少可以说，这里面已经包含了悲剧的因素，是悲剧的一种原始的萌芽状态。一方面，刑天因与天帝争夺主神之位而被杀死，"帝断其首，葬于常羊之野"，对于刑天来说这无疑是一种悲剧性的结局，而更富悲剧内涵的是刑天永不放弃的抗争精神，这种"绝望的抗战"所体现出来的悲壮的审美意蕴，为后来的中国悲剧提供了丰沛的精神力量。另一方面，同样值得注意的是扮演和叙事。这是非常关键的两点，如果我们仅仅把这个故事作为神话传说看待，那么它与戏剧就没有多大关系，但是在这里，是由人（巫觋）来扮演而表现"刑天舞干戚，猛志固常在"[①]的故事，那么这就具有了戏剧的基本要素，即扮演和叙事。即使这种扮演活动还不是完全意义上的戏剧，但其表现形式已经距离戏剧非常之近了。同时，由于故事本身及其内涵的鲜明的悲剧性，因此这个"刑天舞干戚"的扮演活动可以被看作中国悲剧的萌芽，甚至可以说已经形成了悲剧的雏形，已经孕育了悲剧观念的种子。

当然，《山海经》中"刑天舞干戚"究竟是一种戏剧性的表演，还是仅仅作为神话传说的一种记载，学术界是有争议的。换句话说，我们将其认定为中国悲剧和悲剧观念的萌芽，理由还不是很充足。为此，我们不能不将目光投向屈原的《九歌》。"九歌"原为传说中的一种远古歌曲的名称，屈原的《九歌》为一组祭祀歌词，一般认为是屈原根据民间祭神乐歌改作或加工而成的。《九歌》共11首：《东皇太一》《云中君》《湘君》《湘夫人》《大司命》《少司命》《东君》《河伯》《山鬼》《国殇》和《礼魂》。通观11首歌词，从题材内容来说，除了《国殇》一首追悼和礼赞为楚国捐躯的将士亡灵外，其他篇章则大多描写神灵

[①] （东晋）陶渊明：《读山海经》，《陶渊明集》。

间的眷恋之情，表现出深切的思念或所求未遂的哀伤；从审美取向来说，除了开篇的《东皇太一》呈现出一派欢乐祥和的气氛之外，其他篇章都笼罩着一种或浓或淡的悲伤情绪。例如："思夫君兮太息，极劳心兮忡忡。"（《云中君》）"横流涕兮潺湲，隐思君兮陫侧。"（《湘君》）"结桂枝兮延伫，羌愈思兮愁人。愁人兮奈何！愿若今兮无亏。固人命兮有当，孰离合兮可为？"（《大司命》）"悲莫悲兮生别离，乐莫乐兮新相知。"（《少司命》）"长太息兮将上，心低徊兮顾怀。"（《东君》）"日将暮兮怅忘归，惟极浦兮寤怀。"（《河伯》）"雷填填兮雨冥冥，猨啾啾兮又夜鸣。风飒飒兮木萧萧，思公子兮徒离忧。"（《山鬼》）而最能代表《九歌》悲剧之美的，无疑是其中的第十首——《国殇》：

操吴戈兮被犀甲，车错毂兮短兵接。
旌蔽日兮敌若云，矢交坠兮士争先。
凌余阵兮躐余行，左骖殪兮右刃伤。
霾两轮兮絷四马，援玉枹兮击鸣鼓。
天时怼兮威灵怒，严杀尽兮弃原野。
出不入兮往不反，平原忽兮路超远。
带长剑兮挟秦弓，首身离兮心不惩。
诚既勇兮又以武，终刚强兮不可凌。
身既死兮神以灵，子魂魄兮为鬼雄。

这首诗将楚国将士奋勇杀敌、为国捐躯的情景描写得既简洁凝练又形象生动，残酷的战争环境和氛围以及将士们视死如归的牺牲精神令人动容！诗歌所营造的神圣崇高的气场，所颂扬的刚健勇毅的气质，所蕴含的激昂悲壮的气氛，是楚人以及楚文化强烈的悲剧精神的极好写照，具有强大的艺术感染力，因而也成为中国文学史上不朽的经典。

闻一多先生认为，《九歌》"是神所'凭依'的巫们"，"按照各自的身份，分班表演着程度不同的哀艳的，或悲壮的小故事，情形就和近世神庙中演戏差不多"，因此断定其为"雏形的歌舞剧"，并且将它改编成了一组"古歌舞剧"①。对于闻一多先生的观点，历来有许多不同的看法，大都认为《九歌》虽然具有某些戏剧的因素，但还算不上真正的"原始戏剧"。本人认为，闻一多先生的推断是合理的，《九歌》已经具备了戏剧的基本条件，因此可称得上是中国戏剧或者说歌舞剧的雏形，同时也构成了中国悲剧及悲剧观念的原始形态，理由如下：第一，《九歌》的歌词有明显的角色分配，如云中君、湘君、湘夫人、大司命、少司命、东君、河伯、山鬼等，各个角色的歌词以各不相同的口吻来表现，这一点符合戏剧剧本"代言体"的要求；第二，这些歌词是由演员代替角色来演唱的，也就是说这种表演属于戏剧扮演，无论是由一个演员还是由多个演员来表演，它的戏剧属性是不会发生改变的；第三，众所周知，《九歌》的内容是以歌舞的形式来表现的；第四，这些歌词既有抒情，又有叙事，按照为大多数学者所认同的王国维提出的"必合言语、动作、歌舞以演一故事"②的戏剧标准，《九歌》已经基本符合戏剧的构成要件，因此可以断定，它至少已是初级形态的戏剧，是中国原始歌舞剧的一个例证。同时，由于《九歌》体现出浓郁的悲剧意蕴，所以我们说它是中国悲剧的原始形态，反映了处于萌芽

---

① 闻一多：《"九歌"古歌舞剧悬解》，《神话与诗》，上海人民出版社2006年版，第185页。
② 王国维：《宋元戏曲考》，《王国维文学论著三种》，商务印书馆2001年版，第63页。

状态的中国古代悲剧观念,也就是顺理成章的结论了。

中国戏剧的源头,大致可分为三个传统:巫觋(歌舞)传统、俳优(戏谑)传统和百戏(散乐)传统。前面我们所讨论的"刑天舞干戚"和《九歌》都属于巫觋传统,接下来我们简单梳理一下俳优、百戏传统中悲剧形态和观念的萌芽状况。

王国维说:"巫之兴也,盖在上古之世。"① 就是说,中国的巫觋传统是极其久远的,大概在原始社会就已经出现了。俳优传统的起源晚于巫觋传统,最早关于俳优的记载是在夏桀时。如果说巫觋主要是通过祭祀歌舞来娱神的话,那么俳优则是以滑稽的言语动作来娱人的。到了春秋时期,俳优活动在上层社会已经非常普遍,一些杰出的俳优甚至凭借自己高超的表演技艺对国家政治施加影响,如晋国的优施、楚国的优孟,流传甚广的"优孟衣冠"的故事在这里有必要一提。据《史记·滑稽列传》载:

> 优孟,故楚之乐人也。长八尺,多辩,常以谈笑讽谏。楚相孙叔敖知其贤人也,善待之。病且死,属其子曰:"我死,汝必贫困。若往见优孟,言我孙叔敖之子也。"居数年,其子穷困负薪,逢优孟,与言曰:"我,孙叔敖子也。父且死时,属我贫困往见优孟。"优孟曰:"若无远有所之。"即为孙叔敖衣冠,抵掌谈语。岁余,像孙叔敖,楚王及左右不能别也。庄王置酒,优孟前为寿。庄王大惊,以为孙叔敖复生也,欲以为相。优孟曰:"请归与妇计之,三日而为相。"庄王许之。三日后,优孟复来。王曰:"妇言谓何?"孟曰:"妇言慎无为,楚相不足为也。如孙叔敖之为

---

① 王国维:《宋元戏曲考》,《王国维文学论著三种》,商务印书馆2001年版,第58页。

楚相，尽忠为廉以治楚，楚王得以霸。今死，其子无立锥之地，贫困负薪以自饮食。必如孙叔敖，不如自杀。"因歌曰："山居耕田苦，难以得食。起而为吏，身贪鄙者余财，不顾耻辱。身死家室富，又恐受赇枉法，为奸触大罪；身死而家灭。贪吏安可为也！念为廉吏，奉法守职，竟死不敢为非。廉吏安可为也！楚相孙叔敖持廉至死，方今妻子穷困负薪而食，不足为也！"于是庄王谢优孟，乃召孙叔敖子，封之寝丘四百户，以奉其祀。

优孟假扮孙叔敖讽谏楚庄王的过程中，有扮演，有对白，有歌唱，有动作，有情节，似乎是一出完整意义上的戏剧。但需要注意的一点是，它缺少了戏剧最关键的一个成立条件——假定性。本人认为，戏剧表演与其他表演艺术最大的不同，就在于观演双方是否达成了"契约"——表演者将自己转换成另一个形象，观看者将其表演当作真实的人和事，但同时表演者和观看者都承认这只是一种虚拟的表演，而非生活的真实。当然戏剧的假定性体现在很多方面，这里所说的是其最基本的含义，但同时也是戏剧艺术区别于其他表演艺术的最重要的前提条件。依据观演双方是否达成了假定性契约，我们就很容易将戏剧与音乐、歌唱、曲艺、武术、魔术、杂技乃至"真人秀""模仿秀"等其他各种表演活动区分开来了。我们回头来看优孟的故事，应该说，优孟的扮演行为基本上符合戏剧的假定性，但作为观众的楚庄王并没有将优孟的行动当作表演，而是将他看成了真实的孙叔敖，也就是说双方并没有达成假定性契约，因此优孟扮演孙叔敖的行为并不是一次严格意义上的戏剧活动。但同时我们必须承认，"优孟衣冠"的确包含了很多戏剧性的因素，我们将其看作戏剧的萌芽形态应该是不存在什么问题的。另外需要指出的是，俳优的表演虽然多出之以滑稽,目的主要是娱乐,其中更多的是喜剧性的元素,但我们从"优孟衣冠"的故事中不仅看到了其形式手段的幽默诙谐,更体会到其内在精神的悲剧意味。无论是一代贤臣孙叔敖身后萧条、其子穷困潦倒的事实,还是优孟声情并茂、沉痛激愤的讽谏之词,都透着一种让人酸楚、令人同情、使人慨叹的悲哀之感。"优孟衣冠"的故事所呈现给我们的虽然不是悲剧,甚至谈不上是真正的戏剧,但其中蕴含着悲剧性的因子,却是可以肯定的。

秦汉时期,将民间歌舞、杂技、武术、角抵等杂耍娱乐活动总称为"百戏",后来也称"散乐"。百戏传统对中国戏曲的形成有重要影响,尤其是戏曲的动作科范和一些绝活如翻跟头、喷火、顶灯、变脸等,都是从民间百戏中发展而来的。角抵戏《东海黄公》是西汉百戏中一个典型的节目,东汉张衡《西京赋》中有简要记述,东晋葛洪《西京杂记》对其作了较为详细的记载:

> 有东海人黄公,少时为术,能制蛇御虎,佩赤金刀,以绛缯束发,立兴云雾,坐成山河。及衰老,气力羸惫,饮酒过度,不能复行其术。秦末,有白虎见于东海,黄公乃以赤刀往厌之。术既不行,遂为虎所杀。三辅人俗用以为戏,汉帝亦取以为角抵之戏焉。

根据葛洪的描述,结合角抵戏的基本特征,我们可以得出这样的论断:《东海黄公》是由两个演员扮演(分别饰黄公和白虎)并以歌舞形式表现虽然简单但情节相对完整的故事的一出戏,它已具备了戏剧的基本要素,比屈原的《九歌》具有更明显的戏剧特征,因此如果我们将《东海黄公》视为中国最早的戏剧，也不是没有道理的。当然，由于资料的缺乏，我们现在既看不到《东海黄公》的剧本（也许它本来就没有剧本），也看不到对其表演过程的具体描述，更不可能看到舞台演出的实际状况，所以我们对其戏剧特征的判断只能是在有限资料的基础上作出的一种推论，而立论的直接证据却很不充足，故而关于《东海黄公》是否为中国最早戏剧的问题，我们就此打住，不再讨论。不过，关于《东海黄公》的悲剧性，我们却有必要在这里进行强调。黄公年轻的时候不但英姿勃发，而且身怀绝技，可以腾蛇乘雾，吐纳山河，堪称世所罕见的天赋奇才、英雄豪杰。然而就是这样一个英雄人物，当他年老体衰，再加上饮酒过度，遂不复有往日之神奇法术。沦落的英雄忽然"老夫聊发少年狂"，可见他的内心深处仍然是有一种不灭的英雄之气的，但此时已是心有余而力不足，想杀老虎结果反被老虎所杀。这样一个看似简单的故事，却内蕴着一种深广的悲哀，它所表现的不仅是英雄迟暮的悲哀，也许还有人生易逝的悲哀，更有人力无法战胜自然的悲哀。因此，《东海黄公》是一出有着浓郁的悲剧意蕴的戏，其中透露出中国戏剧在其萌芽阶段所包含的悲剧观念的一些信息，是值得我们注意的。

应该说，中国戏剧至少在汉代已经具备雏形，汉代之后直到南北宋之交的将近一千年，就是中国戏剧（戏曲）的各种要素不断积累、凝聚、融合并逐渐走向成熟的过程。这中间最值得关注的是一出叫作《踏摇娘》的歌舞戏，它是北齐时出现的一种民间歌舞戏，很受老百姓欢迎，到唐代时仍然经常上演，并且形成了相对固定的故事情节和表演程式。《踏摇娘》又称《踏谣娘》或《谈容娘》，取材于民间故事。据《教坊记》《乐府杂录》记载：北齐时（或作隋末），河朔苏某，烂鼻貌丑，不曾做官却自称郎中，嗜酒，常在醉后殴打他的妻子。苏妻貌美善歌，将满怀悲怨谱为词曲,倾诉自己的不幸。这些词曲在传唱中又得到丰富和发展,并增加伴奏音乐,逐渐形成歌舞表演。唐天宝年间,诗人常非月有一首题为《咏谈容娘》的诗反映了这出戏演出时的场景、情态和受观众欢迎的程度:

举手整花钿,翻身舞锦筵。
马围行处匝,人簇看场圆。
歌要齐声和,情教细语传。
不知心大小,容得许多怜。

从诗中我们可以得知,《踏摇娘》的演出是化装表演,有动作,有歌唱,演唱形式是一人主唱,众人帮腔,故事情节主要通过唱词来交代,因此这是一出比较典型的歌舞戏,抒情娱乐是其旨归所在。从《踏摇娘》的表演方式中,我们可以看到成形之后的中国戏曲的影子,尤其是通过正旦的大段唱词来述说不幸、倾诉苦情从而引起观众的同情和共鸣,是中国戏曲的一种经典模式。因此,《踏摇娘》虽然尚不能被认定为中国戏曲的成形之作,但可以肯定地说它已经距离成形非常之近了,尤其是其故事情节和表演形式之中所蕴含的丰富的悲剧意味,对中国戏曲的悲剧创作和悲剧观念的形成产生了重要的影响。

二 宋金杂剧与悲剧观念的孕育

在中国戏剧发展史上,宋代是一个非常关键的时期。中国戏曲之所以在宋代形成,是由多种因素综合发力促成的结果,其中最主要的是以下三个方面。

首先是音乐体制。中国戏曲是一种曲本位的戏剧样式,其中的音乐体制特别是曲牌联套体的形成、宫调和曲调的运用是重要的组成部分。因此,考察中国戏曲的形成就必须注意到其音乐体制的形成过程。作为礼教的重要手段,中国历来十分重视音乐的作用。秦汉时期中央政府即设立专门掌管音乐的机构——乐府,除了负责宫廷音乐(雅乐)的创作之外,还大量采集民间歌谣和乐曲(俗乐)。隋炀帝时期,在吸收汉魏以来流行的丰富的民间音乐和外来音乐的基础上,设立了九部乐。唐太宗时增加一部,变成十部乐。唐代流行的雅乐为四十八调,俗乐则为二十八调,又称"燕乐二十八调"。燕乐集中了民间和外来音乐的精华,完成了中国音乐声律的大融合和大转变,为中国戏曲音乐提供了丰富的资源。尤其值得注意的是,唐宋时期无论雅乐还是燕乐中都存在的大曲,由于其突出的叙事性和戏剧性,因而对中国戏曲的形成有着重要的影响。总而言之,音乐体制由简单到复杂并向大型化发展,为戏曲音乐的形成创造了良好的条件。

其次是说唱艺术。中国的叙事文学发达较晚,这也是导致中国戏剧晚成或者说晚熟的重要因素。中华民族的史诗传统并不像古希腊和古印度那么悠久而深厚,有一定长度的叙事小说在唐代以前也甚为罕见,使得戏剧的发展缺乏必要的叙事文学的基础和养分。到了唐代,这种情况发生了改变,唐传奇的出现以及"俗讲"的兴起,为后来的戏曲提供了丰富的题材。及至宋代,具有长篇叙事功能的说唱艺术更是空前发达,除了后来被称为评书的"说话"之外,更有北宋末年兴起的诸宫调。诸宫调是将同一宫调的不同曲牌组成套曲,由若干个套曲完成叙事,中间加以说白的长篇讲唱艺术。元杂剧所采用的曲牌联套体结构形式,就是由诸宫调直接发展而来的。诸宫调虽然是一种由一人说唱到底的讲唱艺术,缺乏一些戏剧的必要元素,但它的音乐体制、叙事方式和表演形式都为戏剧提供了直接的借鉴,对中国戏曲的形成起到了至关重要的作用。

最后是商业文化。唐宋时期是中国封建社会的鼎盛阶段，唐代的社会经济和文化娱乐活动已经比较发达，而到了宋代，商品经济进一步繁荣，造就了像汴京（今河南开封）、临安（今浙江杭州）这样人口密集、商业繁盛、娱乐业发达的大都市。北宋时的汴京、南宋时的临安，都有数量众多的"瓦舍"。这是一种商业性的游艺场所，面积很大，设有很多表演棚，称为"勾栏"；此外还有许多辅助设施，供人们饮食游玩。瓦舍勾栏里荟萃了杂剧和各种形式的表演技艺，成为人们休闲娱乐的好去处。众多表演技艺共同生存的环境，为杂剧借鉴和吸收其他表演艺术的营养提供了便利条件，杂剧因而得到了快速的发展和提高，为成熟的戏曲形态的出现奠定了基础。

中国戏曲从最初的萌芽到最终的形成经历了一个相当漫长的过程，如果我们将上古时代的巫看作中国戏曲源头的话，那么它与南戏出现的时间——12世纪，至少相距三千年，甚至可能有上万年！终于，到了宋代，中国戏曲要破茧成蝶了，但是且慢，在迈出这里程碑式的一步之前，我们还需要耐住性子，检阅最后一颗蚕茧，这就是宋金杂剧。

中国戏曲的源流大致可分为两支，即歌舞戏和滑稽戏，在唐代时其主要形态分别为戏弄和参军戏。宋金时期，这两股源流融合到了一起，形成了宋杂剧和金院本。陶宗仪《辍耕录》指出："院本，杂剧，其实一也。"由于两者的区别主要在于名称，"本质几全相似"，所以可统称为"宋金杂剧"。一部宋金杂剧一般由艳段、正杂剧、散段三部分组成。艳段往往是讲述一个短小的故事，相当于说话中的"入话"，主要起到吸引观众注意力和调动观众情绪的作用；正杂剧是主体部分，有的具有完整具体的故事情节；散段则主要是插科打诨，娱乐观众。宋金杂剧的角色一般有五个，分别为末泥、引戏、副净、副末和装孤，五种角色又称"五花爨弄"。宋金杂剧的表演形式比较丰富，有唱词，有念白，有动作，有打诨，有叙事，有抒情，不过大多以打诨调笑为主。宋人吴自牧在《梦粱录》中就说道："杂剧全用故事，务在滑稽。"虽然如此，但我们不能不看到，与其前身相比，宋金杂剧在很多方面已经有了较大的进步，其中最主要的有两个方面：一方面是体制的改变，虽然尚显简陋，但毕竟拥有了更大的叙事空间，这对进一步发展为成熟形态的戏剧来说是非常重要的一个前提条件；另一方面是角色的增加，不再像唐代之前仅有一两个角色，而是一下子增加到了五个，这必然会对丰富剧情和增强表现力起到极大的作用。正因为如此，所以宋金杂剧在中国戏曲的形成过程中是一个不可或缺的重要阶段，其价值和意义是不容忽视的。

虽然说宋金杂剧是以滑稽调笑为主的，也就是说它更多的属于喜剧的范畴，但据杨建文先生对今天所能见到的974种宋金杂剧名目及其题材源流的考证，其中有《列女降黄龙》《悲怨霸王》《浮沤传永成双》《浮沤暮云归》《王魁三乡题》《崔智韬艾虎儿》《雌虎》《李勉负心》《淹蓝桥》《蔡伯喈》《孟姜女》《王宗道休妻》《柳批上官降黄龙》《三献身》《苏武和番》《张天觉》《赵娥》《武则天》18部作品"或许即是宋金杂剧中的部分雏形悲剧"[①]。这些剧目有不少与宋元南戏是重合的，因此其他的剧目我们留待关于南戏的部分再讨论，这里仅以《列女降黄龙》这一个剧目为例，来窥探宋金杂剧中的悲剧性和悲剧观念。《列女降黄龙》一剧讲的是韩凭夫妇的故事，其本事最早出自东晋干宝的《搜神记》：

---

① 杨建文：《中国古典悲剧史》，武汉出版社1994年版，第128页。

宋康王舍人韩凭，娶妻何氏，美。康王夺之。凭怨，王囚之，论为城旦。妻密遗凭书，缪其辞曰："其雨淫淫，河大水深，日出当心。"既而王得其书，以示左右，左右莫解其意。臣苏贺对曰："其雨淫淫，言愁且思也；河大水深，不得往来也；日出当心，心有死志也。"俄而凭乃自杀。其妻乃阴腐其衣。王与之登台，妻遂自投台；左右揽之，衣不中手而死。遗书于带曰："王利其生，妾利其死，愿以尸骨，赐凭合葬！"王怒，弗听。使里人埋之，冢相望也。王曰："尔夫妇相爱不已，若能使冢合，则吾弗阻也。"宿昔之间，便有大梓木生于二冢之端，旬日而大盈抱。屈体相就，根交于下，枝错于上。又有鸳鸯，雌雄各一，恒栖树上，晨夕不去，交颈悲鸣，音声感人。宋人哀之，遂号其木曰相思树；相思之名，起于此也。南人谓此禽即韩凭夫妇之精魂。

这是一个颇有浪漫主义色彩的爱情悲剧，结尾类似焦仲卿与刘兰芝、梁山伯与祝英台故事的超现实的处理方式，让我们想起后来中国戏曲悲剧惯常使用的"大团圆"结局模式。关于"大团圆"的问题我们后面还会有更多讨论，此处无须赘述。不过我们需要注意的是，中国悲剧在其雏形阶段就已经呈现出与西方古典悲剧迥然有别的面貌，这也反映出中西悲剧观念在其源头上的差异。关于宋金杂剧中的悲剧性作品，我们还需看到的一点是，虽然它们只占了很小的比例，但仅就在以滑稽搞笑为主要追求的宋金杂剧中也存在悲剧性作品这一点，我们已可以窥知中国戏曲在其尚未成形之时即具有自觉的悲剧意识和初步的悲剧观念。

第四节　悲剧观念的生成

一　宋代南戏——中国戏曲的诞生

南戏是中国戏曲舞台上第一道绚丽的风景，它的出现标志着中国戏曲在经历漫长的前史之后终于翻开了正史的第一页，从而宣告了中国戏曲的正式诞生。南戏有很多别称，如戏文、南戏文、南曲戏文、南词、温州杂剧、永嘉杂剧等。关于南戏出现的时间和地点，明祝允明《猥谈》称："南戏出于宣和之后，南渡之际，谓之'温州杂剧'。余见旧牒，其时有赵闳夫榜禁，颇述名目，如《赵贞女蔡二郎》等，亦不甚多。"明徐渭《南词叙录》又说："南戏始于宋光宗朝，永嘉人作《王魁》、《赵贞女》二种实首之，故刘后村有'死后是非谁管得，满村听唱蔡中郎'之句。或云宣和间已滥觞，其盛行则自南渡，号为'永嘉杂剧'。"两家之言虽有矛盾之处，不过综合两种说法我们可以得出一个基本的判断：南戏大致在北宋徽宗宣和末年（1119）至南宋高宗建炎元年（1127）之间形成于以浙江温州为中心的东南沿海地区，到南宋光宗时期（1190—1194）已经相当盛行，开始向四周扩散。

南戏之所以被认定为中国戏曲的开端，是有充分的理由的。在笔者看来，南戏与之前的各种雏形戏剧相比较，有以下三个方面突出的特色与优势，同时也在多方面奠定了中国戏曲的基本样貌。一是叙事容量的扩展。中国戏剧能够展开长篇叙事，是从南戏开始的。一本南戏，一般都在30出以上，有的多达50出，如《张协状元》。与宋金杂剧及更早的戏剧雏形短小简单的结构相比，南戏的这种长篇大型结构使得戏剧的叙事容量大大地增加了，不但能够交代一个完整的故事，而且戏剧情节更加具体细致、曲折复杂,人物性格更加立体丰满、生动形象,情感表达更加细腻深刻、充分,从而在极大地增强戏剧表现力的同时,也使之更加引人入胜,更有看头。二是音乐体制的建立。南戏的音乐以南方村坊小曲和民歌为基础,吸收宋词曲调、唐宋大曲、诸宫调、唱赚等音乐成分,形成了按照宫调组合而成的套曲,并且出现了南北合套的形式,将南曲的轻柔婉转与北曲的雄劲高亢熔于一炉,比单纯的南曲更能表现各种复杂的剧情和人物情感。中国戏曲的音乐体制虽然直到元杂剧才真正成熟,但在南戏中已经可以看到它的基本轮廓,也可以说元杂剧的音乐体制在很大程度上是对南戏音乐体制的继承和发展。三是行当角色的齐全。南戏的角色在继承宋金杂剧的基础上又有新的发展,分为生、旦、净、末、丑、外、贴七种。与宋金杂剧相比,南戏的角色不但更加齐全,而且更加规范,基本涵盖了戏曲舞台上的各个行当,这也是中国戏曲开始走向成熟的一种表现。值得一提的是,南戏的演唱形式相当灵活,剧中的各个角色可以分别演唱,可以相互接唱,还可以多人合唱,不像杂剧只能由一人演唱到底。元杂剧虽然一度压倒南戏而独领风骚,南戏的生命却并没有因此衰竭,反而发展为明清传奇长久统治戏曲舞台,这里面的原因是多方面的,不过音乐体制和演唱形式上的优长之处无疑是其中很重要的因素。

二 宋代南戏与悲剧观念的生成

宋元南戏的剧目有多种著录版本,数目及剧名略有出入,不过总数都是二百多种。其中,哪些是宋代南戏,哪些是元代南戏,宋代南戏中哪些是悲剧剧目,要将其考订清楚是需要花费一些功夫的。好在杨建文先生的《中国古典悲剧史》已经做了这方面的工作,初步解决了上述问题。据杨先生考订,二百多种剧目中，宋代南戏共有34种，其中悲剧剧目有8种：《赵贞女蔡二郎》《王魁负桂英》《状元张叶传》《张协状元》《孟姜女送寒衣》《马践杨妃》《赵氏孤儿报冤记》《雷轰荐福碑》。这些作品大多仅存剧目或残留片段曲文，有完整剧本得以流传至今的唯有《张协状元》。这些悲剧中的一部分是由宋金杂剧移植或借鉴而来，它们本身又为元杂剧和明清传奇的悲剧创作提供了母题和素材源泉。

宋代南戏中的这八个悲剧，就其题材性质和内在精神而言，大体可分为四类：一是婚变悲剧，如《赵贞女蔡二郎》《王魁负桂英》《状元张叶传》《张协状元》；二是廷争悲剧，如《马践杨妃》《赵氏孤儿报冤记》；三是暴政悲剧，如《孟姜女送寒衣》；四是士不遇悲剧，如《雷轰荐福碑》。这些作品，都从不同的角度触及了中国传统文化中的社会伦理问题，多侧面地反映了那个伦理社会的诸种世态，并由此而开辟了中国古代悲剧史上社会伦理悲剧的先河。

南戏悲剧中最值得关注、最有代表性的，是婚变悲剧。《赵贞女蔡二郎》和《王魁负桂英》两剧是南戏的滥觞之作，而这两部作品反映的都是"婚变"这一主题，这也许有一点巧合的成分，但也充分表明了当时的社会对这类问题的高度关注。由于没有剧本留存，我们今天无法知道两剧的详细情节，不过从一些相关文献的介绍中，我们可以对其剧情有一个大致的了解。两剧的故事情节非常相似，赵贞女和敫桂英都是温柔、善良、贤惠，与丈夫共患难的好妻子，她们的丈夫蔡伯喈和王魁在求得功名谋得富贵之后都抛弃了糟糠之妻，最后分别遭到了五雷轰顶和鬼魂活捉的报应。《张协状元》是现存最早的南戏剧本，其主要剧情为：成都书生张协赴京赶考，路过五鸡山时遭强人打劫，行李尽失，身受重伤，遂投古庙暂时避难。住在古庙中的王贫女，因同情张协的遭遇，照顾其衣食，养护其伤势，二人结为夫妻。后来张协在王贫女的资助下考中状元，决意抛弃王贫女。太尉王德用有一女王胜花，欲招张协为婿，被张协拒绝。王胜花因张协拒婚，郁郁而死。王贫女进京寻夫，张协拒不相认，将其逐出。张协被授梓州签判，赴任途中经过五鸡山，企图杀死王贫女，未遂。王德用赴任梓州时在古庙中休息，认王贫女为义女，并将其嫁于张协，遂使夫妻团圆。

我们所看到的剧中的两个主要人物，王贫女是一个善良、勤劳、坚强的农村妇女，而张协则是一个自私自利、残忍狠毒的阴险小人。张协起初向王贫女求婚时就抱着"情知不是伴，事急且相随"的想法，王贫女只是被他利用的一个工具而已，因此一旦考中状元，王贫女不但失去了利用价值，而且成了妨碍他的一块绊脚石，于是无情地将其抛弃，甚至想要杀死她以斩草除根。剧情发展至此，已经构成了一部比较典型的婚变悲剧，并且已达到了悲剧的高潮。但为了追求"哀而不伤"的"中和"之趣，作者安排了一个"大团圆"的结局。然而这种夫妻重聚真的是一种团圆吗？在我们今天看来，这样的团聚反而加深了悲剧的意蕴：对张协而言，他娶的是太尉之女，王贫女在他的心中早已死去了；对王贫女来说，她是以"变质"的身份得到了表面上的团圆，而他们的爱情和婚姻早已死去了。从这个角度来看，《张协状元》可算得上是一部彻头彻尾的悲剧。

作为中国戏曲中目前所能见到的第一部悲剧作品，《张协状元》有其独特的地位和价值，它翻开了中国悲剧史的第一页，也为我们研究中国古代悲剧观念的最初面目提供了宝贵的第一手材料。但同时我们也不得不指出，《张协状元》存在诸多的不尽如人意之处，譬如它的结构比较松散，情节不够统一，有些地方甚至非常牵强，曲词宾白有些粗糙，剧中充斥着大量的插科打诨乃至无理取闹的成分，尤其是主人公张协的性格前后相互矛盾，这些"硬伤"都严重地影响了整部作品的思想艺术成就。因此，我们一方面要充分肯定《张协状元》的开创性贡献，另一方面也不能对其作出过高的估价。之所以这样说，还有一个很重要的原因，那就是我们今天所看到的《张协状元》剧本，出自明代《永乐大典戏文三种》，其时距离剧本的原创时间已经过去了两百多年，剧本的原始形态是否得到了很好的保留，是存在很大的疑问的，其间很有可能经过了后世文人的修改甚至再创作。因此缘故，虽然我们能够从《张协状元》中窥得早期中国悲剧观念的一些信息，但我们并不能就此而得出中国古代悲剧观念在宋代南戏中已经成熟的结论。

《赵贞女蔡二郎》《王魁负桂英》和《张协状元》三部作品的共同之处在于，它们所表现的都是婚变悲剧，都对遭弃女子寄予了深切的同情，都对负心男子进行了无情的鞭挞。但我们注意到，《张协状元》与前两剧有一个显著的区别，那就是添加了一个"光明的尾巴"，这也反映出南戏已经从最初的民间趣味开始向官方意识形态转变，儒家伦理道德和审美观念越来越多地渗透到戏曲当中，从而也在改变着中国悲剧的外部形态和内在精神。从《张协状元》开始的这种转变，到元末南戏《琵琶记》明确倡导"不关风化体，纵好也徒然"，是一条清晰可辨的发展线索。

婚变悲剧之所以成为宋代南戏的主流，是有其社会基础的。东南沿海地区原为"蛮夷之地"，但到了宋代尤其是南宋定都临安以后，这里的商品经济迅猛发展，从而带动了文化教育的快速崛起。南戏的诞生地温州，原来文化相当落后，有唐一代考取进士者仅两人。而到了宋代，情况发生了翻天覆地的变化，仅南宋时期考中进士者就有千余人。大批寒士通过科举考试取得了功名利禄，为了追求更高的地位和权力，一些人走上攀附权贵这条捷径，于是抛弃糟糠之妻而另婚高门贵族。这种为了获得富贵而不择手段的违伦背理行为的大量出现，引起了极大的公愤，人们纷纷谴责这种丑恶行径，刚刚兴起的南戏则正好成为表达这种社会心理和道德情感的绝佳载体，于是南戏舞台上掀起了一股婚变悲剧的热潮。

中国古代悲剧观念在宋代南戏中已经生成，这一点是毫无疑问的，但由于原始文献的缺乏，我们今天只能大致看到其宏观的外部轮廓，而很难去深入地领略其微观的内在世界了。

第二章

中国古代悲剧观念的成熟与演变

第一节 元杂剧与悲剧观念的成熟

在偏安一隅的南宋王朝日益衰落的时候,崛起于北方草原的蒙古族先后吞并了西夏和金,之后又经过40年的战争消灭南宋,建立了元朝,从而结束了中国自唐代灭亡以来近400年的分裂割据局面,实现了全国的又一次统一。元蒙凭借强大的武力入主中原,虽然给当时的经济和社会造成了极大的破坏,但它所带来的统一局面,又对各族人民在政治、经济、文化等各方面的交流产生了巨大的促进作用。随着政治的稳定,经济也很快得到恢复和发展,农业、手工业、商业、印刷业、娱乐服务业日益繁荣,大都(今北京)、杭州、苏州、扬州、温州等城市迅速发展为世界性的工商业大都会。这些人口集中、商业发达的城市,为表演艺术提供了温床。同时,由于种种原因,元代统治者在礼乐制度方面的管制并不严格,出现了中国封建社会大一统王朝中少有的意识形态控制上的一段"真空",虽然时间比较短暂,但已为戏曲艺术的自由探索和蓬勃发展创造了难得的好环境。此外,元代建国后多年废除科举,文人的仕进之路被堵塞,只得飘零市井以求生存，使他们得以深入了解和真切体味下层人民的思想感情和审美趣味，戏曲创作成了他们反映人民心声、排遣心中郁闷和体现自我价值最适宜的途径。大量文人的加入，使得戏曲创作队伍的素质空前提升，从而造就了中国戏曲的第一个黄金时代。

一　元杂剧：悲剧的世界

元代是一个充满悲剧意识的社会，是一个产生伟大的悲剧作品的时代，也是中国古代悲剧观念走向成熟的阶段。悲剧意识似幽灵一般，笼罩在元代社会的上空，更是萦绕在汉族文人的心头，我们从张养浩的小令《山坡羊·潼关怀古》中能够真切地感受到这种挥之不去的悲剧意识："峰峦如聚，波涛如怒，山河表里潼关路。望西都，意踟蹰。伤心秦汉经行处，宫阙万间都做了土。兴，百姓苦！亡，百姓苦！"元代是中国历史上第一个由少数民族统治的全国统一政权，这一次的舆图换稿给汉族人的心理造成的巨大冲击是历史上任何一次改朝换代所无法比拟的，再加上元朝统治者实行民族等级制度和民族歧视政策，使得民族矛盾异常尖锐激烈；元代礼乐制度的松弛虽然带来了思想意识和文艺创作的相对自由，但也造成了道德价值的失范和社会秩序的混乱；儒家文化体制中"修身、齐家、治国、平天下"的理想彻底破灭后，元代文人在失落、屈辱和彷徨中蓄积了满腔的哀怨、激愤和悲怆。在这样一种时代背景和社会心理之下，中国的悲剧创作在元代迎来了第一次爆发，并以其刚健激越的旋律奏响了中国悲剧的第一个乐章。

元杂剧中，悲剧在数量上所占的比重并不大，但就质量而言，这些作品却足以支撑起元杂剧的大半个天空。作为极一时之盛的"一代之文学"，元杂剧的数量自然不会少，然而由于各种原因，这些作品有相当一部分已经散佚无考了，因此元杂剧的确切数目已无法统计。目前著录最全的傅惜华《元代杂剧全目》共收元杂剧剧目737种，收录作品最全的《全元戏曲》（王季思主编）共收整本元杂剧210种，南戏19种，另有残折、散出、逸曲若干。到目前为止，得到学术界基本认可并有完整剧本留存的元杂剧悲剧共有17种，它们分别是：关汉卿的《窦娥冤》《鲁斋郎》《蝴蝶梦》《西蜀梦》《五侯宴》《哭存孝》，白朴的《梧桐雨》，马致远的《汉宫秋》，郑廷玉的《疏者下船》，武汉臣的《生金阁》，纪君祥的《赵氏孤儿》，孟汉卿的《摩合罗》，狄君厚的《火烧介子推》，孔文卿的《东窗事犯》，无名氏的《张千替杀妻》，无名氏的《朱砂担》，无名氏的《陈州粜米》。此外还有几十种仅存剧目而无剧本的元杂剧，我们根据题材源流可以大体判断其为悲剧，但也只能是一种推测，它们对我们的研究来说并没有太大的实际意义，因而此处就不再列举了。我们还是将目光投向17种今天能够见到的元杂剧悲剧，并以具有代表性的作品为重点，来探讨元杂剧悲剧的外部形态和内在精神。

关汉卿的《窦娥冤》全名《感天动地窦娥冤》，写的是山阳书生窦天章因无力偿还蔡婆的高利贷，把七岁的女儿窦娥送给蔡婆当童养媳来抵债，自己上京赶考。窦娥长大后与蔡婆的儿子成婚，婚后两年丈夫死去，婆媳皆成寡妇。蔡婆向赛卢医讨债，被赛卢医骗至郊外谋害，为流浪乞讨的张驴儿父子所救。为报救命之恩，蔡婆将张驴儿父子带回家中一起生活。不料张驴儿父子见色起意，强迫蔡婆与窦娥招他们父子入赘，遭到窦娥的坚决反抗。蔡婆生病，张驴儿从赛卢医处买来毒药掺入羊肚汤里，欲毒死蔡婆，霸占窦娥及家产。结果阴差阳错，蔡婆将羊肚汤让给张驴儿之父吃，张父被毒死。张驴儿恼羞成怒，将蔡婆告至官府。窦娥不忍看到年迈的婆婆受苦，主动承认是自己害死了张父，被贪官梼杌问成死罪。含冤而死的窦娥在临刑之时发下三桩誓愿，结果一一应验。窦天章考取进士,官至肃政廉访使,到山阳考察吏治。冤魂窦娥向父亲托梦,窦天章查明事实,惩处恶人,为窦娥昭雪冤案。

关汉卿的《鲁斋郎》全名《包待制智斩鲁斋郎》,是一部著名的公案戏,写的是权势显赫的鲁斋郎垂涎张珪妻子李氏的美色,令张珪送妻上门。软弱的张珪慑于淫威,只好照办。张珪失去妻子后,儿女也因缺人照料而失散,后被开封府包拯收养。15年后,包拯以"鱼齐即"强抢民女一案奏请皇上批准将其处决,然后将"鱼齐即"三字添上笔画,改成"鲁斋郎",将其斩首,张珪与妻儿团圆。该剧揭露了"动不动挑人眼、剔人骨、剥人皮"的鲁斋郎令人发指的兽行,歌颂了包拯为民除害的精神。

关汉卿的《哭存孝》全名《邓夫人苦痛哭存孝》,写唐节度使李克用依靠义子李存孝镇压了黄巢起义后,终日饮酒,醉中听从奸人李存信和康君立二义子,违背诺言,将李存孝派往艰苦之地镇守。李存信、康君立后又假传李克用之令,让李存孝改回旧姓,反在李克用面前挑拨,说李存孝有怨恨之心,李克用大怒。李存孝本欲解释,二奸人又灌醉李克用,借机传令杀死李存孝。李克用酒醒之后,闻知实情悔恨不已,与李存孝妻邓夫人哭祭李存孝,并杀李存信、康君立二人祭奠李存孝。

白朴的《梧桐雨》全名《唐明皇秋夜梧桐雨》,剧情梗概为:唐朝边将安禄山贻误战机,有罪当斩,唐玄宗听信了安禄山的谎言,不仅赦免其罪,还加封其为渔阳节度使,并让杨贵妃收其为义子。安禄山与杨贵妃私情勾搭,野心膨胀,起兵叛乱,攻至长安。正在宫中与杨贵妃欣赏"霓裳羽衣舞"的唐玄宗闻此惊变,束手无策,逃往四川。行至马嵬坡下,六军不发,逼迫唐玄宗处死了贻误国家的杨贵妃和杨国忠。"安史之乱"平息后,唐玄宗回到长安,在雨打梧桐的秋夜,睹物思人,倾诉着对杨贵妃的思念之情，述说着一个失败帝王的悔恨与哀痛。

马致远的《汉宫秋》全名《破幽梦孤雁汉宫秋》，主要剧情为：汉元帝派毛延寿挑选民间美女入宫，王昭君因不肯行贿，被毛延寿点破图像，致使被打入冷宫。后来汉元帝发现了王昭君的美色，宠爱有加，将其纳为贵妃。毛延寿畏罪逃往匈奴，撺掇呼韩单于派使者入汉，以武力要挟强索昭君。由于满朝文武懦弱无能，无人抵敌，昭君主动请求前往和番，汉元帝只好忍痛让昭君出塞，并亲自到灞桥送别。昭君行至边境，投河自尽。汉元帝送别归来，梦见昭君从匈奴逃回，正在缠绵之际，忽然惊醒。但闻长空过雁，悽怆飞鸣，铁马丁丁，落叶如雨。全剧在浓重的感伤气氛中结束。

纪君祥的《赵氏孤儿》全名《赵氏孤儿大报仇》，写春秋时期晋国大将屠岸贾为了独揽朝政，陷害忠臣赵盾，将赵家满门抄斩。当他知道出生仅一月的赵氏孤儿被人救出，为了斩草除根，便下令全国大搜捕，扬言若三天内不交出赵氏孤儿，就要将全国一月以上、半岁以下的婴孩全部杀死。紧急关头，带出赵氏孤儿的程婴与公孙杵臼商议，决定让程婴以自己的儿子冒充赵氏孤儿，藏在公孙杵臼家中，再由程婴出首告发。屠岸贾派兵捉拿公孙杵臼，杀死假孤儿，公孙杵臼撞阶自杀。为了嘉奖程婴，屠岸贾将他收为门客，并将程婴之子（赵氏孤儿）收为义子。20年后，赵氏孤儿长大成人，文武双全。从程婴处得知真相后，赵氏孤儿杀死屠岸贾，血海深仇终于得报。

狄君厚的《火烧介子推》全名《晋文公火烧介子推》，写春秋时晋献公宠信骊姬，太子申生被赐自尽，次子重耳在因不满朝政而退隐乡里的大臣介子推等人的保护下逃亡楚国。为了保全重耳，介子推牺牲了自己的儿子，并在绝粮时割股事主。晋献公死后，重耳回国为君，是为晋文公。在封赏功臣时，介子推却被遗忘。介子推对新君的某些做法不能苟同，忧心忡忡。当母亲说出"一世之荣，不如万载之名"时，介子推即刻省悟，毅然背母登程，逃隐绵山。晋文公知道后，放火烧山逼他出仕。任凭烈火焚身，介子推执意不出，最后母子二人被活活烧死。

孔文卿的《东窗事犯》全名《地藏王证东窗事犯》，写南宋岳飞率军在朱仙镇抗击金兵，朝廷却下诏书命岳飞班师。岳飞父子回朝后便被秦桧以莫须有的罪名杀害。一日，秦桧去灵隐寺进香。地藏王化为呆行者说出了秦桧夫妇在东窗下密谋陷害岳飞之事，痛斥秦桧，正告他陷害岳飞违天理人心，终究要遭报应。秦桧哑口无言，派何宗立去捉呆行者。哪知人去楼空，反留诗几句。秦桧又命何去东南第一山捉呆行者。何宗立在阴司看到秦桧披着枷锁，由鬼吏押来。原来东窗事发了。再说岳飞父子被害后，向高宗托梦，请求高宗诛秦桧为自己洗冤报仇。何宗立再回阳世，已经过了20年，朝廷已立新君。他讲起秦桧在阴司受到报应之事，大快人心。

元杂剧的出现，标志着中国戏曲进入成熟阶段。同样，元杂剧悲剧的出现，也标志着中国古典悲剧进入了成熟阶段。元代初期，是中国古典悲剧的第一个黄金时代，关汉卿、白朴、马致远、纪君祥等人的悲剧作品以铿锵壮美的合声奏出了时代的最强音，谱写了中国戏曲史上彪炳千秋的辉煌篇章。这一时期的悲剧创作，不但在体制、结构、语言、音乐等形式层面上较宋金杂剧和南戏更加规范和成熟，而且在题材、主题、思想内涵、审美意蕴等内容层面上向更广更深的领域开掘，使得中国古典悲剧的思想艺术水平得到了极大的提升，一举奠定了悲剧在中国戏曲中的崇高地位，同时也奠定了中国古典悲剧在世界悲剧艺术殿堂中的地位。元杂剧悲剧，尤其是其中的优秀代表《窦娥冤》《梧桐雨》《汉宫秋》和《赵氏孤儿》，我们将在后面的讨论中不止一次地提及，此处就不一一评述了。

二 《窦娥冤》：悲剧典范及其观念影响

关汉卿是后世公认的元杂剧的第一位作家，位居"元曲四大家"（关汉卿、白朴、马致远、郑光祖）之首。我们在这里要指出的是，关汉卿是第一位真正意义上的中国古典悲剧作家，是中国古代成熟的悲剧观念的确立者，他的作品为后来的悲剧创作提供了优秀的典范，他的悲剧观念对后世作家产生了深刻的影响。从某种程度上甚至可以说，关汉卿的代表作《窦娥冤》的创作模式及其所蕴含的悲剧观念直接决定了中国古代悲剧创作与悲剧观念的基本形态和精神走向。

关汉卿（约1210—约1300），大都人，号已斋叟（又作一斋）。关于关汉卿的生平，我们所能知道的几乎只有这么可怜的一点信息，但这丝毫无损于我们对这位伟大戏剧家的敬仰之情。关汉卿是元代剧坛的领军人物，明贾仲明《录鬼簿续编》称他"驱梨园领袖，总编修帅首，捻杂剧班头"；近代王国维《宋元戏曲考》说他"一空依傍，自铸伟词，而其言曲尽人情，字字本色，故当为元人第一"。他不仅才华横溢，"通五音，六律滑熟"，创作了大量剧本，而且"躬践排场"[①]，亲自登场的实践经验使他熟悉舞台艺术规律和观众的审美需求，因此他的作品不但在元杂剧中，而且在整个中国戏曲史上都以雅俗共赏、注重剧场性和戏剧性而著称。也许正因为他的曲词通俗易懂，不追求深奥典雅，少了一些文人的雕琢之气，所以关汉卿在元明清三代文人心目中的地位总的来说并不是很高，在很多人看来他不但要逊于王实甫，甚至在马致远、郑光祖和白朴之下。明朱权《太和正

---

① （明）臧懋循：《元曲选·序》。

音谱》的评价即为典型代表:"关汉卿之词,如琼筵醉客。观其词语,乃可上可下之才。盖所以取者,初为杂剧之始,故卓以前列。"封建正统文人有他们的趣味和标准,我们无法苛求古人,但今天我们如果还不能充分地估价关汉卿对于中国戏剧史的意义,那就太不应该了。可以说,关汉卿就是中国的莎士比亚,他不但是我国历史上最伟大的剧作家,而且是一位百科全书般的文化巨人。在中外戏剧史上,像关汉卿这样的戏剧全才是非常罕见的,这方面也许只有莎士比亚可与其相提并论。关汉卿既写悲剧(如《哭存孝》),也写正剧(如《单刀会》),还写喜剧(如《调风月》);既写公案剧(如《鲁斋郎》),也写婚恋剧(如《拜月亭》);既写历史题材(如《五侯宴》),也写现实题材(如《窦娥冤》);既写高贵的英雄人物(如《西蜀梦》),也写卑贱的普通小民(如《救风尘》)。放眼整个中国戏剧史,取得如此全能成就者,仅关汉卿一人。更为难得的是,关汉卿的几乎每一部作品,都在相应的领域树立起了一个标杆,引领风气,垂范后人。所以有人说,元杂剧在关汉卿手中开创,也在关汉卿手中成熟,事实也的确如此。

  关汉卿是一位多产作家,见于载录的杂剧多达 67 种,今存 18 种,其中悲剧作品有《窦娥冤》《鲁斋郎》《蝴蝶梦》《西蜀梦》《五侯宴》《哭存孝》6 种,其悲剧作品数量是元代剧作家,同时也是所有中国古代剧作家中最多的。《窦娥冤》是关汉卿的代表作,同时也是他的悲剧代表作。作为中国戏曲进入成熟阶段的标志和元杂剧的开山之作,同时也作为中国古典悲剧第一部成熟的作品,《窦娥冤》对于中国古典戏曲及其悲剧的价值和意义是全方位的,此处仅就其对悲剧而言比较突出的贡献谈几点看法。

  首先是体制方面的贡献。元杂剧的标准体制是一本四折一楔子；音乐方面，每折由一个宫调的一套乐曲组成，四折采用的宫调不重复；角色分为末、旦、净、杂，通常由正末或正旦一人主唱到底。除了个别的例外，元杂剧的绝大部分作品都遵守着这样一些惯例或者说规则，而这些惯例和规则正是由《窦娥冤》一剧开创的。《窦娥冤》确立的元杂剧的这种体制，与散漫芜杂的宋金杂剧的体制相比，显然是一个巨大的进步，是一种本质上的飞跃。这套严谨而规整的体制，是以关汉卿为首的元初剧作家在总结历史经验教训、探索戏曲艺术内在规律的基础上，既继承前人又富有革命性的一次创造。打一个比方，元杂剧的体制与宋金杂剧、宋元南戏体制的区别，就像近体诗（唐代开始盛行的格律诗）与古体诗（唐以前的乐府民歌与文人诗）的差异，它多了一些规矩、限制乃至"枷锁"，但"戴着镣铐的舞蹈"往往更具有动人心魄的神奇魅力。当然元杂剧的体制并非尽善尽美，它后来被更加富有活力的传奇所取代正表明了它的局限性，但在当时的历史条件下，元杂剧的体制无疑是最先进的，它对我国戏曲文学和舞台艺术的飞跃性进步作出了不可磨灭的贡献。

其次是结构方面的贡献。《窦娥冤》的戏剧结构非常严密、紧凑而集中，堪称我国古典戏曲的典范。剧本的主体分为四折，主体之前是楔子，简要叙述了窦娥之父窦天章因无力偿还高利贷而使窦娥成为蔡婆的童养媳的情形，交代了故事的背景，也为后来的悲剧冲突拉开了序幕。第一折是悲剧冲突的开端，蔡婆引狼入室，张驴儿欲霸占窦娥，窦娥坚决不从，冲突已经形成。第二折是悲剧冲突的发展，张驴儿本想毒死蔡婆却误杀其父，嫁祸于蔡婆而将其告至官府，窦娥相信官府却遭到贪官逼供，宁死不屈的窦娥为了让婆婆免受刑罚而自行领罪。第三折是悲剧冲突的高潮，含冤而死的窦娥在临刑之时对错勘贤愚、不分好歹的天地发出质问和控诉，并且发下三桩"毒誓"，最后引颈就戮，血溅白练，悲剧冲突达到最高潮。第四折是悲剧冲突的结局，三年后窦娥的孤魂向父亲倾诉冤屈，官至肃政廉访使的窦天章查明案情，惩处恶人，为女儿昭雪沉冤。这样一个可以写成鸿篇巨制的故事，关汉卿却在短短的四折戏当中表现得清晰明了，跌宕起伏，引人入胜，真不愧为大手笔。戏剧艺术与文学创作不同，它受到舞台空间和演出时间的限制，《窦娥冤》正是在有限的时空里，紧紧围绕窦娥之"冤"这条主线，不枝不蔓，繁简得当，最大限度地表现悲剧冲突，并且有起、有承、有转、有合，其完密有致、无懈可击的结构艺术为后世树立了光辉的榜样。

最后是题材内容与艺术精神方面的贡献。《窦娥冤》的创作题材既有前代民间传说的基础，又有对当时社会现实的反映，更重要的是关汉卿崇高的精神境界和高超的艺术概括能力，他将一个普通的民间故事熔铸成了一部跨越时空、散发着永恒的思想和艺术魅力的震撼人心的伟大作品。关汉卿是一位非常有骨气的、甘愿为艺术献身的作家，他在套曲【南吕·一枝花·不服老】中称：

> 我是个蒸不烂、煮不熟、捶不扁、炒不爆、响当当一粒铜豌豆，恁子弟每谁教你钻入他锄不断、斫不下、解不开、顿不脱、慢腾腾千层锦套头。我玩的是梁园月，饮的是东京酒，赏的是洛阳花，攀的是章台柳。我也会围棋、会蹴鞠，会打围，会插科，会歌舞，会吹弹，会咽作，会吟诗，会双陆。你便是落了我牙，歪了我嘴，瘸了我腿，折了我手，天赐与我这几般儿歹症候，尚兀自不肯休。则除是阎王亲自唤，神鬼自来勾，三魂归地府，七魄丧冥幽，天哪，那其间

才不向烟花路儿上走!

这首曲虽有戏谑玩世的成分,却也鲜明地表现出关汉卿坚强不屈的反抗性格。他的狂放、他的自信、他的倔强,是他作为一位代下层人民立言的剧作家最可贵的品格。他自觉地将自己置于与统治者不合作的位置,他的作品的主角不是声势显赫的帝王将相,而是地位卑贱的小人物,他利用戏曲描写卑微小民的悲惨处境,揭露现实的黑暗,抨击社会的不公,感慨历史的沧桑,赞美正义的力量。《窦娥冤》第三折中窦娥那两段惊天动地、脍炙人口的唱词,就唱出了这种魂魄:

> 【正官·端正好】没来由犯王法,不提防遭刑宪,叫声屈动地惊天。顷刻间游魂先赴森罗殿,怎不将天地也生埋怨。
> 【滚绣球】有日月朝暮悬,有鬼神掌着生死权。天地也只合把清浊分辨,可怎生糊突了盗跖颜渊:为善的受贫穷更命短,造恶的享富贵又寿延。天地也,做得个怕硬欺软,却原来也这般顺水推船。地也,你不分好歹何为地?天也,你错勘贤愚枉做天!哎,只落得两泪涟涟。

关汉卿将他强烈的使命意识、忧患意识、民族意识、历史意识、平民意识和生命意识浇注在剧本和舞台上,创作出《窦娥冤》《救风尘》《单刀会》等众多戏曲经典。他的作品具有突出的批判性、鲜明的人民性和充沛的人文精神,有着丰富的现实和历史意义以及极高的艺术和思想价值。《窦娥冤》作为元杂剧的发轫之作却能达到如此的艺术和精神高度,不能不令人惊叹。《窦娥冤》树立起了中国古典悲剧史上一座不朽的丰碑,它为后世悲剧创作提供了全方位的学习模板，也成为衡量后世悲剧作品水准的一个标杆。

最后不能不说说"大团圆"的问题。关于中国古典悲剧的"大团圆"结尾，近代以来多有争论甚至非议。但不管怎样，这一问题是不容回避的。中国古典悲剧的"大团圆"模式始于何时，目前已难以确考，不过可以肯定的是，它在南宋时期就已经出现了。作为"戏文之首"的《赵贞女蔡二郎》和《王魁负桂英》，结局都不是"大团圆"，由此我们可以基本断定中国古典悲剧在它的初创阶段是并不追求"团圆之趣"的。《张协状元》的出现要晚于上述两剧，它既是我们现在所能看到的中国戏曲的第一个剧本，也是我们现在所能看到的第一个以"大团圆"结尾的古典悲剧。虽然我们说流传到今天的《张协状元》剧本很可能已不是它的原貌了，但相信它的剧情在后来的修改中不会发生太大的变化，因此该剧本可以作为"大团圆"始于南宋的证明。虽然如此，但由于《张协状元》的思想艺术成就无法与《窦娥冤》相提并论，所以提到"大团圆"，人们一般首先想到的不是前者，而是后者。就这样，《窦娥冤》"拥有"了"大团圆"的"发明专利"，虽不符事实，却合乎情理。平心而论，《窦娥冤》的结尾不是真正的"大团圆"，因为窦娥的冤案虽然得到平反，公理和正义最终取得了胜利，但主人公窦娥这样一个美好而无辜的生命却被无情地扼杀而无法挽回了，这无论如何都是一种极大的悲哀和遗憾。尽管《窦娥冤》的结局不是此前的《张协状元》和此后的《琵琶记》那样真正的"大团圆"，但毕竟它在悲剧高潮之后添加了一个"光明的尾巴"，并且因为该剧在中国戏剧史上崇高的地位而对后来的悲剧创作产生了较大的影响，这一点是不可否认的。

第二节　明清传奇与悲剧观念的演变

一　明清传奇悲剧要览

元代中期以后，北杂剧日渐衰落，因被北杂剧的光芒所遮掩而一度陷入沉寂的南戏又逐渐恢复生机，到元末明初"四大南戏"即《荆钗记》《白兔记》《拜月亭》《杀狗记》，尤其是《琵琶记》的出现，标志着南戏的重新崛起。南戏到了明清时期改称"传奇"，从名称上弱化了它的"南方"色彩，但本质上并未发生改变，因此传奇与南戏是一脉相承的。正因如此，虽然我们在这一节要讨论的是明清传奇悲剧，但首先要提到的作品却是元末明初高明创作的南戏《琵琶记》。

《琵琶记》的主要剧情为：书生蔡伯喈与赵五娘新婚不久，恰逢朝廷开科取士，蔡伯喈因父母年事已高，欲辞试留在家中服侍父母。但蔡公不从，蔡伯喈只好告别父母、妻子赴京应试，并得中状元。牛丞相奉旨招新科状元为婿，蔡伯喈以父母年迈无人照顾需回家尽孝为由，欲辞婚、辞官，但牛丞相与皇帝不允，强迫其滞留京城，并招赘牛府。蔡伯喈离家后，其家乡连年遭旱，赵五娘任劳任怨，尽心服侍公婆，让公婆吃米，自己则背地里吃糠。婆婆得知后一时痛悔过甚而亡，不久蔡公也死于饥荒。公婆相继去世后，赵五娘祝发买葬，罗裙包土，自筑坟墓，让二老入土为安。之后，赵五娘亲手绘成公婆遗容，身背琵琶，沿路弹唱乞食，前往京城寻夫。而蔡伯喈被强赘牛府后，终日思念父母，写信去陈留家中，信被拐儿骗走，致音信不通。赵五娘来到京城，在法会上募化求食，并将公婆真容供于佛前。恰好蔡伯喈也来寺中为父母祈祷平安，见到父母真容，便拿回府中挂在书房内。赵五娘寻至牛府，被牛氏请至府内弹唱。赵五娘见牛氏贤淑，便将自己的身世告知牛氏。在牛氏的帮助下，赵五娘与蔡伯喈得以团聚。赵五娘告知家中事情后，蔡伯喈悲痛至极，即刻上表辞官，携赵五娘和牛氏同归故里，庐墓守孝。后皇帝下诏，旌表蔡氏一门。

《琵琶记》是根据宋代南戏《赵贞女蔡二郎》改编而成的，原作中的蔡伯喈是一个忘恩负义、弃妇背亲的负心汉，结果受到了"为暴雷震死"①的报应。高明的《琵琶记》从根本上颠覆了故事原来的主题，将蔡伯喈塑造成了一个有情有义、全忠全孝的道德楷模。正因为典型地体现了忠孝节义的封建社会伦理规范，所以《琵琶记》受到历代统治者的青睐，明太祖朱元璋就说："五经四书，布帛菽粟也，家家皆有；《琵琶记》如山珍海错，富贵家不可无。"②朱元璋之所以如此推重《琵琶记》，恐怕主要原因是看中了其在宣扬礼教、维护封建统治方面的作用。当然，《琵琶记》能够获得"南戏之祖""传奇之祖"甚至"词曲之祖"的美誉，并不是浪得虚名，它的成功除了故事题材和主题思想符合当时社会的普遍口味之外，性格鲜明的人物形象、独特巧妙的戏剧结构、雅俗共赏的语言艺术、温婉细腻的抒情风格等都是此前和同期的其他南戏望尘莫及的。《琵琶记》虽然有一个"大团圆"的结尾，但这并不影响它成为一部悲剧，其悲剧冲突一方面体现在一苦一乐交替演进的剧情的反差对比中，另一方面反映在功名利禄与家庭幸福或者说事君与事亲、国与家、忠与孝难以两全的深刻矛盾中，从而在道德教化的外表之下蕴含了丰富而复杂的情感与内涵，这也许是《琵琶记》打动无数观众，得到无数赞誉的深层原因吧。

---

① （明）徐渭：《南词叙录》。
② 同上。

明代初期的戏曲创作与元代初期的繁荣景象正好相反,一时陷入沉寂、停顿甚至倒退的境地。在朱权、朱有燉等王室贵族的直接参与和带动下,明初的戏曲创作呈现出明显的贵族化、宫廷化倾向,出现了大量为统治者歌功颂德以及宣传伦理教化的作品,丘濬的"陈腐臭烂,令人呕秽"[①]的《五伦全备记》即为极端的典型。可想而知,在这样的环境和风气之下,是很难产生真正的悲剧的。虽然间或也出现过像姚茂良的《精忠记》和《双忠记》这样的悲剧作品,但其成就与元杂剧悲剧以及《琵琶记》相比有较大差距。

直到建国一百多年后的嘉靖年间,明代戏曲创作才开始迸发出活力与生机,其标志就是嘉靖三大传奇的诞生。嘉靖三大传奇指的是《宝剑记》《鸣凤记》和《浣纱记》,其中前两部传奇属于悲剧作品。李开先的《宝剑记》写的是林冲被逼上梁山的故事,基本情节取材于小说《水浒传》,但与《水浒传》又有不同,最大的区别在于作者对林冲与高俅矛盾起因与性质的改写。在《水浒传》中,林冲与高俅的矛盾起因于高衙内霸占林冲之妻;《宝剑记》中,林冲因两度上本弹劾高俅、童贯而遭到迫害,至于高衙内看上林冲之妻,则是林冲被发配以后的事情。李开先经过这样的安排,就将林冲与高俅之间的矛盾由个人恩怨变为忠奸对立,从而使这种冲突具有了更为深刻广泛的社会意义。

传为王世贞所作的《鸣凤记》,是一部以现实重大政治事件为题材的作品,反映的是明嘉靖年间反严嵩集团与严氏奸党之间惊心动魄的政治斗争。奸臣严嵩专权误国,夏言和曾铣因力主收复河套失地而触犯严嵩,遭到杀害。杨继盛连夜修书,列举严嵩十罪五奸,被捕入狱,后也惨遭杀害。之后董传策、吴时来、张

[①] (明)徐复祚:《曲论》。

艸又联名弹劾严嵩，结果全被贬谪。最后邹应龙、孙丕扬再次联名弹劾，交由林润理冤，忠臣义士们历尽艰难曲折，终于摧垮了严嵩奸党。《鸣凤记》是一部几乎与时事同步的政治剧，王世贞在这方面开风气之先，对后世起到了重要的示范作用，我们从"苏州派"的作品和孔尚任的《桃花扇》中可以看到这种影响。

进入万历年间之后，明代传奇创作开始走向繁荣。这一时期，商业经济迅猛发展，与此同时，各种文化思潮不断涌现，促成了新的文化心理和文化价值的形成，其最突出的体现就是对人的情欲、利欲、才情等本能欲望和天生禀赋的充分肯定，对人的独立意志和个体人格的尊重，以及平等意识和宽容精神。这一反理学、反传统、反专制的个性解放思潮，在思想界的代表人物是李贽，在文学界的代表人物则是汤显祖。可以说，汤显祖的"临川四梦"尤其是《牡丹亭》的出现，将中国古典悲剧的思想和艺术境界提升到了一个全新的高度。以汤显祖为精神领袖的"临川派"在创作上不拘一格，追求创新，注重意趣神色，不为格律所拘束，形成了自由奔放的内容和形式风格。"临川派"是明代剧坛最富进取精神的剧作家群，其中涌现出了像孟称舜这样非常优秀的剧作家，他的《娇红记》与汤显祖的《牡丹亭》在主题思想上一脉相承，某些方面甚至超越了《牡丹亭》，是中国古典悲剧中一部具有独特思想价值的重要作品。

万历之后的明王朝逐渐走向没落，但传奇创作却进入了鼎盛时期，是我国历史上继元杂剧之后的第二个戏曲创作高峰。这一阶段的传奇作品，题材内容十分广泛，其中数量最多、影响最大的是才子佳人戏，因而有"十部传奇九相思"之说。这一时期的悲剧创作，除了孟称舜的《娇红记》成就突出之外，比较优秀的作品还有《精忠旗》和《红梅记》。

由李梅实草创、冯梦龙修订的《精忠旗》写民族英雄岳飞被害的故事：南宋丞相秦桧与金国四太子金兀术暗中勾结，卖国求荣。正当岳飞率领岳家军大败金兀术，准备直捣黄龙时，秦桧却假传圣旨，连发十二道金牌召回岳飞，使十年抗金事业毁于一旦。秦桧又伙同张俊、万俟卨，以"莫须有"的罪名杀害了岳飞父子。后来秦桧遇鬼病死，岳飞之孙岳珂上书为祖父申雪，皇帝下诏为岳飞平反冤狱，追封他为鄂王。岳飞的故事在民间广为流传，戏曲舞台上也在不断上演，元杂剧中有《东窗事犯》《岳飞精忠》等，明代传奇中有《东窗记》《精忠记》等。就思想和艺术成就而言，《精忠旗》在同题材作品中是最优秀的。

周朝俊的《红梅记》也是一部值得注意的作品，其主要剧情为：权相贾似道在众姬妾的陪同下游赏西湖，侍妾李慧娘看到风流倜傥的书生裴禹，情不自禁发出赞叹。贾似道恼羞成怒，杀慧娘以示众。卢总兵之女昭容折梅咏诗时恰遇裴禹在墙外折梅，乃以红梅相赠。贾似道欲纳昭容为妾，裴禹假充卢总兵之婿拒婚，贾似道怒而拘裴禹于府中。慧娘鬼魂与裴禹相会并助其出逃。后贾似道罪行败露被杀，裴禹考中探花后与昭容完婚。剧中的李慧娘虽不是主要角色，却是塑造得最为光彩照人的人物形象，她追求自由和反抗强暴的性格，体现出强烈的悲剧精神。

明末清初在中国剧坛出现了一个很有影响的创作流派，这就是"苏州派"，它不但是中国戏曲史上最大的一个创作群体，而且以其直面现实的责任感和使命感以及高扬的批判精神独树一帜，形成了别具一格的创作风格，对后世影响甚大。李玉是苏州派的领袖和代表作家，他的成名作"一人永占"（《一捧雪》《人兽关》《永团圆》《占花魁》）即为一组关注现实、针砭时弊的优秀作品，而他的代表作《清忠谱》和另一部作品《千忠戮》则更是以开阔的视野和恢宏的气势为我们呈现出一幅幅悲壮的历史与社会画卷，将中国古代悲剧创作与悲剧观念引入一种新的境界。

《清忠谱》描写的是明朝末年，苏州市民在颜佩韦等五人领导下反抗魏忠贤的一场暴动事件，以东林党人周顺昌的被捕作为冲突的主要线索。礼部侍郎周顺昌是剧本的中心人物，他是一位既"清"且"忠"的官吏。剧本突出表现了他清正廉洁、忧国忧民的情操与品格，以及与魏阉奸党的势不两立和不懈斗争，他也因此而受到苏州市民的敬重和爱戴。因此，他的被捕就成了苏州市民暴动的导火索。该剧破天荒第一次正面描写了波澜壮阔的群众斗争场面，塑造了颜佩韦等下层市民英雄的形象，这在中国戏剧史上无疑是一大创举，也是一大进步。《清忠谱》一方面继承和发展了中国古典悲剧中经典的忠奸斗争模式，另一方面又开创了中国戏曲中前所未有的阶级斗争题材，从而确立了它在中国戏剧史上独特的地位和价值。

《千忠戮》又名《千钟禄》，是李玉的又一部有较大影响的悲剧作品。该剧的主要情节是：明初建文帝用儒臣齐泰和黄子澄之谋，削弱藩王权力。不料拥有重兵的燕王朱棣大为不满，他以讨伐齐、黄"破坏祖训"为由，借着"清君侧"的名义，起兵于北京，一直打到南京，号称"靖难"，实质是把建文帝赶下台，自己即位为永乐皇帝。凡是建文帝旧臣不肯降服者，皆被指为奸党，遭到杀害。景清被剥皮揎草；齐泰和黄子澄被凌迟处死；方孝孺抗辩不屈，被灭十族。朱棣排除异己，心狠手毒，杀人无数，惨不忍睹。而建文帝在南京城失守时，听从翰林学士程济的建议，乔装改扮，削发为僧，从地道中逃走，流落于滇黔巴蜀间。直到宣德皇帝继位，大赦天下，建文帝和程济等人才得以回归京师。清初昆曲鼎盛之时，民间流传"家家收拾起，户户不提防"之说，指的就是《千忠戮》中建文帝的唱词"收拾起大地山河一担装，四大皆空相"，以及《长生殿》中李龟年的唱词"不提防余年值乱离，逼拶得歧路遭穷败"，由此我们可以想见《千忠戮》在当时受欢迎的情景。同时我们也注意到一点，"收拾起"和"不提防"两句唱词均出自悲剧作品，充满了沧桑悲凉的意味，从两段唱词成为当时的流行歌曲这一点我们也可以看出，在康乾盛世歌舞升平的华丽表象背后，整个社会隐藏着怎样深刻的危机和悲剧意识。

明清易代，是中国历史上第二次由少数民族建立起的全国统一政权，这一次江山换主所带来的震撼虽然没有元初那么突兀和剧烈，但民族裂痕和民族矛盾依然是十分深重的。满清入关之后，遭到了明朝将士和老百姓的顽强抵抗，出现了一幕幕像"嘉定三屠""扬州十日"这样惨绝人寰的悲剧性事件。天下平定后，清朝统治者实行了"汉化"政策，对文人实施了以拉拢为主的怀柔策略，使得文人队伍出现了分化，有的入朝做官成为新政权的合作者和参与者，剩下的不合作者只好遁入山林做了隐士。在所有由明入清的文人中，吴伟业的政治遭遇和心路历程显得较为特殊，却又有着相当的典型性。

吴伟业与陈子龙、钱谦益齐名，被称为明末清初三大诗人。这三个人中，陈子龙奋勇抗敌，为国捐躯，留得千古英名；钱谦益曾为东林党领袖，后来做了清朝的官，虽遭世人唾骂，而他本人却心安理得。吴伟业的境遇介于两者之间，作为明末士大夫和文人中的领袖人物，他本想坚守气节绝不事清，却最终难抵诱迫而出仕；他身在清廷又心怀前朝，念及崇祯皇帝对自己的隆恩盛德更是羞愧难当。虽然只担任了三年的闲职就辞官归隐，但文人的失节就像女人的失节一样，是跳到黄河也洗不清的终生污点，吴伟业的余生是在自我忏悔和思念故国的煎熬中度过的。可以说，吴伟业的人生悲剧在那个时代的文人中有着相当的代表性，毕竟像钱谦益那样（至少表面上看起来）"没心没肺"的人是不多的，更多的人在经受着良心的折磨，精神处于分裂和苦闷之中。正因如此，吴伟业的痛苦和悔恨才能拨动那么多人的心弦。翻开《梅村家藏稿》，其后期诗文中触目皆是血泪一般的文字，如："误尽平生是一官，弃家容易变名难。"(《自叹》)"浮生所欠止一死，尘世无由识九还。"(《过淮阴有感》)除了诗文写作之外，吴伟业还染指戏曲创作，借以抒写难言之隐，寄托故国之思。他的戏曲作品共有三部，分别是杂剧《通天台》《临春阁》和传奇《秣陵春》。《通天台》和《临春阁》所叙都是南朝之事。《通天台》写梁亡后尚书左丞沈炯流落长安，一日路过汉武帝通天台，遂登台痛哭，并草表奏于武帝之灵。武帝欲起用沈炯，沈力辞不就。醉梦醒来，沈炯发现自己身在通天台下的酒店之中。《临春阁》写的是江南沦陷，后主降隋，贵妃自缢，陈朝灭亡。《秣陵春》是吴伟业的戏曲代表作，以徐适、黄展娘的爱情故事贯穿全剧，借南唐覆国旧事，抒写明朝灭亡之悲。主人公徐适可以说是吴伟业本人的化身，他深受南唐后主的恩德，又得到宋朝皇帝的器重，陷入了旧恩与新恩、气节与功名的焦虑和矛盾之中。最终，在对新朝的隆恩表示感谢的同时，徐适坚辞不受官，既调和了新恩与旧恩，又保全了自己的名节。明末复社重要成员之一、吴伟业的好友冒襄看到剧本后，认为该剧"借古人之歌呼笑骂，以陶写我之抑郁牢骚"，"字字皆鲛之珠，先生寄托遥深"，可谓切中肯綮。

  蒋士铨是清代中期成就较高的剧作家，其最引人注目的戏曲作品是三部传奇悲剧：《桂林霜》《临川梦》和《冬青树》。《桂林霜》写吴三桂谋反，逼迫广西巡抚马雄镇投降，被断然拒绝。后马雄镇被俘，宁死不屈，慷慨就义，全家二十多口人全部殉难。《临川梦》写汤显祖的生平事迹，将"临川四梦"中的主要人物穿插其中，构思新颖奇特，颇有现代之风，作品主要以汤显祖的人品才华与壮志难酬寄寓作者本人怀才不遇的愤懑。《冬青树》以"岁寒然后知松柏之后凋"为寓意,描写文天祥、谢枋得抗击元军、以身殉国的故事,表彰他们忠贞不屈的民族气节,痛斥卖国求荣的小人奸贼。该剧气氛凄怆悲壮,透射出强烈的民族意识,几乎可与《桃花扇》相媲美。

《白蛇传》与《牛郎织女》《孟姜女哭长城》《梁山伯与祝英台》是中国流传最广、影响最大的四大民间传说,其中白蛇(白娘子)的传说最富传奇色彩,因此也成为戏曲舞台上一道绚丽独特的风景。清代之前已有该题材的戏曲作品,可惜已经失传,我们现在看到最早的是清乾隆年间三个版本的《雷峰塔》,其中以方成培改定的水竹居刊本最为成熟。与其他版本相比,方成培的《雷峰塔》增加了"端阳""求草""水斗""断桥""合钵"等情节,增强了悲剧冲突。该剧在金山水斗中达到戏剧高潮,白娘子最终失败,被镇压于雷峰塔下,全剧以悲剧性结局收束。白娘子与许仙的爱情波折,表现的不仅是人妖相恋,更是人间悲剧。剧中的白娘子不仅是一个美丽动人的蛇精,更是一个具有优秀品质和叛逆精神的悲剧形象。剧本不仅写了白娘子对爱情的专一、对许仙的痴情与宽容,更突出表现了她顽强的斗志和自我牺牲的精神。《雷峰塔》所成功塑造的白娘子这样一个光彩照人的艺术形象,深受广大群众的喜爱,几百年来不断被搬上戏剧舞台、电影银幕和电视屏幕,深深感动了一代又一代的人,其中所蕴含的悲剧观念至今还在影响着中国人。

二 《牡丹亭》的悲剧性

汤显祖(1550—1616),字义仍,号海若,又号海若士,晚年号茧翁,自署清远道人。居所名为玉茗堂、清远楼。江西临川人。出生于书香门第,自幼聪明过人,21岁中举,文名鹊起,

"名播天壤,海内人以得见汤义仍为幸"①。因得罪权相张居正,汤显祖的科举之路遭遇坎坷,屡试不第,直到张居正去世第二年即万历十一年(1583)才得中进士。在16年的仕途生涯中,汤显祖在京城和地方担任过一些小官,一直郁郁不得志,因对官场的腐败感到愤慨和厌倦,于49岁那年辞职还乡,过起了隐居生活,将主要精力用在了戏曲创作上。

万历年间是一个潮流涌动的思想解放的时代,一千多年来被统治者奉为圭臬并渗透到国民灵魂中的儒家学说遭到了强烈的质疑和批判,反对宋明理学和封建礼教,追求个性解放和思想自由,成为新的社会思潮。在这股新思潮中,"异端"李贽和"奇僧"达观是两个有代表性的人物,他们被人们称为"二大教主",汤显祖与他们有着精神和友谊的交往。在文学艺术界,汤显祖独自擎起了一面"情"的旗帜,并以自己天才的作品为利器,向反人性的封建礼教发起了猛烈的进攻,对当时以及后来的社会观念和思想产生了深远的影响。因此有人说,汤显祖与李贽、达观三足鼎立,是晚明时期新思潮的领军人物,这一说法还是很有道理的。

作为明代成就最高、影响最大的剧作家,汤显祖的戏曲创作不是以数量胜,而是以质量胜。他一生共创作五部传奇作品,其中写于青年时期的《紫箫记》为未完之作,也是练笔之作,后来被改写成《紫钗记》,所以名为五部实为四部,即脍炙人口的"玉茗堂四梦",也叫"临川四梦",它们分别是《紫钗记》《牡丹亭》《南柯记》和《邯郸记》。《牡丹亭》是汤显祖的代表作,它代表了明代戏曲的最高成就,也是整个中国戏剧史上最伟大的作品之一。如果我们说《牡丹亭》是一部悲剧,可能会有人质

---

① (明)邹迪光:《临川汤先生传》。

疑。的确，我们过去习惯上把《牡丹亭》看作悲喜剧，也就是说它既不是悲剧，也不是喜剧。比较具有权威性的王季思先生主编的《中国十大古典悲剧集》和《中国十大古典喜剧集》都没有收录《牡丹亭》，即体现了这种认知。

人们之所以认为《牡丹亭》不是悲剧，主要原因大致有三：一是没有外在的较为强烈的悲剧冲突，二是结局的"大团圆"，三是剧中的喜剧性因素。笔者认为，这三条理由是没有足够的说服力的。首先，中国古典悲剧很少有一悲到底的，一般都要穿插一些喜剧元素，苦乐相错甚至以乐衬苦是悲剧中常见的艺术手法；其次，我们前面已经讨论过了，"大团圆"不是区分悲剧与喜剧的决定性因素；最后，《牡丹亭》虽然没有明显的外在的悲剧冲突，但其内在的悲剧冲突是非常强烈甚至令人触目惊心的。因此，我们不应简单地断定《牡丹亭》不是一部悲剧作品，或者说我们至少不应简单地否定《牡丹亭》的悲剧性。事实上，汤显祖在《答李乃始》中就曾表达过自己的不满和担忧："词家四种，里巷儿童之技，人知其乐，不知其悲。"的确，不仅是《牡丹亭》，"临川四梦"中的其他三部作品尤其是后"二梦"《邯郸记》和《南柯记》都有着较为浓郁的悲剧意味。当然，与《牡丹亭》相比，后"二梦"缺少了一种蓬勃昂扬的生命力度，浓重的宗教气息和虚无主义人生观在很大程度上削弱了悲剧冲突，也极大地消解了其悲剧性。

《牡丹亭》是对至情的礼赞，是一支生命的颂歌。杜丽娘是一个"一生儿爱好是天然"的大家闺秀，她渴望自由的爱情，却又处在无所不在的有形无形的束缚和压抑之中。她在游园时看到的是"姹紫嫣红开遍"，想到的却是"都付与断井颓垣"；看到的是"良辰美景"，想到的却是"奈何天"；看到的是"赏心乐事"，想到的却是"谁家院"。面对满目春光，她却"剪不断，理还乱，闷无端"，忧虑的是"恰三春好处无人见"。正当青春年华，她却说"锦屏人忒看的这韶光贱"。一个年轻美好的生命，就因为心中怀有为世俗所不容的梦想，便与周围的一切构成了强烈的冲突。像杜丽娘这种内心的冲突是不是一种悲剧冲突？答案应该是毋庸置疑的，并且这种冲突的强度是巨大的，而且是无法调和的，因此杜丽娘理想的实现只能寄托于梦境。正因为这种冲突是不可调和的，所以杜丽娘才会去寻梦，才会因梦而死。

杜丽娘的为情而亡，是中国戏剧史和文学史上最动人心魄的一幕，这一悲剧情节令无数读者和观众的心为之震颤与悸动。在封建社会中，又有多少青年女子从杜丽娘身上看到了自己的内心，找到了生命的寄托。据清代鲍倚云《退余丛话》记载："崇祯时，杭有商小玲者，以色艺称，演临川《牡丹亭》院本，尤擅场。尝有所属意，而势不得通，遂成疾。每演至《寻梦》、《闹殇》诸出，真若身其事者，缠绵凄婉，横波之目，常搁泪痕也。一日，复演《寻梦》，唱至'打并香魂一片，阴雨梅天，守得梅根相见'，盈盈界面，随声倚地。春香上视之，已殒绝矣。"

【江儿水】偶然间心似缱，梅树边。这般花花草草由人恋，生生死死随人愿，便酸酸楚楚无人怨。待打并香魂一片，阴雨梅天，守的个梅根相见。

杜丽娘的死，无疑是《牡丹亭》的悲剧高潮，这一高潮带给人们的震撼，即使与世界上最伟大的悲剧相比也毫不逊色。仅凭这一点，《牡丹亭》列于世界大悲剧中已当之无愧。当然，《牡丹亭》的剧情和篇幅至此才进展了不到三分之一。在之后三分之二多的篇幅里，剧本虽然为杜丽娘和柳梦梅设计了掘墓还魂、人间团圆的美好结局，也借此表现了"生者可以死，死可以生"的至情观念，但透过剧情，我们看到的仍然是情与理的冲突、理想与现实的冲突。在另外一个世界，杜丽娘不再像活着时那样孤立无援、苦闷无助，她可以自由地穿梭于阴阳两端，她可以直接大胆地去与意中人相会，而且她还得到了冥府判官和花神等的大力支持和无私帮助，最终得以还魂再生，与柳梦梅喜结连理。两个世界的强烈反差，事实上进一步揭示了现实的残酷与黑暗，也进一步阐发了情与理的冲突这一主题思想。我们不妨假设一下，如果没有金榜题名、洞房花烛的俗套结尾，《牡丹亭》将会是一部更加伟大的悲剧作品，其对封建礼教反人性本质的批判将会更加彻底。但是话说回来，即使有了"大团圆"的结局，《牡丹亭》的悲剧冲突和主题思想的性质也并没有发生改变，只是程度上有所削弱而已。即便如此，《牡丹亭》的悲剧性已经足够震撼人心，它在中国古典悲剧史上的地位和价值已经无可替代。

三 《娇红记》：一部纯粹的悲剧

孟称舜的《娇红记》是明代后期戏曲中最独特的一部悲剧作品，讲述的是一个缠绵悱恻、动人心魄的爱情故事。书生申纯热烈地爱着表妹王娇娘，几经波折后，他们终于突破礼教，私自结合。但王娇娘的父亲却拒绝了申家的提亲，并屈服于帅节镇的权势，答应了帅公子的求婚。眼看爱情的理想将成泡影，两人只好在舟中泣别，准备结束这段感情。然而最终，两人还是无法割舍心中纯真而炽热的爱，在现实世界不允许的情况下，他们选择了双双殉情。死后，悔悟的双方家长将他们合葬在一起，名为"鸳鸯冢"。

《娇红记》摆脱了才子佳人戏男女一见钟情、终成眷属的老套，无论从情节模式还是从精神内涵来看，都是对才子佳人戏的一次重大突破。剧中的两个主人公，申纯和王娇娘，都是此前戏曲和文艺作品中未曾有过的崭新形象。王娇娘的爱情理想是："但得个同心子，死共穴，生同舍。便做连理共冢，共冢我也心欢悦。"为了探测对方是否是"同心子"，她对申纯进行了多次试探和考验，在确定无疑之后才将身心交付给对方；她不羡富贵不慕才，不计较对方的外在条件，看重的是心灵的内在契合；对她来说，爱情是人生最大的追求，为了真爱她敢于违背礼法，甚至不惜牺牲生命，这是多么纯粹、真挚、大胆而无私的爱！申纯的性格和追求也与我们在戏曲中常见的书生形象有显著差异，他说："我不怕'功名'两字无，只怕姻缘一世虚。"他不像张君瑞、柳梦梅那样汲汲于功名富贵，而是把爱情幸福放在第一位，这在当时来说是反礼教的叛逆思想和行为。可以说，申纯和王娇娘是中国古代爱情戏中最富有反叛精神的一对青年。我们都知道《红楼梦》受到了《西厢记》和《牡丹亭》的影响，但我们也应该注意到，《娇红记》对《红楼梦》的影响可能更大，甚至更直接。贾宝玉对待爱情和功名的态度与申纯何其相似，林黛玉的身上也多少有着王娇娘的影子。

笔者认为，对于《娇红记》这部杰出的悲剧，我们以前对它的认识和评价似乎是不够充分的。如果单就思想性和现实意义来说，《娇红记》甚至要在《牡丹亭》之上。但为什么这样一部非常优秀的作品，其地位与影响却与《牡丹亭》不可同日而语呢？我想除了曲词不如后者清新优美、雅俗共赏，文学价值不及后者之外，一个不可忽视的原因恐怕在于《娇红记》是一部纯粹的悲剧，而《牡丹亭》则更像一部悲喜剧。中国古代的戏曲观众更乐意看到"始离终合，始困终亨"的故事，有情人终成眷属、台上台下皆大欢喜的《西厢记》比虽然加了一个"光明的尾巴"但终归留有遗憾的《窦娥冤》更受欢迎；《牡丹亭》中的杜丽娘虽然为情而死，但最终还魂与柳梦梅实现了人间团圆；《娇红记》却反其道而行之，虽然作者的用意是深刻的，勇气是可嘉的，但这种"始合终离，始亨终困"的过程和结局却难以满足普通观众的娱乐审美需求，甚至会让他们觉得"倒胃口"。

　　《娇红记》的遭遇让我们联想到中国古典戏曲中另一部纯粹的悲剧《桃花扇》的命运，按理说《桃花扇》的思想艺术成就不在《西厢记》《牡丹亭》《长生殿》之下，然而几百年来它在戏曲舞台上的搬演次数和受欢迎程度远远不能与前三者相提并论，于是它在四大古典名剧中显得有点形单影只，寂寞孤独。事实上，《桃花扇》和《娇红记》是中国古典戏曲中最接近西方悲剧标准的两部作品，而它们却受到了中国观众的冷遇，这里面所折射出的中西文化传统与社会心理的差异是颇为耐人寻味的。

四　《长生殿》：古典悲剧艺术的集大成者

　　有清一代悲剧创作的高潮出现在康熙年间，其标志就是"南洪北孔"的悲剧双璧《长生殿》和《桃花扇》的横空出世。这两部作品凝聚了中国古代悲剧观念的精华，集中国古典悲剧艺术之大成，将中国古典悲剧的历史推上了最高峰，同时又为其画上了圆满的句号。

　　洪升（1645—1704），字昉思，号稗畦，又号稗村、南屏樵者。钱塘（今浙江杭州）人。生于世宦之家，康熙七年（1668）北京国子监肄业，20年科举不第，终生布衣。代表作《长生殿》历经十年，三易其稿，于康熙二十七年（1688）问世后引起社会轰动。次年因在孝懿皇后忌日演出《长生殿》而被劾下狱，革去太学生籍，后离京返乡。时人有诗叹曰："可怜一曲《长生殿》,断送功名到白头。"① 晚年归钱塘,生活穷困潦倒。康熙四十三年(1704),曹寅在南京排演全本《长生殿》,洪升应邀前去观赏。六月初一,洪升在返回杭州途中,于乌镇酒醉后失足落水而死。而这一天恰好是杨贵妃的生日,这既是一种偶然的巧合,又是某种象征意义上的必然:洪升虽然死去,可他让杨贵妃永远地"活着"。

《长生殿》的题材是历史上唐明皇李隆基与爱妃杨玉环的爱情故事,这一题材历来是人们耳熟能详并津津乐道的一个话题,不但有各种各样的民间传说,而且历代文人也创作了大量的诗歌、散文、小说、戏曲等,其中最有代表性的是唐代白居易的诗《长恨歌》、陈鸿的传奇小说《长恨歌传》和元代白朴的杂剧《梧桐雨》。白居易的《长恨歌》自问世之后就家传户诵、脍炙人口,诗中体现出作者的矛盾思想:他一方面谴责"重色思倾国""从此君王不早朝"的唐明皇,把"安史之乱"更多地归罪于杨贵妃,而另一方面又同情两人的遭遇,将他们美化成为富有理想色彩的至爱情侣,热情歌颂了他们"在天愿作比翼鸟,在地愿为连理枝。天长地久有时尽,此恨绵绵无绝期"的动人爱情。陈鸿的《长恨歌传》对唐明皇和杨贵妃在同情之余,更多的是谴责,基本上将杨贵妃塑造成了一个祸国尤物的形象,并明言其创作主旨在于"惩尤物、窒乱阶,垂于将来者"②。可以说,白、陈二人的作品奠定了李、杨在后世文艺创作中的形象基础,也开创了该题材作品的主题传统,影响甚大。元代有不少写李杨故事的诸宫调和杂剧作品,目前仅存王伯成的《天宝遗事诸宫调》和白朴的杂剧《梧桐雨》。王伯成的作品虽然曲词精雕细

---

① (清)阮葵生:《茶余诗话》。
② (唐)陈鸿:《长恨歌传》。

琢、格律非常讲究,但其内容品位低俗,主要围绕唐明皇、杨贵妃与安禄山的"三角恋"展开叙事,借爱情之名进行了大量的色情描写。白朴的《梧桐雨》是李杨题材中较为优秀的一部作品,虽然在故事和主题上没有大的突破,但在今昔对比、盛衰反差和情景交融中将帝王面对悲剧命运时的凄怆、悔恨和无奈描绘得淋漓尽致,达到了很高的艺术成就。可以说,在历史上为数众多的同题材作品中,对洪升《长生殿》的创作产生影响的,主要有两部作品,那就是白居易的《长恨歌》和白朴的《梧桐雨》。《长生殿》中袭用了《长恨歌》和《梧桐雨》中的很多词句,《惊变》一出中的【北中吕·粉蝶儿】更是将《梧桐雨》第二折中的【中吕·粉蝶儿】直接借用,稍加改写而已。

《长生殿》虽然有所依托,有所借鉴,但我们更要看到它是在前人基础上的一种新的创造、一种新的超越。该剧结构严密整饬、浑然一体,曲词华贵大气、清丽典雅,音律精审严谨、无懈可击,集宋元以来中国戏曲文学艺术与舞台艺术之大成,取得了极高的艺术成就,赢得了"千百年来曲中巨擘"[1]的美誉。由于艺术成就不是我们关注的重点,因此不再多谈,我们着重要探讨的是《长生殿》作为一部悲剧的特殊意义和价值以及其中所反映的中国古代悲剧观念的演变。

洪升在首出《传概》中用一曲【满江红】道出了《长生殿》的创作主旨:

> 今古情场,问谁个真心到底?但果有精诚不散,终成连理。万里何愁南共北,两心那论生和死。笑人间儿女怅缘悭,无情耳。

---

[1] (清)梁廷枏:《藤花曲话》。

感金石，回天地。昭白日，垂青史。看臣忠子孝，总由情至。先圣不曾删郑卫，吾侪取义翻宫徵。借太真外传谱新词，情而已。

可以说，《长生殿》的核心就在一个"情"字。李隆基与杨玉环的爱情，是全剧的主要线索，也是剧本所表现的中心内容。在洪升笔下，李杨之爱以及他们的命运虽然也与政治有关，但绝不是政治的陪衬或注脚，这是《长生殿》与以往同题材作品的根本区别，也是洪升对前人的极大超越。全剧围绕"钗盒情缘"这一主线，将李杨二人从声色之好到恩重情深，从欢娱缠绵到生离死别，从魂牵梦绕到月宫重圆的过程描写得跌宕起伏，丝丝入扣。其间虽然也结合对当时的社会背景和政治局势发展变化的叙写，同时也表现了唐明皇"弛了朝纲，占了情场"以及杨氏家族的飞扬跋扈、骄奢淫逸，但在我们看来，这些内容都是为铺叙李杨二人的爱情服务的。如果说《桃花扇》是"借离合之情，写兴亡之感"，那么《长生殿》则恰恰相反，它是"借兴亡之感，写离合之情"。无论从过程来看，还是从结局来看，洪升所竭力要表达的是，历史兴亡如过眼烟云，只有爱情能够穿越时空，成为永恒，即《重圆》一出中所说的"要使情留万古无穷"。

为了突出表现李杨爱情的纯真，洪升对两位主人公的形象都作了"净化"处理。凡是有损于主人公形象的情节，洪升一概不予采用。历史上泼在两人身上的所有污水，洪升全部予以洗刷。关于唐明皇李隆基：史实中杨玉环本是唐明皇儿子的妃子，被他抢夺过来成了自己的贵妃，但《长生殿》中对这一点只字未提；前人笔记中有关唐明皇引诱虢国夫人、勾搭秦国夫人、对月中嫦娥垂涎三尺等污秽描写，洪升一字未采；以往作品中唐明皇封安禄山为杨贵妃义子以及杨贵妃与安禄山通奸的情节，洪升删除不用；等等。不仅如此，在很多方面洪升还为唐明皇百般辩护，极力开脱，最突出的表现就是在马嵬兵变时面对生死抉择，唐明皇尽自己最大的努力保护杨贵妃。当杨贵妃以社稷为重，乞请自缢时，唐明皇说："妃子说那里话！你若捐生，朕虽有九重之尊，四海之富，要他则甚！宁可国破家亡，决不肯抛舍你也！"甚至还想替杨贵妃去死："若是再禁加，拼代你陨黄沙！"虽然唐明皇最后"勉强"答应了杨贵妃的请求，但洪升还是在不违背历史的前提下，最大限度地减轻了唐明皇在情感和道义上的欠债，也为李杨二人的重新团聚进行了必要的铺垫。此外譬如关于"从此君王不早朝"这一点，洪升也以自己的方式作出了修正：《制谱》一出中，杨贵妃问："永新，是什么时候了？"答："晌午了。"问："万岁爷可曾退朝？"答："尚未。"由此可以看出，唐明皇不仅不是一个耽于淫乐、荒废朝政的无用皇帝，反而是一位夙兴夜寐、勤于政务的模范君主。

在杨贵妃身上，洪升更是寄予了无限深情，将她塑造成了一个完美无瑕、令人怜爱的女性形象。杨贵妃不仅美貌无双，才华横溢，而且深明大义，富有献身精神。即使写她与梅妃、虢国夫人争风吃醋，作者也是抱着理解、同情甚至赞赏的立场。在杨贵妃看来，她对对方感情专一，那么对方相应地也要对自己感情专一，她不是恃宠骄横，而只是追求平等的爱情。洪升强调杨贵妃这种对爱的专注和坚持，比起前人某些作品中杨贵妃为固杨门之宠有意安排自己的两位姐妹向唐明皇投怀送抱要高明多了。在马嵬惊变中，面对危急的局势，杨贵妃没有像历代文学作品中描写的那样惊慌失措、六神无主，埋怨唐明皇无力保护自己，或者祈求唐明皇设法让自己活命，而是以皇上为重、以江山为重、以大局为重，主动请死："臣妾受皇上深恩，杀身难报。今事势危急,望赐自尽,以定军心。"当唐明皇难以割舍、犹豫不决时,她催促说:"若再留恋,倘玉石俱焚,益增妾罪。望陛下舍妾之身,以保宗社。"生死关头表现出如此的胸襟和胆识,使杨贵妃的形象更加富有光彩。从剧本的描写来看,杨贵妃自始至终是没有任何过错的,但就是这样一个无辜的弱女子,却背负着"祸国殃民"的罪名而成为政治斗争的牺牲品,无论对杨贵妃本人来说,还是对唐明皇和整个国家来说,都是一种悲剧。更加可悲的是,代人受过而死于非命的杨贵妃,在另一个世界还要为自己生前的"重重罪孽"而深深忏悔。透过字里行间,我们能够感受得到作者对杨贵妃的深切同情和怜悯。正是在这种不忍之情的驱使下,洪升让杨贵妃升入仙班,并最终与自己的爱人在天上团圆。

《长生殿》在政治悲剧的大背景下着重表现了唐明皇与杨贵妃的爱情悲剧,其中不但用浓墨重彩叙写了他们的个人悲剧,而且作品还将视角向更广阔的社会层面延伸,写出了内涵更为深广的生命悲剧。剧中的李龟年这一人物,可以说正是在一个悲剧性的大时代中无数悲剧性的渺小生命的一种典型浓缩。李龟年本是皇家内苑伶工,"安史之乱"中流落江南,无衣无食,只好怀抱琵琶,沿街卖唱。且看《弹词》一出中李龟年的唱词【南吕·一枝花】:

> 不提防余年值乱离,逼拶得歧路遭穷败。受奔波风尘颜面黑,叹衰残霜雪鬓须白。今日个流落天涯,只留得琵琶在。揣羞脸,上长街,又过短街。那里是高渐离击筑悲歌,倒做了伍子胥吹箫也那乞丐。

这段唱词饱含生活的辛酸与人生的悲凉,是对流离失所、遭受苦难的众多小人物命运真实的艺术写照。在卖唱生涯中，李龟年向听者讲述唐明皇与杨贵妃的爱情故事，当唱到"一代红颜为君绝，千秋遗恨滴罗巾血。半棵树是薄命碑碣，一抔土是断肠墓穴。再无人过荒凉野，莽天涯谁吊梨花谢！可怜那抱幽怨的孤魂，只伴着呜呜咽咽的望帝悲声啼夜月"时，不禁声泪俱下，听者无不为之动容。

有学者指出："洪升由自己强烈的人生失意情绪所左右，在创作中寻找感情寄寓，从而写出了《长生殿》。于是，在他和《长生殿》人物之间，就形成了一种独特的内在联系，即双方有着共同的失落意绪。""在洪升那历经劫难的寒碜生命的深处，透示出来的是一种由旧有思维方式和行为方式所带来的人生艰辛与心灵凄凉，这是一种历史和文化观念上的失意感，一种士大夫式的精神失落。"① 的确，《长生殿》拨动无数观众心弦的，除了荡气回肠、震烁古今的帝妃之爱，恐怕还有那种氤氲其中、挥之不去的失落意绪。对于纯真爱情的美好向往和人生常有的失意之感，这是具有普遍性的人类情感体验，《长生殿》也因此而穿越时空，获得了永恒的生命。

五 《桃花扇》：终结历史，预示未来

孔尚任（1648—1718），字聘之，又字季重，号东塘，别号岸堂，自署云亭山人。山东曲阜人，孔子第六十四代孙。作为圣人的后代，孔尚任对自己有很高的期许，他博览群书，满腹经纶，诗文俱佳，闻名遐迩。然而孔尚任的科举之路却充满失败，屡屡在乡试中无功而返，直到34岁才捐得一个监生的名分。康

---

① 廖奔、刘彦君：《中国戏曲发展史》第4卷，山西教育出版社2003年版，第316、323页。

熙二十三年（1684），康熙皇帝在曲阜举行祭孔大典，36岁的孔尚任在御前讲解《大学》，得到皇帝的赏识，孔尚任的人生由此迎来了转折。从这一年到康熙三十九年（1700）"以诗酒荒废政务"被罢职，在此期间，孔尚任担任的都是一些闲职小官，胸中的抱负无法施展，官场的黑暗和无常让他厌恶和恐惧，人生的困顿和寂寥使他郁闷和迷茫。

虽然致仕之路最终以失败告终，但从另一角度来看，这对孔尚任而言未尝不是一件好事。正是由于曾经沧海，看透现实，他才会去追寻历史，才会去实现多年前的一个梦，终于成就了不朽的《桃花扇》。青年时期，孔尚任就从舅舅那里听说了很多南明遗事，那时他就产生了写一部剧本的想法，并已勾勒了基本的框架；在治河无功闲居扬州期间，他又结交了许多明朝遗老，更是与复社"四公子"之一、侯方域的好友冒襄结为忘年之交，对前朝的逸闻逸事有了更深入的了解；他还凭吊了许多明朝遗迹，如扬州梅花岭、南京秦淮河、燕子矶、明孝陵等，不仅搜集了更加翔实的第一手史料，而且使他对这段历史兴亡产生了更加深沉的心灵共鸣。经过近20年的构思、写作并三易其稿，孔尚任的《桃花扇》于康熙三十八年（1699）六月定稿。剧本一经推出，即引起强烈反响，取得巨大成功。"王公荐绅，莫不借抄，时有纸贵之誉。"[①] 然而，作者本人的遭遇却耐人寻味。与洪升一样，孔尚任也在完成剧本的第二年被罢官，尽管表面上的罪名与《桃花扇》无关。

《桃花扇》开篇，作者即借人物之口称其主旨在于"借离合之情，写兴亡之感"。也就是说，通过复社文人侯方域与秦淮名妓李香君的爱情故事以及他们的聚散离合，来表现南明王朝兴衰

---

① （清）孔尚任：《桃花扇本末》。

成败的历史。在《桃花扇小引》中,孔尚任更为直接地表达了他的创作意图:

> 《桃花扇》一剧,皆南朝新事,父老犹有存者。场上歌舞,局外指点,知三百年之基业,隳于何人,败于何事,消于何年,歇于何地。不独令观者感慨涕零,亦可惩创人心,为末世之一救矣。

虽然是作者本人的夫子自道,但我们也不可过分相信或依赖,最合适的态度是听一半,留一半。为什么这么说呢?事实上,《桃花扇》的主题内涵是有多义性的,或者说是包含了多个层面的,我们不能仅仅停留于一点而忽略了其他或许更为重要的信息。笔者认为,《桃花扇》的主题内涵大致可分为三个层次:第一层次为显性主题,即借侯李离合之情写南明兴亡之史,起到以史为鉴、警示后人的作用;第二层次为隐性主题,通过对明朝覆灭的凭吊与反思,隐曲地表达了作者以及广大民众难言的故国之思与民族伤痛;第三层次为深度主题,作品不仅仅针对某个王朝或某个时代,而是为整个封建社会走向末世所写的一首挽歌。

从情节结构上看,《桃花扇》基本沿袭了中国古典戏曲中常见的忠奸斗争模式。剧中人物可分为正、邪两大阵营:以阮大铖、马士英为代表的"弘光群丑",利用福王这个昏庸无能、贪图享乐的傀儡皇帝,欺上压下,卖官鬻爵,扫除异己,网罗亲信,无恶不作,其目的只是满足个人私利,而置百姓生死与国家安危于不顾,最终将大好河山彻底葬送。与之形成鲜明对比的是正面力量,主要包括三类人物:一类是以史可法为代表的大明忠臣,一类是以侯方域为代表的复社文人,还有一类是以李香君为代表的下层百姓。在众多的人物当中,作者将更多的赞美和希望寄托在了下层百姓身上。李香君是《桃花扇》中最光彩照人的形象，她虽然是一个地位卑贱的妓女，但人格与见识却丝毫不让须眉。《却奁》一出中，当李香君得知自己的嫁妆和酒席花费是由阮大铖资助时，马上拔掉花簪，脱去嫁衣，并唱道："脱裙衫，穷不妨；布荆人，名自香。"让我们初步见识了她对是非的明辨和对名节的看重。而在后来的《骂筵》中，李香君的骨气和勇气更是得到了淋漓尽致的展现。

【五供养】堂堂列公，半边南朝，望你峥嵘。出身希贵宠，创业选声容，后庭花又添几种。把俺胡撮弄，对寒风雪海冰山，苦陪觞咏。

【玉交枝】东林伯仲，俺青楼皆知敬重。干儿义子从新用，绝不了魏家种。冰肌雪肠原自同，铁心石腹何愁冻。吐不尽鹃血满胸，吐不尽鹃血满胸！

从血溅诗扇的坚贞不屈到痛骂国贼的毫无惧色，李香君纯真的品格和高贵的气节令人敬佩。这个卑微而柔弱的女子所表现出来的胸襟和胆魄，让那些学府书生愧煞，更让那些庙堂高官羞煞！一个国家的兴亡，要由一个弱女子来承担，当然是不可能的，但这个民族的良心、精神和希望，不在士大夫和文人身上，而是存于像李香君、苏昆生、柳敬亭等这样的下层百姓之中。这是《桃花扇》所传达给我们的一种思想，也是孔尚任对传统观念的一种颠覆，甚至可以说这是孔尚任及其《桃花扇》思想观念上的现代性的一种体现。

然而，如果我们仅仅从上述角度来认识和理解《桃花扇》，恐怕是不够的。《桃花扇》在体制上有一个显著的特征，那就是它在上下两本的开头和结尾各加了一出,《先声》《孤吟》分别为上下本序言,《闲话》《余韵》分别为上本小收煞和全本大收煞。这种可称得上前无古人、后无来者的独创体例,收到了非常好的艺术效果。前人曾如此评价:"一部极凄惨极哀艳极忙乱之书,而以极太平起,以极闲静极空旷结。"① 尤其值得注意的是最后一出《余韵》,起到了画龙点睛的作用,对全剧的悲剧意蕴不仅是一种总结,更是一种升华。因此《余韵》对《桃花扇》而言不是可有可无的,而是至关重要的。那么《余韵》是怎样总结和升华《桃花扇》的悲剧意蕴的呢?我们来看具有点题意味的【哀江南】套曲的最后一曲〔离亭宴带歇指煞〕:

俺曾见金陵玉殿莺啼晓,秦淮水榭花开早,谁知道容易冰消。眼看他起朱楼,眼看他宴宾客,眼看他楼塌了。这青苔碧瓦堆,俺曾睡风流觉,将五十年兴亡看饱。那乌衣巷不姓王,莫愁湖鬼夜哭,凤凰台栖枭鸟。残山梦最真,旧境丢难掉,不信这舆图换稿。诌一套【哀江南】,放悲声唱到老。

鲁迅在评价《红楼梦》时曾说"悲凉之雾,遍被华林",我想这句话用在《桃花扇》上也是非常恰当的。从这段曲词中的"残山梦最真,旧境难丢掉,不信这舆图换稿"等语句和【哀江南】的曲牌名寓意来看,它表达的无疑是对前朝的怀念以及对南明灭亡的悲悼,其中包含着哀其不幸、怒其不争的复杂情绪,也是民族意识的一种间接表达。但通观全曲,我们看到的就不单是某些个人的离合之情,也不仅是某个王朝的兴亡之感,而是一

---

① (清)任讷:《曲海扬波》卷1。

种更加深广的穿越历史时空的沧桑与悲悯。借苏昆生之口，孔尚任表达了他对人生、对政治、对社会、对历史的富有哲理性的深沉思索。整套【哀江南】的曲词，用大量的篇幅描写了"残军留废垒""瘦马卧空壕""鸽翎蝠粪满堂抛""枯枝败叶当阶罩""横白玉八根柱倒""堕红泥半堵墙高""碎琉璃瓦片多""烂翡翠窗棂少"等满目荒凉的破败景象。这是一种对苍凉历史的追寻与缅怀，更是看穿兴亡之后的一种清醒与怜悯。"无可奈何花落去"，面对一个走向衰败的国家和民族，面对压在心头挥之不去的末世之感，这是怎样的一种悲剧！

《桃花扇》的结局处理，是中国古典名剧中最独特的，它摈弃了"大团圆"的模式，而是以侯李二人割断情根、双双入道来结束全剧。虽然我们前面提到的明末孟称舜的《娇红记》也是打破了"团圆之趣"，而且其结局更加悲惨，但由于《娇红记》的知名度与影响力难与《桃花扇》相提并论，因此《桃花扇》的结局方式就被认为是一种创举，从而也在中国古典悲剧史上享有了特殊的地位。王国维在运用叔本华的悲观主义哲学和文艺观评价中国古典文学时，提到了《桃花扇》，他认为："吾国之文学中，其具厌世解脱之精神者，仅有《桃花扇》与《红楼梦》耳。"[①] 不过，由于《桃花扇》中的解脱是"他律"的而不像《红楼梦》中是"自律"的，所以王国维认为《桃花扇》不是《红楼梦》那样的"彻头彻尾之悲剧"。虽然王国维的观点颇有值得商榷之处，但他第一次从西方悲剧理论的角度认定了属于中国古典戏曲《桃花扇》的悲剧性质，这一点还是有着重大的理论价值和重要的象征意义的。笔者认为，《桃花扇》

---

① 王国维：《红楼梦评论》，《王国维文学论著三种》，商务印书馆2003年版，第13页。

作为中国戏曲和中国悲剧古典时代的最后一部重量级作品，既是对一个旧的时代的终结，又预示着一个新的时代将要来临；中国古代悲剧观念在《桃花扇》中既得到了充分体现，又取得了新的突破，它也在一定意义上预言了中国悲剧观念的现代转型之路即将开启。

第三节 中国古代悲剧观念的形态与内涵

中国古代悲剧观念从萌芽、孕育到生成并不断发展演变，经历了一个漫长的过程。它是在中华民族悠远而丰沛的悲剧意识和悲剧精神的乳汁滋养下生长起来的，既与它的母体有着千丝万缕的联系，又有着自己独特的表现形态和精神内涵。同时我们也看到，中国古代悲剧观念本身也具有动态性，从宋代到元代，从明代到清代，每一个时代的悲剧创作及其所凭依的悲剧观念都呈现出各自时代不同的风貌。虽然如此，但当我们站在距离这段历史较远的一个视点上，将中国古代悲剧观念作为一个整体来考察，并将其与中国现代悲剧观念以及西方传统悲剧观念相比较时，仍然可以从中归纳和提炼出一些对于中国古代悲剧观念来说具有共性的特质来。这些特质，既是中国古代悲剧观念与西方传统悲剧观念和中国现代悲剧观念的差异所在，也是我们认定中国古典悲剧作为一种戏剧类型的重要理论依据。我们试图通过这种努力，为建立中国悲剧理论，或者范围和层次缩小一些，为中国古典悲剧的理论界定和阐释，作出一点微薄的贡献。

一 主题的伦理化

中国戏曲的形成时间相对较晚，那时的中国社会已经处于封建社会的中后期，意识形态、皇权统治和宗法礼教对人们思想行为的钳制已经相当深入稳固，在这样的政治、思想和文化背景下产生出来的中国古典悲剧，就不像直接从酒神祭祀中诞生的古希腊悲剧那样有着较多的原始气息和野性力量，勇于暴露人生与社会的困境，敢于质疑神权与秩序，体现出一种叛逆性、颠覆性的价值追求；中国古典悲剧在某种程度上更像17世纪风靡欧洲的古典主义悲剧，它的价值取向一般是维护皇权专制和既有秩序，因而更加符合中国封建宗法社会的伦理道德，更加具有"主旋律"的性质，其突出表现就是主题的伦理化。

自从汉武帝"罢黜百家，独尊儒术"之后，儒家思想就成了中国封建统治者维护专制统治地位、管制臣民思想言行、保持社会秩序稳定的有力工具。除了少数几个皇权松弛的短暂的时间段外，在大部分时间里，尤其在建立起大一统局面的王朝中，儒家思想都占据了意识形态的统治地位。中国戏曲诞生于南北宋之交，这个时候正是理学兴盛的年代。从总体上说，宋明理学是一种客观唯心主义哲学，体系庞大而复杂，有其合理甚至深刻独到之处，不过普通老百姓眼中的宋明理学，却几乎可以与"存天理，灭人欲"画上等号，代表着对人性的压制乃至戕害。从宋代到明清，理学在大部分时间里占据着主流地位，但反理学的浪潮也是此起彼伏，一直没有断绝过。从一定意义上可以说，中国古典戏曲的发展史，就是一部理学与反理学的斗争史，理学总体上占据上风，但反理学也在某些阶段突破压制而散发出鲜亮的光彩。

纵观世界历史上的众多哲学和宗教学说，儒家是最注重伦理问题的一家。可以说，儒家学说实际上就是一种关于个人修养以及家庭、社会中人际关系准则的一种具有很强实践性的理论。它的涵盖范围极广，内容非常丰富，我们这里不作全面梳理，仅选择儒家经典中较有代表性的表述，包括"君君、臣臣、父父、子子""诚意、正心、修身、齐家、治国、平天下""志于道、据于德、依于仁、游于艺""克己复礼""仁、义、礼、智、信""温、良、恭、俭、让""富贵不能淫、贫贱不能移、威武不能屈"……儒家思想的核心是"仁",注重的是"德",提倡的是"礼",它的理想是建立一个人人具有高尚品德并且各安其位、各尽本分,人与人之间以礼相待、和睦共处、国家富强、人民安乐且井然有序的和谐社会。为此,儒家规定了一整套的礼节要求人们遵守,希望通过礼教来实现其追求的理想社会。总而言之,儒家学说关注的重心在于伦理,以儒家思想为主导的中国封建社会是一个高度伦理化的社会,而产生于这样的社会中的中国古典悲剧,也就不可避免地在其主题指向上呈现出鲜明的伦理化特征。

中国古典悲剧所反映的主题大都是伦理问题,它们涵盖了从国家政治生活到个人品德修养的几乎所有方面。这些悲剧或颂扬美德,或鞭挞恶行,始终围绕着一个中心,那就是忠孝节义。从表现伦理问题的角度,我们大体上可以将中国古典悲剧划分为三大类,即政治伦理悲剧、社会伦理悲剧和家庭伦理悲剧。

政治伦理悲剧在中国古典悲剧中所占的比重最大,这些作品以重要的政治人物和重大的政治事件为表现对象,如《西蜀梦》《五侯宴》《哭存孝》《赵氏孤儿》《东窗事犯》《火烧介子推》《宝剑记》《鸣凤记》《精忠旗》《清忠谱》《千忠戮》《桃花扇》……出现如此众多的政治伦理悲剧,一方面体现出中国古典悲剧浓重的政治意识,另一方面也反映出中国古代剧作家与观众对于政治题材的偏爱。这些政治伦理悲剧无一例外都采用了忠奸斗争模式,一般都是忠臣在逆境中毫不气馁,无所畏惧,勇敢而智慧地与奸臣作斗争,最终诛灭奸党,伸张正义。从中我们可以看出中国封建社会政治伦理的基本价值观念,当然其中也寄托了人们对理想的政治伦理的追求。

家庭伦理悲剧的数量仅次于政治伦理悲剧，主要作品有《张协状元》《汉宫秋》《梧桐雨》《琵琶记》《牡丹亭》《娇红记》《长生殿》《雷峰塔》等。家庭伦理悲剧多以婚恋为题材，从中透露和折射出人们的爱情、婚姻、家庭观念以及日常生活伦理规范。这类作品中有相当一部分实际上也包含了政治伦理悲剧的成分，如《汉宫秋》《梧桐雨》《长生殿》等，它们将爱情故事置于政治背景之下来描写，只不过因其侧重于表现爱情，所以我们将其视作家庭伦理悲剧。

最后再来说说社会伦理悲剧。从广义上说，中国古典悲剧都是社会伦理悲剧，因为它们所反映的都是社会生活中的各种伦理问题，其兴趣不像西方传统悲剧那样在于表现命运或人物性格，而是通过人物和故事来聚焦社会现实，揭示社会问题，从而达到教育观众的目的。我们这里要说的是狭义的社会伦理悲剧，即除了政治伦理悲剧和家庭伦理悲剧之外其他表现社会生活中各种伦理问题的悲剧作品，这类作品最杰出的代表是关汉卿的《窦娥冤》，另外《鲁斋郎》《蝴蝶梦》等公案剧也属此类。以关汉卿作品为代表的社会伦理悲剧，通过描写发生在民间社会的各种冤案，展示当时社会中形形色色的众生相，抨击无法无天、为非作歹的贪官污吏和流氓恶棍，赞颂为民请命、主持正义的清官良吏和侠义之士，对处于弱势地位的底层百姓所遭遇的不公命运和深重苦难寄予了无限的同情，对"不分好歹""错勘贤愚""为善的受贫穷更命短，造恶的享富贵又寿延"的畸形社会进行了无情的批判。虽然狭义的社会伦理悲剧数量并不是很多，但它们以突出的人民性和鲜明的批判性在中国古典悲剧史上闪耀着夺目的光芒。

二 人物的符号化

由于中国古典悲剧的主题大多是表现以儒家思想为主要来源的伦理道德观念,因而悲剧主人公就被赋予了重要的道德使命,他们呈现给观众的,往往不是有血有肉、具备人的丰富性和复杂性的个体生命,而更多的是某种美好道德的化身,是一种道德符号。这是中国古典悲剧与西方悲剧之间一个显著的区别。西方传统悲剧,从古希腊到文艺复兴,从古典主义到浪漫主义,其间虽然也发生了一些变化,但悲剧主人公的主要特征并没有太大的改变,基本遵循了亚里士多德所倡导的一系列原则。亚里士多德在其《诗学》中,以索福克勒斯的经典悲剧《俄狄浦斯王》为范型,对理想的悲剧主人公作出了规定:首先,悲剧主人公应是一个地位和身份高贵的人;其次,悲剧主人公既不能是坏人,也不能是完美无缺的好人;最后,主人公因无意的过失而遭受苦难甚至毁灭,才是理想的悲剧。亚里士多德认为,只有这样的悲剧主人公,其悲剧命运才能在观众心中既引起怜悯又产生恐惧,从而净化人们的心灵;如果不符合上述标准,则其效果要么只有怜悯,要么只有恐惧,都达不到净化心灵的作用,也就不能称为真正的悲剧。对照亚里士多德所总结的西方经典悲剧主人公的标准,我们发现中国古典悲剧主人公的情形几乎与之恰好相反。

首先,从地位和身份来看,中国古典悲剧的主人公中虽然也有高贵的人物,如《汉宫秋》中的汉元帝、《精忠旗》中的岳飞、《长生殿》中的唐明皇和杨贵妃等,但更多的则是普通人甚至地位比较卑贱的小人物,他们构成了中国古典悲剧人物画廊的主体:《窦娥冤》中的窦娥、《赵氏孤儿》中的程婴、《琵琶记》中的赵五娘、《牡丹亭》中的杜丽娘、《娇红记》中的申纯和王娇娘、《桃花扇》中的李香君、《雷峰塔》中的白娘子……为什么会形成这种反差？其实原因也很简单：因为中国古典悲剧多为伦理悲剧和社会悲剧，以普通人甚至小人物为主人公，能够更好地表现悲剧主题，使作品具有更强的典型性、代表性和普适性，也更能对普通观众起到道德教化的作用。

其次，中国古典悲剧的主人公无一例外都是没有缺点的人，他们不仅是好人，而且是完人，是完美道德的化身。以《琵琶记》为例，两个主人公，赵五娘和蔡伯喈，都被塑造成了完美无瑕的形象。赵五娘是《琵琶记》中写得最成功的人物，她尊重丈夫，支持他追求功名事业，独力挑起支撑门户的重担；在饥荒岁月中，她将仅有的米留给公婆，自己吃的则是难以下咽的糟糠，即使因此被公婆误解，她也毫无怨言；公婆相继离世后，她靠变卖头发和乡邻的帮助将公婆安葬；为了寻找丈夫，她身背公婆遗像，怀抱琵琶，沿路卖唱乞讨来到京城；虽然对丈夫有些怨恨，但她最终不但原谅了丈夫，还欣然接纳了丈夫的新欢——牛丞相之女。可以说，赵五娘这一形象集合了中国传统女性的所有美德，她的身上没有哪怕一丝的弱点和缺陷，我们只能用完美来形容。窦娥、王昭君、杜丽娘、王娇娘、杨贵妃、李香君、白娘子……这些女性形象，哪一个不是完美无缺的？中国古典悲剧是一种柔性的、以悲怨见长的悲剧，因此特别适合以女性为主人公，而完美女性的悲剧命运更能激发人们的道德感，于是我们在中国古典悲剧中看到了如此多的女性主人公。虽然与女性形象相比略显逊色，但男性悲剧主人公同样都是忠孝节义的道德典范。《琵琶记》中蔡伯喈的形象虽然塑造得不如赵五娘的形象那么令人信服，但作者显然是在竭尽全力地将他描绘成一个忠孝两全、有情有义的完人，即所谓"有贞有烈赵贞女，全忠全孝蔡伯喈"。汉元帝、程婴、林冲、柳梦梅、申纯、岳飞、周顺昌、唐明皇、侯方域……男性悲剧主人公虽不如女性悲剧主人公那样光彩照人,但是他们同样是完美道德的代表,甚至其所承担的道德使命更加宽泛而强烈。反观西方传统悲剧中的主人公,普罗米修斯、俄狄浦斯、安提戈涅、美狄亚、哈姆雷特、奥赛罗、李尔王、麦克白、罗密欧、朱丽叶、浮士德、威廉·退尔……这些形象大部分为男性,他们身上所体现的更多的是刚性和主动追求的精神,更重要的是,他们都是有缺点的人,甚至还有像麦克白这样的反面人物,这在中国古典悲剧中是不可想象的,同时也反映出中西悲剧观念的重大差异。

最后,中国古典悲剧主人公的悲剧命运完全是无辜的,他们自始至终没有任何错误和过失,因此他们的遭遇更加令人怜悯和同情。窦娥即是中国古典悲剧主人公品格的一个典型代表,她幼年丧母,为生活所迫做了别人的童养媳;新婚不久即守寡,与婆婆相依为命;后来又被恶人陷害,成了屈死的冤魂。窦娥的命运是悲惨的、不幸的,但她的每一次悲剧性遭遇都不是因为她自己的过错,而全都是无情的命运和黑暗的社会强加给她的;同时我们还看到,悲剧性遭遇一方面给她以毁灭性的打击,另一方面也凸显了她高尚的品德和完美的人格。《窦娥冤》是一部典型的中国式悲剧,我们将它与典型的西方式悲剧《俄狄浦斯王》简单比较就可以看出中西悲剧在人物命运处理方式和观念上的不同。俄狄浦斯刺瞎双眼、自我流放,他的命运结局非常悲惨,但这种命运在很大程度上是"咎由自取",因为他犯下了杀父娶母的滔天罪行,虽然这一切都是在他毫不知情的情况下发生的;尽管如此,俄狄浦斯仍然必须为自己的行为承担责任,接受严酷的惩罚。这样的悲剧一方面让人对看不见的命运之神产生敬畏之情,另一方面也促使人们自省,检讨自己日常的思想和言行,反思自己有没有在不自觉中犯下错误乃至罪行,所以它最后还是落在了人的自我情感与思想的净化上。而中国式悲剧则是让不应受到惩罚的道德完人遭遇悲剧命运，观众的感受除了怜悯和同情，更多的是对恶人以及不公平的社会的愤恨，所以它最终的落脚点不在观众内心的自我反省，而是引向了笼统含混的社会道德。从这个角度来说，中国古典悲剧对于观众情感与思想的震撼力度以及陶冶功能的确要比西方传统悲剧来得弱。再加上结局的"大团圆"消解了悲剧冲突，中国古典悲剧在这方面的功能就更加弱化了。

三　结局的团圆化

"大团圆"是中国传统文化的一种典型情结，人们不但在现实生活中追求团圆美满，而且在文艺作品中也追求"团圆之趣"；不但喜剧、正剧要以"大团圆"结束，而且也要给悲剧加上一个"光明的尾巴"或曰"欢乐的尾巴"。我们看中国古典戏曲当中的悲剧作品，除了《梧桐雨》《娇红记》《桃花扇》等个别例外，绝大多数作品都是以"大团圆"结尾的，因此，说"大团圆"是中国古典悲剧的标签，是毫不为过的。这种情形正好与西方相反，西方传统悲剧中虽然也有以"大团圆"结束的，如《普罗米修斯》，但绝大多数作品的结局都是毁灭性的。有人说："中国古典悲剧作品呈现出这样的美学特征：以困境为起点，又以困境为终点，画了一个周而复始、循环往复的圆。一幕幕中国古代悲剧，都是一个求圆、画圆、破圆、恋圆的过程。"[①] 虽然谈论的角度稍有不同，但也揭示了中国古典悲剧的这种"圆形"特征。

中国古典悲剧的"大团圆"结尾有多种处理方式，邵曾祺先生将这种"欢乐的尾巴"归纳为五种类型：第一种是"精神

[①] 王光文：《中国古典文学的悲剧精神》，江苏教育出版社2006年版，第4页。

不灭"式的尾巴,以《梁山伯与祝英台》为代表;第二种是在"有价值的东西"毁灭后,通过某种方法却又复活,有情人终成眷属,以《牡丹亭》为代表;第三种是"复仇"式的尾巴,以《赵氏孤儿》为代表;第四种是"报应"式的尾巴,以《精忠旗》为代表;第五种是"不死"式的尾巴,以《琵琶记》为代表。① 苏国荣先生将中国古典悲剧的团圆结尾分为四种类型:第一种是象征型。这种类型具有隽永的艺术意境,往往以抒情的画面、美丽的形象去讴歌死者,唤醒人们,富有赏心悦目的美感作用。《娇红记》是这种类型的典型代表,它以"合冢"作结,并以比翼双飞的鸳鸯意象象征了申纯与王娇娘生死不渝的美好爱情。第二种是复仇型。这种类型具有强烈的情感色彩,爱憎分明,是非清楚,常见于反映政治斗争的题材。《赵氏孤儿》《窦娥冤》《鸣凤记》《清忠谱》等皆属此类。第三种是解脱型。如《桃花扇》中的侯方域、李香君在国破家亡之后看破红尘,遁入空门;《长生殿》中的唐明皇、杨贵妃在死后"仙圆","情悔"于月宫,达到了"道德的自我完成"。第四种是调和型。代表性作品是《琵琶记》,苏先生认为其结尾带有明显的阶级调和与封建伦理色彩,削弱了悲剧气氛和作品的思想深度。②

上述两位先生对于中国古典悲剧团圆结尾的分类对我们是富有启发性的,尽管他们的部分观点我们并不认同,譬如《娇红记》的结尾,我们认为不应归入"大团圆"的范畴。除了上述分类之外,我们还可以从其他的角度进行不同的分类,但归根结底,中国古典悲剧的"大团圆"不外乎三种,即和解型的现实

---

① 参见邵曾祺《试谈古典戏曲中的悲剧》,《中国古典悲剧喜剧论集》,上海文艺出版社1983年版,第3—6页。

② 参见苏国荣《我国古典戏曲理论的悲剧观——兼论我国悲剧的民族特征》,《中国古典悲剧喜剧论集》,上海文艺出版社1983年版,第48—50页。

团圆、复仇型的补偿团圆和寄托型的虚幻团圆，我们分别以《琵琶记》《赵氏孤儿》和《长生殿》作为三种类型的代表。

《琵琶记》的戏剧冲突，无论是蔡伯喈的"三不从""三不孝"，还是赵五娘身心两方面遭受的痛苦，无疑都是悲剧性的，但这种悲剧冲突并没有造成毁灭性的后果，作者安排了一个人人各得其所、相互谅解、皆大欢喜的圆满结局。这样的处理方式虽然有些牵强，但也是高明"不关风化体，纵好也徒然"的创作观的必然产物，同时结局的圆满并不影响我们对这部戏的悲剧属性的认定。

《赵氏孤儿》讲述的是一个复仇的故事，孤儿最终报仇雪恨，恶人受到了应得的惩罚，可谓大快人心，但是赵氏一门所遭遇的巨大灾难，韩厥、公孙杵臼以及程婴之子等生命的毁灭，已经无可挽回，因此戏剧的结局不能算是真正的团圆，它更多的是一种心理、情感和道义的补偿，并且让人们相信"善有善报，恶有恶报"，起到伦理道德上的警示作用。像这种补偿性的团圆在中国古典悲剧中是比较常见的，《窦娥冤》《鸣凤记》《精忠旗》《清忠谱》等作品均属这类情形。

除了和解型的现实团圆与复仇型的补偿团圆之外，还有一类是寄托型的虚幻团圆。这种团圆类型在中国文学史上有着悠久的传统和广泛的群众基础，《孔雀东南飞》《梁山伯与祝英台》即为典型代表，古典悲剧中的代表则是《长生殿》。即使曾经海誓山盟，爱得死去活来，但自从"埋玉"之后，唐明皇与杨贵妃在现实中就再也不可能相见了。为了表现他们的爱情"感金石，回天地，昭白日，垂青史"，也为了弥补千百年来无数人的遗憾，洪升为李杨二人设计了"月宫重圆"的美好结局。尽管这种团圆实际上是不可能发生的，但这并不妨碍人们以艺术想象的方式寄托一种愿望，表达一种情感。从一定意义上说，我国历史上的另一部悲剧名著《牡丹亭》的团圆其实也可作为此类看待。杜丽娘与杨贵妃一样，事实上也是死而不可复生的，但汤显祖偏偏让她复活，并与功成名就的柳梦梅完婚，其性质与李杨的"重圆"是没有多少区别的。

总而言之，"团圆之趣"是中国古典悲剧的普遍追求，"大团圆"的结尾模式是中国古典悲剧的显著特征。近代以来，"大团圆"成为中国古典小说、戏曲尤其是悲剧研究中的一个热门话题，甚至成为集中批判的对象，很多学者因为"大团圆"而否定了中国古典悲剧的存在，王国维即为始作俑者以及突出代表。在《红楼梦评论》中，王国维说："吾国人之精神，世间的也，乐天的也，故代表其精神之戏曲、小说，无往而不著此乐天之色彩：始于悲者终于欢，始于离者终于合，始于困者终于亨。非是而欲餍阅者之心，难矣。若《牡丹亭》之返魂，《长生殿》之重圆，其最著之一例也。"依据叔本华的哲学与悲剧观，王国维认为："吾国之文学中，其具厌世解脱之精神者，仅有《桃花扇》与《红楼梦》耳。而《桃花扇》之解脱，非真解脱也。……故《桃花扇》之解脱，他律的也；而《红楼梦》之解脱，自律的也。……故《桃花扇》，政治的也，国民的也，历史的也；《红楼梦》，哲学的也，宇宙的也，文学的也。……《红楼梦》一书与一切喜剧相反，彻头彻尾之悲剧也。"[①] 很明显，王国维因始悲终欢、始离终合、始困终亨的"大团圆"现象，而得出了中国古典戏曲中无悲剧的结论。到了后来的《宋元戏曲考》，王国维对自己的观点进行了较大的修正："明以后，传奇无非喜剧，而元则有悲剧在其中。就其存者言之，如《汉宫

---

① 王国维：《红楼梦评论》，《王国维文学论著三种》，商务印书馆2001年版，第12—13页。

秋》《梧桐雨》《西蜀梦》《火烧介子推》《张千替杀妻》等，初无所谓先离后合、始困终亨之事也。其最有悲剧之性质者，则如关汉卿之《窦娥冤》、纪君祥之《赵氏孤儿》，剧中虽有恶人交构其间，而其赴汤蹈火者，仍出于其主人翁之意志，即列之于世界大悲剧中，亦无愧色也。"[①] 王国维之所以有如此之转变，显然是因为他不再将"大团圆"作为悲剧的唯一否决条件。有趣的是，王国维所推重的两部最伟大的悲剧，无论是《赵氏孤儿》还是《窦娥冤》，都是以"大团圆"结尾的。可以说，王国维关于"大团圆"问题的观念转变，是近百年来对于这一问题研究进程的一个缩影。

四 类型的混合化

中国古典悲剧不但在主题、人物、结局等的选择和处理上与西方传统悲剧差异明显，而且在类型特征上也与西方传统悲剧迥异其趣。在西方，戏剧被划分为悲剧、喜剧、正剧等不同的审美类型，每一种类型都有各自不同的题材分工，不同的创作原则和方法，不同的价值取向和审美风貌。西方悲剧的源头是古希腊，它从一开始就与喜剧判然有别、泾渭分明。除了悲剧严肃崇高、喜剧活泼通俗这样的基本区别之外，文艺复兴时期西班牙大戏剧家维加对其作了如下简明概括："喜剧摹仿卑微小民的行动，悲剧摹仿帝王贵人的行动。""悲剧取材于历史；喜剧的题材是虚构的，因此大家认为是题材卑下的鄙俚小戏。"[②] 正如话剧、歌剧、舞剧各行其道、各司其职一样，西方悲剧、喜剧、正剧的区

---

① 王国维：《宋元戏曲考》，《王国维文学论著三种》，商务印书馆 2001 年版，第 161 页。

② ［西］维加：《编写喜剧的新艺术》，《古典文艺理论译丛》第 11 册，人民文学出版社 1966 年版，第 167 页。

分也是严格而清晰的，在正统观念中它们是不能相互混淆的，甚至是不允许相互混合的。莎士比亚的四大悲剧《哈姆雷特》《奥赛罗》《李尔王》《麦克白》，是今天举世公认的经典悲剧，但在当时人们却不是这样认为的，原因就在于莎士比亚大胆地将喜剧的元素加入悲剧创作之中，从而使这些作品具有了悲喜混杂的审美特征。这样的做法在保守派眼中是大逆不道的，甚至被认为是取悦于观众的低级趣味的行为，莎士比亚因此而饱受非议和诋毁，即使莎士比亚的崇拜者约翰逊也只能如此评价他："莎士比亚的剧本，按照严格的意义和文学批评的范畴来说，既不是悲剧，也不是喜剧，而是一种特殊类型的创新。"[1] 从中我们也可以看出，西方传统观念中悲剧与喜剧"互不侵犯"的习惯是多么强大而顽固。

与西方戏剧清晰而严格的类型区分不同，中国戏曲自诞生之日起就呈现出戏剧类型的混合化或者说综合化特征，尤其悲剧在这方面的表现更为突出。中国古典戏曲中很少有像西方那样整一的且以死亡和毁灭作为结局的彻头彻尾的悲剧，如果按照西方传统悲剧的标准来衡量，绝大部分中国古典悲剧都是"不够格"的，或者说都是"不纯粹"的，因为中国古典悲剧一般都是悲喜相错的，甚至可以说是悲喜相衬、悲喜相融的，不包含喜剧因素的悲剧在中国古典戏曲中是非常少见的。悲喜交集、苦乐相错，这正是中国古典悲剧的一大特色，也是中西悲剧观念差异的一种表现。

《琵琶记》可谓中国古典悲剧悲喜交集、苦乐相错的审美风范的典型代表。这部戏在结构上有一个显著特征，那就是将男女主人公在两地的处境，分成两条线索交替递进。一边是蔡伯喈鱼

---

[1] 《莎士比亚评论汇编》上册，中国社会科学出版社1981年版，第43页。

跃龙门，功成名就；另一边是赵五娘身负重担，苦苦挣扎。一边是锦衣玉食，荣华富贵；另一边是忍饥挨饿，家破人亡。一边是春风得意，欢声笑语；另一边是愁肠百转，痛苦煎熬。但这种苦乐交替的结构方式并没有因为乐的因素的加入而削弱苦的成分，反而因为鲜明的对比和强烈的反差而加强了悲剧冲突。虽然结尾的"大团圆"稍嫌牵强，但就总体而言《琵琶记》是一部成功的作品，它之所以被称为"南戏之祖"甚至"词曲之祖"，一直深受观众的喜爱，除了题材、语言、声律等方面的成就外，其苦乐交替的结构方式和审美风格恐怕也起到了十分重要的作用。

纵观整个中国古典悲剧史，不仅像《琵琶记》这样不太"悲"的悲剧中有喜剧的成分，而且像《窦娥冤》《汉宫秋》《梧桐雨》《娇红记》《精忠旗》《清忠谱》《桃花扇》《雷峰塔》这类非常"悲"的悲剧中，喜剧的元素也并没有缺失。这些戏中的喜剧部分一般是由丑角来承担和表现的，有时候也会在生、旦、净、末等角色身上添加一些喜剧性的表演。尤其许多悲剧中的小生，往往在悲情之中被涂抹了一层喜剧色彩，《牡丹亭》中的柳梦梅、《娇红记》中的申纯、《雷峰塔》中的许宣即是这方面成功的典型。由于这类角色本非丑角，他们的喜剧化表演反而能够给观众带来惊喜和特殊的审美感受，让观众觉得他们的形象更加真实、立体而又亲切，因而对他们的不幸遭遇更能感同身受，引起更加强烈而深切的情感共鸣。李渔在《闲情偶寄》"科诨"一节中说："科诨二字，不止为花面而设，通场脚色皆不可少。生、旦有生、旦之科诨，外、末有外、末之科诨。净、丑之科诨，则其分内事也。然净、丑之科诨易，生旦外末之科诨难。"作为"场上之曲"的行家里手，李渔的这段话的确是深得戏曲艺术之三昧的。悲剧中的喜剧性戏份，有些是纯粹的插科打诨，搞笑娱乐，同时也具有调节剧场气氛和戏剧节奏的效果；有些则与剧情密切相关,通过乐与苦的反差起到凸显和强化悲剧冲突的作用。中国戏曲有一个特点,可以说是无丑不成戏,这固然与戏曲的行当制度有关,但更重要的原因恐怕在于观众的审美需求,换句话说它可能暗合了戏剧艺术的某种规律。总而言之,悲剧中融入喜剧的成分,悲剧与喜剧两种类型相混合,悲喜交集、苦乐相错是中国古典悲剧基本的创作模式和审美范式。

五 审美的中和化

虽然悲剧中的喜剧元素有时会起到凸显和强化悲剧冲突的作用,但综合来看,这种类型的混合化仍然不可避免地对作品的悲剧性有所稀释和消解,使得中国古典悲剧中缺乏像古希腊的《俄狄浦斯王》《安提戈涅》《美狄亚》那样的"纯粹悲剧"。而中国古典悲剧之所以呈现出类型的混合化特征,起决定作用的则是中国传统的中和化的审美观念。

中国传统的文化心理和审美思想深深地刻着儒家的烙印。以儒家为核心主干,再辅以道家、墨家、法家等思想以及本土化了的佛家观念,形成了中国人包容综合、持中守正、乐天知命的文化心理,这种文化心理体现在日常生活和艺术审美中,其最大的特点就是讲究中和。天人合一的宇宙观、循环往复的历史观、忠孝节义的伦理观、内圣外王的人生观,是中国传统文化思想的重要基础及其组成部分,其所造就的是一种伦理型、内向型、达观型的文化精神,而以中和为美的审美观,则是这种文化精神的必然产物,反过来也成为这种文化精神的集中反映。所谓"中和",按照儒家经典《礼记》的解释就是:"喜怒哀乐之未发谓之中,发而皆中节谓之和。中也者,天下之大本也;和也者,天下之达道也。致中和,天地位焉,万物育焉。"中和观念与儒家的中庸思想互为表里,宋代大儒程颐对"中庸"的阐释是:"不偏之谓中，不易之谓庸。中者，天下之正道；庸者，天下之定理。"无论中庸还是中和，尽管表述稍有差异，但其内涵是基本一致的，用现在的话来说就是一切都要适中，要不偏不倚，要中正平和，不能走极端，所谓"过犹不及"，既不能少，也不能多，要的是不多不少、恰到好处。这样一种哲学观念反映在艺术审美中，就有了"温柔敦厚"的审美原则。

"温柔敦厚"最早见于《礼记》，该书引用孔子的话说："温柔敦厚，诗教也。"孔子的这句话后来被不断引申推广，成为中国古代文学艺术创作者普遍遵循的一条准则。"温柔敦厚"是总原则，具体要求可以用孔子评价《诗经》时所说的三句话来概括，这就是"乐而不淫""哀而不伤""怨而不怒"。《左传》记载的晏婴论音乐的一段话，可以作为这种艺术规范的注解："先王之济五味，和五声也，以平其心，成其政也。声亦如味，一气，二体，三类，四物，五声，六律，七音，八风，九歌，以相成也。清浊，小大，短长，疾徐，哀乐，刚柔，迟速，高下，出入，周疏，以相济也。君子听之，以平其心，心平德和。"可以说，不仅是音乐，中国古代文学艺术总体上都追求一种中和之美，讲究情绪的节制，反对情感的放纵，文艺作品要给人的心灵带来平和、宁静、安详，要唤起人们心中仁爱和穆的道德感，从而协调人际关系，维护社会安定。这既是统治者对文学艺术现实功用的要求，也是中国古代文学艺术的主流观念。总而言之，有欢乐，有悲伤，有怨恨，有愤怒，你可以抒发，但不能发泄，必须将情感中和而使其合乎"温柔敦厚"之旨，即"发乎情"而"止乎礼"。在这样一个大的环境下，即使像屈原、李白这样感情热烈而奔放的浪漫主义大诗人，也没能摆脱"发乎情，止乎礼"的规范限制。只有到了传统礼教走向最后崩溃的清代，才出现了曹雪芹这样的真正的叛逆者。

中国古典悲剧作为中国古代文学艺术的一个组成部分，也不可避免地受到传统的中和美学思想的影响乃至羁绊。中国古代没有"悲剧"之说，戏曲中那种情节悲惨、唱词哀婉、表演凄苦的戏，民间称之为"苦戏"，文人们则有更文雅的叫法："哀曲"或"怨谱"。这些称谓透露的信息非常重要，这表明中国古典悲剧的主要特点是"苦""哀""怨"，它们的总体艺术风格是轻柔婉转、缠绵悱恻、哀艳动人，与西方传统悲剧给人的那种刚硬的、激烈的、冲突不可调和、结局异常惨烈的艺术感受截然不同。如果说西方传统悲剧的审美特征是刚性的，给人以悲壮与崇高之感，那么中国古典悲剧则更多是柔性的，其审美取向为哀怨与平和。

同样以女性为悲剧主人公，同样表现女性的不幸遭遇及其抗争，欧里庇得斯的《美狄亚》与关汉卿的《窦娥冤》却带给我们完全不同的审美感受。作为一国公主的美狄亚，为了帮助自己所爱的伊阿宋偷取金羊毛，不惜背叛父亲和宗族，并使自己的兄弟遭到杀身之祸。在美狄亚的鼎力相助下取得成功的伊阿宋后来移情别恋，美狄亚在痛苦中发起了报复行动。她先是毒死了伊阿宋的新欢，接着亲手杀死了自己和伊阿宋所生的两个儿子，最后毅然决然地离去。美狄亚是一个敢爱敢恨的女人，她性格坚强，甚至带着几分邪恶。她的意志和行动中有一种毁灭性的力量，她的复仇是不计后果的，她一方面用残忍的行为报复了背叛自己的伊阿宋，另一方面也使自己陷入了不能自拔的痛苦之中。从一定意义上说，美狄亚也是在为自己当初对亲人的背叛付出沉重的代价。但不管怎么说，美狄亚的身上始终体现着一种以自我为中心的主动追求的精神，命运之神尽管无比强大，但人不应匍匐听命，而是应该不屈地抗争，即使这种抗争是徒劳的。反观《窦娥冤》，窦娥的悲剧命运不是主动追求的结果，造成悲剧的原因不在她自己，而在于不合理的社会，因此她是一个被动的承受者，这一点与美狄亚完全不同。虽然窦娥也有反抗，但这种反抗的力量是非常微弱的，无法与美狄亚那种仿佛可以摧毁一切的力度相提并论。美狄亚与窦娥，一个是自主的，一个是被动的；一个是激烈的抗争，一个是孱弱的挣扎，因此悲剧冲突与悲剧高潮及其带给人们的震撼就有了强弱之别。再加上结局的处理方式不同，一个是大毁灭，一个是"大团圆"，使得同为悲剧，《美狄亚》与《窦娥冤》却让观众感觉到明显的审美差异。通过简单对比我们即可看出，西方传统悲剧一般是刚性的、激烈的、极端的，而中国古典悲剧则往往是柔性的、哀怨的、中和的，这种反差的背后，是中西哲学观念与文化心理的不同。

第三章

中国悲剧观念现代转型的发生

第一节 西方悲剧概念的引进

从古希腊至今两千多年的西方戏剧史中,悲剧始终占有重要地位,而中国古典戏曲从未明确区分悲剧和喜剧,古人所谓"苦戏""哀曲""怨谱"虽与"悲剧"有相近之处,但还不能与西方意义上的悲剧画等号。20世纪初,"悲剧"概念由西方传入中国,它的出现直接推动了中国悲剧观念从传统向现代的转型,其意义可谓重大。但中国悲剧观念的现代转型,并不是单纯由外力促成的,而是内因与外因共同作用的结果,以往研究中国悲剧的学者往往忽略了这一点,因此本节我们就从此问题谈起。

一 内因与外因的合力

卢卡契曾经说过:"任何一个真正重大的影响,是不可能由任何一个外国文学作品所造成,除非在有关国家同时存在着一种极为类似的文学倾向——至少是一种潜在的倾向,这种潜在倾向促进外国文学影响的成熟,因为真正的影响永远是一种潜力的解放,正是这种潜力的勃发才使外国伟大作家对本民族的文化起了促进作用,——而不是那些风行一时的浮光掠影的表面影响。"[1]笔者非常赞同卢卡契的说法。本书将题目设定为"中国悲剧观念的现代转型",可以说正是基于这样一种观点,即中国悲剧观念的现代转型,是内部生长的因素在外力作用下完成的一次"潜力的解放"。看似主要受外力影响,而实际上这种外力只是起一个"推"的作用,或者说只是提供一种"契机",最终的根源仍然需要从主体内部去寻找。因此笔者认为,中国现代悲剧观念的产生并不是"无"中生"有"(照搬西方),而是有一个内部的从量变到质变的过程。也就是说,中国在近代甚至更早的时候就已经有了现代悲剧观念的萌芽,至 20 世纪初,在内因与外因的共同作用下,由量变达到质变,这才有了现代悲剧观念的生成。

进入 20 世纪之后,中国传统文化心理中的"团圆意识"招致了不少诟病;中国古典悲剧的"大团圆"模式更是饱受争议,成为影响中国古典悲剧"悲剧"资格认定的要害所在,也是中国悲剧观念现代转型过程中讨论的焦点问题。事实上,关于"大团圆"的问题,早在近代以前甚至明朝时期,就已经有人提出了。明朝末年杭州有一位剧作家名叫卓人月,因不满于当时剧坛流行的先悲后喜模式,遂编写了一部《新西厢》,将崔张团圆的结局改为劳燕分飞,并在序言中写道:

> 天下欢之日短而悲之日长,生之日短而死之日长,此定局也;且也欢必居悲前,死必在生后。今演剧者,必始于穷

---

[1] [匈牙利]卢卡契:《托尔斯泰与西欧文学》,《卢卡契文学论文集》第 2 卷,中国社会科学出版社 1981 年版,第 452 页。

愁泣别,而终于团圆宴笑。似乎悲极得欢,而欢后更无悲也;死中得生,而生后更无死也。岂不大谬耶!夫剧以风世,风莫大乎使人超然于悲欢而泊然于生死。第如世之所演,当悲而犹不忘欢,处死而犹不忘生,是悲与死亦不足以玉人矣,又何风焉?又何风焉?崔莺莺之事以悲终,霍小玉之事以死终。小说中如此者不可胜计,乃何以王实甫、汤若士之慧业而犹不能脱传奇之窠臼耶?余读其传而慨然动世外之想,读其剧而靡焉兴俗内之怀,其为风与否,可知也。①

卓人月从戏剧表现社会人生的角度出发,对"大团圆"进行了严厉的批评。虽然他并未明确使用"悲剧"的称谓,但很显然,他所极力倡导并为之躬身实践的,是一种抛弃了"团圆之趣"的一悲到底的悲剧,这与西方经典悲剧理论是十分接近的。在举世的剧作家和观众都沉浸于"大团圆"所带来的满足和快感中时,有人却大声疾呼彻头彻尾的悲剧的出现,这种声音虽然难免被主流所淹没的命运,但我们不能不说,卓人月的眼光是独特的,见解是深刻的。

清朝中后期的剧论家梁廷枏和黄启太在对"大团圆"的批评上与卓人月相似,不过他们更多的是从审美效果出发来表达他们对悲剧的认识的。梁廷枏在其《曲话》中评论《桃花扇》的结局时说:

《桃花扇》以"余韵"作结,曲终人杳,江上峰青,留有不尽之意于烟波缥缈之间,脱尽团圆俗套。乃顾天石改作

---

① (明)卓人月:《新西厢序》,《中国古代戏曲序跋集》,中国戏剧出版社1990年版,第298页。

《南桃花扇》，使生旦当场团圆，虽其场可快一时之耳目，较之原作，孰劣孰优，识者自能辨之。①

黄启太在其《词曲闲评》中也赞赏《桃花扇》"词高调响，淋漓悲壮"，"举目有山河之异，新亭痛哭，无此凄惶矣"②。对于《西厢记》，黄启太评道："《西厢》结构，至'草堂惊梦'，掇然便止，正如'曲终人不见，江上数峰青'，令人寻绎无尽。后辈画蛇添足，狗尾续貂，辄觉到地，出乖露丑。"他进一步说："凡作痴儿女梦想者，必设鸾镜重圆，雁塔归娶，方成美满因缘。此乃乡曲之习见，小说家之滥套，先胶于胸间，故有此等俗笔也。"③梁廷枏和黄启太反对"大团圆"的理由基本一致，即这种戏剧结构容易落入俗套，流于浅薄，缺乏悲剧性结局那种震撼人心的警醒作用和余味无穷的美学效果。

卓人月、梁廷枏、黄启太等人所处的时代，尚无西方悲剧理论和悲剧作品引入，因此他们虽然已经触及西方式悲剧的某些内涵，却无法在借鉴西方的基础上对自己的观点作出理论性、系统性的阐发，对中国传统悲剧观念予以有力的反拨，不过这丝毫不影响他们成为中国悲剧观念现代转型的先导者。至少可以说，他们对"大团圆"的反思，是五四时期急风暴雨式地批判"大团圆"的一种预演。

中国人第一次提到"悲剧"这一概念，通常认为是在王国维1904年发表的《红楼梦评论》中，但事实并非如此。从现有资料看，无涯生1903年发表于美国旧金山华文报纸《文兴日

---

① （清）梁廷枏：《曲话》卷3，《中国古典戏曲论著集成》（八），中国戏剧出版社1959年版，第271页。
② （清）黄启太：《词曲闲评》，《逸翰楼丛书》。
③ 同上。

报》上的《观戏记》,是最早的"悲剧"出处。在这篇文章中,无涯生写道:

> 近年有汪笑侬者,撮《党人碑》,以暗射近年党祸,为当今剧班革命之一大巨子。意者其法国日本维新之悲剧,将见于亚洲大陆欤?①

无涯生的文章虽然发表于国外,但在华人圈乃至国内都颇有影响,发表不久就被收入由梁启超任主编的横滨新民社编辑印行的《清议报汇编》,同年又被收入黄藻编辑的《皇帝魂》一书在国内出版。无涯生之所以将《党人碑》称为悲剧,是因为它"暗射近年党祸",揭露社会的黑暗和罪恶,其悲壮的故事可以感动人心,"激发国民爱国之精神","胜于千万演说多矣!胜于千万报章多矣!"② 由此可见,无涯生对悲剧的理解,还没有超出现实生活中的不幸和灾难的范畴,还只是停留于现实功用的工具论层面,而不是从学理意义或者审美层面上对悲剧的真正理解。

《党人碑》是汪笑侬根据明末清初剧作家丘园的同名传奇改编的京剧,由汪笑侬自己首演于1901年,大体剧情是:北宋书生谢琼仙,狂傲不羁,疾恶如仇,偶遇侠士傅人龙,两人情投意合,结为金兰。一日,兄弟二人在酒楼喝得大醉后分手。谢琼仙在回家途中遇见一碑,竟将司马光、苏轼等都诬为奸党,分明是奸臣蔡京、高俅所为。谢借着酒劲砸烂了党人碑,随即被关入大

---

① 无涯生:《观戏记》,载阿英编《晚清文学丛钞·小说戏曲研究卷》,中华书局1960年版,第71页。
② 同上书,第68页。

牢。傅人龙得知此事后，决定闯入枢密院救出贤弟，不料在路上碰到了手拿令牌欲将谢处死的两个差官。傅设计灌醉二差官，盗取令牌，救出谢琼仙，两人一起逃走。① 从剧情可知，《党人碑》中虽然有一些悲剧的成分，但与真正意义上的悲剧还是有一定距离的。由此也可以看出，当时人们对于悲剧的理解尚较为肤浅，只要剧中人物有悲惨的遭遇，能够引起观众的同情、激发观众的义愤，就算得上是悲剧了。汪笑侬创演的另一部戏《瓜种兰因》，讲的是土耳其因使节为波兰国王祝寿时受辱而对波兰发动战争，波兰因内部有人出卖攻城之计而大败后求和，土耳其提出了割地、赔款、驻军等苛刻条件，波兰元老院开会商议免被瓜分之策，却因各党不肯同心而终无结果。《警钟日报》在介绍此剧时说："此为我国向来未见之悲剧，想海上寓公不以先睹为快者，殊非人情。"② 从这种广告式的宣传中，我们可以读出这样的信息：第一，"悲剧"在当时是一种新鲜时髦的东西，以此为卖点能够吸引更多观众；第二，人们对悲剧的认识相当模糊，不知道什么才是真正的悲剧；第三，中国近代以来的悲剧性命运在人们心中形成了一种"悲剧"情结，任何戏剧只要能与中国悲惨的社会现实联系在一起，就会成为人们心目中的"悲剧"。这种"悲剧观"还只是一种朦胧的、粗浅的认识，带有明显的非理性色彩，可以说尚处于现代悲剧观的"前夜"。

以上两例都只提到"悲剧"一词而无相关论证，而蒋智由（字观云）于1904年发表的《中国之演剧界》一文，则对悲剧问题进行了集中论述。该文从中外戏剧比较的视角，以法、英等

---

① 参见董健主编《中国现代戏剧总目提要》，南京大学出版社2003年版，第1页。
② 《剧坛之新生面》，《警钟日报》1904年8月6日。

国戏剧为参照，指出中国当时的戏剧中缺乏悲剧，并着重论述了悲剧对于社会人生的重大意义。他首先举了拿破仑的例子：拿破仑喜欢看戏，公务之余常身临剧场，最爱看的是悲剧。拿破仑认为："悲剧者，君主及人民高等之学校也，其功果盖在历史以上。"他还说："悲剧者，能鼓励人之精神，高尚人之性质，而能使人学为伟大之人物者也。故为君主者，不可不奖励悲剧而扩张之。"拿破仑非常推崇法国古典主义悲剧大师高乃依，称假如高乃依还活着，"予将荣授之以公爵"。蒋智由借拿破仑之口，也借拿破仑本人的显赫威名和盖世功业，道出了悲剧对于培养性情、塑造人格、成就伟大人物的巨大作用，"使剧界而果有陶成英雄之力，则必在悲剧"。[1]

当时有日本报纸屡次嘲讽中国戏剧，"以为极幼稚蠢俗，不足齿于大雅之堂"，尤其批评"中国之演剧也，有喜剧，无悲剧。每有男女相慕悦一出，其博人之喝彩多在此，是尤可谓卑鄙恶俗者也"。蒋智由对此观点极表赞同，认为"深中我国剧界之弊"。虽然如此，但外人的批评和讥笑还是让蒋智由感到耻辱和愤慨，他回顾了中国古代对乐的重视以及对乐官的推崇，将其提到了关系国家兴亡的高度；然而环视当时的中国戏剧，他不由得发出沉重的叹息："呜呼！我中国万事皆今不如古。古之乐变而为今之戏，古之乐官变而为今之戏子，其间数千年间，升降消长，退化之感，曷禁其怅触于怀抱也！抑我占乐之盛，事属既往，姑不必言。方今各国之剧界，皆日益进步，务造其极而尽其神。而我国之剧，乃独后人而为他国之所笑，事稍小，亦可耻也。"怀着一颗强烈的爱国心，抱着一种紧迫的使命感，蒋智由向中国戏剧界大声疾呼，热切期盼"委曲百折，慷慨悱恻，写

---

[1] 观云（蒋智由）：《中国之演剧界》，《新民丛报》1904年第17期。

贞臣孝子仁人志士,困顿流离,泣风雨动鬼神之精诚"的悲剧的出现。①

蒋智由对于悲剧的推重,已经触及审美层面的一些因素,但是他的着眼点和立足点仍然在于悲剧对于社会人生的作用,因此在这方面花费了更多的笔墨。在文章的后半部分,蒋智由又强调,悲剧可以启发人们"广远之理想,奥深之性灵",能够对社会产生积极影响。他以莎士比亚悲剧为例:"今欧洲各国,最重沙翁之曲,至称之为惟神能造人心,惟沙翁能道人心。而沙翁著名之曲,皆悲剧也。"② 进一步说明了悲剧的社会功用及其在戏剧乃至文学艺术中的重要地位和价值。最后,蒋智由总结道:

> 要之,剧界佳作,皆为悲剧,无喜剧者。夫剧界多悲剧,故能为社会造福,社会所以有庆剧也;剧界多喜剧,故能为社会种孽,社会所以有惨剧也。其效之差殊如是矣。嗟呼!使演剧而果无益于人心,则某窃欲从墨子非乐之议。不然,而欲保存剧界,必以有益人心为主,而欲有益人心,必以有悲剧为主。国剧刷新,非今日剧界所当从事哉!③

综观蒋智由的悲剧观,与梁启超、陈独秀等人的戏剧观在性质上是相同的,即以现实功利目的为指归,更多的是从社会政治的需要、从外部因素来谈论悲剧,而较少从审美的角度、从艺术的内在规律来探讨悲剧,这样无疑会影响到看待问题的深度而使

---

① 观云(蒋智由):《中国之演剧界》,《新民丛报》1904 年第 17 期。
② 同上。
③ 同上。

论点失之片面和浮浅。但与无涯生相比,蒋智由显然是向前迈进了一大步,他对悲剧的认识要准确、深刻得多。蒋智由心目中的悲剧,已经不是一个概念模糊的名词,也不再等同于现实生活中的惨剧,而是一种有特殊规定性的艺术样式。这样的理解,已经比较接近悲剧的真实面目,虽然尚有一点距离,但毫无疑问,这已经是一大进步了。

从明末卓人月对"大团圆"的批判,到清末蒋智由对悲剧的倡导,在近三百年的时间里,中国人对于悲剧的理解虽然没有发生质的改变,但前后对照,情形已经有了很大的不同。卓人月对"大团圆"的批判更多地出自感性的驱动,而蒋智由对悲剧的倡导则更多地出自理性的自觉;卓人月的呼声只代表少数早醒的个体,而蒋智由的呐喊则代表了已经觉醒的知识阶层;卓人月的反思只是从结构内部看问题,而蒋智由的批评则是站在中外对比的视点上。这就是我们所说的"内部生长的因素",它已经由过去生长在室内的小树苗,发展壮大到枝叶逸出门窗,快要顶穿屋顶、撑破整个屋子了。"万事俱备,只欠东风",量变将要达到最大值,只等内因和外因猛烈碰撞的那个临界点,来开启质变的进程。

二　王国维的历史功绩

1904年6月,王国维的《红楼梦评论》在《教育世界》杂志发表,这对中国悲剧研究以及中国悲剧观念的现代转型而言,是一件具有里程碑意义的大事。其意义主要表现在三个"第一次":其一,第一次正式将"悲剧"概念引入中国学术界,引起了极大的反响;其二,第一次系统地介绍了悲剧的根源、性质、类型、效用和审美特质,起到了普及悲剧知识的作用;其三,第一次运用西方哲学和悲剧理论研究中国文学,拉开了中国文艺理论批评乃至整个学术研究现代转型的序幕。而以上三个"第一次",从本书的角度又可以归结为一个"第一次",那就是第一次让悲剧成为国人关注的焦点问题,从而开启了中国悲剧观念的现代转型之路。

关于"悲剧"概念的引入问题,在这里再赘述几句。前文已经提及,无涯生1903年在《观戏记》一文中使用了"悲剧"一词,这是目前所知中国文献中第一次出现"悲剧"这一概念。虽然无涯生的文章发表于国外,但当年即被编入文集在国内出版,而王国维的《红楼梦评论》发表于1904年,因此"悲剧"概念的首用权属于无涯生,而非王国维,这一点是可以肯定的。但正如前文所述,其一,无涯生对悲剧的认识和理解尚处于较低的层面,甚至存在误解,没有看到作为艺术样式和审美形态的悲剧与现实生活中的悲剧的区别;其二,无涯生只是孤立地提到"悲剧"一词,而没有对其内涵和外延作任何说明,因此谈不上是学术意义上的介绍和引进;其三,就其所产生的影响而言,无涯生远不能与王国维同日而语。综合以上因素,我们还是认定,将西方"悲剧"概念引入中国的第一人是王国维,而不是无涯生。王国维的《红楼梦评论》开启了西方悲剧理论与中国文艺美学相互融合的新时代,他后来的《宋元戏曲考》更是开创了中国古典悲剧研究的新纪元,因此如果我们称王国维为沟通中西古今悲剧观念的桥梁和枢纽,是毫不过分的。

(一)人生的悲剧性及其解脱

《红楼梦评论》是王国维悲剧观的一次集中展现。该文虽然以中国古典小说《红楼梦》为研究对象,但其核心却在悲剧,王国维的最终目的在于论证《红楼梦》的悲剧性质。就总体而言,王国维的悲剧观几乎全部源自叔本华,也始终没有能够完全走出叔本华。虽然《红楼梦评论》开篇即引用了老子的"人之大患，在我有身"和庄子的"大块载我以形，劳我以生"，但这只是起一个引子的作用，其实王国维之意并不在老庄，而在于借此阐扬他的导师叔本华的悲剧人生观：

> 生活之本质何？欲而已矣。欲之为性无厌，而其原生于不足。不足之状态，苦痛是也。既偿一欲，则此欲以终。然欲之被偿者一，而不偿者十百。一欲既终，他欲随之。故究竟之慰藉，终不可得也。即使吾人之欲悉偿，而更无所欲之对象，倦厌之情即起而乘之。于是吾人自己之生活，若负之而不胜其重。故人生者，如钟表之摆，实往复于苦痛与倦厌之间者也，夫倦厌固可视为苦痛之一种。有能除去此二者，吾人谓之曰快乐。然当其求快乐也，吾人于固有之苦痛外，又不得不加以努力，而努力亦苦痛之一也。且快乐之后，其感苦痛也弥深。故苦痛而无回复之快乐者有之矣，未有快乐而不先之或继之以苦痛者也。又此苦痛与世界之文化俱进，而不由之而减。何则？文化愈进，其知识弥广，其所欲弥多，又其感苦痛亦弥甚故也。然则人生之所欲，既无以逾于生活，而生活之性质又不外乎苦痛，故欲与生活、与苦痛，三者一而已矣。[①]

王国维与叔本华的观点是一致的，那就是人生充满痛苦，毫无快乐可言，而痛苦的根源是永不满足的欲望。那么人为什么会有欲望？这种欲望来自哪里呢？王国维的解释是，"生活之欲""先人生而存在，而人生不过此欲之发现也。""吾人之堕落，由

---

① 王国维：《红楼梦评论》，《王国维文学论著三种》，商务印书馆2001年版，第2页。

吾人之所欲，而意志自由之罪恶也。"① 也就是说，人的欲望不是后天产生的，而是先天的、与生俱来的；而人生之欲，归根结底是由于"意志自由之罪恶"。王国维在这里没有明言，但很显然他所指的就是叔本华哲学中所谓"原罪"。"原罪"本是基督教用语，指的是人类与生俱来的"罪行"，叔本华借以作为他的唯意志哲学的核心概念。叔本华认为，人类之所以有罪，是因为人类的祖先犯了罪，"这个犯罪者就是亚当，我们都在亚当中生存，亚当是不幸的，而我们在亚当中也就都成为不幸的了"②。在西方神话传说中，亚当和夏娃是上帝最先创造出来的两个人，他们本来在伊甸园里过着自由自在、无忧无虑的日子，却经不住魔鬼撒旦的诱惑而偷吃禁果，所受的惩罚便是被逐出伊甸园，永远不能回到天堂。亚当和夏娃是人类的祖先，他们因欲望而犯罪，这种"原罪"也成了人类洗脱不去的基因，每个人出生时都是带着"原罪"而来的。人的一生，就是赎罪的一生，既要赎自己所犯的"本罪"，还要赎祖先所犯的"原罪"。代代如此，循环不已，构成了人类的悲剧轮回。"夫人之有生，既为鼻祖之谬误矣，则夫吾人之同胞，凡为此鼻祖之子孙者，苟有一人焉未入解脱之域，则鼻祖之罪终无时而赎，而一时之谬误，反覆至数千万年而未有已也。"③ 而要摆脱这种悲剧轮回，就必须寻求解脱之道。那么怎样才能解脱呢？叔本华认为，唯一的出路就是拒绝意志，拒绝一切生活之欲，同时他还提出了两种解脱的办法：一是在对天才的艺术作品的忘我静观中获得暂时的平和与解脱，

---

① 王国维：《红楼梦评论》，《王国维文学论著三种》，商务印书馆2001年版，第8页。
② ［德］叔本华：《意志和表象的世界》（英译本）第1卷，第524页。
③ 王国维：《红楼梦评论》，《王国维文学论著三种》，商务印书馆2001年版，第19页。

二是从根本上拒绝意志而达到人生的大彻悟、大解脱。虽然第二种解脱更加彻底，但非常人所能达到，所以对普通人来说，第一种解脱之法无疑更为现实，更具可操作性。王国维说：

> 兹有一物焉，使吾人超然于利害之外，而忘物与我之关系。此时也，吾人之心无希望、无恐怖，非复欲之我，而但知之我也。……然物之能使吾人超然于利害之外者，必其物之于吾人无利害之关系后可，易言以明之，必其物非实物而后可。然则非美术何足以当之乎？……于是天才者出，以其所观于自然人生中者复现之于美术中，而使中智以下之人，亦因其物之与己无关系，而超然于利害之外。①

所谓解脱，就是让人摆脱一切外在的牵绊，达到一种无欲无我的状态，从而实现心灵的宁静与平和。要达成这样的目的，就必须脱离现实的利害关系，进入一种超越的境界，而这种境界在现实生活中显然是很难达到的，因为现实生活中有着太多的利害关系，有着太多的欲望诱惑。因此，能够帮助人们实现解脱的，必然是与现实生活有一定距离的、可以让人超然于利害之外的东西，那么文学艺术尤其悲剧就是最佳之选了。叔本华之所以推崇悲剧，认为悲剧是文艺的最高峰，其原因即在于此。他说："在悲剧里面，人生可怕的方面被展示给我们。我们看到了人类的悲哀，机运和谬误的支配，正直的人的失败，邪恶的人的胜利。因此，出现在我们眼前的，正好是人与我们的愿望相反的那样一种

---

① 王国维：《红楼梦评论》，《王国维文学论著三种》，商务印书馆2001年版，第4页。

世界情况。看到这样一种景象，我们感到我们自己必须抛弃生存意志，不要再想它，也不要再爱它。……在看到悲剧灾难的瞬刻，生活是一场噩梦的信念，变得比以往任何时刻都要更为清晰。我们必须从这噩梦中醒来。……世界和人生不可能给我们真正的快乐，因而也就不值得我们留恋。悲剧的实质就在这里：它最后引导到退让。"① 叔本华的意思很明确：悲剧可以使人解脱生活之欲。叔本华的悲剧观是由他的悲观主义人生观和唯意志哲学所决定的，或者说这种悲剧观是对其人生观和哲学的一种验证。王国维在《红楼梦评论》中没有明言悲剧的解脱功能，但从他对《红楼梦》的悲剧价值和意义的阐述可以看出，他与叔本华的观点是完全相同的。

与文学艺术的解脱功能相联系的，是对美感的区分。王国维说：

> 美之为物有二种：一曰优美，一曰壮美。苟一物焉，与吾人无利害之关系，而吾人之观之也，不观其关系，而但观其物；或吾人之心中，无丝毫生活之欲存，而其观物也，不视为与我有关系之物，而但视为外物；则今之所观者，非昔之所观者也。此时吾心宁静之状态，名之曰优美之情，而谓此物曰优美。若此物大不利于吾人，而吾人生活之意志为之破裂，因之意志遁去，而知力得为独立之作用，以深观其物，吾人谓此物曰壮美，而谓其感情曰壮美之情。普通之美，皆属前种。……至美术中之与二者相反者，名之曰眩惑。夫优美与壮美，皆使吾人离生活之欲，而入于纯粹之知识者。若美术中而有眩惑之原质乎，则又使吾人自纯粹知识

---

① 转引自余秋雨《戏剧理论史稿》，上海文艺出版社1983年版，第529页。

出，而复归于生活之欲。①

王国维此说既源自叔本华，又与叔氏之说略有差异。叔本华在继承康德、黑格尔等前辈的美学观点，将美区分为优美和壮美两种类型的基础上，又提出了"媚美"这一崭新的美学范畴。叔本华的所谓媚美，是作为壮美的对立面而存在的。他说："我所理解的媚美是直接对意志自荐，许以满足而激动意志的东西。"② 媚美使人沉溺于意志，而壮美使人放弃意志，因此叔本华认为媚美是违背理想的艺术精神的，故基本上对其持否定态度。王国维基本沿用了叔本华的观点，不过将"媚美"改为"眩惑"这一中国古典语汇，这样他一方面阐述了叔本华"媚美"概念的内涵，又使之与崇尚中庸和谐、温柔敦厚的中国古典美学传统很好地融合在一起，这不能不说是王国维的一种天才发挥。王国维以中国古代文艺作品中的《招魂》《七发》《西厢记》之《酬柬》《牡丹亭》之《惊梦》以及周昉、仇英的"春画"等为例，指出它们是"徒讽一而劝百，欲止沸而益薪"，"故眩惑之于美，如甘之于辛，火之于水，不相并立者也"③。从对《红楼梦》和中国古典悲剧的评价以及"境界说"中可知，王国维所推崇的美是壮美，其次为优美，而眩惑则在其深恶痛绝之列。

---

① 王国维：《红楼梦评论》，《王国维文学论著三种》，商务印书馆2001年版，第5页。
② [德]叔本华：《作为意志和表象的世界》，商务印书馆1997年版，第289页。
③ 王国维：《红楼梦评论》，《王国维文学论著三种》，商务印书馆2001年版，第6页。

（二）《红楼梦》的悲剧性及其意义

《红楼梦》是中国古典小说的巅峰之作，但自其问世至20世纪初的一百余年中，批判谴责之声不断，一些封建卫道士诬蔑其为"诲淫"之作，必欲灭之而后快；其间虽然也不乏热情的追捧者和热心的研究者，但始终徘徊在"评点"和"索隐"的狭小圈子，尤其"索隐派"的兴起，更是将"红学"导向庸俗社会学的歧途，埋没了这一伟大著作的美学价值。王国维的《红楼梦评论》一出，此前的萎靡之气一扫而空，《红楼梦》研究进入了一个新的时代，王国维也因此成为"新红学"的开山者。那么《红楼梦评论》的最大贡献是什么呢？一言以蔽之，它第一次发现并阐明了《红楼梦》的悲剧美学及其价值和意义。

在评价《红楼梦》之前，王国维首先提出了一个问题："若男女之欲，则于一人之生活上，宁有害无利者也，而吾人之欲之也如此，何哉？"这和他开篇提出的生活之欲在本质上没有什么不同，只不过男女之欲在人生诸问题中最为典型、最具代表性而已。《列子》中有句古语曰："人不婚宦，情欲失半。"王国维认为，"人苟能解此问题，则于人生之知识，思过半矣"。但事实却是，人类一直没有能够解决这一问题。那么在哲学和文学艺术中，又是怎样的情形呢？王国维的看法是："其自哲学上解此问题者，则二千年间，仅有叔本华之《男女之爱之形而上学》耳。诗歌、小说之描写此事者，通古今东西，殆不能悉数，然能解决之者鲜矣。《红楼梦》一书，非徒提出此问题，又解决者也。"[①]这就是说，《红楼梦》不但提出了男女之欲的问题，而且解决了

[①] 王国维：《红楼梦评论》，《王国维文学论著三种》，商务印书馆2001年版，第8页。

这一问题，其意义不亚于叔本华哲学。通过对小说交代贾宝玉之来历的文字以及"还玉"情节的分析，王国维得出结论："所谓'玉'者，不过生活之欲之代表而已矣。""而《红楼梦》一书，实示此生活、此苦痛之由于自造，又示其解脱之道不可不由自己求之者也。"①

在王国维看来，《红楼梦》不仅表现了男女之欲、生活之欲，更重要的是它揭示了解脱之道。"而解脱之道，存于出世，而不存于自杀。出世者，拒绝一切生活之欲者也。""若生活之欲如故，但不满于现在之生活，而求主张之于异日，则死于此者，固不得不复生于彼，而苦海之流，又将与生活之欲而无穷。"②依此标准，王国维认定像金钏的堕井而死、司棋的触墙而死、尤三姐与潘又安的自刎而死，都不是解脱；真正达到解脱的，只有宝玉、惜春、紫鹃三人。而这三人的解脱，情形又有所不同，因为王国维衡量解脱的性质还有一套标准："而解脱之中，又自有二种之别：一存于观他人之苦痛，一存于觉自己之苦痛。"③这两种解脱之中，前者的难度极大，只有非常之人才可以做到；而后一种解脱则是普通人也有可能实现的，因此对人生具有更为普遍的示范和指导意义。对于两种解脱，王国维的看法是："前者之解脱，超自然的也，神明的也；后者之解脱，自然的也，人类的也。前者之解脱，宗教的也；后者美术的也。前者平和的也；后者悲感的也，壮美的也，故文学的也，诗歌的也，小说的也。"④显然，在以上两种解脱途径中，王国维所推重的

---

① 王国维：《红楼梦评论》，《王国维文学论著三种》，商务印书馆2001年版，第9页。
② 同上。
③ 同上书，第10页。
④ 同上书，第11页。

是后者，他认为惜春、紫鹃的解脱属于前者，而宝玉的解脱属于后者，正因如此，所以《红楼梦》的主人公不是惜春、紫鹃，而是贾宝玉。王国维在此作了一个小结："呜呼，宇宙一生活之欲而已！而此生活之欲之罪过，即以生活之苦痛罚之，此即宇宙之永远的正义也。自犯罪，自加罚，自忏悔，自解脱。美术之务，在描写人生之苦痛与其解脱之道，而使吾侪冯生之徒，于此桎梏之世界中，离此生活之欲之争斗，而得其暂时之平和，此一切美术之目的也。"[①]

按照王国维的观点，文学艺术所应表现的，就是人生的痛苦及其解脱之道。他以歌德的《浮士德》为例指出，这部作品之所以在近代欧洲文学中被推为第一，正是因为"其描写博士法斯德（浮士德）之苦痛及其解脱之途径最为精切故也"[②]。他认为《红楼梦》对贾宝玉的痛苦及其解脱进程的描写丝毫不亚于歌德对浮士德的描写，而且"法斯德之苦痛，天才之苦痛；宝玉之苦痛，人人所有之苦痛也，其存于人之根柢者为独深，而其希救济也为尤切"[③]。对于《红楼梦》这样一部大大有益于人生的作品，后世的读者本应充满感激之情，但事实却并非如此：这部"宇宙之大著述"备受冷遇，连作者都不敢自署其名，这究竟是为什么呢？王国维认为，其根本原因在于"此书之精神大背于吾国人之性质"[④]。对此，王国维说：

    吾国人之精神，世间的也，乐天的也，故代表其精神之

---

 ① 王国维：《红楼梦评论》，《王国维文学论著三种》，商务印书馆2001年版，第11页。
 ② 同上。
 ③ 同上书，第12页。
 ④ 同上。

之戏曲、小说，无往而不著此乐天之色彩：始于悲者终于欢，始于离者终于合，始于困者终于亨。非是而欲餍阅者之心，难矣。①

王国维此处所提出的，正是中国古典戏曲乃至所有叙事性文学中一个突出的现象："大团圆"模式，它反映出的是中国人的一种心理型式和处世态度，用王国维的话说就是世间的、乐天的，而不像西方人那样具有一种悲剧精神和超越意识。他举例说，《牡丹亭》中的返魂、《长生殿》中的重圆，就是始悲终欢、始离终合、始困终亨模式的典型代表。其他如《水浒传》之后又有《荡寇志》，《桃花扇》之后又有《南桃花扇》，《红楼梦》之后又有《红楼复梦》《补红楼梦》，等等，都充分表明了中国人根深蒂固的团圆情结：现实生活中不能团圆的，在文艺作品中令其团圆；原作中没有团圆的，在续作中使之团圆。中国人是如此热衷于现世之乐，即使它只是虚幻的。因此王国维得出结论说，中国人最缺乏厌世解脱之精神，即缺乏其所谓悲剧精神，这一特点也表现在文学中：

> 吾国之文学中，其具厌世解脱之精神者，仅有《桃花扇》与《红楼梦》耳。而《桃花扇》之解脱，非真解脱也：沧桑之变，目击之而身历之，不能自悟，而悟于张道士之一言；且以历数千里，冒不测之险，投缧绁之中，所索之女子，才得一面，而以道士之言，一朝而舍之，自非三尺童子，其谁信之哉！故《桃花扇》之解脱，他律的也；而

---

① 王国维：《红楼梦评论》，《王国维文学论著三种》，商务印书馆2001年版，第12页。

《红楼梦》之解脱,自律的也。且《桃花扇》之作者,但借侯、李之事,以写故国之戚,而非以描写人生为事。故《桃花扇》,政治的也,国民的也,历史的也;《红楼梦》,哲学的也,宇宙的也,文学的也。此《红楼梦》之所以大背于吾国人之精神,而其价值亦即存乎此。①

王国维先是承认中国文学作品中只有《桃花扇》和《红楼梦》具有厌世解脱之精神,但经过一番辨析后,又将《桃花扇》的解脱否定了,因此结论是中国文学史上真正体现厌世解脱精神的作品,唯有《红楼梦》。基于此,王国维认为"《红楼梦》一书与一切喜剧相反,彻头彻尾之悲剧也"②。王国维之所以认定《红楼梦》为"彻头彻尾之悲剧",其实还有一层根据,那就是"第三种悲剧"说。依据叔本华的观点,王国维将悲剧分为三种:

第一种之悲剧,由极恶之人,极其所有之能力以交构之者。第二种,由于盲目的运命者。第三种之悲剧,由于剧中之人物之位置及关系而不得不然者;非必有蛇蝎之性质与意外之变故也,但由普通之人物、普通之境遇,逼之不得不如是;彼等明知其害,交施之而交受之,各加以力而各不任其咎。此种悲剧,其感人贤于前二者远甚。何则?彼示人生最大之不幸,非例外之事,而人生之所固有故也。③

---

① 王国维:《红楼梦评论》,《王国维文学论著三种》,商务印书馆2001年版,第13页。
② 同上。
③ 同上书,第14页。

在三种悲剧当中，叔本华和王国维都推崇第三种，认为它表现了人生固有的悲剧性。为了说明《红楼梦》的悲剧性质，王国维以小说主线——宝黛爱情为例作了一番论析，认为造成他们的爱情悲剧的，不是什么"蛇蝎之人物、非常之变故"，而是由"通常之道德、通常之人情、通常之境遇"所导致，因此属于"第三种悲剧"，而"《红楼梦》者，可谓悲剧中之悲剧也"[①]。与此同时，王国维还指出"此书中壮美之部分，较多于优美之部分，而眩惑之原质殆绝焉"[②]，并且认为宝玉与黛玉最后相见一节，是《红楼梦》中最为壮美的段落，其情节感人至深。至此，王国维完成了对《红楼梦》的悲剧美学及其价值和意义的总体认定。他认为，《红楼梦》不但是中国文学史上唯一真正的悲剧性作品，而且属于"第三种悲剧"，是"悲剧中之悲剧"，"自足为我国美术上之唯一大著述"[③]。

王国维不但第一个发现了《红楼梦》的悲剧美学及其价值和意义，而且第一次将这部中国古典小说的地位提升到了足以与世界上最杰出的文学名著相媲美的地步，这不但是对《红楼梦》研究的重大贡献，而且也是对中国古典文学研究的重大突破，其意义至为深远。当然，王国维的《红楼梦评论》也有明显的局限性，那就是他几乎照搬了叔本华的唯意志哲学及其悲剧美学，尤其是"原罪—解脱"说，其研究路数是拿材料来印证既定观念，这种先验式的非科学的研究方法，势必会削足适履，结论难免褊狭，更何况其所凭依的理论本身就存在极大的缺陷。按照王国维的观点，中国古代浩如烟海的文学作品中只有一部《红楼

---

① 王国维：《红楼梦评论》，《王国维文学论著三种》，商务印书馆 2001 年版，第 15 页。
② 同上。
③ 同上书，第 28 页。

梦》堪称悲剧，这显然是不符合历史事实的。此外，关于《红楼梦》悲剧的性质及其根源问题，王国维的解释也是值得商榷的，他只看到人类的原罪、欲望和解脱而无意或有意地忽略了特定的社会历史环境，只看到痛苦和灰暗而看不到反抗和光明，这样一来就完全抹去了《红楼梦》反对封建礼教制度、呼唤人性自由解放的进步意义，在发现了它的一种伟大的同时，又湮没了它的另一种伟大，这是我们不能不为王国维感到遗憾的。

（三）关于中国古典悲剧之有无

王国维的悲剧观有一个发展演变的过程，其前后期思想也不尽一致，其中最为明显的一点就是对中国古典悲剧的看法。在早期的《红楼梦评论》中，王国维对中国小说、戏曲的"大团圆"提出了批评，并认为中国人缺乏厌世解脱之精神，具有这种精神的文学作品只有《桃花扇》和《红楼梦》，而体现了真正解脱精神的唯有《红楼梦》。王国维的意思非常清楚：中国古典戏曲中没有真正的悲剧，如果非要说有的话，那么《桃花扇》勉强可以算作一部悲剧。王国维之所以会得出这样一个极端化的结论，并不是因为他对中国古典戏曲的知识掌握有限，也不是因为他的视野不够开阔，而是因为这些知识和视野直接受制于他所依据的理论框架。也就是说，在这种理论前提之下，他只能得出这样一种结论。

在王国维的哲学和美学思想构成中，叔本华占有举足轻重的位置，尤其在其学术生涯的早期阶段，更是对叔本华情有独钟、推崇备至。王国维崇尚的是"纯粹的学术"，即不以现实功利为目的的纯学理性的学术。在王国维心目中，康德、叔本华和尼采，是"纯粹的学术"的代表。而在这三人中，他又最为欣赏和崇拜叔本华。请看他对叔本华的偏爱之心和赞美之词："殊如叔本华之说，由其深邃之知识论、伟大之形而上学出，一扫宗教之神话的面具，而易之以名学之论法；其真挚之情感与巧妙之文字，又足以济之：故其说精密确实，非如古代之宗教及哲学说，徒属想象而已。"① 他论述叔本华与康德："自希腊以来，至于汗德之生，二千余年，哲学上进步几何？自汗德以降，至于今，百有余年，哲学上之进步几何？其有绍述汗德之说，而正其谬误，以组织完全之哲学系统者，叔本华一人而已矣。"② 他比较叔本华与尼采："十九世纪中，德意志之哲学界有二大伟人焉，曰叔本华，曰尼采。……自吾人观之，尼采之学说全本于叔氏。"③ 字里行间，充溢着对叔本华的顶礼膜拜：西方两千余年的哲学史上，叔本华傲视群雄，是第一位的大哲学家。

应该说，在王国维的哲学和美学思想中，对于康德、叔本华和尼采均有所择取，但叔本华带有强烈悲观主义色彩的唯意志哲学，显然更加契合王国维的个性和人生观，因此也就更加深得王国维之心。在解读《红楼梦》的过程中，王国维全盘运用叔本华的悲剧理论，"取外来之观点与固有之材料互相参证"④，这种研究方法不可避免地导致了其悲剧观的偏颇和狭隘。对此，王国维自己后来也有所意识。在《静安文集自序》中，他说："渐觉其（叔本华）有矛盾之处，去夏所作《红楼梦评论》，其立论虽全在叔氏之立脚地，然于第四章内已提出绝大之疑问。旋悟叔氏之说，半出于其主观的气质，而无关于客观的知识。"⑤ 这里所提到的"绝大之疑问"，指的是王国维在《红楼梦评论》第四章

---

① 王国维：《红楼梦评论》，《王国维文学论著三种》，商务印书馆2001年版，第20页。
② 王国维：《王国维遗书》第3册，上海书店出版社1983年版，第382页。
③ 同上书，第457—481页。
④ 王国维：《王国维论学集》，中国社会科学出版社1997年版，第424页。
⑤ 王国维：《王国维文学美学论著集》，北岳文艺出版社1988年版。

中关于叔本华"原罪—解脱"说之内在矛盾的质疑：

> 夫由叔氏之哲学说，则一切人类及万物之根本，一也。故充叔氏拒绝意志之说，非一切人类及万物，各拒绝其生活之意志，则一人之意志，亦不得而拒绝。何则？生活之意志之存于我者，不过其一最小部分，而其大部分之存于一切人类及万物者，皆与我之意志同。而此物我之差别，仅由于吾人知力之形式，故离此知力之形式，而反其根本而观之，则一切人类及万物之意志，皆我之意志也。然则拒绝吾一人之意志，而姝姝自悦曰解脱，是何异蹄涔之水，而注之沟壑，而曰天下皆得平土而居之哉！佛之言曰：若不尽度终生，誓不成佛。其言犹若有能之而不欲之意。然自吾人观之，此岂徒能之而不欲哉？将毋欲之而不能也。故如叔本华之言一人之解脱，而未言世界之解脱，实与其意志同一之说不能两立也。①

王国维的思维和眼光是敏锐的，虽然在情感上由衷地亲近叔本华，但清醒的理智让他不至于深陷其中，而且很快便发现了叔本华学说的漏洞和偏颇，这是非常难能可贵的。按照叔本华的观点，个人与全人类及世间万物的意志是同一的，但是他的悲剧理论却只谈个人的解脱，而不讲全人类的解脱，更不提世间万物的解脱，这就暴露出了其理论的明显局限和深刻矛盾。王国维看到了这一点，并进而意识到了叔本华哲学及其悲剧理论的致命缺陷：只有"主观的气质"，而无"客观的知识"。这一发现和由

---

① 王国维：《红楼梦评论》，《王国维文学论著三种》，商务印书馆2001年版，第21页。

此带来的反思，使得王国维逐渐对叔本华有所疏离，对那种先验性的学术研究方法产生了怀疑。后来，随着对中国古典文学艺术涉猎的广泛和深入，王国维在很大程度上校正了早期的研究路数，由立足于西方理论转为植根于中国本土，由形而上研究转为实证研究。总而言之，主观的成分减少了，客观的成分增加了。叶嘉莹曾说："《红楼梦评论》一文则是他设想着完全以西方哲理来解释中国文学的一种大胆的尝试，虽然他这一次的尝试有着不少因过分牵强附会而造成的错误和失败，但这种失败一方面既是尝试新理论所必经的过程，而另一方面则这种失败也未尝不可说明静安先生的文学批评之所以又回归到中国旧传统的潜在的因素。"① 的确，从《红楼梦评论》中对叔本华的质疑里，我们已经看到了王国维"回归"的潜在因素，而这种回归，不仅体现在他对甲骨文和中国历史地理的研究上，也体现在他的《人间词话》和《宋元戏曲考》中。

成书于1912年的《宋元戏曲考》，不仅是填补中国戏曲研究空白的划时代巨著，同时也是我们考察王国维悲剧观的极为重要的材料。《宋元戏曲考》的主旨是考证和梳理中国戏曲的起源及其体制的流变，较少深入探讨戏曲的审美意蕴，不过其中有一段论及悲剧的文字颇值得关注：

> 明以后，传奇无非喜剧，而元则有悲剧在其中。就其存者言之，如《汉宫秋》、《梧桐雨》、《西蜀梦》、《火烧介子推》、《张千替杀妻》等，初无所谓先离后合、始困终亨之事也。其最有悲剧之性质者，则如关汉卿之《窦娥冤》，纪君祥之《赵氏孤儿》，剧中虽有恶人交构其间，而其蹈汤赴

---

① 叶嘉莹：《王国维及其文学批评》，河北教育出版社2000年版，第95页。

火者,仍出于其主人翁之意志,即列于世界大悲剧中,亦无愧色也。①

这里最引人注意的,是王国维关于中国古典戏曲中有无悲剧的看法发生了重大转变,由原来的否定变成了现在的肯定。他不但明确肯定元杂剧中有悲剧存在,而且还对《窦娥冤》《赵氏孤儿》两部悲剧给予了高度评价。我们知道,王国维此前是否定中国古典戏曲中有悲剧的,而这次的肯定回答,既是他对自身学术观点的一次修正和超越,也是对中国古典悲剧研究的重要突破,从而为后人的继续探索开辟了一条道路,因此意义重大而深远。

从这段话中,我们也可以看出王国维心目中的悲剧标准:(1)结局悲惨,破除"大团圆";(2)最好没有恶人交构其间;(3)主人公遭受苦难和毁灭;(4)主人公的悲剧命运是自我意志选择的结果。显然,王国维已经抛弃了他当初为之倾倒的"原罪—解脱"说,而更加注重从以亚里士多德为代表的西方经典悲剧理论中汲取营养,从以古希腊悲剧为代表的西方经典悲剧作品中总结规律,并且吸收了西方近现代哲学和美学思想中关于意志的学说,同时在评价中又结合了中国悲剧的实际状况,因此他的这套悲剧标准比"原罪—解脱"说更科学,更接近悲剧的本质。尽管如此,我们仍然能从其中看到"原罪—解脱"说的影子,如第二条就让人很自然地与"第三种悲剧"联系起来,其他几条标准也都可以纳入"原罪—解脱"说之中。但是请注意,王国维此处再未提及"欲望""解脱"等字眼,而且他所

---

① 王国维:《宋元戏曲考》,《王国维文学论著三种》,商务印书馆2001年版,第161页。

列举的几部悲剧作品,没有一部可以与这些字眼沾上边,尤其他最为推重的《窦娥冤》和《赵氏孤儿》两剧,都表现的是对恶势力的英勇抗争,显然与"解脱"是风马牛不相及的。既然都没有"解脱"了,那么谈"原罪"还有什么意义呢?因此我们说王国维抛弃了"原罪—解脱"说,当无疑义,而他这里所说的"意志",已经不是叔本华的"生活之欲",而更接近于尼采的"强力意志",其立足之本已由过去的悲观主义转为乐观主义了。

应该说,王国维的悲剧标准本身是不错的,但他以这套标准评价中国古典悲剧时却出现了问题,主要表现在两个方面:一方面,他所列举的悲剧作品与他的悲剧标准并不完全匹配,甚至有矛盾之处。譬如"大团圆"的问题,无论是《窦娥冤》《赵氏孤儿》还是其他悲剧都未能免俗而为结局加上了"光明的尾巴",它们都不是彻头彻尾的悲剧;再譬如"主人翁之意志"的问题,最典型的如《窦娥冤》中的主人公窦娥,她的不幸遭遇和悲壮赴死固然有自我意志选择的因素在,但更大程度上却是一种被逼无奈之下的认命,是被动的而非主动的,中国古典悲剧大都如此。因此我们说,王国维所举的悲剧作品并不完全符合他的悲剧标准,理论与实际之间是有一定差距的。另一方面,王国维认定明清传奇中没有悲剧,这一论断大可商榷。即使他因抛弃"原罪—解脱"说而一并否决了自己曾经推崇过的《桃花扇》,也不应将明清传奇中的悲剧全部抹杀。在我们今天看来,明清传奇中的不少作品不但堪称悲剧,甚至比元杂剧有过之而无不及。如果说《精忠旗》《长生殿》等悲剧因反抗精神较弱而不够激愤悲壮的话,那么《娇红记》《清忠谱》《桃花扇》《雷峰塔》等剧难道还达不到悲剧的标准吗?或者说,难道它们不比《窦娥冤》《赵氏孤儿》《汉宫秋》等剧更富有悲剧性吗?

从上述两方面的偏差我们可以看出，王国维的悲剧标准或者说他的悲剧观是存在一定问题的，那么问题究竟出在哪里呢？质而言之，他是用西方经典悲剧的标准来评价中国古典悲剧，因而出现了南辕北辙的错位现象。因此，我们不能说王国维的悲剧标准和悲剧观是错的，而应该说他衡量"中国式悲剧"的标准和观念是有问题的。但我们不能因此而苛责王国维，毕竟中国古代并无"悲剧"之名，而运用从西方引进的这一概念来评价中国戏曲，在初始阶段难免会出现兼容性不足的问题。事实上，这个问题在近百年后的今天仍然没有完全解决，我们又怎能对王国维提出过分的要求呢？在此笔者还想赘言几句：中国有自己的悲剧，这是谁也无法否认的事实；中国悲剧与西方悲剧既有相同之处，也有相当的差异，这正如中西人种的区别一样是再自然不过的了；评价中国悲剧既要借鉴西方悲剧理论，也要有我们自己的标准，这也是再正常不过的；建立中国自己的悲剧理论体系，至今仍然是一个巨大的诱惑，也是一个巨大的挑战。

综上所述，王国维第一个将"悲剧"概念引入中国，第一个发现《红楼梦》的悲剧美学价值，第一个明确肯定中国古典戏曲中有悲剧。这三个"第一"，不但是对国人，也是对中国学术界的现代悲剧观念启蒙，王国维也因此开启了中国悲剧观念的现代转型之路，其巨大的历史功绩是我们永远不应忘记的。

第二节 早期话剧的悲剧探索

19世纪末20世纪初，话剧这种由西方传入的戏剧形式，已经在中国上演了，不过后来公认的中国话剧的诞生时间却是1907年，这就不能不提到春柳社对中国话剧的重要贡献。作为一个戏剧团体，春柳社存在的时间虽然并不长，但它却代表了中国早期话剧思想艺术水平所达到的高度，深刻地影响了中国现代话剧的精神面貌和艺术走向，因而在中国话剧发展史上留下了深深的印痕。从1907年到五四新文化运动这段时间，是中国话剧的初创阶段，通常也被称为文明戏阶段。文明戏阶段的中国话剧尽管还处于最初的探索时期，很多方面还比较幼稚，但它对中国传统戏曲从形式到内容的颠覆，对国人传统戏剧观念的革新，以及在话剧本土化、民族化方面所付出的努力，却是后人应该永远铭记的。以春柳社为代表的中国早期话剧团体，自觉地开展话剧悲剧的探索工作，其中虽然有不少缺陷甚至存在对悲剧的误解，但无论如何，我们都不能忽视他们在中国悲剧观念的现代转型过程中所作出的历史贡献。

一　春柳派的贡献

1906年底，春柳社在日本东京成立，它是由中国留日学生发起的一个综合性文艺团体，创始人为东京美术学校的中国留学生李叔同和曾孝谷，后来陆镜若、欧阳予倩、吴我尊、马绛士等人加入，力量迅速壮大。演艺部是春柳社成立最早的一个部门，并且由于其话剧演出活动在日本和中国都产生了较大影响，因此春柳社被公认为中国最早的话剧团体。1907年2月，春柳社在东京公演法国作家小仲马的名剧《茶花女》第三幕，轰动日本剧坛，在国内也引起了很大反响。此后，他们将林纾、魏易由美国作家斯托夫人的长篇小说《汤姆叔叔的小屋》翻译的《黑奴吁天录》改编成五幕话剧，于同年6月搬上舞台，再次引起强烈反响。《茶花女》和《黑奴吁天录》的上演，后来被公认为中国话剧诞生的标志。值得注意的是，这两部戏都是悲剧。由两部悲剧揭开中国话剧史的序幕，也许有一定的偶然性，但其中又包含着某种必然的因素，它也在很大程度上预示了中国现代话剧的审美追求和发展走向。

两部剧作中,《黑奴吁天录》"可以看作中国话剧第一个创作的剧本"①,因此更值得关注。1907年3月,春柳社创始人之一曾孝谷在日本读到汉译小说《黑奴吁天录》,激动不已。他认为,这部小说正好可以警醒国人民族独立之魂,便与好友李叔同等人商量,将其改编成剧本。该剧的大致剧情是:黑奴哲而治被主人转借他人。他替人发明了机器后,受到原主人的忌恨,因而被召回深受虐待。他的妻子和孩子是另一家农奴主的奴隶,由于主人要以奴隶抵债,他们面临母子分离的悲惨命运。后来,他们杀出重围,得以团聚。与原作比较,《黑奴吁天录》没有了宗教色彩,更加突出了依靠自身的觉醒和奋斗来赢得独立、自由和平等,这样的主题非常切合当时中国的处境和需要,因此引起了观众的强烈共鸣。

作为中国话剧悲剧创作的开山之作,《黑奴吁天录》应该享有它在中国悲剧史、中国话剧史乃至整个中国戏剧史上独特而重要的地位。有人这样评论:"春柳社的《黑奴吁天录》在日本虽然只演出了两场,但是演出的意义是革命性的,它创造了一种适应新时代的戏剧范型:以现实的生活情感来取舍戏剧的题材,以快节奏来表达戏剧的内容,以对话来直抒角色乃至观众的胸襟。后人称之为话剧。"② 当然,作为尝试之作,正如婴儿一般,虽然它预示着一个新的生命将要一天天地成长壮大,但在未长大之前,尤其在初生的时刻,它也不可避免地显得有些幼稚。今天看来,《黑奴吁天录》在戏剧冲突的设计和人物性格的塑造方面做

---

① 欧阳予倩:《回忆春柳》,载《中国话剧运动五十年史料集》第1辑,中国戏剧出版社1958年版,第18页。
② 天蓝:《〈黑奴吁天录〉:唤醒国人独立之魂》,《新京报》2007年4月7日。

得是很不够的，因而缺少了"戏"的特质。不但《茶花女》和《黑奴吁天录》如此，实际上中国话剧在其早期阶段大都存在类似的问题；只有到了五四时期，真正的中国现代话剧文学诞生以后，这种情形才得以彻底改观。

春柳社的戏剧观念和编演风格，受到当时盛行于日本的新派剧的直接影响。新派剧是日本明治维新以后，在以西方为师的大背景下，杂糅西方的话剧、日本传统的歌舞伎和狂言等而形成的一种只用说白表演、不歌不舞的戏剧形式。这是一种介于东方与西方、传统与现代之间的带有过渡性质的特殊形式的话剧，它一方面具有话剧以说白为主、更加追求写实的特征，另一方面又保留了不少东方传统戏剧的元素，如音乐伴奏以及角色的类型化、表演的程式化等。春柳社的戏剧活动从一开始就以日本新派剧为学习的榜样，并得到一些新派剧著名演员的指导，因此其早期作品有着明显的日本新派剧的痕迹。1909年上演的《热血》，是春柳社向纯粹的西方现代话剧艺术形式靠拢的努力成果。这部戏是陆镜若根据日本新派剧作家田口菊町的剧本改编的，原作为法国剧作家萨尔杜的《托斯卡》。《热血》在改编时特别加强了革命党人越狱，同反动当局作斗争以及慷慨就义等内容，"不知不觉把一个浪漫派的悲剧排成宣传意味比较重的戏"[①]，因此在留学生和旅日革命人士中获得了很高的评价。从话剧艺术角度看，与《黑奴吁天录》相比，《热血》显得更加完整和正规，结构更为严谨，情节更为曲折，场面更有戏剧性，幕与幕之间的衔接也更为紧密并且富有悬念。另外，演出完全依照剧本，取消了不合理的穿插和故意迎合观众的噱头，表演方面也力避夸张，追求自

---

① 欧阳予倩：《回忆春柳》，载《中国话剧运动五十年史料集》第1辑，中国戏剧出版社1958年版，第19页。

然，初步形成了春柳社话剧严肃、细腻的艺术风格。

辛亥革命第二年（1912），春柳社主要成员陆续回国，在陆镜若、欧阳予倩的领导下，继续从事话剧创作和演出活动。虽然作为一个艺术团体的春柳社已经解散，但这些成员仍然保持了春柳社话剧的思想和艺术风格，在当时的国内剧坛独树一帜，因此他们的演剧被称为"春柳派新剧"。

春柳派新剧的一个突出特点，就是注重并擅长悲剧创作。由于善演悲剧，"春柳悲剧"就成了春柳派吸引观众眼球的一块金字招牌。在上海中华图书集成公司1919年出版，由郑正秋、张冥飞编著的《新剧考证百出》中，标明为"春柳悲剧"的作品有14部之多，分别是《家庭恩怨记》《痴儿孝女》《怨偶》《火里情人》《高丽闵妃》《渔家女》《生别离》《蝴蝶梦》《爱欲海》《芳草怨》《秋海棠》《晴梅》《晴雪》和《未了缘》。另有一些剧目，虽然没有标明"春柳悲剧"字样，但从人物命运与审美取向来看无疑也属悲剧，如《不如归》《社会钟》《猛回头》《新不如归》《血蓑衣》《亡国大夫》等，这类作品的数量也是相当可观的。据统计，在后期春柳剧场公演的81个剧目中，喜剧仅占17%，其余大多为悲剧，而其有代表性的剧目则全部都是悲剧。在春柳派的悲剧作品中，最值得注意的，最能够体现其思想艺术特色的，有三部作品，它们分别是《不如归》《社会钟》和《家庭恩怨记》。

《不如归》原是日本作家德富芦花的一部小说，后被日本新派剧作家改编成话剧，成为新派剧轰动一时的著名剧目。马绛士在保留原剧基本情节的前提下，对其进行了本土化的编译。剧本描写一个陆军中将的女儿康帼英，在家备受继母歧视；嫁给海军少校赵金城后，虽然夫妻感情很好，但婆婆却不喜欢她，因而常遭折磨，郁郁成病。在丈夫出征之后，婆婆趁机将帼英逐出家门。赵金城回来之后,方知帼英已死,留下结婚戒指和一封遗书……该剧剧情类似我国古代著名长篇叙事诗《孔雀东南飞》,表现了封建礼教和家庭制度扼杀青年爱情的悲剧。"不如归"是杜鹃啼血哀鸣之声的谐音,寓意命运多舛的弱女子挣扎的心声。这部"悲剧中之绝作"连演22场,场场"座无隙地","声名震动一时",对民初"家庭戏"的盛行,起到了不小的推动作用。①

《社会钟》也是根据日本新派剧名作改编的,原名《云之响》,作者佐藤红绿,由陆镜若编译。该剧写一姓石的贫苦农民,生有二子一女:石大、石二和秋兰。妻子生下石二就死去了,他为了哺养儿子偷了别人家一瓶牛奶,被村里人认定为贼。石大生性刚烈,在物质缺乏与精神歧视的双重压迫下,一狠心就真的干起了偷盗抢劫的事。父亲病死后,他打破庙里的钱柜替父埋葬。寺庙住持和村人对他恨之入骨,竟将他的像铸在一口大钟上,天天捶打。石二是个先天不足的傻子,生活无着就跑到城里找姐姐秋兰。秋兰原在一个姓左的绅士家伺候小姐,后来左家发现她是石大之妹,将她逐出。秋兰只好带着石二在庙前摆小摊过活,不久又被住持赶走,生活陷入绝境。石大被捕后,半路上挣脱绳索杀死押解者,逃回了家。他放火烧了庙里的钟楼,将饿得奄奄一息的妹妹和弟弟杀了,然后自尽于钟楼下。《社会钟》比《不如归》反映的社会生活更加广阔,批判的锋芒也更加尖锐。作者借剧中人物之口道出了悲剧的根源:"这不是你的罪恶,是社会的罪恶!"

春柳派新剧中名气和影响最大,堪称其代表作的,当数《家庭恩怨记》。此剧情节较为复杂,《新剧考证百出》对该剧剧情的概括既全面又简练,特录于此:

---

① 参见《民初话剧〈不如归〉葛沽映象》,《今晚报》2012年1月27日。

前清陆军统制王伯良，民军起义时，挟资潜遁，道经海上，纳名妓小桃红为妾。桃红原与李简斋情好甚笃，王既旋里，桃红屡遣心腹婢导之幽会。一日，为王前室子重申之童养媳梅仙撞见。桃红惧，设计陷之。王不察，盛怒逐子。重申无以自明，以其父手枪自戕。梅仙痛夫成狂，王亦渐萌悔意。会简斋深夜越垣入，为护兵所执。王知真相，手刃桃红。先是王之同乡何三山，居海上办孤儿院，曾求助于王，王却之。至是，王遣使召之，托以家事，且尽投其家资于孤儿院。已则四顾茫茫，欲举刃自戕。三山劝以男儿当以马革裹尸，若以家庭恩怨轻生，徒为天下人耻笑。王悟，遂发愤从戎，以图晚盖焉。①

作为春柳派的"看家戏"，《家庭恩怨记》虽然存在一些缺陷，尚不足以成为戏剧史上的经典，但在话剧这种新型戏剧样式的本土化和现代化，以及吸收西方悲剧观念、学习西方悲剧创作等方面，它是作出了重要贡献的。我们前面讨论过的春柳派的主要悲剧作品，无论是《茶花女》《黑奴吁天录》和《热血》，还是《不如归》和《社会钟》，都是从国外作品（戏剧或小说）改编移植而来的，而《家庭恩怨记》则是一部从题材内容到人物形象均出自本土的纯粹原创的悲剧作品，因此有着标志性的意义，甚至可以说是一座里程碑。在真正意义上的中国现代话剧文学诞生之前，或者说在中国话剧的早期阶段即文明戏时期，《家庭恩怨记》也许要算最好的悲剧作品了。首先，它不是从概念

---

① 转引自陈白尘、董健主编《中国现代戏剧史稿》，中国戏剧出版社2008年版，第17页。

出发，而是以性格为重点，来塑造人物形象，展开悲剧冲突。其次，它摆脱了早期话剧中普遍存在的脸谱化倾向，注重表现人物的复杂性，力图呈现立体的人物形象。此外，在艺术表现方式上，该剧以较为细腻而个性化的语言和动作，表达情感思想，推动剧情发展。以上这些方面，与西方近现代悲剧的主流观念都是一致的，比同期的春阳社、进化团等的"言论派"悲剧要高明不少。

作为中国的第一个话剧团体，春柳社在中国悲剧观念现代转型的历史进程中是作出了独特贡献的。他们编演的《茶花女》《黑奴吁天录》和《热血》等剧，在中国话剧史的第一页上就浓墨重彩地书写着两个大字——悲剧。的确，在为数众多的中国早期话剧社团中，春柳派的悲剧意识是最为强烈的，他们以悲剧创作为己任，不但编演了一批具有较高思想和艺术价值的悲剧作品，而且借着话剧这样一种来自西方的戏剧样式，有意识地模仿和学习国外现代悲剧的表现形式和精神内涵，虽然尚属"邯郸学步"，并且其对悲剧的理解也比较肤浅，甚至存在某种程度上的误读，但必须指出的是，春柳派作为中国话剧的先行者，以其自觉的悲剧意识和创作实践，第一次在中国戏剧舞台上呈现了有别于中国传统观念和形态的悲剧，对国人进行了一次西方式悲剧的直观启蒙，其意义是十分重大的。从王国维的理论倡导，到春柳派的实践推广，对中国悲剧观念的现代转型都同样具有开创性意义。尽管他们的声音在当时的中国社会乃至戏剧界还显得有些微弱，但这丝毫不能抹杀他们的历史功绩。

二 名曰悲剧实为惨剧

虽然春柳派以其严肃的艺术态度和创作实践为话剧在中国的建立和发展作出了突出贡献，并且赢得了精英阶层的普遍赞誉，但同时也因为"曲高"而"和寡",对于广大观众和整个社会的影响也就比较有限了。事实上在文明戏阶段,社会影响力最大的话剧团体是由任天知领导的进化团,"天知派新剧"的受欢迎程度是春柳派所无法比拟的。进化团由任天知1910年冬创建于上海,为中国第一个职业话剧团体。任天知受春柳社启发而投身话剧事业,不过从本质上来说,他算不上是一个真正的戏剧家,而更像是一个演说家、宣传家,事实上当时就有人被称他为"匿名革命活动家"。从1911年春到1912年秋,进化团以"天知派新剧"为标榜,在长江中下游各地巡演,所演剧目《血蓑衣》《东亚风云》《新茶花》等,内容结合时事,形式通俗活泼,且具有很强的现实批判性,因而受到广大观众的热烈欢迎。编演于辛亥革命高潮阶段的《黄金赤血》与《共和万岁》,可称天知派最有代表性的剧目。两剧均直接反映当时的革命斗争,剧中充斥着大量脱离剧情的激情政治演说,虽然从戏剧本身来看并无多少艺术性可言,但仍然引起了很大的轰动,人们一时对天知派新剧趋之若鹜。天知派的话剧作品主要以直接的政治宣传为目的,大多属于"急就章",因此无暇顾及艺术上的精雕细琢。同时,与春柳派注重并擅长编演悲剧形成鲜明对照,天知派的作品风格更多属于喜剧或者正剧的范畴,有些甚至近乎闹剧(追求闹热刺激),剧中人物虽有悲欢离合,但最终一般都会因革命而重新团聚,更重要的是全剧的主旨并不在于讲述故事、塑造人物、供人审美,而是宣传政治主张,鼓动群众支持和投身革命。天知派和春柳派构成了中国早期话剧的两大流派,如果说春柳派更加关注话剧艺术本体的话,那么天知派则更加追求话剧的现实功用,甚至可以说话剧成了他们宣传革命的有力工具。因此,在很大程度上可以说,春柳派属于审美派,而天知派则属于功利派。很显然,在20世纪初的中国话剧舞台上,功利派占了上风。

既然天知派并非以悲剧创作见长，并且其艺术成就不可与春柳派同日而语，那么为什么要在这里提到它呢？笔者的看法是，天知派的不重视悲剧创作，天知派的不注重戏剧艺术本体，天知派的闹热型演剧风格，以及天知派的影响力远超春柳派，从这几点当中我们可以读出关于前转型期的中国戏剧及悲剧观念的丰富信息来。考察这一时期的话剧作品，我们会发现，几乎没有一部真正的悲剧，虽然有很多作品被冠以"悲剧"之名，但称之为"惨剧"可能更为恰当一些。总体而言，这是一种因吸收了西方悲剧观念的某些因素从而不同于中国古典悲剧，但同时又普遍缺乏西方悲剧所具有的那种悲剧精神，因而显得不中又不西、不旧也不新，处于过渡阶段的特殊形态的"悲剧"。其最显著的特征，或者说其最主要的追求，就是对"圆形世界"的破坏。

中国古典悲剧的一个显著特征，同时也是其在近代以来最为国人所诟病之处，就是"大团圆"模式。事实上，"大团圆"被当作了中国古典悲剧的标签，它的外在表现形式以及它背后所蕴含的中国传统文化思想和悲剧观念，在求新求变的近代中国，自然也就意味着陈旧、落伍甚至腐朽、反动，因此成为早期话剧瞄准的靶心，成为最典型的革命对象。话剧这种新型的戏剧样式本就来自西方，因而以西方的悲剧形态和悲剧观念为参照来革中国古典悲剧的命，就成为一种必然。然而，由于早期的话剧创作者对西方悲剧缺乏系统深入的研究，只是凭借零星的印象拾得一点皮毛便以为得到了全部的秘籍和精髓，再加上中国话剧因为处于初创阶段而不可避免的幼稚，以及社会转型时期普遍存在急切的功利思想，使得他们无心、无暇也无能力将"老师"的东西全部吸收和消化，因此而导致的实际状况是：对西方式悲剧或者说现代悲剧的理解停留在一个较为肤浅的层次上，甚至存在因误解、曲解而南辕北辙的现象。在他们看来，悲剧与其他戏剧类型的区别就在于，结局是毁灭还是团圆；至于悲剧所应具备的其他要素，则不在他们的考虑范围之中。于是我们看到，中国早期话剧中的悲剧，大都在结局的悲惨上做文章，大家好像在展开一场比惨竞赛，仿佛越惨就越有悲剧意味，越惨就越是能够感动观众，越惨就越能称得上好的戏剧。

因为对于悲剧的认识处在这样一种状态，所以当时编演的悲剧中，就出现了大量以主人公及主要人物死亡为结局的"惨剧"。我们翻阅这一时期的悲剧剧本，一个非常突出的印象就是剧中人物自杀者比比皆是，他杀者处处可见。其中，为爱而死者所占比例最高。无论是《鸳鸯剑》中的尤三姐，还是《儿女英雄》中的苏曼英，她们的自刎而死都是为了追求最纯洁的爱情。殉情似乎成了当时悲剧的主流模式，此类作品举不胜举：《故乡》《血泪碑》《芳草怨》《青泥莲花记》《宝石镯》《秋海棠》《爱欲海》《苦鸳鸯》《侬薄命》《相思局》《生死缘》《折雁盟鹣记》《火里情人》《阿难小传》……其次是为国而死者，如《越南亡国惨》《斩亭冤》《热血》《残疾结婚》《夜未央》《爱国魂》《亡国大夫》《高丽闵妃》《爱国忏情》《明末遗恨》《黑龙江》等剧，主人公都是为了国家的前途命运而不懈斗争，最终慷慨就义；此外，还有为复仇而死者，如《猛回头》《血泪碑》《红妆侠士》《弱女复仇记》《薄命花》《孤儿报仇记》《哭途穷》等；更有因宫廷斗争而死者，如《光绪与珍妃》和《燕支井》，如此等等。而在所有"惨剧"中，因家庭恩怨而死者也许最具有典型意义。家庭戏是早期话剧中的一大部类，并在1912—1914年达到高潮，《家庭恩怨记》《不如归》和《恶家庭》便是这一股汹涌的潮流中的突出代表，此外还有《离恨天》《空谷兰》《梅花落》《蝴蝶梦》《双泪碑》《怨偶》《夏金桂自焚记》《新不如归》《痴儿孝女》《母》《归梦》《冯小青》《梦》等为数众多的家庭戏与之呼应，一时蔚为大观。此阶段家庭戏的三部代表作中，《家庭恩怨记》和《不如归》均为春柳派的作品，前文已有评述，因此在这里我们着重来说一说《恶家庭》。

在文明戏的历史中，1914年是一个十分重要的年份，辛亥革命之后一度陷入沉寂的话剧在这一年忽然焕发出勃勃生机，形成了前所未有的繁荣局面。因为这一年是农历甲寅年，所以文明戏的这次空前繁盛就被称为"甲寅中兴"。说到"甲寅中兴"，有一个人不能不提，那就是郑正秋。1914年，郑正秋在上海组建新民社，由他自编自导的《恶家庭》创造了文明戏有史以来的最高票房纪录，被誉为"奠定新剧中兴之基"的代表作。商业上的成功造就了文明戏的空前繁荣，但同时商业也对文明戏造成了伤害，票房成了唯一的目标，舞台风气越来越低俗下流，对艺术的追求越来越淡漠，文明戏越来越当不起"文明"二字，不可避免地走向了衰落。作为新剧中兴的元勋，郑正秋为此痛心疾首，他说："新剧为吾国所必当有者，因社会万恶而不可无药药之耳。乃剧人不德，使吾有新剧万恶之叹。"① 怀着对文明戏的彻底失望，郑正秋于1916年离开舞台而投身电影创作，又成为中国第一代电影导演的代表性人物。郑正秋的离开，从某种程度上可以说宣告了文明戏时代的终结。

回头来看《恶家庭》。这部戏讲的是一个叫卜静丞的穷书生，得官暴富之后，娶了个叫新梅的妓女，过着花天酒地的糜烂生活。在家乡的卜母闻讯，带着儿媳闵氏、孙儿宜男和婢女阿蓬，来找卜静丞，结果受到虐待。阿蓬对此感到不平，被卜静丞与新梅毒打一顿，弃之荒郊，幸被宜男发现，恳请一位乡老照顾，才濒死得生。卜静丞为诱奸女仆小妹，答应帮助她丈夫及全

---

① 转引自郭富民《插图中国话剧史》，济南出版社2003年版，第43页。

家，事后却指使新梅反诬小妹勾引主人，将小妹逐出卜家。小妹蒙冤受屈，准备寻死，忽然遇见一位老讼师，答应为她设计报仇。老讼师访知阿蓬的下落后，一方面让阿蓬之父向卜静丞要女儿，一方面又叫小妹藏起来，再让小妹的丈夫找卜家要人，迫使卜静丞出钱求和。与此同时，卜母发现新梅与人私通，告知儿子，但卜静丞不信。卜母终于不堪忍辱，携儿媳、孙儿返回家乡。新梅为除卜母，与她的心腹钱妈密谋，让钱妈的养女蓉花假装遭了打骂，恳求卜母收留，然后由钱妈出面控告卜母拐带人口。卜母被捕入狱，并株连了阿蓬的父亲以及救护阿蓬的乡老和老讼师。阿蓬、小妹和乡老之女决心上告，途中巧遇正要投河的蓉花。原来，蓉花受到良心谴责，不愿再做伪证，还要揭露新梅的阴谋。新梅本想杀死蓉花灭口，钱妈不忍，提出将其卖到远方为娼。蓉花闻知逃走，决心一死。正当此时，恰有钦差大臣路过，于是三女偕同证人蓉花拦路喊冤。钦差大臣查明案情，根据"妇罪夫坐"之律，判卜静丞入狱。新梅趁机与奸夫卷逃，路上遇到强盗，被残酷折磨致死。钱妈则生"嚼舌"奇症而亡。卜母不念静丞旧恶，多方营救终于保释儿子出狱。但此时卜静丞已病入膏肓，临死前他悔恨万分，连呼"我对不起妈妈"。卜静丞的儿子宜男因悲伤几近失明，全靠阿蓬服侍始得痊愈，因此由卜母做主，让这对年轻人结为夫妇。[1]

《恶家庭》的剧情模式与《家庭恩怨记》有相似之处，只不过它比后者的线索更繁多，情节更复杂，对家庭罪恶的暴露更彻底，因此批判性也更强。尤其是在主人公形象的塑造上，两剧的差异体现得最为明显。《家庭恩怨记》中的王伯良，作者虽然对

---

[1] 参见陈白尘、董健主编《中国现代戏剧史稿》，中国戏剧出版社2008年版，第30页。

其有所批判，但基本上还是将他写成了一个有缺点的好人。当年参加该剧演出的欧阳予倩后来对王伯良这一人物形象作过这样的评析："辛亥革命的时候，是有一些那种所谓司令之类的军官，捞到了一笔冤枉钱，就成了暴发户，一到上海首先从堂子里娶个姨太太，可是这些人的钱景易来易去，大多数好景不长，镜若这个戏描写了这种人。他认为像王伯良这样的人脑筋简单、知识浅薄，但是性格比较爽快，心地比较单纯，尽管他会做些糊涂事，经过一番打击之后，也可能幡然改悔从新做人；他用一份好心肠给了这样的人一点可能有的希望，希望他们在社会上做点好事，还希望他们能够爱国。"① 的确，作者在王伯良这个人物身上，虽然也揭露其弱点，但更多的是寄予希望，因此在结尾的时候让他悔过自新，发愤从戎，为国效力。而《恶家庭》中的卜静丞，显然不是作者所同情的人物，虽然后来也表现出了忏悔，但作者没有因此原谅他，而是让他在饱受牢狱之灾和疾病折磨之后，在心灵煎熬的痛苦中死去。卜静丞和新梅，这对男女的所作所为的确够恶毒的，这样的家庭的确也称得上是"恶家庭"了。他们为了满足自己的淫欲，抛弃了作为人应有的伦理道德观念，不择手段，为所欲为，给自己的亲人、给那些善良无辜的人一次又一次造成伤害，甚至不惜杀害那些妨碍他们享乐的人。他们的作恶多端造成了那么多无辜者的悲惨命运，而他们自己落得悲惨的下场则是罪有应得，所谓"善有善报，恶有恶报"，"天网恢恢，疏而不漏"，"天理昭彰，报应不爽"，中国话剧早期阶段的很多作品都像《恶家庭》一样，反映的是一种在中国有着悠久而深厚的民间基础的因果报应思想。这种带有浓厚的迷信色彩的思想

---

① 欧阳予倩：《回忆春柳》，载《中国话剧运动五十年史料集》第1辑，中国戏剧出版社1958年版，第21页。

显然与现代性之间有着相当的距离,因此这一时期的戏剧观念显然也还谈不上是什么现代戏剧观念。从悲剧的角度看,以《恶家庭》为代表的大量在当时被称为"悲剧"的作品,与真正的悲剧也是有一定的距离的。要而言之,这些作品普遍缺乏严肃的悲剧情调和崇高的悲剧精神,在悲剧冲突的设置和悲剧性格的塑造等方面也存在诸多不足,不要说与《俄狄浦斯王》《美狄亚》《哈姆雷特》《阴谋与爱情》等"正宗"的西方经典悲剧相比,即使与曾经有过争议、似乎不如西方悲剧那么"正宗"的《窦娥冤》《赵氏孤儿》《长生殿》《桃花扇》等中国古典悲剧相比,文明戏"悲剧"在上述诸方面的差距都是显而易见的。因此我们说,以《恶家庭》为代表的中国早期话剧"悲剧",称其为"惨剧"似乎更为恰当。

因为对悲剧的理解停留在"惨剧"的层次,所以中国早期话剧在创作上就将心思更多地花在了围绕"惨"字来做文章,而对于悲剧所应具有的其他更为重要的品格,则基本无视。而当"惨"成为悲剧的主要诉求甚至唯一追求的时候,一系列的问题便接踵而至,表现最为突出的是剧情的牵强离奇,为惨而惨,适得其反,悲剧精神反而因此而消失殆尽。前述《家庭恩怨记》《不如归》《恶家庭》等剧即存在这样的问题,而这三部戏在当时算是最好的了,那么其他"悲剧"的情形就可想而知了。我们随便找一部作品,譬如说《离恨天》,看看它的剧情:

有白于玉者,肄业某处学校。星期休息,游玩花园。归途遇雨,避居李母家,见其女凤仙美而艳,由同学生谋遣张媒婆向李母求婚,遂成佳偶。结婚未久,白为乃父唤归。父涎陈氏之多金,使与陈丽娟结婚。时有胡伯言者,性阴险而喜渔色。见李凤仙，涎其色，既而知为白所得，心颇恨恨。白归里后，胡使王媒婆设法给之，又为胡妻所逐。母死旅馆，流入妓院，与白遇，白为之赎身携归。时白以父病电促归家，凤仙遂为丽娟虐待。丽娟本与祥生私通，为凤仙窥破，密谋杀之。陈母闻声出视，又为所杀。丽娟乃与祥生挟资逃。白归见凤仙、陈母俱死，乃挟枪自杀。丽娟逃出后，又为祥生所杀。祥生中途遇盗，亦为盗杀。①

剧中四个主要人物，白于玉、凤仙、丽娟和祥生，或自杀或他杀，全部死亡；凤仙之母与丽娟之母，两个次要人物也未能逃脱一死。除了一个胡伯言和两个媒婆，其他六人全部送命，确实够"惨"的了。但是这样的戏，我们能说它是悲剧吗？也许凤仙的遭遇有那么一点悲剧的意味，可她的死并不是悲剧性的，其他人物的结局更谈不上悲剧性。该剧最致命的缺陷，在于没有悲剧性的冲突，从而也就无法塑造悲剧性格，而悲剧精神则更是无从谈起。全剧所展现的，只有色情、贪婪、暴力和凶杀，我们所看到的只是人性的丑恶，而不是其美好的一面。而真正的悲剧，表现的是人类心灵的高贵，它的审美基调是严肃的，它带给人的是一种崇高之感。反观中国早期话剧，我们很少能够感受到这样的严肃和崇高，舞台成为"恶俗现形"的展览，悲剧所应带给观众的那种神圣美好的审美体验和荡涤灵魂的情感思想效应在这里是难以找到的。

诚然，以悲剧的标准来衡量中国早期话剧中的这些"惨剧"，我们不免要感到失望，但从另一个角度，我们又不能不肯定它们在中国悲剧观念及创作从古典向现代转型的过程中所起到

---

① 《新剧杂志》第 1 期，1914 年 5 月 1 日。

的作用。这种作用归结起来，集中体现在对中国古典悲剧"大团圆"思想和创作模式的破坏。事实上，"大团圆"不仅仅是中国古代戏剧创作的一种思维方式和结构模式，它更是中国人传统的宇宙观、历史观、人生观的典型表现，因此从某种程度上甚至可以说它是中国传统思想观念的一种浓缩。中国古典悲剧中虽然也有打破"大团圆"模式的作品，但那只是极个别的现象，这种情形也表明"大团圆"思想在古代中国社会有着怎样深厚的生存土壤，对国人有着何等重大的影响。鸦片战争之后，中国人从几千年的"天朝梦"中惊醒，发现这个世界并不是"圆形"的，家国破碎，满目凄凉，身世飘零，前路何方？骤然之间，才发觉自己苦心经营的"团圆"之梦是如此弱不禁风，如此不堪一击，如此虚无缥缈。闭上眼睛继续做梦固然可获得暂时的心理上的安稳，然而当家园面临巨大危机而大多数人不敢或者不想从虚幻的梦境中醒来的时候，总是需要有人先睁开眼睛的。"真的猛士，敢于直面惨淡的人生，敢于正视淋漓的鲜血。"① 魏源、严复、康有为、梁启超……我们并不缺少这样的"猛士"，但大众与精英之间总是难免会有隔阂，因而这些精英的声音就显得有些微弱了。戏剧作为一种大众性的艺术，并有着寓教于乐的独特优势，向来受到中国各阶层的喜爱，虽然我们本土的戏曲随着封建王朝的衰败而日渐式微，但好在我们又从西方"拿来"了话剧这样一种新鲜的戏剧样式，并且很快便得到了国人的认可。20世纪上半叶，话剧不但是老百姓尤其是青年人重要的娱乐形式，而且在宣传革命、教育国民方面发挥了很大的作用，成为启蒙的有力工具。早期话剧对"大团圆"模式的破除，其实正是一种

---

① 鲁迅：《记念刘和珍君》，《鲁迅选集》第 2 卷，人民文学出版社 1981 年版，第 279 页。

启蒙。从这个角度而言，我们必须承认，这样一批在艺术上并无太大价值的"惨剧"的出现，仍然有着重要的现实意义和历史意义。

除了打破"大团圆"，在中国戏剧史上第一次推出大量"彻头彻尾"的悲剧型作品之外，早期话剧兴起的家庭戏热潮，也对中国现代戏剧尤其是悲剧创作产生了深远的影响。中国古典戏曲中虽然也有家庭戏，但一方面数量从来没有如此密集，另一方面从来没有如此表现家庭的罪恶，因此早期话剧中的家庭戏可以说是对中国家庭戏传统的一次颠覆，具有革命性意义。五四时期出现的社会问题剧虽然不是纯粹的家庭戏，但大都反映青年男女为追求婚姻自由和个性解放而对家庭的反叛，很多形象我们都能够在早期话剧的家庭戏中依稀看到他们的影子，只不过五四青年的反叛更加自觉而彻底罢了。家庭，尤其是传统式家庭，一直是中国现代话剧描写的重点对象之一，而这股潮流的源头就是早期话剧中的家庭戏。20世纪三四十年代，当中国现代悲剧走向成熟，曹禺的《雷雨》《北京人》和《家》等悲剧陆续涌现的时候，我们能绝对地说它们与《家庭恩怨记》《不如归》和《恶家庭》等早期话剧中的家庭戏没有丝毫的关系吗？

第三节　悲剧观念的现代转型

五四新文化运动是中国的一场文化革命，有人将其与欧洲的文艺复兴相媲美，笔者也认同这一说法。之所以这样说，最主要的一点就是因为"人"的发现，这是五四新文化运动与欧洲文艺复兴最本质的相通之处。除此之外，两者的区别实际上还是比较大的。五四新文化运动是中国的文化精英们以西方文化为标杆，对自身民族传统的一次全盘否定。

中国现代戏剧观念和悲剧观念，是与中国现代话剧相伴而生的。中国现代话剧的诞生，又与对中国传统戏曲的批判和对西方戏剧理论和作品的译介密不可分。在系统的理论指导和扎实的创作实践的共同推动下，中国悲剧观念告别了古典时代的传统，也摆脱了文明戏阶段的模糊和幼稚，开始形成较为清晰的轮廓和脉络，从而基本完成了它的现代转型。

一 关于传统戏曲存废的论争

戏曲改良运动尽管有政治精英和戏曲名家勉力而为，最终仍然无法阻止失败的结局；文明戏尽管一度呈现出空前繁荣的大好局面，最终仍然没能摆脱衰落的命运。中国戏剧的出路在哪里？这是"五四"前夕中国戏剧界乃至文学界、文化界、思想界众多人士关心并思考的一个重要问题。遍览近千年中国戏剧史，此种情形可谓绝无仅有，戏剧成为整个社会关注的焦点，仿佛中华民族的前途命运与戏剧生死攸关。一时间，不管是戏剧家还是原本并不研究戏剧的"外行"学者，纷纷针对戏剧问题发表自己的观点，呈现出一派百家争鸣的热闹景象。纵观此番争论，激进派有之，保守派有之，中间派亦有之；说理者有之，抒情者有之，谩骂者亦有之。种种表现，不一而足。争论的核心问题，是中国传统戏曲的存与废。由于这场争论对中国悲剧观念的现代转型有着重要的影响，故此我们有必要对各家观点进行一番梳理和分析。

（一）激进派的主张

这场争论是由《新青年》发起的，同时"新青年派"也是此次争论的主角。创办于1915年的《新青年》杂志，高举"民主"与"科学"两大旗帜，掀起了一场在中国前所未有的思想启蒙运动，这就是新文化运动。从1915年9月创刊到1920年9

月成为上海共产主义小组机关刊物为止,《新青年》一直是新文化运动的主阵地。以陈独秀、胡适为领袖的"新青年派"文化革命先驱,以披荆斩棘的凌厉姿态,引领一代青年知识分子向统治了中国人思想几千年的封建礼教和传统文化发起猛烈的攻击,旧的秩序和观念的堡垒开始瓦解崩塌,一个经历了现代文明思想洗礼的古老民族即将踏上艰难而伟大的复兴之路。

在所有变革中,人的思想观念的转变是最难的,而一旦思想观念发生根本性的转变,往往又能释放出巨大的能量,推动社会现实发生天翻地覆的变化。可以说,思想观念的转变是一切变革的前提和关键。因此,欲改造一个社会、一个民族、一种文化,启蒙就成为首要的任务。中国近代以来的社会改革家中,就有人准确地认识到了这一点,并身体力行地从事启蒙工作,例如梁启超和陈独秀。那么在中国这样一个人口众多、成分复杂、人们的文化水平和思想觉悟普遍不高的社会里,什么才是最佳的启蒙途径和工具呢?他们的结论是,小说和戏剧。梁启超曾发起"小说界革命",而他所指的"小说"是一个广义的概念,涵盖了小说、戏曲、曲艺等所有的叙事文学。陈独秀在《论戏曲》一文中,更是明确地指出了戏曲之于启蒙的独特作用:

> 戏曲者,普天下人类所最乐睹、最乐闻者也,易入人之脑蒂,易触人之感情。故不入戏园则已耳,苟其入之,则人之思想权未有不握于演戏曲者之手矣。使人观之,不能自主,忽而乐,忽而哀,忽而喜,忽而悲,忽而手舞足蹈,忽而涕泗滂沱。虽些少之时间,而其思想之千变万化,有不可思议者也。故观《长坂坡》、《恶虎村》,即生英雄之气概;观《烧骨计》、《红梅阁》,即动哀怨之心肠;观《文昭

关》、《武十回》,即动报仇之观念;观《卖胭脂》、《荡湖船》,即长淫欲之邪思;其他神仙鬼怪、富贵荣华之剧,皆足以移人之性情。由是观之,戏园者,实普天下人之大学堂也;优伶者,实普天下人之大教师也。……现今国势危急,内地风气不开,慨时之士遂创学校,然教人少而功缓;编小说,开报馆,然不能开通不识字之人,益亦罕矣。惟戏曲改良,则可感动全社会,虽聋能见,虽盲可闻,诚改良社会之不二法门也。①

在陈独秀看来,戏曲是中国人最喜闻乐见的文艺形式,而且最能触动人的感情,改变人的思想,因此改良戏曲是改良社会的不二法门。到新文化运动时期,陈独秀仍然坚持着早年的观点,并且又从欧洲近代以来戏剧的发达得到启发,使得他对原来的思想有了新的发挥和发展:"现代欧洲文坛第一推重者,厥唯戏剧,诗与小说退居第二流,以其实现于剧场,感触人生愈切也。"② 作为新文化运动的主将,陈独秀对戏剧的看法有着相当的代表性和影响力,成为当时包括《新青年》同人在内的不少有识之士的共识。对于怀着改变中国社会这一宏大抱负的"新青年派"来说,选择戏剧问题作为新文化运动中的一个重点议题大加讨论,就成为一种必然。

毛泽东在《新民主主义论》中说:帝国主义文化和半封建文化是非常亲热的两兄弟,它们结成文化上的反动同盟,反对中国的新文化。这类反动文化是替帝国主义和封建阶级服务的,是应该被打倒的东西。不把这种东西打倒,什么新文化都是建立不

---

① 三爱(陈独秀):《论戏曲》,《安徽俗话报》1904年第11期。
② 陈独秀:《现代欧洲文艺史谭》,《青年杂志》第1卷第3期。

起来的。不破不立，不塞不流，不止不行，它们之间的斗争是生死斗争。这段话是毛泽东1940年针对无产阶级所领导的新民主主义文化建设而讲的，与五四时期的历史语境有较大差别，但有一点新文化运动的先驱者与后来的毛泽东的看法是相同的，那就是：要建设新文化，就必须打倒旧文化。所谓"不破不立，不塞不流，不止不行"，这是两者共同的逻辑。本着这样的认识，"新青年派"首先将矛头集中指向中国传统戏曲，对其展开了猛烈的批判。

在对传统戏曲的批判上，钱玄同的态度最为激烈。被称为文学革命"冲锋健将"的钱玄同向来以观点极端而著称，在对待传统戏曲上也是如此。他说："中国旧戏，专重唱工，所唱之文句，听者本不求甚解，而戏子打脸之离奇，舞台设备之幼稚，无一足以动人感情。""今之京调戏，理想既无，文章又极恶劣不通，固不可因其为戏剧之故，遂谓为有文学上之价值。"[①] 既然中国传统戏曲从内容到形式都一无是处，那么它自然也就没有继续存在的理由，因此钱玄同提出"要中国有真戏，非把中国现在的戏馆全数封闭不可"，这就好比"要建设共和政府，自然该推翻君王政府"一样；"要不把那扮不像人的人，说不像话的话全数扫除，尽情推翻，真戏怎能推行呢？"[②]

假定性和程式化是中国传统戏曲的标志性特征，它们也成了"新青年派"进攻火力的集中点，就连一向以理性著称的温文尔雅的胡适也这样说："再看中国戏台上，跳过桌子便是跳墙；站在桌子上便是登山；四个跑龙套便是千军万马；转两个弯便是行了几十里路；翻几个筋斗，做几件手势，便是一场大战。这种粗

---

① 钱玄同：《寄陈独秀》，《新青年》第3卷第1号，1917年3月。
② 钱玄同：《随感录》，《新青年》第5卷第1号，1918年7月。

笨愚蠢,不真不实,自欺欺人的做作,看了真使人作呕!"① 既有这样的直观感受,那么学贯中西的胡适博士自然要对其进行一番学理的分析了。他亮出的武器是"文学进化论":"文学乃是人类生活状态的一种记载,人类生活随时代变迁故文学也随时代变迁,故一代有一代的文学。"也就是说,包括戏剧在内的文学的发展史,正如人类社会发展史一样是一个不断进化、不断追求自由的过程。胡适认为:"西洋的戏剧便是自由发展的进化,中国的戏剧便是只有局部自由的结果。"在考察了中国传统戏曲从杂剧到传奇、从昆曲到"俗戏"的演变过程之后,胡适得出的结论是:"中国戏剧一千年来力求脱离乐曲一方面的种种束缚,但因守旧性太大,未能完全达到自由与自然的地位。中国戏剧的将来,全靠有人能知道文学进化的趋势,能用人力鼓吹,帮助中国戏剧早日脱离一切阻碍进化的恶习惯,使他渐渐自然,渐渐达到完全发达的地位。"另外他还指出,脸谱、嗓子、台步、武把子、唱工、锣鼓、马鞭子、跑龙套等中国传统戏曲的"遗形物"都是历史的糟粕,"这种'遗形物'不扫除干净,中国戏剧永远没有完全革新的希望"。②

因发表《人的文学》《平民的文学》《新文学的要求》《思想革命》等重磅文章而成为文学革命最重要的理论家之一的周作人,也就戏剧改革问题阐述了自己的主张。周作人高扬的是人道主义的旗帜,在《人的文学》一文中他开宗明义地说:"我们现在应该提倡的新文学,简单的说一句,是'人的文学'。应该排斥的,便是反对的非人的文学。"据此,对于有着几千年历史

---

① 胡适:《文学进化观念与戏剧改良》,《新青年》第5卷第4号,1918年10月。

② 同上。

的中国文学,他的评价是:"中国文学中,人的文学本来极少。从儒教道教出来的东西,几乎都不合格。"他列举了中国文学的十大"非人"罪状,包括"色情""迷信""神仙""妖怪""奴隶""强盗""才子佳人""下等谐谑""黑幕"等,最后是"以上各种思想和合结晶的旧戏"。周作人认为以上十个方面"全是妨碍人性的生长,破坏人类的平和的东西,统应该排斥"。① 在《论中国旧戏之应废》一文中,周作人批评旧戏"多含原始的宗教的分子",是"野蛮"的,"有害于世道人心","没有存在的价值"②。与钱玄同、胡适等人相比,周作人对旧戏的批判更多的是从它所反映的思想观念及其对国人心灵的毒害这方面来探讨的,因而在深度上显然更进一步。

傅斯年则从戏剧与社会历史关系的角度,对中国传统戏曲作出了自己的评价。他说:"中国政治,是从秦政到了现在,直可缩短成一天看。人物是独夫,宦官,宫妾,权臣,奸雄,谋士,佞幸;事迹是篡位,争国,割据,吞并,阴谋,宴乐,流离:这就是中国的历史。豪贵鱼肉乡里,盗贼骚扰民间,崇拜的是金钱,势力,官爵;信仰的是妖精,道士,灾祥:这就是中国的社会。这两件不堪东西的写照,就是中国的戏剧。"③ 同时,傅斯年又以西方戏剧为标准,认为中国传统戏曲算不上真正的戏剧。他指出:"真正的戏剧纯是人生动作和精神的表象(Representation of human action and spirit),不是各种把戏的集合品。可怜中国戏剧界,自从宋朝到了现在经七八百年的进化,还没有真正戏剧,还把那'百衲体'的把戏,当做戏剧正宗!"另外他还认为

---

① 周作人:《人的文学》,《新青年》第5卷第6号,1918年12月。
② 周作人:《论中国旧戏之应废》,《新青年》第5卷第5号,1918年11月。
③ 傅斯年:《再论戏剧改良》,《新青年》第5卷第4号,1918年10月。

"中国戏剧最是助长中国人淫杀的心理。仔细看来，有这样社会的心理，就有这样戏剧的思想，有这样戏剧的思想，更促成这样社会的心理；两事是交相为用，互成因果。西洋名戏，总要有精神上的寄托，中国戏曲，全不离物质上的情欲。""总而言之，中国戏剧里的观念，是和现代生活根本矛盾的，所以受中国戏剧感化的中国社会，也是和现代生活根本矛盾的"。因此，要"使得中国人有贯彻的觉悟，总要借重戏剧的力量；所以旧戏不能不推翻，新戏不能不创造。换一句话说来，旧社会的教育机关不能不推翻，新社会的急先锋不能不创造。"[①]

（二）保守派的辩护

如果说激进的"新青年派"是气势浩大的众声合唱，那么保守派的声音就显得非常微弱而孤单了，仅有张厚载一人苦撑局面。虽然上海有一个署名马二先生、真名叫冯叔鸾的也撰文与北京的张厚载遥相呼应，但毕竟论战的主战场在北京，大家瞩目的焦点是《新青年》，所以冯叔鸾的观点并没有引起当时人们的太多关注。因此所谓"论战"，实际上并没有真正发生，因为双方的力量过于悬殊，而作为保守派代表的张厚载，更像是"新青年派"为了追求"戏剧效果"而刻意安排的一个饰演"反面角色"的"演员"。张厚载乃是傅斯年的同班同学，在论战高潮的1918年，他们还在北京大学读书，陈独秀、胡适、周作人、钱玄同、刘半农等《新青年》主将都是他们的老师。与崇尚新思潮、颇得"新青年派"赏识的傅斯年相比，更受古文大家林纾器重的张厚载则醉心于中国传统文化，对戏曲更是堪称痴迷。张厚载观戏无数，与梅兰芳、程砚秋、杨小楼、余叔岩、齐如山等京剧名流过从甚密，其中与梅兰芳的关系最为密切，被称为梅之

[①] 傅斯年：《戏剧改良各面观》，《新青年》第5卷第4号，1918年10月。

"左右史"①。张厚载也是我国现代早期重要剧评家之一，在京剧艺术研究方面做出了开拓性贡献，有学者指出："张厚载说的'假象会意，自由时空'，可以说开启了后来讨论京剧特征的先河。"② 正因为酷爱中国传统戏曲，并对其有深入的理解和研究，所以当他看到《新青年》上刊载的胡适、钱玄同、刘半农等人抨击旧戏的文章后，不以为然，遂致信编辑部予以反驳，此信被《新青年》以《新文学与中国旧戏》为题刊登于第 4 卷第 6 号。新文学革命自发动以来，虽然看起来轰轰烈烈，但基本上都是《新青年》同人在那里"热烈"地"讨论"，因为缺乏"对手"和"互动"而显得有点"孤单"，从而也在一定程度上限制了它的社会影响。为了摆脱"寂寞"，他们也曾制造"矛盾"来加强效果，第 4 卷第 3 号中钱玄同与刘半农上演的"双簧"后来也成了一段历史佳话。在旧戏讨论正酣的当口，张厚载的加入让《新青年》同人喜出望外，"靶子"终于出现了！胡适主动向张厚载约稿，并安排傅斯年专门撰文对张文观点逐条进行批驳，于是就有了《新青年》第 5 卷第 4 号上张厚载的《我的中国旧戏观》与傅斯年的《再论戏剧改良》两篇针锋相对的文章并列刊出的奇特景观。在《我的中国旧戏观》一文中，张厚载对中国传统戏曲的美学特征及其价值进行了较为全面系统的概括和阐述，极力鼓吹传统戏曲的优点并呼吁应将其保留继承，同时他还认为新剧无法取代传统戏曲。可以说，这篇文章比较集中而典型地代表了保守派的观点。

张厚载首先强调了中国传统戏曲的抽象性与假定性特征，肯

---

① 《中国戏曲志·天津卷》，文化艺术出版社 1990 年版，第 452 页。
② 王元化：《〈京剧丛谈百年录〉序论：京剧与传统文化》，载翁思再主编《京剧丛谈百年录》（上），河北教育出版社 1999 年版，第 20 页。

定了其美学价值。他指出"中国旧戏第一样的好处就是把一切事情和物件都用抽象的方法表现出来","中国旧戏向来是抽象的,不是具体的",并且认为这种抽象的方法类似于"六书"中的"会意",是"指而可识"的,"中国旧戏用假象会意的方法,是最经济的方法"。也就是说,抽象的方法比具体的方法更符合舞台表现的要求,更符合戏剧艺术的特点和规律,它是中国传统戏曲的一大优势。关于中国传统戏曲的假定性,张厚载从戏剧起源于模仿这一点谈起,一番引经据典之后总结出"游戏的兴味,和美术的价值,全在一个假字",而"中国旧戏形容一切事表和物件,多用假象来模仿,所以很有游戏的兴味,和美术的价值"。同时,他还批评了当时的新剧和"改良戏曲"当中出现的将真刀真枪、真牛真马、真山真水搬到舞台上的做法,认为这样做破坏了艺术规律,"反而索然没味了"。

其次,张厚载阐述了"法律"与"自由"的辩证关系,肯定了中国传统戏曲中"规律"(近似于我们现在所说的"程式")的合理性和必要性。他说,"中国旧戏,无论文戏武戏,都有一定的规律",无论是报名念引、过场穿插、台步身段、起霸、把子,还是唱工的板眼、说白的语调,甚至跑龙套的安排,"没有一件不是打'规矩准绳'里面出来的"。有人认为中国传统戏曲的规矩太多、太死板,束缚了它的自由,限制了它的发展,但张厚载的看法是"中国旧戏一切唱工做派都有一定的规律,这也可算是中国旧戏的一件好处","无论如何变化,这种法律,是牢不可破的。要是破坏了这种法律,那中国旧戏也就根本不能存在了",因为"自由在一定范围之内,才是真能自由。要是自由在范围之外,那倒反而不能自由"。另外他还指出,西方戏剧也不是完全自由的,也是有"规律的","悲剧有悲剧的演法,喜剧有喜剧的演法,也决不是'漫无纪律'的"。这就证明了"规律"不但是中国传统戏曲的特点和优势，而且是适用于所有戏剧艺术的。

最后，张厚载对中国传统戏曲"音乐上的感触和唱工上的感情"进行论析，强调了音乐之于戏剧的重要性。他认为"唱工也是中国旧戏里头最重要的一部分"，"中国旧戏拿音乐和唱工来感触人，是有两个好处：（A）有音乐的感触；（B）有感情的表示"。他强调音乐在通俗教育中起着非常关键的作用，"音乐于人类性情，最有关系。所以于社会风俗，也最有关系。中国旧戏有音乐上的感触，这也是中国旧戏的好处"。单从抒发情感的功能和效果来看，他也觉得"拿唱工来表示，比拿说白来表示，最是分外的有精神，分外的有意思"。因此，对于有人提出的废除唱工、全用对白的戏剧改革主张，张厚载表示了反对，他说："那么废唱用白，到底可能不可能呢？我以为拿现在戏界的情形看来，是绝对不可能。"

总而言之，张厚载认为中国传统戏曲有它独特的优势，"假象""规律""唱工"都是其"好处"的体现，不同意激进派对这些"好处"的批评，对主张废除这些"好处"的意见更是坚决反对。他说："我们只能说中国旧戏用假象的地方太多，却不能说用假象就是不好。只能说他用规律的地方太多，不能说用规律就是不好。只能说他用音乐的地方太多，不能说用音乐唱工就是不好。因噎废食，那就是极端的主张，不是公平的论调。"最后，张厚载更是将中国传统戏曲美学上升到极高的高度，认为它"是中国历史社会的产物，也是中国文学美术的结晶，可以完全保存"。他的结论是，中国传统戏曲不但应该保留，而且不需要任何改良；新兴话剧可以与戏曲并行发展甚至与之相"抵抗"，但无法取代戏曲的地位，"旧戏的精神，终究是不能破坏或消灭的"。

（三）中间派的理想

在如何看待中国传统戏曲的问题上，以"新青年派"为代表的激进派和以张厚载为代表的保守派各执一端，针锋相对。从双方各自所处的立场来看，两派的观点都显得理直气壮，他们都认为自己是对的，而对方是错的，因此互不相让。平心而论，激进派从"文学进化"和"人的文学"以及社会历史和思想道德等维度对中国传统戏曲的种种弊端进行抨击，指出其形式和内容与现代社会的脱节，主张以更加贴近现实生活的话剧代替之，无疑是有其深刻性和进步性的。但由于激进派的成员大都像他们自己所承认的那样属于"外行"，戏剧不是他们的本业，对中国传统戏曲也比较隔膜，因此他们的批评难免会不够"专业"，有些观点过于武断，甚至还有意气用事的成分，给人的感觉是以势压人，而不是以理服人，因此对保守派来说，无论是理智上还是情感上都是难以接受的。在与评价对象亦即中国传统戏曲的距离上，如果说激进派的欠缺是因为离得有点远的话，那么保守派的弊端则是因为走得太近了。保守派对中国传统戏曲寄予了浓厚的感情，爱之弥深，看到的全是它的好处，仿佛它的身上没有任何的缺点，简直是完美无瑕的。而且，保守派是从纯艺术甚至纯形式的角度看待中国传统戏曲的，因而仅仅看到它的形式之美，却忽视了它所承载的思想内容对于走向现代的中国社会的危害性，这是其观照视野的巨大缺陷。因此，无论是激进派还是保守派，他们的观点尽管各有其合理之处，但同时又都有着明显的不足。在这样的情形之下，弥补二者之缺的中间派的出现，就显得非常必要了。

中间派的代表人物，当数宋春舫。在五四时期关于戏剧改革的论争中，宋春舫是一位后来被长期忽视，而实际上非常重要的人物。宋春舫是大学者王国维的表弟，也许是受到王国维的影响,早年留学欧洲期间,即对戏剧产生了浓厚的兴趣,"尔时所好,尽在戏曲图府之秘籍,列家之珍本,涉猎所及,殆近万卷"①,因此他成为当时熟知西方戏剧的少数中国学者之一。1916年回国后,宋春舫受聘于北京大学,最早在中国高校开设西方戏剧课程。同时,他也是最早译介和研究西方戏剧及其理论的中国学者。回国之初,有感于中国剧坛之现状,宋春舫大声疾呼:"吾国新剧界每况愈下,春柳社而后《广陵散》绝响矣。呜呼!靡靡之音,足以亡国。剧虽小道,亦与世道人心大有关系者也,改弦而更张之,是所望于有志之士矣。"②凭借深厚的西方戏剧理论功底,结合对中国传统戏曲和文明戏的观察思考,宋春舫发表了《戏剧改良平议》《改良中国戏剧》《中国新剧剧本之商榷》《小剧院的意义、由来及现状》《"爱美的戏剧"与"平民剧社"》等一系列文章,对戏剧改革问题提出了中肯而富有建设性的意见,其中很多观点即使在今天看来也是非常有价值的。

对于中国传统戏曲,宋春舫是将其置于世界戏剧的大格局中进行观察和思考的。他将戏剧分为歌剧和非歌剧两大类,白话剧属于非歌剧一类,他认为"歌剧今日在欧美之势力,似反驾非歌剧而上之","中国能专恃白话剧,而摒弃一切乎?"③ 在宋春舫看来,中国传统戏曲是一种歌剧,而在世界范围内,歌剧的地位是不可动摇的,因此他反对只提倡白话剧而废除传统戏曲。他特别提到了音乐对于戏剧的意义,认为"中国戏剧数百年,从未与音乐脱离关系。音乐为中国戏剧之主脑,可无疑也","近

---

① 宋春舫:《褐木庐藏戏曲书写目自序》,《人间世》第28期,1935年5月20日。
② 宋春舫:《宋春舫论剧》第1集,中华书局1923年版,第259页。
③ 同上书,第263页。

数年新剧（即白话剧）之失败，固非以白话体裁而失败也。剧本之恶劣，新剧伶人道德之堕落，实有以致之。然其废弃旧有之音乐，而以淫词芜语代之，或为其失败原因之一欤！"① 宋春舫一方面并不排斥话剧，实际上他也是话剧的拥护者，但另一方面，他又从戏剧艺术发展的内在规律着眼，注意到了深厚的戏曲传统尤其是其音乐传统对于中国现代戏剧艺术发展的特殊重要性，所以他的主张是戏曲和话剧应该共存。他说："吾们要晓得，歌剧与白话剧是并行不悖的。中国的歌剧，虽然从原质上、构造法上两方面看起来是应当改良，但是如果吾们能把白话剧重新提倡起来，与歌剧并驾齐驱，吾们竟可将歌剧置之不理，任它自生自灭。因为歌剧生存的理由是美术的，美术可以不分时代，不讲什么 Isme（主义）。无论如何，吾们断断不能完全废除歌剧。"②

由于持有上述立场和观点，所以宋春舫既不赞成激进派废除传统戏曲的主张，也不同意保守派排斥话剧的做法。他批评激进派的偏激："激烈派之主张改革戏剧，以为吾国旧剧脚本恶劣，于文学上无丝毫之价值，于社会亦无移风易俗之能力。加以刺耳取厌之锣鼓，赤身露体之对打，剧场之建筑也不脱中古气象，有时布景则类东施效颦，反足阻碍美术之进化。非摒弃一切，专用白话体裁之剧本，中国戏剧将永无进步之一日。主张此种论说者，大抵对于吾国戏剧毫无门径，又受欧美物质文明之感触，遂致因噎废食，创言破坏。不知白话剧不能独立，必恃歌剧以为后盾，世界各国皆然，吾国宁能免乎？"也批评保守派的浅陋："顾吾国旧剧保守派，以为一国有一国之戏剧，即英语所谓 Na-

---

① 宋春舫：《宋春舫论剧》第 1 集，中华书局 1923 年版，第 263 页。
② 同上书，第 280 页。

tional Dramma，不能与他国相混。吾国旧剧有如吾国四千年之文化，具有特别之精神，断不能任其消灭。且鉴于近数年来新剧之失败，将白话剧一概抹杀。此种囿于成见之说，对于世界戏剧之沿革、之进化、之效果，均属茫然，亦为有识者所不取也。"①宋春舫对激进派和保守派的批评，并不是各打五十大板了事，而是体现出一种开阔的现代戏剧视野和兼容并包的戏剧观念。事实证明他的眼光是独到而明智的，近百年来中国的话剧取得了长足的发展，与此同时传统戏曲也并没有退出历史舞台，两者和平共处，相互交融，共同成为民族戏剧不可或缺的组成部分。

中间派阵营中，值得一提的还有"国剧派"。"国剧运动"是20世纪20年代由余上沅、赵太侔、闻一多等人倡导的一股戏剧思潮，因1927年出版的论文集《国剧运动》而得名，代表人物是余上沅。余上沅有一个著名的论断："中国人对于戏剧，根本上就是由中国人用中国材料去演给中国人看的中国戏。这样的戏剧，我们名之曰'国剧'。"②这样的"国剧"，一方面"须和旧剧一样，包含着相当的纯粹艺术成分"，一方面也要汲取西洋戏剧的理论和方法，"利用它们来使中国国剧丰富"。简而言之，就是将中西戏剧的优点熔于一炉，"融会贯通，神明变化"，从而创造出"古今同梦的完美戏剧"。③

与宋春舫相似，余上沅也是一个"艺术派"。宋春舫曾说"戏剧是艺术的而非主义的"④，余上沅的信条则是："艺术虽不是为人生的，人生却正是为艺术的。"⑤可以看出，余上沅是一

---

① 宋春舫：《宋春舫论剧》第1集，中华书局1923年版，第264页。
② 余上沅：《〈国剧运动〉序》，《国剧运动》，新月书店1927年版。
③ 余上沅：《中国戏剧的途径》，《戏剧与文艺》第1卷第1期，1929年5月。
④ 宋春舫：《宋春舫论剧》第1集，中华书局1923年版，第268页。
⑤ 余上沅：《〈国剧运动〉序》，《国剧运动》，新月书店1927年版。

个更彻底的"纯艺术"论者。他从世界戏剧艺术美学发展的潮流中,发现了中国传统戏曲的独特价值:他认为西方戏剧和东方戏剧"一个是重写实,一个是重写意",包括戏曲在内的中国传统艺术则因其极强的写意性而成为"纯粹艺术"[①]。很显然,余上沅对中国传统戏曲的形式之美是极为推崇的,而他所主张的"中西合璧",实质上更接近于"中体西用",乃是以中国传统戏曲为本体的。因此之故,以余上沅为代表的"国剧派"当然是反对废除传统戏曲的。余上沅说:"一定要把旧剧打入冷宫,把西洋戏剧用花马车拉进来,又是何苦。中国戏剧同西洋戏剧并非水火不能相容,宽大的剧场里欢迎象征,也欢迎写实——只要它是好的,有相当的价值。"[②]

与激进派和保守派相比,中间派的态度更加冷静理性,立场更加平和中正,观点更加公允合理,而且更富有学理性,近百年来中国戏剧发展的现实情况也表明他们的不少论断是正确的,甚至是超前的,他们的存在因此而更显出独特的价值。但从另一种角度来看,他们又多少有些"书生气",更多地关注艺术本身,甚至沉醉于形式美学之中,而忽视了艺术的形式与内容是不可分割的,忽视了风云激荡的社会历史环境,他们的观点因此而有些脱离当时的社会现实,有着较为明显的理想化色彩。

从激进派、保守派和中间派的主要理论主张可以看出,各派对待中国传统戏曲的态度是不尽相同甚至针锋相对的,同时各派的观点也都存在不同程度的缺陷。尽管如此,但我们不应该去苛求古人,在看到他们的理论缺陷和历史局限性的同时,也不可忽视他们对中国戏剧观念的现代转型作出的重要贡献。五四新文化

---

① 余上沅:《旧剧评价》,《晨报》1926年7月21日。
② 余上沅:《中国戏剧的途径》,《戏剧与文艺》第1卷第1期,1929年5月。

运动中关于戏剧改革问题的讨论,尤其是关于中国传统戏曲存废问题的论争,在旧的政治制度走向全面崩溃、旧的文化传统遭遇深刻危机,而新的路径尚处于试探摸索之中,民族文化亟须重建的重大历史关头,将中国戏剧置于古与今、中与西、传统与现代、民族与世界、艺术与人生等诸多元素所构成的广阔宏大而又错综复杂的语境之下,实现了中国戏剧史上前所未有的各种戏剧思想和观念的一次大碰撞。这次碰撞,将深刻地影响中国戏剧发展的进程。经过了这样一场洗礼的中国学者和戏剧人,将以更加包容的心态、更加广阔的视野和更加开放的胸襟,站在更高的理论起点上,去探索中国戏剧的转型之路。

二 关于现代话剧的理论探讨

文明戏虽然无可挽回地走向了衰落,但作为西方"舶来品"的话剧在中国的最早尝试,它所留下的经验和教训,却是一笔宝贵的财富,成为中国现代话剧形成和发展的基础,或者说提供了一面镜鉴。正是由于文明戏的堕落,才引发了戏剧界乃至各界人士对于中国戏剧发展道路问题的思考,而这种理论批评的开展,则是中国戏剧观念现代转型和现代话剧诞生的必由之路。

1914年、1915年前后,正当文明戏日渐衰微的时候,一批以探讨新剧问题为主旨的戏剧杂志纷纷创刊,如《新剧杂志》《俳优杂志》《剧场月报》《繁华杂志》《游戏杂志》《戏剧丛报》等。创办于1915年的《新青年》虽然不是一本戏剧杂志,但也对戏剧问题给予了高度关注,展开了热烈讨论,其所产生的影响是其他杂志无法比拟的。尤其在1917年3月至1919年3月的这两年时间里,《新青年》几乎每期都刊载讨论戏剧问题的文章;1918年6月和10月出版的两期专号——"易卜生专号"和"戏剧改良专号",更是对中国现代话剧的形成和发展产生了极为深远的影响。

（一）国外戏剧及理论的译介

"西方戏剧思潮的输入，促进了中国戏剧观念的转化，引出了对旧戏的批判；而对旧戏的否定，对新戏的呼唤，便要求着向西方戏剧的学习。"[①] 可以说，对西方戏剧的学习借鉴，对西方戏剧观念的吸收融会，既是中国戏剧观念现代转型发生的重要诱因，又是在很大程度上决定这种转型的广度和深度的关键环节。因此，西方戏剧及其观念的输入和传播，对这场转型而言，对中国现代话剧的形成而言，就显得非常必需而且紧迫了。以报刊为先导的现代出版业在中国的兴起，为这种输入和传播提供了前所未有的便利条件。我们看到，在以《新青年》为首的一批报刊的着力推动之下，外国尤其是西方戏剧作品和理论的译介一时蔚然成风。以《新青年》为例，在1918年6月出版的"易卜生专号"上，刊登了"现代戏剧之父"、19世纪现实主义戏剧创始人、挪威剧作家易卜生的《傀儡家庭》（《玩偶之家》）、《国民之敌》（《人民公敌》）、《小爱友夫》三个中译剧本（罗家伦、胡适合译），以及袁振英的《易卜生传》和胡适的《易卜生主义》两篇介绍和评论易卜生的生平、创作及其思想的文章。这是《新青年》破天荒第一次为外国作家开辟专号，由此可见其对易卜生的戏剧思想及其创作是何等推重。"易卜生专号"的出版，不仅在当时产生了极大的反响，而且在中国现代戏剧的发展道路上刻下了深深的印痕。同年10月出版的"戏剧改良专号"上，除了胡适、傅斯年、欧阳予倩、张厚载等人关于戏剧改革问题的论文之外，宋春舫的《近世名戏百种目》同样值得注意，

[①] 陈白尘、董健主编：《中国现代戏剧史稿》，中国戏剧出版社2008年版，第50页。

该文向中国读者推介了13个国家58位作家的100个剧本。如此大规模地集中介绍外国剧作家的作品,在中国历史上还是第一次,这对于广大中国读者尤其是喜爱和关心文学艺术的青年读者而言,无疑是一次难得的外国戏剧尤其是西方戏剧的启蒙,他们看待戏剧的视野也将由此而走向开阔。与《新青年》同时,《新潮》《小说月报》《晨报副刊》《时事新报·学灯》等报刊也竞相译介外国戏剧,鲁迅、周作人、沈雁冰、郑振铎、郭沫若、田汉等五四时期文化界知名人士都亲力亲为,翻译和介绍了大量国外戏剧作品和理论文章。据不完全统计,从1917年到1924年,全国26种报刊、4家出版社共发表和出版翻译剧本170余部,涉及17个国家70多位剧作家。[①] 我们看到,这股外国戏剧(主要是西方戏剧或者说欧美戏剧)译介热潮发生的时间,正是从文明戏衰落到现代话剧初步建立的这段中国现代戏剧探索转型期,而这种译介的意义和价值及其所产生的不可替代的作用则是毋庸置疑的了。

(二) 关于现代话剧建设的理论探讨

1. 学习西方戏剧

五四时期的中国之所以会出现西方戏剧作品和理论的"译介热",当然不是为了译介而译介,其出发点和落脚点是非常明确的,那就是为了学习西方戏剧以建设中国现代戏剧。旧的中国传统戏曲已经"死亡",半旧半新、不旧不新的文明戏也已"夭折",而要找到中国戏剧的新路,就必须"西天取经",这几乎成为"五四"精英们的共识。钱玄同指出:"如其要中国有真

---

① 参见陈白尘、董健主编《中国现代戏剧史稿》,中国戏剧出版社2008年版,第51页。

戏，这真戏自然是西洋派的戏。"① 周作人也认为，中国戏剧的出路"只有兴行欧洲式的新戏一法"②。胡适的措辞虽然不像钱、周两位那么绝对，但基本立场并无多少区别，他说："现在中国戏剧有西洋的戏剧可作直接比较参考的材料，若能有人虚心研究，取人之长，补我之短，扫除旧日的种种'遗形物'，采用西洋最近百年来继续新发达的新观念、新方法、新形式，如此方才可使中国戏剧有改良进步的希望。"③ 在学习西方戏剧这样一个大前提为大家所普遍认同之后，接下来要面对、思考和解决的问题是：学什么？怎么学？

尽管"西方戏剧"已经是一个范围比较明晰的概念，但西方戏剧的内容却是非常丰富的。从时间的远近上来说，有古希腊戏剧、古罗马戏剧、中世纪戏剧、文艺复兴时期戏剧、近代戏剧和现代戏剧之分；从创作方法和流派上来看，有古典主义戏剧、浪漫主义戏剧、现实主义戏剧、自然主义戏剧、唯美主义戏剧、象征主义戏剧、表现主义戏剧、未来主义戏剧等的区别；从戏剧样式上来讲，有话剧、歌剧、舞剧、哑剧、傀儡剧等的划分⋯⋯在五四时期的西方戏剧"译介热"中，各个时期、各种流派、各种样式的西方戏剧几乎全部被介绍到了中国，简直到了"乱花渐欲迷人眼"的地步。百花齐放、百家争鸣固然是一种理想的状态，但历史再三证明这种局面更多时候也只能是一种理想，而现实的状况往往是：物竞天择，适者生存。也就是说，这里面有一个选择和淘汰的问题。中国戏剧走到五四时期这样一个十字路口的时候，作出了一个影响深远的重大选择：拥抱

---

① 钱玄同：《随感录》，《新青年》第 5 卷第 1 号，1918 年 7 月。
② 周作人：《论中国旧戏之应废》，《新青年》第 5 卷第 5 号，1918 年 11 月。
③ 胡适：《文学进化观念与戏剧改良》，《新青年》第 5 卷第 4 号，1918 年 10 月。

19世纪以来由易卜生开创的西方现实主义话剧传统，使之成为中国现代话剧的主流，而其他所有的样式和流派都成了非主流。

2. 走现实主义道路

"易卜生热"也许是中国现代戏剧史乃至社会文化史上最值得关注的一个现象。亨里克·易卜生（1828—1906），挪威戏剧家，现实主义戏剧创始人，被誉为"现代戏剧之父"，是一位堪与古希腊三大悲剧家以及莎士比亚和莫里哀相媲美的戏剧大师。易卜生的主要作品有《玩偶之家》《人民公敌》《社会支柱》《群鬼》《培尔·金特》《野鸭》《建筑师》等。社会问题剧是易卜生对世界剧坛的一大贡献，代表着他的最高戏剧成就，影响也最大，此外他还创作了不少表现人的内心世界的思想剧和心理剧。因此，易卜生既是一位现实主义戏剧大师，又被自然主义、新浪漫主义、象征主义、表现主义等戏剧流派奉为开山鼻祖。可以说，易卜生对西方现代戏剧不但影响甚大，而且其影响是全方位的。从这个意义上讲，中国现代话剧在西方众多的戏剧流派和作家中最终选择易卜生作为自己的"导师"，也是一个合情合理的结果。更重要的是，易卜生的现实主义戏剧观和创作方法及其批判精神，对于五四时期的中国戏剧乃至中国社会而言，可谓最为切合病症的一剂良药了。早在1908年发表的《文化偏至论》中，鲁迅就向国人介绍和推荐过易卜生，并在此后的文章中多次提到此人，对其赞誉有加。中国现代话剧文学的开创者欧阳予倩、洪深、田汉、郭沫若等，都对易卜生推崇备至，立志要做"中国的易卜生"。胡适1918年在《新青年》的"易卜生专号"上发表《易卜生主义》一文，这是中国第一篇对易卜生的戏剧创作及其思想给予系统总结和评价的文章，对当时"易卜生热"的形成有着直接的影响，因此尤其值得关注。

胡适认为："易卜生的文学，易卜生的人生观，只是一个写实主义。"① 对于这种写实主义的意义和价值，胡适进一步论述道："人生的大病根在于不肯睁开眼睛来看世间的真实现状。明明是男盗女娼的社会，我们偏说是圣贤礼义之邦；明明是赃官污吏的政治，我们偏要歌功颂德；明明是不可救药的大病，我们偏说一点病都没有！却不知道：若要病好，须先认有病；若要政治好，须先认现今的政治实在不好；若要改良社会，须先知道现今的社会实在是男盗女娼的社会！易卜生的长处，只在他肯说老实话，只在他能把社会种种腐败龌龊的实在情形，写出来叫大家仔细看。他并不是爱说社会的坏处，他只是不得不说。"对于一个有着两千多年的封建专制传统，道学和礼教的毒汁早已渗入每一个细胞和每一寸骨髓，急需来一场彻底的换血改造的社会来说，首先要做的是什么？正视病症！当一个人不再用虚假的谎言和幻觉来麻醉与欺骗自己，而是睁开眼睛看清自己的病患和处境的时候，他才有行动的可能和自救的希望。因此，胡适认为："易卜生把家庭社会的实在情形都写了出来，叫人看了动心，叫人看了觉得我们的家庭社会原来是如此黑暗腐败，叫人看了觉得家庭社会真正不得不维新革命——这就是易卜生主义。表面上看去像是破坏的，其实完全是建设的。"而易卜生主义的核心观念则是"个人需要充分发达自己的个性"，因为"世界上最强有力的人就是那个最孤立的人"，社会进步的力量源泉不是"摧折个人的个性"，而是高扬"个人独立自由的精神"。② 这样，胡适的《易卜生主义》就从理论上阐明了学习易卜生的戏剧创作及其思

---

① 胡适：《易卜生主义》，《新青年》第4卷第6号，1918年6月。
② 同上。

想对于当时的中国戏剧和社会的必要性和紧迫性，并将易卜生主义与五四时期颠覆封建礼教、追求个性解放的时代精神融为一体，为正在形成的"易卜生热"带来了一股强劲的推力，使之迅速升温，风靡一时。

胡适不但在理论上极力鼓吹，而且在创作上身体力行，极大地推动了易卜生主义在中国的落地开花。胡适写于1919年的《终身大事》被公认为中国现代话剧的第一个剧本，这个明显模仿易卜生《玩偶之家》的剧本的诞生，在中国剧坛催生了一股社会问题剧的热潮。在《终身大事》的示范和带动下，这股热潮中出现的剧本，娜拉式的"出走"成为一种惯用的模式，如欧阳予倩的《泼妇》、郭沫若的《卓文君》、余上沅的《兵变》、成仿吾的《欢迎会》、张闻天的《青春的梦》等。此外，欧阳予倩的《回家以后》和《屏风后》、侯曜的《复活的玫瑰》、叶绍钧的《恳亲会》、蒲伯英的《道义之交》、陈大悲的《幽兰女士》、白薇的《打出幽灵塔》、汪仲贤的《好儿子》、熊佛西的《洋状元》等，都是当时较有影响的社会问题剧。这些剧本以现实主义精神，反映各种社会问题，倡导爱情自由、婚姻自主，反对封建专制，歌颂个性解放，表达了一代新青年反抗封建束缚、追求人格独立的心声，因此引起了青年读者和观众的强烈共鸣，在当时产生了很大的反响。这些社会问题剧也是中国话剧迈过早期粗陋的文明戏，成为真正的现代话剧的第一批作品，尽管在艺术上仍有或多或少的不足之处，但无论是外部形态还是内在精神都已具有了明显的现代性，这是我们不能不承认的。尤其值得注意的是，在易卜生社会问题剧的直接影响下成长起来的中国现代话剧，从一开始就确立了现实主义的品格，现实主义在近一个世纪以来的中国话剧舞台上占据了统治性地位。因此，可以毫不夸张地说，易卜生的创作及其现实主义戏剧美学，深刻地影响了中国现代戏剧的历史进程。

3. "爱美剧"的提倡

在《新青年》的大力鼓吹之下，知识界对于中国戏剧的革新问题很快便形成了统一的认识，那就是"全盘西化"，追随西方话剧19世纪以来的发展之路。1920年10月，在上海新舞台剧场上演了一场不同寻常的话剧——英国现代著名现实主义剧作家萧伯纳的名作《华伦夫人之职业》。这是自文明戏衰落以来，经受五四新文化运动的洗礼，中国话剧界经过数年的沉寂和积蓄之后，站在更高起点上的一次全新出击。虽然投入巨资，精心排演，但该剧的演出却遭到了意外的失败，观众的反应极为冷淡。震惊之余，戏剧界开始冷静地思考中国现代话剧究竟该怎样建设的问题。该剧主创汪仲贤反思道："借用西洋著名剧本不过是我们过渡时代的一种方法，并不是我们创造戏剧的真精神。""中国戏剧要想在世界文艺中寻一立锥地，应该赶紧造成编剧本的人才，创造几种与西洋相等或较高价值的剧本，这才算真正创造新剧。"[①] 1921年5月，汪仲贤与陈大悲、欧阳予倩、沈雁冰、郑振铎、熊佛西等人在上海创建了"五四"以来第一个新的戏剧社团——民众戏剧社，同时创办了"五四"以来第一个新型戏剧刊物——《戏剧》月刊，在新的历史条件下开始了中国现代话剧建设的探索工作。

民众戏剧社践行五四精神，明确提出"为人生"的戏剧创作主张，认为戏剧必须反映时代、反映人生，强调戏剧启蒙大众的社会教育功能。《民众戏剧社宣言》称："当看戏是消闲的时代现在已经过去了，戏院在现代社会中确是占着重要的地位，是推动社会使前进的一个轮子，又是搜寻社会病根的X光镜；他

---

① 汪仲贤：《与创造新剧诸君商榷》，《戏剧》第1卷第1期，1921年5月。

又是一块正直无私的反光镜,一国人民程度的高低也赤裸裸地在这面大镜子里反照出来,不得一毫遁形。"民众戏剧社将建立以法、英等国为代表的"自由剧场"作为自己的理想,主张非营利性质的艺术戏剧,反对以营利为目的的商业戏剧。"自由戏院是要拿艺术化的戏剧表现人类高尚的理想,和营业性质的戏院消闲主义很有过一番冲突:初时虽只有一小部分的听客,但至终把一般人的艺术观念提高。"①

受到汪仲贤"仿西洋的 Amateur"的启发,陈大悲提出了"爱美的戏剧"这一概念,呼吁"以非营业的性质,提倡艺术的新剧",并于1921年4月至9月在《晨报》连载长文《爱美的戏剧》,对"爱美剧"的起因、剧本、导演、表演、舞台艺术设计等作了较为系统的介绍和论述。陈大悲认为:"我国现在要望有好的戏剧出现,只有让一般不靠演戏吃饭,而且有知识的人,多组织爱美的剧团,来研究戏剧,不然,就绝对没有希望。"②陈大悲的"爱美剧"理论提出后,在社会上引起了强烈反响,以学生业余演剧为主体的"爱美剧"运动迅速在北京、上海的高校中生气勃勃地开展起来,成为20世纪20年代初期中国话剧活动的主流。"爱美剧"是"五四"之后现代话剧在中国舞台上的第一次成功尝试,这种本着参与者的兴趣和责任感,不以营利为目的的业余戏剧演出活动,克服了商业化、庸俗化的文明戏的种种弊端,为中国剧坛带来了一股清新之气,提高了戏剧的艺术和思想品位,培养了戏剧人才和观众,推动了话剧在中国的普及,也促进了国人的戏剧观念从传统向现代的转变。

---

① 《民众戏剧社宣言》,《戏剧》第1卷第1期,1921年5月。
② 陈大悲:《爱美的戏剧》,北京晨报社1922年版。

三 认识的深入与观念的转变

经过文明戏的失败及其经验教训的总结，经过五四阶段围绕中国传统戏曲存废问题的论争以及关于中国现代话剧建设的理论探讨，到了 1920 年前后，知识阶层对于中国戏剧的发展方向和所要走的道路基本达成了一致的认识，那就是彻底推翻中国传统戏曲，全面学习西方戏剧，尤其要学习以易卜生为代表的西方现实主义戏剧，在此基础上建设中国现代戏剧。戏剧观念的转变，相应地带来了悲剧观念的转变。在新的历史基点上，由王国维发端的现代中国学者对于悲剧问题的思考和探讨得以延续，并且得到了进一步深化。

（一）胡适论悲剧

胡适的《文学进化观念与戏剧改良》一文，是五四时期研究戏剧问题的重要文献，其中也就悲剧问题发表了看法，主要批评了中国文学中悲剧观念的严重缺乏，并指出西方式的悲剧观念是"医治我们中国那种说谎作伪思想浅薄的文学的绝妙圣药"。胡适说：

> 中国文学最缺乏的是悲剧的观念。无论是小说，是戏剧，总是一个美满的团圆。现今戏园里唱完戏时总有一男一女出来一拜，叫做团圆，这便是中国人团圆迷信的绝妙代表。有一两个例外的文学家，要打破这种团圆的迷信，如《石头记》的林黛玉不与贾宝玉团圆，如《桃花扇》的侯朝宗不与李香君团圆。但是这种结束法是中国文人所不许的，于是有《后石头记》、《红楼圆梦》等书，把林黛玉从棺材里掘起来好同贾宝玉团圆，于是有顾天石的《南桃花扇》使侯公子与李香君当场团圆！又如朱买臣弃妇，本是一桩

"覆水难收"的公案，元人作《渔樵记》，后人作《烂柯山》，偏要设法使朱买臣夫妇团圆。又如白居易的《琵琶行》写的本是"同是天涯沦落人，相逢何必曾相识"两句，元人作《青衫泪》，偏要叫那琵琶娼妇跳过船，跟白司马同去团圆！又如岳飞被秦桧害死一件事，乃是千古的大悲剧，后人作《说岳传》，偏要说岳雷挂帅打平金兀术，封王团圆！这种团圆的迷信，乃是中国人思想薄弱的铁证。做书的人明知世上的真事都是不如意的居大部分，他明知世上的事不是颠倒是非，便是生离死别，他却偏要使"天下有情人都成了眷属"，偏要说善恶分明，报应昭彰。他闭着眼睛不肯看天下的悲剧惨剧，不肯老老实实写天工的颠倒残酷，他只图说一个纸上的大快人心。这便是说谎的文学。更进一层说，团圆快乐的文字，读完了，至多不过能使人觉得一种满意的观念，决不能叫人有深沉的感动，决不能引人到彻底的觉悟，决不能使人起根本上的思量反省。①

胡适对于"大团圆"的批判与王国维的观点表面上看起来似乎是一致的，但由于二人文学观和价值观的不同，使之存在着内在的差异。胡适主要从社会功用角度着眼，而王国维则主要从艺术审美层面思考；胡适考虑的是"有用"，而王国维则追求的是"无用"。胡适的这段话倒是让我想起鲁迅关于"瞒和骗的文学"以及"团圆病"的那些杂文，两者虽然表达风格不同，但是立场和观点却如出一辙。胡适经常被鲁迅作为批判攻击的对象，实际上这两人还是有不少相通相似之处的，只不过他们自己

---

① 胡适：《文学进化观念与戏剧改良》，《新青年》第5卷第4号，1918年10月。

不愿承认罢了。

既然"大团圆"的文学是"说谎的文学",是"思想薄弱的铁证",不能引起"深沉的感动""彻底的觉悟"和"根本上的思量反省",那么用什么办法去打破"团圆的迷信"呢?胡适开出的"药方"是:西方式的悲剧观念。他说:

> 悲剧的观念,第一,即是承认人类最浓挚最深沉的感情不在眉开眼笑之时,乃在悲哀不得意无可奈何的时节;第二,即是承认人类亲见别人悲惨可怜的境地时,都能发出一种至诚的同情,都能暂时把个人小我的悲欢哀乐一齐消纳在这种至诚高尚的同情之中;第三,即是承认世上的人无时无地没有极悲极惨的伤心境地,不是天地不仁,"造化弄人"(此希腊悲剧中最普通的观念),便是社会不良使个人消磨志气,堕落人格,陷入罪恶不能自脱(此近世悲剧最普通的观念)。有这种悲剧的观念,故能发生各种思力深沉,意味深长,感人最烈,发人猛省的文学。这种观念乃是医治我们中国那种说谎作伪思想浅薄的文学的绝妙圣药。①

胡适关于悲剧问题的论述主要是从宏观的社会意识和文学观念的角度出发来谈的,他这里的所说的"悲剧"和"悲剧的观念"更多指的是一种文艺审美的范畴,而不是具体的戏剧类型以及与此直接相关的观念,因此可以说他是从"外部"来谈悲剧的。与胡适相比,冰心和徐志摩对悲剧问题的探讨则开始向"内部"深入了。

---

① 胡适:《文学进化观念与戏剧改良》,《新青年》第5卷第4号,1918年10月。

(二) 冰心论悲剧

冰心是中国现代著名作家,对戏剧也很感兴趣,并做过一些研究。20世纪20年代,冰心在一次学术演讲会上作了题为《中西戏剧之比较》的演讲,后来整理成文发表在《晨报副刊》。题目虽然叫《中西戏剧之比较》,可文章内容其实主要谈的是悲剧,而且中西比较的成分也较少,因此它更多是一篇阐述冰心个人的悲剧观并向大众推广普及的文章。在这篇文章中,冰心首先强调了了悲剧与惨剧的区别,她说:"现在的人,常用悲剧两个字,他们用的时候,不知悲剧同惨剧是不同的,以致往往用得不当。有许多事可以说是惨剧,不能说是悲剧。悲剧必是描写心灵的冲突,必有悲剧的发动力,这个发动力,是悲剧主人翁心理冲突的一种力量。"① 由于悲剧必须表现心灵的冲突,主人翁必须有自己的意志,"所以悲剧里的主人翁,必定是位英雄"。她同时强调:"悲剧是英雄的所有物,小人物只能成就惨剧,因为他们没有强的自由意志。"② 冰心以莎士比亚悲剧中的哈姆雷特和麦克白为例,说他们都是英雄,所以才能成为悲剧的主人翁,而中国戏剧中是没有这样的英雄的,因此中国没有真正的悲剧。她列举了几部中国古典名剧,否定了它们的悲剧属性:"说到我国的悲剧,实在找不出来。《琵琶记》并不是悲剧。它的主人翁并没有自由意志,他父亲叫他赶考就赶考,叫他娶亲就娶亲。《桃花扇》呢,也不是悲剧。《西厢记》自'惊梦'以后,我就不承认是西厢,即就'惊梦'以前而言,也够不上说是悲剧。"③

从悲剧是否描写心灵冲突这个角度出发,冰心对西方悲剧的

---

① 冰心:《中西戏剧之比较》,《晨报副刊》1926年11月18日。
② 同上。
③ 同上。

历史发表了自己的看法，对易卜生给予了高度评价。她说："自希腊 Seneca（塞涅卡）到十六世纪，所有悲剧，都是些描写杀人流血的事情，到了易卜生的《傀儡家庭》（A Doll's House）与《建筑师》（Master Buider），才有描写心灵冲突的人物，而不写杀人流血的事体。这个时候，悲剧才算发达完全。"① 冰心虽然认为中国古代没有悲剧，但对中国现代悲剧还是抱有信心和期待的。她说："自从'五四'以来我们醒悟起来，新潮流向着这悲剧方向流去，简直同欧洲文艺复兴时一样。文艺复兴后，英人如睡醒的一般，觉得有'我'之一字。他们这种'自我'的意识，就是一切悲剧的起源。'我是我'，'我们是我们'（I am I. We are we.），认识以后，就有了自由意志，有了进取心，有了奋斗去追求自由，而一切悲剧就得产生。"② 从"自我"意识，或者说从"人"的发现这个视角来看待悲剧问题，冰心显示出了她的观察的敏锐性和思考的深刻性。"五四"的最大成就是什么？最有深度的答案应该是：发现了"人"。从这一点出发，冰心认为中国的悲剧应该而且能够发展起来，并呼吁"有国民性的自觉"的作家致力于悲剧的创作。最后，冰心表达了一种希望，同时也是一种鞭策："欧洲文艺复兴后，他们的悲剧，就立时随着发达起来。我们现在觉得自我了，我们的悲剧，也该同样发达起来。"③

冰心对悲剧的认识虽然还处在一个较浅的层次，但对一个并不是以戏剧为专业的人来说，已经是相当有深度的了。她不但注意到了悲剧和惨剧的区别，而且对西方悲剧发展的历史和趋势、

---

① 冰心：《中西戏剧之比较》，《晨报副刊》1926 年 11 月 18 日。
② 同上。
③ 同上。

悲剧的题材、悲剧主人公的特点等都有自己独特的认识和理解。同时，对于中国古典戏曲中是否有悲剧的问题，冰心也进行了心平气和的探讨，尽管结论是否定的，但她也因此而对中国现代悲剧的发达寄予了更高的期望。尤为难能可贵的是，冰心从五四新文化运动对"人"的发现这样一个角度，看到了悲剧在中国兴起的历史必然性，这体现了她看问题独特的眼光和深度。

（三）徐志摩论悲剧

在五四时期的作家和学者中，对悲剧的认识最有深度的，当数徐志摩。我们都知道徐志摩是一位大诗人，其实他在戏剧方面也很有建树，对中国现代戏剧作出过重要贡献。1924年5月，访华的泰戈尔在北京度过64岁生日，徐志摩与林徽因、张歆海、林长民等人表演了泰戈尔的剧作《齐特拉》。这是一次具有较高水准的戏剧演出，梁启超、胡适、鲁迅等文化名人到场观看，在当时产生了较大影响。徐志摩作为著名诗人，亲自登场，对新兴的中国现代话剧的发展起到了很好的促进作用。20世纪20年代，徐志摩曾向国内读者译介过西方的一些戏剧家，尤其推崇意大利作家丹农雪乌（通译邓遮南），写了不少介绍评论的文章，还将其剧作《死城》翻译成了中文，称赞该剧为"无双的杰作""伟大的，壮丽的悲剧"[①]。1925年，徐志摩参加了余上沅、赵太侔、闻一多等人发起的"国剧运动"，致力于建立新型的中国现代戏剧的探索。为了探讨戏剧艺术，扩大戏剧的影响，争取社会各界对戏剧事业的支持，徐志摩于1926年在《晨报副刊》上开辟《剧评》周刊并担任主编，对推动中国现代戏剧理论与批评的发展起到了重要作用。除了参加以上戏剧活动外，徐志摩还亲自动手编制剧本。1928年，他与陆小曼合作完成了五幕悲剧

---

① 徐志摩：《丹农雪乌》，《晨报副刊》1925年5月11日。

《卞昆冈》。该剧描写卞昆冈父子与淫妇奸夫李七妹、尤某的爱恨情仇,赞美了纯真的夫妻之爱和父子之情,具有较为浓郁的浪漫主义气息和理想化色彩。虽然该剧的思想艺术水平并不算太高,但还是能够看出徐志摩严肃的创作态度和较强的编剧能力。

徐志摩写过不少剧评,最能反映他的悲剧观的是《看了〈黑将军〉以后》一文。《黑将军》是一部根据莎士比亚的悲剧《奥赛罗》改编的德国无声影片,徐志摩观看此片后,于1923年4月在《晨报副刊》发表剧评《看了〈黑将军〉以后》。这篇文章的主要价值不在于它对电影《黑将军》的评价,而在于徐志摩就悲剧问题发表的许多真知灼见。徐志摩对悲剧的认识和理解,主要是从生命与艺术的关系以及内在的戏剧冲突的角度出发的。他说:"悲剧不仅是不团圆的爱史,不仅是全台上都横满死尸的戏情,不仅是妻儿被强盗抢去的悲伤,不仅是做了一辈子老童生的凄惨;这些和相类的情节,我们可以承认都含有些悲剧的味儿,但不是艺术上的悲剧。"① 那么,艺术的悲剧或者说真正的悲剧应该是什么样的呢?徐志摩的观点是:"真粹的悲剧,是表现生命本质里所蕴伏的矛盾现象冲突之艺术。心灵与肉体之冲突,理想与现实之冲突,先天的烈情与后天的责任与必要之冲突,冷酷的智力与热奋的冲动之冲突,意志与运命之冲突,这些才是真纯悲剧的材料。"② 在徐志摩看来,真正的悲剧不是对外在现实的简单模仿,而是应该深入人的内心世界,表现人的复杂情感、激烈冲突和极端痛苦,因此他说:"真悲剧奏演的场地,不仅在事实可寻可按的外界,而是在深奥无底的人的灵府里。要使啮噬,搅扰,烧烙,撕裂,磨毁,人的灵魂的纤微之事实经

---

① 徐志摩:《看了〈黑将军〉以后》,《晨报副刊》1923年4月11—14日。
② 同上。

过,真实地化成文字,编为戏剧,那便是艺术,那便是悲剧的艺术化。"①

徐志摩认为,悲剧是最能体现生命力感的艺术,中国之所以没有出现伟大的悲剧,就是因为这个民族缺乏一种旺盛的生命力。他指出,传统的封建礼教像一个"大幔子",遮蔽了生命的大海,导致了中国人生命的浅薄。"浅薄的生命,产生出了浅薄的艺术,反过来浅薄的艺术,又限制了创造的意境,掩塞了生命强烈的冲动。"中国人"只能领略和风丽日,浅水清波的情味,而不能体会绝海大洋,惊浪洪涛的意趣"②,这样的民族是无法创造和接受"烈情的悲剧"的,因此也就不可能产生真正的悲剧艺术。对于中国古典戏曲,徐志摩肯定了它在喜剧方面的成就,而对悲剧的缺失则感到痛心疾首:"在戏剧里,不错,我们有很俏皮的趣剧,情节串插,有时我看比欧美的结构更有趣些,但如葛德说的一民族能表现天下最集中的仪式,是悲剧,我们的悲剧却在哪里?"③这既是对过去的一种追问,也是对未来的一种期盼,体现了徐志摩对中国悲剧艺术的历史与现状的深切焦虑。

徐志摩的悲剧观在20世纪20年代初的中国戏剧界和学术界显得卓尔不群,他对悲剧的认识深度是同时期的中国学者无法比拟的。"五四"前后讨论悲剧问题的学者们,大都是从社会学的角度,从比较宏观的层面来看待悲剧,而徐志摩的观察则进入微观的层面。可以说,徐志摩是深入悲剧内部,从悲剧艺术的审美特质和精神内涵来探讨悲剧问题的第一位中国学者,将中国人对

---

① 徐志摩:《看了〈黑将军〉以后》,《晨报副刊》1923年4月11—14日。
② 同上。
③ 同上。

悲剧的认识掘进到了一个新的深度。徐志摩的悲剧观不仅像五四时期的大部分学者一样，与中国传统的悲剧观念大相径庭，而且将王国维以来中国学者对悲剧问题的思考提升到了一个新的境界，这无疑表明中国悲剧观念的现代转型已经进入了新的历史阶段。而20世纪20年代到40年代悲剧创作的日益繁荣和悲剧理论探索的不断深化，则进一步推动了中国现代悲剧观念的形成和发展。

第四章

中国现代悲剧观念的形成与发展

第一节 悲剧创作的繁荣

中国悲剧观念的现代转型从开启到完成的过程,也是中国话剧文学从幼稚到成熟的过程。换句话说,话剧文学是反映戏剧观念变化的晴雨表,而悲剧创作则是悲剧观念发展演变的最直接、最可靠的观察载体。经过了文明戏时期的粗浅尝试,进入五四时期尤其是20世纪20年代之后,中国现代悲剧创作有了一个大的改观。首先,从事悲剧创作作家的数量和水平显著提高,涌现出了一批优秀的悲剧作家,田汉、曹禺、郭沫若是其中最杰出的代表;其次,悲剧作品无论在数量上还是质量上都取得了长足进步,产生了堪与中国古典悲剧和西方悲剧中的杰作相媲美的经典悲剧,例如《雷雨》《屈原》和《风雪夜归人》;最后,悲剧作家和作品在呈现出鲜明的个性化特征的同时,以宽广的视野和胸襟吸收借鉴古今中外悲剧理论与实践的精华,乃至人类文明的一切优秀成果,在兼容并包和博采众长中显示出越来越成熟的现代精神、民族风格和中国气派。由于中国现代悲剧作家和写有悲剧作品的剧作家数量较多,我们选取了其中有代表性的六位作家作为"标本"进行观察分析,其中田汉、曹禺和郭沫若三位作家我们将作专节研究,本节我们先来考察欧阳予倩、夏衍和吴祖光的悲剧创作。

一 欧阳予倩的悲剧创作

欧阳予倩(1889—1962),原名欧阳立袁,湖南浏阳人,中国话剧的开创者之一。出生于官宦之家,1902年留学日本。1907年参加春柳社,在中国第一个完整的话剧《黑奴吁天录》中饰演两个角色,从此与戏剧结下不解之缘。回国后于1912年与陆镜若等人在上海组织新剧同志会,是后期春柳的主要领导者。后一度致力于传统戏曲的继承与改革,在京剧表演方面取得了极高成就,与梅兰芳齐名,有"南欧北梅"之誉。1922年写出《泼妇》和《回家以后》这两部五四时期著名的独幕话剧,奠定了其在中国现代话剧史上的地位。抗战期间,主要从事传统戏曲改革工作,编导了《梁红玉》《桃花扇》《木兰从军》等京剧和桂剧剧目,建立了中国戏曲的导演制度。

欧阳予倩是中国现代话剧文学的开拓者之一,有人甚至称他为"中国现代戏剧之父"[1]。夏衍曾经说:"中国话剧有三位杰出的开山祖,这就是欧阳予倩、洪深和田汉。"[2] 夏衍之所以将欧阳予倩排在第一位,我想原因主要在三个方面,一是三人之中他的年龄最大,二是他的资格最老(文明戏时期即投身话剧事业),三是在中国现代话剧建立初期他的成绩最突出。欧阳予倩的话剧创作数量较多,有代表性的作品主要有《泼妇》(1922)、《回家以后》(1922)、《潘金莲》(1928)、《屏风后》

---

[1] 司马长风:《中国新文学史》上卷,香港昭明出版社1978年版,第222页。
[2] 夏衍:《欧阳予倩全集·序》,上海文艺出版社1990年版,第1页。

(1929)、《忠王李秀成》(1941)、《桃花扇》(1947)等，其中悲剧《潘金莲》《忠王李秀成》和《桃花扇》是最值得我们在这里关注的。

(一)《潘金莲》

五幕悲剧《潘金莲》是欧阳予倩贡献于中国现代戏剧的一部惊世骇俗的奇特之作，无论是题材选择、表现方式还是主题思想，都显示出了独特的个性。潘金莲是中国四大名著之一《水浒传》中的人物，是一个几乎家喻户晓、妇孺皆知的"淫妇"形象。欧阳予倩的《潘金莲》可以说是一部"翻案剧"，因为它颠覆了潘金莲在人们印象中的一贯形象；同时它又不仅仅是一部"翻案剧"，因为它为这一形象注入了时代的精神，使之成为"五四"个性解放和婚姻自主潮流中的一个"新典型"。该剧的剧情与原著大致相同，但立场则大相径庭，着重表现了潘金莲的不幸遭遇，被侮辱、被伤害的悲剧命运，以及因此而形成的扭曲的性格和激烈的反抗。她对武松的爱是发自内心的，是不可遏止的。当她被武松训斥后，便以变态的心理与外貌酷似武松的西门庆私通。当武松最后要杀死她时，她说："能够死在心爱的人手里，就死，也甘心情愿！""你杀我，我还是爱你！"此剧明显受到王尔德《莎乐美》式的唯美主义的影响，表现出一种对爱与美以及死亡的礼赞之情，同时有着凌厉的批判锋芒，体现出强烈的反对封建专制主义的精神。《潘金莲》上演后，引起了极大的反响，徐悲鸿称赞它"翻数百年之陈案，揭美人之隐衷；入情入理，壮快淋漓；不愧杰作"。[①]

(二)《忠王李秀成》

抗战期间，欧阳予倩从太平天国后期历史中取材，创作了五

---

① 田汉：《我们的自己批判》，《南国月刊》第2卷第1期，1930年。

幕悲剧《忠王李秀成》。此前同题材戏剧已有阳翰笙的《李秀成之死》(1937)问世,主要是从民族斗争的角度来描写的。欧阳予倩的《忠王李秀成》则侧重表现太平天国的内部斗争,揭示出李秀成悲剧的根源在于太平天国内部的腐败,这一主题显然是有着极强的现实意义的。太平天国后期,天王洪秀全偏听偏信、猜忌多疑,在大敌当前、天国危在旦夕的情况下,听信一些暗地里为非作歹、心怀鬼胎的皇亲国戚的谗言,对屡建战功、忠勇爱国的忠王李秀成乱加猜疑,最终贻误战机,天京陷落,天王自尽,李秀成被俘后壮烈牺牲。欧阳予倩在谈到该剧时说:"革命者要有殉教的精神,支持民族国家全靠坚强的国民,凡属两面三刀、可左可右、投机取巧的分子,非遭唾弃不可。我写戏奉此以为鹄的。"① 因此,这虽然是一部历史剧,却有很强的现实针对性。在全国人民盼望着政府能够积极抗战、打败日本侵略者的时候,国民党内部却日益腐败,一边消极抗战,一边不顾民族大义同室操戈,国家民族的前景堪忧。《忠王李秀成》这部历史悲剧,正是对这种社会现实的一种强烈批判。

(三)《桃花扇》

欧阳予倩的三幕九场悲剧《桃花扇》是以清代剧作家孔尚任的传奇《桃花扇》为蓝本改编而成,但从戏剧情节、人物形象到剧本主题都有重大改动,因此可以说是一次重新创造。该剧取得了较高的思想艺术成就,一般被认为是欧阳予倩的话剧代表作。

孔尚任的《桃花扇》"借离合之情,写兴亡之感",以李香君和侯方域的爱情故事为线索,着重表现了南明王朝覆灭的历史,写出了一种厚重的沧桑之感,成为中国古典戏曲中的经典之

---

① 欧阳予倩:《忠王李秀成·自序》,桂林文化供应社1941年版。

作。欧阳予倩的话剧《桃花扇》则突破了原作的主题，突出了爱国主义的内容，并且揭示了统治阶级与广大人民群众的对立。最能体现这种变化的，就是对李香君与侯朝宗（侯方域）形象的全新塑造。李香君在原著中已经表现出她的刚烈气性和民族气节，欧阳予倩抓住她这方面的性格特征进行了放大。剧中李香君痛斥阮大铖、马士英之流误国权奸的台词，写得痛快淋漓、一针见血，突出表现了李香君的爱国情怀以及对祸国殃民的统治者的憎恨。剧中描写了以李香君、郑妥娘、李贞丽、柳敬亭、苏昆生等人为代表的人民群众与权奸的坚决斗争，以及面对入侵的清兵时的奋勇抗战，歌颂了下层人民的高尚气节和民族精神，与腐败无能、卖国求荣的统治阶层形成了鲜明而强烈的对比。南明灭亡后，李香君宁可隐姓埋名，也绝不做满清的顺民。当她得知自己的爱人侯朝宗参加了清朝的科举考试后，怒斥他在国破家亡的时候屈膝变节、投降敌人。侯朝宗的失节对李香君的打击是毁灭性的，她在悲愤交加之中，气绝身亡。孔尚任原作的结尾是侯李二人双双入道，欧阳予倩通过对人物性格、故事情节尤其是全剧结局的重大改动，使作品的主题由原来的消极悲观变成了积极昂扬，体现出更加鲜明的爱国主义精神和坚强不屈的抗争精神，作品的悲剧性也得到了显著的强化。

  上面我们分析的三部作品基本都属于历史剧的范畴，尤其是后两部更为典型。欧阳予倩在历史剧创作方面是有自己的风格和特色的，而且在创作观念上也有自觉的追求。他说："我觉得历史戏究竟是戏，不是历史……所以写历史人物，只要把那个人物的思想见解、生活态度、社会关系写得适合于他所处的那个时代，就不至于违反历史。至于把这个人物描绘成怎样的形象，那是可以根据作者的见解来处理的，分寸是可以由作者来掌握的。"① 欧阳予倩的史剧观与郭沫若的"失事求似"十分接近，都强调在尊重历史事实的前提下融入作家的主观感受和想象，对人物进行大胆的艺术描写。从欧阳予倩的创作实践看，他的这种史剧观是符合历史剧创作的艺术规律的。

欧阳予倩对《桃花扇》是情有独钟的，20世纪30年代他曾将其改编成京剧，40年代又将其改写成了话剧，都取得了成功。欧阳予倩在话剧、戏曲、电影三大领域的理论、创作和表（导）演方面都有很高的造诣，是中国戏剧史上一位难得的全能型人才。他的话剧创作善于从中国古典戏曲中汲取养分，达到了现代与传统的融合与平衡，因此田汉说："欧阳予倩同志本身就是中国传统戏曲和中国话剧之间的一座典型的金桥。"② 这是对欧阳予倩在中国戏剧史上的地位一个十分妥帖的评价。

二 夏衍的悲剧创作

夏衍（1900—1995），原名沈乃熙，字端轩，夏衍、沈端先为其常用笔名，浙江杭州人。出生于一个没落的士绅家庭，1920年从杭州甲种工业学校毕业后赴日本留学，1927年回国后加入中国共产党，是"左联"和"剧联"的发起人之一，后成为左翼文化运动的主要领导者。1935年写成第一个话剧剧本《都会的一角》，描写的是一个年轻的舞女因无力救助负债的情人而自尽的故事，反映了底层人民的痛苦生活和善良心灵。1936年发表历史悲剧《赛金花》和《秋瑾传》（又名《自由魂》），1937年完成其话剧代表作《上海屋檐下》，1945年写出悲剧《芳草天

---

① 欧阳予倩：《桃花扇·序言（二）》，《欧阳予倩文集》第2卷，中国戏剧出版社1980年版。

② 欧阳敬如：《欧阳予倩戏剧论文集·后记》，上海文艺出版社1984年版。

涯》,其他比较优秀的话剧作品主要有《一年间》(1938)、《心防》(1940)、《愁城记》(1940)、《法西斯细菌》(1942)等。《赛金花》和《秋瑾传》两部悲剧是夏衍的试笔之作,艺术上还稍显稚嫩,因此我们在这里主要谈谈他的《上海屋檐下》和《芳草天涯》两部悲剧。

(一)《上海屋檐下》

三幕悲剧《上海屋檐下》是一部杰出的现实主义作品,在中国现代戏剧史上占有重要地位,比较集中地反映了夏衍悲剧创作的思想艺术成就。

《上海屋檐下》巧妙地截取了上海普通弄堂房子的一个横断面,在一天的时间里,同时展现了经历不同、性格各异的五家住户悲惨的生存状态和苦闷的内心世界,真实地表现了抗战前夕上海小市民的痛苦生活。纱厂职工林志成因怕丢掉工作,整日提心吊胆;小学教员赵振宇安贫乐道,与世无争,可他的妻子却总是在那里哭穷喊苦,唠唠叨叨;失业的洋行职员黄家楣贫病交加,还得在父亲面前强颜欢笑;摩登少妇施小宝遭丈夫遗弃,被迫沦落风尘;老报贩李陵碑儿子战死,孤苦无依,精神恍惚,成天借酒浇愁,哼唱着"盼娇儿不由人珠泪双流"……剧本的情节主线是林志成、杨彩玉和匡复三人之间复杂的感情关系。十年前,革命者匡复被捕时将妻子杨彩玉和女儿托付给好友林志成。十年后,匡复出狱回家,然而杨彩玉已和林志成组成新的家庭,三人陷入极度尴尬痛苦、进退两难的矛盾困境之中。最后,匡复理解并原谅了他们,选择了牺牲自我、成全他人,并在孩子们向上精神的启发下,克服了自己一时的软弱和伤感,毅然出走。夏衍后来谈到《上海屋檐下》的创作意图时说,他想通过该剧"反映一下上海这个畸形的社会中的一群小人物,反映一下他们的喜怒哀乐,从小人物的生活中反映出一个即将来临的伟大的时代,让当时的观众听到一些将要到来的时代的脚步声音"①。应该说,他实现了自己的创作目的。

《上海屋檐下》最突出的思想艺术特色,我们可以将其概括为两点,一是现实主义的艺术精神和表现手法,二是独特的戏剧结构。夏衍曾说:"这是我写的第四个剧本,但也可以说这是我写的第一个剧本。因为,在这个剧本中,我开始了现实主义创作方法的摸索。在这以前,我很简单地把艺术看作宣传的手段。""在我说来,是写作方面的一个转变,注意了人物性格的刻画、内心活动,将当时的时代特征反映到剧中人物身上。"② 对比此前的三部作品,夏衍的话剧在写实手法、反映社会现实和体现时代精神方面,的确有了质的提高,达到了一个全新的高度。唐弢在评论该剧时指出:"作者用淡墨画出了这些人物的灵魂,细致而不落痕迹,浑成而不嫌模糊,真正的感情深沉地隐藏在画面的背后,不闻呼号而自有一种袭人的力量,这是现实主义的力量。"③ 这段话从艺术特征和主题思想两个方面,对《上海屋檐下》作出了准确而深刻的评价。此外值得特别注意的,是该剧的戏剧结构。《上海屋檐下》的结构方式在中国现代戏剧中显得十分独特,它同时设置了五条线索,全景式地展现了底层市民的生活图景,这样的戏剧结构不但在中国戏剧史中,即便在世界戏剧史中也是不多见的。更加难得的是,虽然五条线索中是以一条线索为主的,但其他四条也交代得非常清晰。剧中不但成功地塑造了林志成、杨彩玉和匡复三个主要人物形象,而且其他人物也都描写得性格突出、生动鲜活,用李健吾的话说,"这是一出个

---

① 夏衍:《谈〈上海屋檐下〉的创作》,《剧本》1957年第4期。
② 夏衍:《上海屋檐下·后记》,中国戏剧出版社1957年版。
③ 唐弢:《廿年旧梦话"重逢"——再度看〈上海屋檐下〉的演出》,《解放日报》1957年6月2日。

个角色有戏的群戏"①。我们必须承认，这是一个非常了不起的成就，是夏衍对中国戏剧的一大贡献。老舍的《茶馆》在结构上与《上海屋檐下》比较相似，其独特的结构方式被命名为"人像展览式"结构，成为公认的除传统的锁闭式结构和开放式结构之外又一种戏剧结构类型。应该说，在人像展览式结构类型的创立中，夏衍《上海屋檐下》的拓荒作用是不可磨灭的。

（二）《芳草天涯》

四幕悲剧《芳草天涯》是一部表现抗战期间知识分子所经受的生活与精神苦难的作品，通过对爱情、婚姻、妇女问题的反映，揭示了战争和黑暗社会对人的情感和心灵的摧残。剧中的男女主人公尚志恢和石咏芬都是受过五四精神洗礼的青年知识分子，本是一对令人羡慕的理想伴侣，然而两人的不同追求和现实生活的压力使他们陷入了冲突和痛苦之中。尚志恢是一位心理学教授，也曾是一个爱国青年，参加过抗日救亡运动，抗战爆发后辗转各地，目睹国民党统治的腐败，成天忧国忧民，精神苦闷，情绪焦躁。石咏芬本来是一个新潮的知识女性，但结婚后变成了一个全职家庭主妇，独自承担起繁重的家务劳动，整日为柴米油盐操心，对丈夫的不满、埋怨乃至愤恨也与日俱增。他们的处境与鲁迅小说《伤逝》中涓生与子君的遭遇极为相似，两个好人在经济与社会的逼迫下互相指责和怨恨，饱受情感的折磨，竟至形同陌路。在《芳草天涯》的前记中，夏衍说："正常的人没有一个能够逃得过恋爱的摆布，但在现时，我们得到的往往是苦酒而不是糖浆。"他引用了托尔斯泰的一段话："人类也曾经历过地震、瘟疫、疾病的恐怖，也曾经历过各种灵魂上的苦闷，可是在过去、现在、未来，无论什么时候，他最苦痛的悲剧，恐怕要

---

① 李健吾：《论〈上海屋檐下〉》，《人民日报》1957年1月26日。

算是——床笫间的悲剧了。"夏衍认为,应该"把'现今的'恋爱定义为人类生活中最苦痛的悲剧"①。尚志恢与石咏芬感情危机,正是在一个"恐怖"的环境中所承受的"灵魂上的苦闷",因此就成了"最苦痛的悲剧"。

尚志恢来到桂林后遇见了他理想中的恋爱对象——孟小云,她年轻漂亮,活泼大方,充满热情,富有智慧,简直是一个完美无瑕的女性。尚志恢被孟小云深深地吸引,在相互的交谈和相处中,孟小云也被尚志恢的深沉和睿智所征服,精神世界的契合使两人互相爱慕,同时也陷入了苦恼和挣扎中。当石咏芬也来到桂林之后,三人的关系尴尬而微妙。最后,孟小云斩断情丝,参加战地服务队,从咀嚼个人的痛苦转而追求大众的幸福。尚志恢和石咏芬在孟小云的感染下,也抛开了个人情感的小圈子,投身到了民族解放运动之中。《芳草天涯》的剧名来自苏轼的诗句"天涯何处无芳草",狭义地理解的话可能是指爱情,如果作广义的理解,应该是表达了作者对知识分子走向更广阔的社会天地的一种期许。

与《上海屋檐下》相类似,《芳草天涯》的结尾也是光明的,甚至是欢乐的,但我们还是认为它们是两部悲剧作品,原因在于两剧的核心矛盾和审美基调是悲剧性的。正如绝大部分中国古典悲剧都有一个"欢乐的尾巴"却并不能掩盖其悲剧的本质一样,我们不能因为《上海屋檐下》和《芳草天涯》的结尾处理而忽视了它们整体的、内在的悲剧属性。

三 吴祖光的悲剧创作

吴祖光(1917—2003),祖籍江苏武进,生于北京。父亲吴

---

① 夏衍:《〈芳草天涯〉前记》,《夏衍剧作选》第2卷,中国戏剧出版社1984年版,第416页。

瀛曾在北洋政府做官，但以诗文书画闻名，并且是一位文物鉴赏家。在文化氛围浓厚的家庭中成长的吴祖光，少年时代即开始发表诗歌和散文，并对京剧艺术十分热爱，这对他后来从事戏剧创作产生了重要影响。1937 年，吴祖光发表了根据东北抗日义勇军烈士苗可秀的事迹写成的话剧处女作《凤凰城》，成为引人注目的剧坛新秀，因其年轻和过人的才华被誉为"神童"。从 1937 年到 1947 年的十年间，吴祖光共写出了 11 个剧本，以其持续稳定的创作和独特的艺术风格在中国现代戏剧史上获得了重要的地位。吴祖光在这一阶段比较优秀的剧本有《正气歌》（1940）、《风雪夜归人》（1942）、《牛郎织女》（1942）、《林冲夜奔》（1943）、《少年游》（1944）、《捉鬼传》（1946）、《嫦娥奔月》（1947）等，其中既有悲剧也有喜剧，而悲剧中影响较大的、有代表性的作品当数《正气歌》和《风雪夜归人》。

（一）《正气歌》

四幕悲剧《正气歌》写的是南宋民族英雄文天祥与权奸贾似道斗争以及奋起抗元、英勇就义的故事。南宋末年，元军大举南下，宋军连连败退，生灵涂炭，哀鸿遍野，国家危在旦夕。此刻，权相贾似道却在临安花天酒地，卖官鬻爵。文天祥上书弹劾，"乞斩贾似道以谢天下"。结果奏折被贾似道截下，恼羞成怒之下将文天祥革职，永不叙用。右丞相江万里看不惯贾似道一手遮天，便挂冠而去，满朝文武惶惶不可终日。后来贾似道一党终于败露，受到应有惩处，文天祥被赋予了抗击元军、重整江山的重任。文天祥誓死报国，号召天下忠臣义士奋起抗敌。然而，形势日益危急，元军已经兵临城下。文天祥安排陆秀夫保护太子转移，自己前往元营与伯颜元帅谈判，以为缓兵之计。伯颜劝降不成，将文天祥扣押，准备送往燕京。文天祥在部下的接应下逃脱，与张世杰等在温州立太子登基（即景炎皇帝），重整旗鼓，继续抗敌。几个月后，最后的宋军被打败，文天祥被俘，囚禁于燕京。伯颜请文天祥写信劝陆秀夫等人投降，文天祥以"人生自古谁无死，留取丹心照汗青"的诗句表明心迹。元世祖亦来劝降，答应让他担任宰相。文天祥不为所动，说："国亡，可死不可生，如今我只求一死。"遂大义凛然，慷慨赴难。

《正气歌》在艺术表现上吸收了中国戏曲的叙事手法，对故事情节和人物命运的交代是开放式的，结构自然，线索清晰，但也有着传统戏曲叙事模式的某些弊端，如情节比较拖沓枝蔓，不够集中整一，这显示出吴祖光的戏剧创作还没有进入成熟阶段。但是，由于该剧问世的时间正是抗日战争进入相持阶段，汪精卫公开投敌，卖国投降势力正在抬头的历史关头，因此有着强烈的现实针对性；同时，该剧成功地塑造了文天祥这样一个正气浩然的民族英雄形象，而且语言优美，富有诗情画意，因此受到了热烈欢迎，在"孤岛"上海和重庆等地演出，产生了较大影响。在上海《剧场艺术》杂志举办的剧本评奖活动中，《正气歌》获得了"第一奖"，也表明了中国剧坛对吴祖光这位初出茅庐的青年剧作家的充分肯定。

(二)《风雪夜归人》

三幕悲剧《风雪夜归人》是吴祖光的代表作，也是中国现代戏剧史上最杰出的作品之一，同时还是中国现代悲剧观念与创作进入成熟阶段的重要标志之一，因此在中国戏剧史和悲剧史上都是一部不容忽视的作品。

该剧描写的是京剧名伶魏莲生与官僚宠妾玉春的爱情悲剧。出身穷苦、父母双亡的魏莲生凭借自己的天分和努力，成为红极一时的京剧名角，看似风光无限，实际上却是达官显贵的玩物，并无独立的人格尊严。法院院长苏弘基是魏莲生的追捧者之一，对魏莲生的色艺极为倾慕，并邀请他为自己宠爱的四姨太玉春教戏。美丽善良的玉春出身青楼,饱尝过人生的苦难,能够成为一品大员的宠妾,表面上看起来是"转运了",可以"不再过苦日子"了,可她很快就清醒地意识到:"吃好的,穿好的,顶多不过还是当人家的玩意儿","其实就不能算人"。她看透了官僚阶层和上流社会的虚伪、自私、冷酷和残忍,心灵极端痛苦,像笼中的鸟儿一样渴望飞向外面的世界,追寻自由和幸福,过上真正的人的生活。魏莲生的出现,给玉春带来了希望。相似的命运让他们同病相怜,并真心相爱。魏莲生是一个忠厚善良、富有同情心和正义感的年轻人,但也是一个"不自知"的人,他为自己能够结交权贵并且利用这些关系为穷人帮一点忙而沾沾自喜,还没有意识到自己只不过是那些阔佬消遣的"玩意儿"。在玉春的开导下,埋藏在他心灵深处的人的意识开始觉醒,他终于认识到"人该是什么样儿,什么样儿就不是人","知道人该怎么活着"。他们决定一起出走,哪怕是过"苦日子",也要做一个"自个儿作主的人"。然而处于弱势地位的他们还是无法掌握自己的命运,悲剧还是不可避免地发生了:他们被粗暴地拆散,魏莲生被驱逐,玉春被当作"女奴"送给了另一位官僚。20年后,两人不约而同地来到了当初定情的地方,贫病交加的魏莲生在风雪之夜悲惨地死去,玉春则不知所往。

《风雪夜归人》是一部思想上和艺术上都相当成熟的作品,它将中国现代悲剧艺术推上了一个新的高度。首先,从主题思想和人物形象来看,该剧从一个"姨太太与戏子恋爱"的陈腐俗套的故事中挖掘出了令人赞叹的新意,从人的自由与尊严的角度,将其写成了一个对于人性的压抑和反抗的立意崇高的悲剧,真可谓化腐朽为神奇。尤其难能可贵的是,作者并没有迎合世俗的团圆情结,给剧本加上一个"光明的尾巴",而是写出了一部彻头彻尾的悲剧,这无疑使剧本的主题得到了深化,批判性得到了加强。玉春的形象光彩照人,这个出淤泥而不染的女子,她的不幸遭遇和悲剧命运令人同情,而她那为了追求身心的自由和幸福而"宁为玉碎,不为瓦全"的抗争精神,则让人由衷敬佩甚至敬畏。可以毫不夸张地说,玉春是中国戏剧史上一个性格鲜明、令人难忘的悲剧女性形象。魏莲生的形象同样塑造得非常成功,他从一个红得发紫的名伶到最后冻死在暴风雪之夜,其间的巨大落差令人感喟唏嘘,可他从一个他人的"玩物"到一个独立的"人"的转变过程,更能够触发我们对人生、人性的思考。魏莲生的死并不单纯是可怜的,更不是窝囊的,而是给人带来"怜悯"与"恐惧"的双重情感冲击,从而达到一种灵魂的"净化",这才是真正的悲剧的力量。

其次需要注意的,是该剧严密精致的结构艺术。《风雪夜归人》所讲述的故事时间跨度较长,涉及的人物和场景也较多,而作者通过精心的凝练和巧妙的布局,将二十多年纷繁复杂的恩怨情仇浓缩在了三幕戏和有限的几个场景之内,结构简洁明了,情节集中整一,叙事富有力度。与《雷雨》相似,作者在三幕戏之外,设置了序幕和尾声,并将其设计成了同一时间、同一场景,使风雪、夜晚、归人的浓郁悲剧氛围前后照应、浑然一体。而在叙事功能上,序幕相当于引子,在奠定全剧审美基调的同时,能够引发观众的悬念和兴趣,自然地引出故事的"闪回"。尾声的作用,一方面是交代故事结局和人物命运,另一方面可以在情感和审美上强化全剧的悲剧意蕴,与序幕首尾呼应,将整部戏聚合成了一个完美的整体。

最后要强调的,是该剧高超的文学成就。文学性与舞台性兼备是戏剧这种体裁的突出特征和独特要求,文学性的不断增强,也是中国话剧走向成熟的一种重要体现。文明戏的衰落有多方面的原因,而文学性的不足乃至缺失是其中不可忽视的一个方面。

中国现代话剧的发展壮大，与话剧文学的日益繁荣直接相关。从田汉、曹禺到郭沫若，我们可以看出话剧这种文体在文学性上的不断提升。吴祖光虽然通常没有被看作中国现代话剧的旗帜性、代表性作家，但他在话剧的文学性成就上，是并不逊色于这三位标志性作家的。《风雪夜归人》是吴祖光最有代表性的作品，达到了极高的文学水准。剧本的语言清新优美，富于个性化，"说一人肖一人"①，能够贴切地表现人物的性格特征。从表达方式上说，不是对日常生活语言的简单模仿，而是富有诗意和美感，具有浓郁的抒情性和哲理性，是一种"艺术"的而不是"生活"的表达方式。艺术与生活之间有一个距离的问题，既不能太远，也不可太近，方能成就可作为审美对象的艺术作品。这种距离的把握又是很难的一件事，很多作家都处理不好这个问题，而吴祖光则是在这方面做得比较到位的作家之一。此外，《风雪夜归人》的成功之处还在于它能够运用优美诗化的语言和恰当的舞台氛围，营造出一种深沉悲怆的意境，让观众不仅是在看一场戏、一个故事，而且得到一种具有诗情画意的美的享受。从《风雪夜归人》中，我们可以感受到中国古典文学艺术特有的那种诗意美和写意美，而它们又与话剧这种从西方"舶来"的艺术形式完美地融合在一起，仿佛是一件非常奇妙的事情，实则是中国现代话剧文学发展到成熟阶段的一种必然结果。

《风雪夜归人》虽然是一部富有艺术之美的作品，但它并没有远离现实。这部戏的创作，是吴祖光在现实生活的直接触动下，经过充分的酝酿和构思后才动笔的。吴祖光从小酷爱戏曲，结识了不少演员，其中有一个叫刘莲盛的是他的好朋友。刘莲盛是一位优秀的旦角演员，在京剧舞台上名噪一时，然而在台下却

---

① （清）李渔：《闲情偶寄》。

备受欺辱，再加上家庭困难、体弱多病，很年轻就去世了。刘莲盛的遭遇给了吴祖光极大的震动，让他看到了艺人生活的另一面："在大红大紫的背后，是世人所看不见的贫苦；在轻颦浅笑的底面，是世人体会不出的辛酸。"① 还有一个艺人的境遇也让吴祖光唏嘘不已：清朝秦腔名角魏长生曾在京城红极一时，然而晚景凄凉，潦倒而死。看到了、听到了太多"戏子"的悲凉处境，让吴祖光如鲠在喉，不吐不快。他改变了前两部戏写英雄的创作路径，决定："这一次，我想写我自己，我的朋友，我所爱的和我所不会忘记的。"② 一边是社会最底层的人们在黑暗中苦苦挣扎，一边是手握权力和金钱的人们在纵情享乐、肆意妄为，残酷的社会现实令吴祖光感到痛苦和愤怒："前方军事吃紧，日本人攻打得很凶……而后方的那些达官贵人、发国难财的有钱人却花天酒地，吃喝嫖赌，压迫侮辱人，欺凌善良的老百姓。"③ 众多的因素集合在一起，最终促成了《风雪夜归人》这部吴祖光心血之作的诞生。

第二节　田汉的悲剧创作与观念

田汉（1898—1968），原名田寿昌。出生于湖南长沙一个农民家庭，六岁入私塾，九岁开始接触《西厢记》《红楼梦》等中国古典文学名著，而家乡流行的民间戏曲给这位未来的戏剧家上了戏剧的"第一课"。田汉说："我是如此地热爱戏剧，从幼小时就感到离不开它。在长沙家乡，我接触了相当发展了的皮影戏

---

① 吴祖光：《记〈风雪夜归人〉》，《吴祖光论剧》，中国戏剧出版社1981年版。
② 吴祖光：《再记〈风雪夜归人〉》，《吴祖光论剧》，中国戏剧出版社1981年版。
③ 吴祖光：《〈风雪夜归人〉写作缘起及其他》，《南国戏剧》1983年第1期。

(我们叫'影子戏'),傀儡戏(我们叫'木脑壳戏'),花鼓戏和大戏(湘戏),那里面有些素朴的现实主义的东西。辛亥革命后,春柳社后身的文社及另一些鼓吹改革的戏剧团体曾在长沙演出,也使我十分欣动和爱慕。但那时候人们还不太重视戏剧,我难于得到专门的正确的指导,我的道路主要是得靠自己摸索的。"① 凭借对戏剧的热爱和摸索钻研,田汉终于成为中国现代著名的戏剧家和戏剧界的领军人物之一。他在日本留学期间开始戏剧创作,参与成立创造社,回国后创办《南国》半月刊,创建南国社,参与发起成立"左联"和"剧联",为中国现代话剧文学和话剧运动以及左翼戏剧的发展作出了开拓性的贡献。

田汉是一位多产的剧作家,仅20世纪20年代就创作了二十多部话剧,对中国现代话剧的奠基和发展起到了重要作用,被夏衍誉为"中国话剧的三位开山祖"(欧阳予倩、洪深和田汉)之一。1920年,田汉发表话剧处女作《梵峨璘与蔷薇》,之后又陆续推出了《灵光》(1921)、《咖啡店之一夜》(1922)、《获虎之夜》(1924)、《湖上的悲剧》(1928)、《古潭的声音》(1928)、《苏州夜话》(1928)、《名优之死》(1929)、《颤栗》(1929)、《南归》(1929)等很有思想艺术特色的优秀作品,其中《获虎之夜》和《名优之死》两部悲剧是他这一时期最有代表性的作品,也是中国现代戏剧史上的悲剧佳作。1930年,田汉发表著名长文《我们的自己批判》,带领南国社集体"转向",投身到了左翼戏剧运动中。田汉20世纪三四十年代的戏剧创作多是反映工人阶级的生活和斗争以及配合抗战宣传的作品,数量很多,但因多为"急就章"而水平参差不齐,比较优秀的作品有《梅雨》(1931)、《乱钟》(1932)、《回春之曲》(1935)、《秋声

---

① 田汉:《田汉剧作选·后记》,人民文学出版社1955年版。

赋》(1941)、《丽人行》(1947)等。而田汉戏剧创作的巅峰，则是他写于1958年的历史悲剧《关汉卿》。

纵观田汉在中国现代戏剧史阶段的创作，可以说20世纪20年代是他戏剧创作的黄金时期和高峰阶段。如果将中国现代戏剧史划分为三个十年，每个十年选出一位代表作家的话，那么第二个十年的代表作家是曹禺，第三个十年的代表作家是郭沫若，而第一个十年的代表作家就是田汉。在中国现代话剧初创的十年当中，无论是作为剧作家，还是作为戏剧活动家和戏剧教育家，田汉都走在时代的最前列，为中国现代话剧的创立和发展建立了卓越的功勋，正如郭沫若所说："中国各项新兴的文化部门中，迸发得最为迅速而且有惊人成绩的要数戏剧电影，而寿昌在这儿是起着领导作用的。""他是我们中国人民应该夸耀的一个存在！"[①]《中国现代戏剧史稿》评价田汉："整个二十年代，田汉的戏剧生涯内容丰富、个性突出、收获巨大，他在戏剧运动、戏剧理论、戏剧创作方面均有大的发展，从而奠定了他在中国现代戏剧史上的地位。"[②]

一 初期悲剧创作

田汉的初期戏剧创作有着较为浓郁的浪漫主义、象征主义、感伤主义和唯美主义色彩，大多为感伤型的悲剧作品。他的话剧处女作《梵峨璘与蔷薇》(四幕剧)虽然还不能算是一部悲剧，但剧中弥漫着一种淡淡的哀愁和感伤，已经有一些悲剧的味道。该剧描写了大鼓女艺人柳翠与她的琴师秦信芳之间传奇而浪漫的

---

① 郭沫若：《先驱者田汉》，上海《文汇报》1947年3月13日。
② 陈白尘、董健主编：《中国现代戏剧史稿》，中国戏剧出版社2008年版，第141页。

爱情故事,"梵峨璘"象征艺术,"蔷薇"象征爱情,表现了作者对"真艺术"和"真爱情"的追求。田汉自己对该剧的定位是,"此剧是通过了现实主义熔炉的新浪漫主义剧"①。"新浪漫主义"是当时对西方现代主义文艺思潮和创作方法的称谓,而田汉称该剧"通过了现实主义熔炉",主要指剧本是反映社会现实的,而不像一些现代派作家那样徘徊在为艺术而艺术的"象牙塔"里,抒发一点个人的小感伤。应该说,田汉的夫子自道还是非常准确的,他这一时期的很多作品都可视作"通过了现实主义熔炉的新浪漫主义剧"。

三场悲剧《灵光》最初命名为《女浮士德》,写留美女学生顾梅俪因读《浮士德》而进入梦境。靡菲斯特引领她来到"相对之崖",向她介绍说,崖的两边是两个"绝对国",一个叫"凄凉之境",一个叫"欢乐之都",两国的泪或笑集成"泪川"和"笑河"汇聚到崖下。崖上的人绝不能和崖下的人搭半句话,否则就会永堕泪川。顾梅俪记住了靡菲斯特的话,登崖观看。只见"凄凉之境"内,一批灾民扶老携幼不绝而来,无尽的饥渴疲惫哀苦无告的惨状。"欢乐之都"的富翁过来收买小孩去做歌童舞女,十分苛刻骄横。她还看见自己的干妈也在逃荒要饭,来到崖下向女儿大声呼救,她死命忍住未予理会。又看见自己的恋人张德芬去救晕倒的未婚妻,并说:"我这次回来特和你结婚的。"顾梅俪愤极,大叫一声:"德芬负了我!"顿时落入泪川。梦醒之后,顾梅俪向张德芬讲述梦境,两人感慨万端,决心以医术和文艺报效祖国。两人跪在基督像前,为自身和祖国同胞祈祷。耶稣头上放出灵光,照在二人头上。此剧虽然有一个"大团圆"式的结尾,却不能掩盖全剧悲剧的气氛。就实质而言,

---

① 田寿昌、宗白华、郭沫若:《三叶集》,亚东图书馆1920年版,第81页。

该剧反映的是"灵"与"肉"的冲突,呼唤一种基于人道主义的爱情与艺术。

独幕悲剧《咖啡店之一夜》讲述一个叫白秋英的女子,父母双亡,在恋人李乾卿的邀请下来省城求学,先在咖啡店做侍女积攒学费,同时等李前来约会。白秋英熟识的大学生林泽奇来到店里喝酒,向白诉说自己婚姻的不幸,感叹人生是个"大沙漠",没有爱和同情,痛苦和寂寞中只有借酒排遣。白秋英劝林泽奇不要如此悲观,这时李乾卿携一华装女子出现,白李见面,相对愕然。李向白述说自己的苦衷,要求白原谅他是一个软弱的对抗不了社会势力的人,并承认他已和那位富家女订婚,请求白"成全"他们的"幸福"。白斥责李,宣布"我的梦醒了",将李给的钞票、情书和相片投入熊熊炭火之中,伏案而泣。李狼狈而去,林泽奇安慰白秋英,两人结成兄妹,决心鼓起勇气,做"一对沙漠的旅行者"。他们静听着俄国流浪盲诗人的悲歌,不禁发出慨叹:"咳,艺术家的悲哀!人间的行路难!"该剧虽然在艺术上比较幼稚,但弥漫其中的那种孤独感和青年人普遍的苦闷与彷徨,还是很能打动人的。

独幕剧《湖上的悲剧》正如它的剧名,讲述的是发生在湖上的一场悲剧,剧情也充满了传奇性和浪漫主义色彩:白薇小姐热烈地爱着诗人杨梦梅,以投江自杀来反抗为她包办婚姻的父亲,被救活后隐居在西湖边上。杨梦梅听说情人已死,在父母的压力下勉强结婚,可心中却无法忘记与白薇的刻骨之爱,在漂泊流浪的路途上,他一直在和着血泪写一部记录自己的爱情悲剧的小说。三年之后当两人重逢时,白薇却真的自杀了,因为她怕杨梦梅会由于她的"复活"而"将严肃的人生看成笑剧",妨碍他完成"那贵重的记录"。这是一曲充满感伤的爱情悲歌,它直接反映出作者当时的一种爱情至上、艺术至上的人生观和艺术观,但是透过"灵"与"肉"的冲突,我们还是能够比较明显地感受到作品对于压制人性、扼杀爱情的封建礼教的控诉。

独幕悲剧《古潭的声音》表现的仍然是"灵"与"肉"的冲突,只是因为较强的象征性和哲理思辨性而显得有些晦涩,甚至有一种神秘的色彩。诗人把一个叫美瑛的风尘女子"由尘世的诱惑里救出来",给她以"灵魂的醒觉",叫她懂得"人生是短促的,艺术是悠久的",让她"一天一天地向精神生活迈进"。可美瑛曾是"一个肉的迷醉的人",身居高楼深闺,"连艺术的宫殿她也是住不惯的她没有一刻子能安",终于抵挡不了深不可测的古潭的诱惑,跳进了潭中。旅行归来的诗人,为了向诱惑女子的古潭复仇,叫着"我要听我捶碎你的时候,你会发出种什么声音",也纵身跳入了古潭。该剧的其他情节倒也不是太过难以理解,可以说它是对作者此前爱情至上、艺术至上观念的一种否定,"表示不以实生活为根据的艺术至上主义的殿堂的崩溃"①。而剧中的"古潭"究竟代表着什么,象征着什么,则不得而知,这无疑加重了该剧给人的神秘感。

独幕悲剧《苏州夜话》主要表现战争和贫穷给人民带来的巨大灾难。老画家刘叔康是一个艺术至上主义者,他在北京筑起精美的画室,不问世事潜心作画。军阀战争来了,他的画被毁,画室被烧,妻子和女儿也在逃难中与他失散了。他觉悟到要建设文化艺术"还得拿枪",于是参加革命,打过仗,负过伤,但"革命成功"后,"到处还是倒行逆施,乌烟瘴气"。于是他赴欧留学,重操画笔,回国后在苏州从事艺术教育,可是学生们醉心于灯红酒绿,对艺术没什么兴趣,这让他感到深深的失落和寂寞,更加思念失散的妻女。最后,刘叔康终于与做卖花女的女儿

---

① 田汉:《田汉戏曲集》第5集《自序》,上海现代书局1930年版。

重逢，女儿说起父亲在画室中被"烧死"，母女流落到苏州，母亲无奈改嫁、抑郁而死的经过，刘叔康不禁老泪横流。在这部戏中，田汉继续着他对艺术至上主义观念的反思和批判，认为它是战争和贫穷之外的另一个"仇人"。更值得注意的是，这部戏反映了较为广阔的社会生活，对人民遭遇的苦难有了更加深入的表现，显示出田汉的戏剧创作与现实生活的距离更加贴近了。

独幕悲剧《颤栗》写一个私生子在屈辱的生活中精神恍惚，由恨自己卑贱的出身而恨生养自己的母亲，持刀向睡在床上的母亲刺去，结果误杀了母亲的爱犬。母亲惊醒后向儿子忏悔，说她是被人用"财产和权力掠夺来的"，她早就因自己的罪恶而陷于痛苦中了，"每天每夜受着良心的苛责"，要不是软弱，早就自杀了，她求儿子"还是杀了娘罢"。儿子理解了母亲的苦衷，痛哭流涕地求母亲恕罪。他明白了罪恶的根源是以他有钱有势的父亲为代表的这个家庭，于是毅然决然地走向了"比起家里来要光明得多"的大世界，并宣告："我是个自由人，我是个自然之子，我是个属于光明的未来的人啊！"这部戏像五四时期很多的"出走戏"一样，表现的是封建家庭的罪恶和青年一代对自由的追求，同时还涉及了人与人的沟通和理解问题，因而主题显得更加多义。虽然在艺术上还不够成熟，但题材的独特和情感的复杂，还是让这部戏显得颇有特色。

独幕悲剧《南归》写的是一个姑娘恋着去年经这里北去的一个流浪诗人，她拒绝了所有少年的追求，悲伤地吟诵着刻在树皮上的诗人赠给她的诗句，日夜盼望着诗人来到自己的面前。诗人终于来了，他告诉姑娘，他回到家乡，他爱的姑娘已嫁他人，后又抑郁而死，自己的家园也已成废墟，他想起了她，于是飘然南归。诗人答应姑娘，他再也不走了。然而姑娘的母亲告诉他，他来晚了，她已将女儿许配他人。诗人苦笑无言，意识到了自己的命运,一边用小刀刮去树皮上的诗句,一边唱着哀歌:"……我孤鸿似的鼓着残翼飞翔,想觅一个地方把我的伤痕将养。但人间哪有那种地方,哪有那种地方?我又要向遥遥无际的旅途流浪……"他背上行囊,拿起手杖,向着南方继续漂泊。这是一部充满着诗意和伤感的抒情剧,流露出一种追寻中的迷惘、失落和幻灭之感。田汉后来谈到此剧时说:"我们既然走上一条集团的斗争的路,便不应再有一条孤立的逃避的路了。""在这年头的人间确是没有那种许我们好好的将养伤痕的地方,'不能斗争的只有死亡'!"① 这当然是他"转向"之后一种更加理性和清醒的认识,但就作品本身而言,苦闷彷徨的意绪却是挥之不去的,这也是田汉早期悲剧普遍具有的思想和艺术特征。

二 《获虎之夜》

独幕悲剧《获虎之夜》是田汉早期戏剧作品中非常引人注目的一部,它的问世引起了很大的社会反响,初步奠定了田汉在中国现代剧坛的地位,因此我们有必要对其单独进行考察和分析。

《获虎之夜》是一部爱情悲剧。山村富裕猎户魏福生之女莲姑与表兄黄大傻自小朝夕相处,萌生爱情。父亲见黄大傻父母双亡,家道中落,便不准女儿嫁给他,并且不许他再上门来。父亲将莲姑许给了村里另一富户人家,但莲姑还爱着表兄,不肯从父命而嫁。黄大傻被逐出后,舍不得离开莲姑,遂在村里的戏台下栖身,过着流浪的生活。每天晚上,他都要到后面的山上,痴痴地遥望莲姑窗口的灯光,得到一丝安慰和温暖。一天晚上,他又来到山上,结果误中了魏福生猎虎的抬枪。受伤的黄大傻被抬到

---

① 田汉:《田汉戏曲集》第5集《自序》,上海现代书局1930年版。

魏家,与莲姑相见,两人都感到惊喜和欣慰。莲姑要求照顾表兄一晚,却遭到父亲的坚决反对。莲姑紧握着表兄的手,告诉父亲,她原本就打算和黄大哥一起去城里做工,现在他受了重伤,她一定要好好照顾他。她对表兄说:"黄大哥,可怜的黄大哥,我是不离你的了。生,死,我都不离你。"魏福生想拆开他们紧握的手,但他们死力不放,莲姑说:"世间上没有人能拆开我们的手。"在魏福生打骂莲姑的时候,黄大傻旧病新创一齐裂发,抓起床边的猎刀自刺其胸而死。但闻后房传来魏福生的斥责与鞭打之声,以及莲姑越来越凄惨的哀呼"黄大哥"之声。

《获虎之夜》这部戏构思新颖奇特,戏剧冲突激烈,结构安排巧妙,情节层次递进,成功地运用了悬念、突转、惊奇等戏剧手法,将浪漫主义与现实主义融为一体,并且富有民俗色彩和乡土气息,这些都使得《获虎之夜》在尚处于起步阶段的中国现代话剧剧坛显得别具一格,有一种成熟之气和大家风范,因此一问世就受到了普遍的赞誉。洪深在《中国新文学大系·戏剧集·导言》(该集共选入1917—1927年18个剧本)中给予《获虎之夜》极高的评价,称它"是本集里最优秀的一个剧本;在题材的选择,在材料的处理,在个性的描写,在对话,在预期的舞台空气与效果,没有一样不是令人满意的"[1]。田汉在1932年检阅自己的作品时也说:"觉得不必十分改动也可以的还是这一篇。因为尽管有幼稚的感伤的地方,而纯朴的青春时代的影像还可以从这作品中追寻出来,这就是使人难舍的地方了。并且这作品在题目上也接触了婚姻与阶级这一社会问题,一个流浪儿爱上了一个富农的女儿,在当时必然地会产生这种悲剧。"[2]

---

[1] 洪深:《中国新文学大系·戏剧集·导言》,上海良友图书公司1936年版。
[2] 田汉:《田汉戏曲集》第2集《自序》,上海现代书局1933年版。

《获虎之夜》的成功，除了上述创作手法和题材本身的原因之外，与它塑造的人物形象和反映的主题有着非常密切的关系。剧中黄大傻的形象虽然不能算完全成功，却也给人留下了深刻印象。黄大傻悲惨的身世令人怜悯，遭遇的压力和阻力令人同情，而他对爱情的执着和"顽愚"更令人感动。这是一个为了爱可以放弃一切的人，甚至包括生命。当然，在这个人物身上，也被较多地赋予了作者个人的意念，因此使他看起来不太像一个山村流浪儿，而更像一个感伤的诗人。陈瘦竹在评价这一形象时指出："田汉笔下的黄大傻与其说是一个农村青年，不如说是一个感伤主义诗人。像黄这样带着浓厚的流浪汉气息，顾影自怜，咀嚼着凄凉寂寞的苦味，缺乏明确的生活理想，我们只能在小资产阶级知识分子中找到他的原型。"[①] 这段话虽然有点"刻薄"，却也道出了剧本在黄大傻形象塑造中存在的缺陷或者说瑕疵。这一点也反映出田汉的戏剧创作尚未进入成熟阶段，忽视了戏剧这种文体的"代言体"特征，反而让剧中人成了作者的"代言人"。

莲姑是该剧塑造得最为成功的一个人物形象。她不同于20世纪20年代大部分婚恋剧中知识型的新女性，而是一个生长在大山深处的乡村女孩。她的朴实、她的纯真，她对自由的向往和渴求，她对爱情的坚贞和刚烈，因为发生在一个封闭的山村，而更加具有一种震撼人心的力量。可见对个性解放和爱情自由的追求，并不是大都市里那些时髦青年的专利，而是所有青年男女共同的心声。从这一点来讲，《获虎之夜》在当时的同类戏剧中，更具有典型和普遍的意义。莲姑对爱情的坚守，是出于人的一种本能，而她刚烈的性格，也是环境逼迫下人的本性的一种爆发。她没有知识女性的思想觉悟和新潮理论，但她知道听从自己的内

---

① 陈瘦竹：《论田汉的话剧创作》，上海文艺出版社1961年版。

心。起初,在父亲的强压和严令之下,她表面服从,却偷偷地在心里打着自己的"小算盘",准备和情人一起私奔。而当情形出现意外,受伤的黄大傻出现在她面前时,她一直默默忍受的感情终于喷薄而出,一发而不可收拾。她受够了父亲的专横,决心为了自己的幸福,挺身而出,绝不妥协。父亲说:"我把你许给陈家了,你就是陈家的人了。"她针锋相对:"我把自己许给了黄大哥,我就是黄家的人了。"父亲叫她松开紧握黄大傻的手,她毫不退缩:"你老人家打死我,我也不放手。"在你来我往的争执中,莲姑性格中刚强的一面越来越凸显出来,令人对这个小女孩刮目相看,不由得赞叹于她的勇敢和坚强。

其实从旁观者的立场来看,莲姑的父亲魏福生并不是一个恶人,甚至可以说他是一个好人,他所做的一切都是为了女儿的"幸福"。但是,作为一个具有浓重的封建门第观念的富裕猎户,他所认为的"幸福"就是将女儿嫁到"选一选二的"人家去,他做梦也不会想到去征求女儿的意见,去体察女儿的内心,因为在他的心目中"父母之命,媒妁之言"是天经地义的。正是这种发生在好人与好人之间的激烈冲突,才更加发人深省,令人震撼,它用血淋淋的事实告诉人们:爱情自由与家长专制的矛盾是不可调和的,要真正实现个人自由和个性解放,前面的路还很长。

三 《名优之死》

三幕悲剧《名优之死》是田汉在 1949 年之前创作的最优秀的戏剧作品,可与他新中国成立后创作的《关汉卿》并称"双璧"。这部戏的问世,标志着田汉的戏剧创作在思想上和艺术上都进入了成熟阶段。

《名优之死》的剧情是这样的:京剧名老生刘振声将"玩意

儿"视作生命，既重艺技，又重艺德。他演技高超，性格耿直，在污浊的社会环境中始终保持着自己正直独立的人格。刘凤仙从小被卖给人家当丫头，因不堪忍受主人的虐待而逃了出来。刘振声收留了她，并花钱请师傅教她学戏，将她培养成了著名青衣演员。然而，在旧时的上海滩，戏剧只不过是有钱人消遣的玩物，来戏院捧角儿的常有无聊小报的记者和玩坤角的流氓绅士。刘振声卖命演出但仍然负债累累，且因过于劳累而疾病缠身，而弟子刘凤仙却在名利的诱惑下，与世俗同流合污，"不在玩意儿上用功夫，专在交际上用功夫"。这对品行高洁、视戏如命，将全部心血和希望都寄托在弟子身上的刘振声来说，无异于晴天霹雳，他的心灵受到了沉重的打击。他也抗争了，但无济于事。看到艺术的真谛沦丧，人生的理想破灭，生命的尊严遭到践踏，绝望之中，刘振声的身心不堪承受，最终倒在了他热爱的舞台上。

《名优之死》的人物并不多，情节并不复杂，戏剧冲突也不算激烈，却具有一种强烈的悲剧性和震慑人心的力量，其中的原因是多方面的。首先，是作者在题材、感情和主题思想上的长期积累。《名优之死》的最早构思，源于法国诗人波德莱尔散文诗《英勇的死》的启发，它写的是一位演员在国王的欺辱下死在了舞台上。田汉读了这首散文诗后深受触动，于是萌生了"写一篇中国名伶之死为题材的脚本"[①]的想法。田汉是一位严肃的戏剧家，对戏剧艺术有着不懈的追求，然而当时黑暗的中国社会却是一个扼杀"真艺术"、毁灭一切美好事物的社会，这使田汉的心中充满了悲哀和愤怒，他需要找到一个合适的"发泄口"。尽管田汉的早期作品有很多也表现对"真艺术"的追求，但由于思想和艺术上的不够成熟以及题材本身的限制，总让人感觉有点

---

① 田汉：《田汉戏曲集》第4集《自序》，上海现代书局1931年版。

"隔"。而写作一部以戏剧家为题材的作品，就能够让田汉将自己的人生经历、生命体验和思想感情"无缝"地融入其中，从而不"隔"。此外，"不像当年走红，唱双出好戏的日子座位还是坐不满"，"长叹一声就那么坐在衣箱上死了"的晚清名老生刘鸿声的遭遇，令田汉扼腕叹息，胸有块垒；田汉的好友、著名演员顾梦鹤"英俊抑郁"的形象则提供了现实中的原型，田汉称"因为他的境遇和才能才供给了我写这剧本的最直接的动机"[①]。长期的直接和间接的生活积累，再加上看似偶然的因素的触发，促成了戏剧经典《名优之死》的诞生。因此可以说，这是一个厚积薄发、水到渠成的过程和结果。

其次，性格鲜明的人物形象。《名优之死》的主要人物是刘振声和刘凤仙，这两个人物的性格都塑造得非常鲜明生动，颇具典型意义。刘振声性格正直刚强，人品艺德高尚，将艺术的纯洁看得高于一切，绝不向污浊的世俗和黑暗的恶势力低头。虽然负债累累，但他从不为赚钱而糟蹋自己的艺术。虽然身染重病，但他只要还有一口气就绝不离开自己的舞台。他全身心扑在艺术上，"越有名气越用功"，孜孜不倦地钻研和完善自己的表演艺术，是一位将戏剧当作生命般追求和呵护的德艺双馨的艺术家。对待自己的弟子，他既像慈母，又像严父，只有一个朴素的愿望："我只想多培养出几个有天分的，看着玩意儿的孩子，只想在这世界上得一两个实心的徒弟。"而他这唯一的心愿竟无法实现，最得意的弟子在恶势力的诱惑下堕落了，给他的心灵带来毁灭性的打击。刘振声最终倒在了舞台上，留给世人一个崇高悲壮的背影。刘凤仙的形象虽然不如刘振声那么血肉丰满，却也写得很有特点。她是那种虚荣心强、不甘寂寞、意志薄弱的女子，她

---

① 田汉：《田汉戏曲集》第4集《自序》，上海现代书局1931年版。

也知道师父对她的恩德、对她的期望，但就是抵挡不住金钱的腐蚀和豪华生活的诱惑，流氓绅士杨大爷毫不费力就俘获了她的身心。她陶醉于小报的吹捧，流连于汽车、华服、舞厅的"上流"生活，荒废了自己的艺术，也辜负了师父的心血。在师父死去的一刻，她痛悔不已，向师父哭喊："先生呀！只要您醒转来，我什么事都依您。……您难道不给我一个忏悔的机会吗？先生呀！"表明她并没有完全堕落，还有悔过自新的可能。像刘凤仙这样女艺人的遭遇，在那个时代是一个相当普遍的社会问题，田汉塑造的这一形象，不但具有典型性，而且是有镜鉴的价值的。此外，其他人物虽然戏份不多，但都写出了独特的个性：刘芸仙的天真朴实，萧郁兰的热情泼辣，左宝奎的滑稽幽默，何景明的正直仗义，杨大爷的悭财好色，王梅庵的猥琐无聊。可以说，个个都是性格化的人物。不能不说，《名优之死》在塑造人物形象方面，继《获虎之夜》之后又一次有了质的飞跃，达到了相当高的水平。

最后，简洁自然的戏剧结构。《名优之死》共三幕，全剧结构单纯明晰，情节不枝不蔓，冲突自然流畅，节奏缓急有致。这种结构方式，一方面具有西方戏剧严密整一、集中紧凑的优点，另一方面又有中国传统戏曲从容不迫、张弛有度的长处，可谓深得中西戏剧结构之精髓，扬二者之长，避二者之短。要达到这种效果，说起来容易做起来难，这就要求剧作家对中西戏剧都要有相当长时间的浸淫和相当深入的理解，并且在剧本创作和舞台实践两方面都要有相当的经验，方有可能达此境界。因此从理论上说，恐怕只有像田汉和欧阳予倩这样的剧作家才能做到这一点。当然这里说的只是理论上的可能性，实际当中因天赋、机缘等因素，也不排除出现例外的可能。《名优之死》的结构简洁自然，要体会它的好处，我们且以第一幕为例：开场是丑角演员左宝奎和花旦演员萧郁兰幽默风趣、富有生活气息的对话,从他们的对话当中,透露出许多重要的信息:刘振声的人品与艺德,刘凤仙的身世,刘振声对刘凤仙的栽培,刘凤仙与杨大爷的不正当关系……在平常的交谈中,将主要人物关系和主要矛盾都交代得清清楚楚,省去了很多过场,既自然明白,又富有情趣,是一种独具匠心的写法。另外,值得一提的是"戏中戏"的巧妙设计,使得前台与后台相互呼应,相互阐释,颇有意味,是一种新颖而独特的表现方式。如第一幕前台是左宝奎和萧郁兰有关刘凤仙的身世及其与杨大爷关系的对话,后台是刘凤仙与小生演唱京剧《玉堂春》;第三幕前台是刘振声与杨大爷、刘凤仙的冲突逐渐向高潮发展,后台则是刘振声、萧郁兰和左宝奎演唱京剧《打渔杀家》。前台戏与后台戏相互穿插交替,两者的巧妙配合共同推动了剧情的发展,同时也将西方式的话剧与中国传统戏曲熔于一炉。"戏中戏"这种富有创新性的表现形式,是田汉对中国现代话剧的重要贡献。

《名优之死》是田汉前期戏剧创作的集大成者和超越之作,它的诸多成功之处在后来的《关汉卿》中得到了继承和发扬。因此可以说,《名优之死》在田汉的戏剧家生涯中是一部承前启后的具有举足轻重作用的关键性作品,具有其不可替代的价值和意义。

第三节　曹禺的悲剧创作与观念

话剧自西方引入中国之后,即以其更加贴近现实生活,更加符合现代人的审美要求,更加适应现代中国的社会、政治与文化环境,而受到了国人尤其是精英阶层的欢迎,迅速取代传统戏曲而占据了中国戏剧舞台的中心。然而,作为一种舶来品,话剧在中国的发展，有一个与中国本土文化逐步融合的过程。从 20 世纪初文明戏阶段的粗浅尝试，到五四时期关于戏剧观念的大讨论，再经过 20 世纪 20 年代以欧阳予倩、洪深和田汉等人为代表的现代话剧文学和舞台实践的丰富积累，到了 30 年代，中国话剧终于进入成熟阶段。曹禺的出现，既标志着中国现代话剧的成熟，也标志着中国现代悲剧的成熟，同时又标志着中国现代悲剧观念的真正形成。进入 20 世纪 40 年代之后，中国现代悲剧观念和悲剧创作又有了进一步的拓展和深化，其中的突出代表是郭沫若。因此可以说，中国悲剧观念的现代转型，发端于 20 世纪初王国维的理论先导和春柳社的初步尝试，完成于以曹禺、郭沫若为代表的中国现代悲剧作家的创作实践和以朱光潜为代表的学者们的理论总结。

曹禺（1910—1996），原名万家宝，祖籍湖北潜江，出生于天津一个封建官僚家庭。从小就酷爱戏剧，观看了大量中国传统戏曲和文明新戏。1922 年进入被称为中国现代话剧运动摇篮的南开中学后，参加南开新剧团并演出中外剧作，获得了丰富的舞台实践经验。1928 年考入南开大学政治系，1930 年转入清华大学西洋文学系，广泛涉猎了从古希腊悲剧到莎士比亚、从易卜生到契诃夫的西方戏剧，并开始话剧创作。此外，曹禺很早就阅读了《史记》、唐传奇、宋话本、元明清戏曲以及《红楼梦》《聊斋志异》等小说，积累了深厚的中国传统文学艺术素养，同时也体味到"什么是最美的、最有民族气味的东西"[①]。对中国古典文学和戏曲的借鉴，对西方戏剧理论和创作的学习，对戏剧舞台规律的把握，对旧制度和新时代的亲身体验，对五四新文化和新思想的吸收，再加上敏感的心灵和过人的才华，众多元素的因

[①] 《曹禺同志谈剧作》，《文艺报》1957 年第 2 期。

缘际会,造就了曹禺这样一位不可多得的戏剧大师。大学毕业前夕,曹禺完成了他的处女作《雷雨》,一举奠定了他在中国戏剧史上的地位。20世纪三四十年代是曹禺创作的高峰期,新中国成立后虽然未能写出堪与巅峰时期相媲美的话剧作品,但作为中国戏剧界尤其是北京人民艺术剧院的主要领导人之一,曹禺仍然为中国戏剧事业作出了重要的贡献。

从1933年到1942年的十年,是曹禺话剧创作的黄金时代。在这十年间,曹禺为中国剧坛奉献了他一生中最重要的五部作品,它们分别是:《雷雨》(1933)、《日出》(1936)、《原野》(1937)、《北京人》(1940)和《家》(1942)。曹禺是一位天才的悲剧作家,他的五部得意之作全部是悲剧,并且每一部都有新的突破、新的创造,成为中国现代悲剧的优秀典范,更是在中国悲剧史和戏剧史上树立了不朽的丰碑。面对如此辉煌的创作成就,我们还能对曹禺苛求什么呢?

一 《雷雨》

四幕悲剧《雷雨》是曹禺的处女作、成名作和代表作,是中国现代话剧的一座高峰,因此在曹禺的作品中占有特殊重要的位置。该剧以20世纪20年代前后的中国社会为背景,描写了一个资产阶级化的封建家庭的悲剧。剧本在一天时间里、两个场景中,展现了周鲁两家前后30年复杂的感情纠葛与矛盾冲突。剧中人物只有八个,但他们之间的关系却错综复杂。以周朴园为中心,分别构成了周朴园与繁漪、周朴园与鲁侍萍、周朴园与鲁大海三对主要矛盾冲突和情节线索,与其他几条伦理和情感线索如繁漪与周萍、周萍与四凤的关系等交织在一起,编织成了一张纷繁复杂而又环环相扣的网,完整地描绘出了一幅旧制度和旧家庭腐朽没落的图景,发出了对社会、命运和人性的拷问。无论从艺术成就还是从思想深度来看,《雷雨》都超越了此前中国话剧的所有作品,从而将中国现代话剧推进到了一个全新的阶段。

周朴园无疑是《雷雨》的核心人物,曹禺为我们塑造了一个非常典型的封建资产阶级家庭的家长形象。周朴园这个人物,可以说是由多重性格组成的一个复杂矛盾体。首先,他是一个"封建暴君",独断专行,唯我独尊,"他的意见就是法律",任何人不得违背和反抗。他极力维持着"统治"的秩序,确保自己在家庭中君临一切的权威地位。侍萍、蘩漪、周萍、周冲、四凤乃至鲁大海,每个人都要服从他的管制,每个人都受到了他的伤害。他就是无所不在的封建势力的一个代表和象征,残忍、冷酷、自私、贪婪、虚伪,显得是那么的可恶又可恨。其次,他也有温情的一面。对待蘩漪,他有时也会迁就让步;对待侍萍,他也不是完全绝情;尤其是他对周萍的耐心教导和对周冲的悉心关怀,更是表露出这个严厉的父亲其实也有慈爱的一面。应该说,周朴园并不是一个彻头彻尾的坏人,他的人性并没有完全泯灭。从这个角度看来,周朴园这样一个年轻时也曾经叛逆的花花公子,一步一步变成了面目可憎的独裁者,主要不是由于周朴园自身性格的原因,而是顽固强大的封建礼教塑造的结果。此外,周朴园甚至是令人同情和怜悯的。在序幕和尾声中,曹禺将戏剧的视点拉伸,形成了一种"欣赏的距离","把一件错综复杂的罪恶推到时间上非常辽远的处所"[①],体现出一种宗教式的悲悯情怀。此时的周朴园,全然没有了当年暴君般的威严,我们看到的只是一个孤独、落寞、凄凉的老人,面对两个疯掉的老妇(蘩漪和侍萍),他在为自己所造的罪孽深深地忏悔,真诚地赎罪。可以说,周朴园既是悲剧的制造者,又是悲剧的承受者,他本身

---

① 曹禺:《雷雨·序》,文化生活出版社1936年版。

也是一个悲剧人物。

繁漪是《雷雨》的女主人公,曹禺在她身上倾注了深厚的感情,塑造了一个充满"雷雨"气质的血肉丰满的女性形象,成为中国文学史和戏剧史上不朽的典型。曹禺在谈到繁漪的形象时曾说:"她是一个最'雷雨的'性格,她的生命交织着最残酷的爱和最不忍的恨,她拥有行为上许多的矛盾,但没有一个矛盾不是极端的。"① 的确,繁漪是一个充满了极端矛盾的人物。作为一个追求个性解放、爱情自由的"五四"新女性,她却受到周朴园的封建专制主义的残酷压迫和痛苦折磨;她想通过与周萍的不伦之爱来寻求心灵的寄托和安慰,却被卑鄙怯弱的周萍无情地抛弃。她不顾一切地追求着爱情,憧憬着美好的生活,遭遇的却是无比冷酷的现实。在"最残酷的爱和最不忍的恨"的交织之下,繁漪的心理开始变得扭曲,从她柔弱的身躯中爆发出猛烈的反抗和疯狂的复仇。可以说,繁漪从忍受压迫到绝望中的抗争,表现了现代女性自我意识的觉醒,是五四时代精神的艺术写照。因此有人说:"从'五四'到《雷雨》问世,在现代文学、现代戏剧人物画廊中,很少有女性形象是如此强烈、集中、深刻地传达出反封建与个性解放的'五四'声音。繁漪这一悲剧形象,是曹禺对现代戏剧的一大贡献。"②

曹禺在《雷雨·序》中申明,在创作《雷雨》时,"并没有明显地意识着我要匡正、讽刺或攻击些什么",而且宣称《雷雨》是一首诗,不是社会问题剧,是离现实很远的故事。但他同时又承认"也许写到末了,隐隐仿佛有一种感情的汹涌的流

---

① 曹禺:《雷雨·序》,文化生活出版社1936年版。
② 陈白尘、董健主编:《中国现代戏剧史稿》,中国戏剧出版社2008年版,第260页。

来推动我，我在发泄着被压抑的愤懑，毁谤着中国的家庭和社会"。曹禺同时又指出："《雷雨》可以说是我的'蛮性的遗留'，我如原始的祖先们对那些不可理解的现象睁大了惊奇的眼。我不能断定《雷雨》的推动是由于神鬼，起于命运或源于哪种显明的力量。情感上《雷雨》所象征的对我是一种神秘的吸引，一种抓牢我心灵的魔。《雷雨》所显示的，并不是因果，并不是报应，而是我所觉得的天地间的'残忍'……这篇戏虽然有时为几段较紧张的场面或一两个性格吸引了注意，但连绵不断地、若有若无地闪示这一点神秘——这种宇宙里斗争的'残忍'和'冷酷'。在这斗争的背后或有一个主宰来管辖。这主宰，希伯来的先知们赞它为'上帝'，希腊的戏剧家们称它为'命运'，近代的人撇弃了这些迷离恍惚的观念，直截了当地叫它为'自然的法则'。而我始终不能给它以适当的命名，也没有能力来形容它的真实相。因为它太大，太复杂。我的情感强要我表现的，只是对宇宙这一方面的憧憬。"①

《雷雨》的成功，固然是由于它的主题、人物、语言等，同时也与它的戏剧结构有着不可分割的关系。在《雷雨》的创作中，曹禺学习借鉴了《俄狄浦斯王》《哈姆雷特》等西方戏剧经典作品所采用的锁闭式结构，并受到西方古典主义戏剧"三一律"原则和方法的启发。曹禺自己后来曾说过："《雷雨》这个戏的时间，发生在不到二十四小时之内，时间统一，可以写得很集中。故事发生的地点是在一个城市里，这样容易写些，而且显得紧张。还有一个动作统一，就是在几个人物当中同时挖一个动作，一种结构，动作在统一的结构里头，不乱搞一套，东一句西一句，弄得人家不爱看。这里说的都是'三一律'在艺术上的

---

① 曹禺：《雷雨·序》，文化生活出版社1936年版。

好处。"① 应该说，这种倒叙式的戏剧结构，是一种充分尊重戏剧艺术内在规律的表现形式。因受时间和空间的限制，戏剧不像小说、散文、诗歌那样可以自由地叙事抒情说理，它必须在有限的时间和空间里完整地表现一个故事，塑造人物形象，因此故事情节就需要集中紧凑，同时为了保持观众的兴趣，剧情需要紧张和悬念。那么什么样的表现方式更符合戏剧的这种特殊要求呢？"三一律"正是在这样的前提之下应运而生的。虽然它后来饱受诟病，但笔者认为，我们对于"三一律"恐怕不宜简单粗暴地加以否定，反而应该更多地看到它的优越之处。打一个也许并不恰当的比方，"三一律"所代表的锁闭式戏剧结构有点像电影中的蒙太奇理论，而开放式戏剧结构则类似电影中的长镜头理论。蒙太奇和长镜头是电影之所以能够成为独立艺术的两大支柱，而锁闭式结构和开放式结构则是戏剧艺术最常用的两种结构方式。相比于开放式结构的自由散漫，锁闭式结构以其紧密精致而受到西方戏剧的青睐。中国古典戏曲均采用开放式结构，曹禺的《雷雨》是中国学习西方戏剧锁闭式结构的第一部重要作品，也是迄今为止这方面最成功的典范，它和《茶馆》一样为丰富中国戏剧的结构方式作出了重大贡献，因而有着特殊的历史地位和价值。

二 《日出》

四幕悲剧《日出》是曹禺的第二部话剧作品，与《雷雨》并称"双璧"。如果说《雷雨》是一部带有神秘的命运色彩的家庭悲剧的话，那么《日出》则是一部有着强烈的现世关怀意识的社会悲剧。在这部戏中，曹禺将关注的目光转向了更为广阔的

---

① 《曹禺研究专辑》（上），海峡文艺出版社1995年版，第181页。

社会现实，表达了自己对社会人生的深刻认识和更进一步的批判精神。

《日出》描写的是半殖民地半封建都市社会"损不足以奉有余"的畸形现象，对金钱化社会对人的侵蚀和残害以及社会的不公进行了有力的抨击。老子说："天之道，损有余而补不足。人之道则不然，损不足以奉有余。孰能有余以奉天下？唯有道者。"[①] 他的意思显然并不是说"损不足以奉有余"是合理的，而是强调"以有余奉天下"才是真正符合天道的，才是人类应该追求的。正是从这个立意出发，曹禺在《日出》中截取了现代大都市两个具有典型性的环境：高级大旅馆和三等妓院，将剧中人物分为"不足者"和"有余者"两大部类，人们也经常把两类人称为"人"和"鬼"两大阵营。这两类人在剧中形成了鲜明的对照和强烈的反差，作者的批判性就是在这种对照和反差中得以充分体现的。

银行经理潘月亭是"有余者"的典型代表。为了维持大丰银行，他一方面裁员扣薪，导致被解雇的银行小职员黄省三因生活无着而毒死亲生孩子，自杀未遂变成疯子，反衬出潘月亭的自私和冷酷。另一方面，他又以变卖地产、佯装盖高楼来稳定人心，将全部希望寄于公债市场。当他的把柄被秘书李石清抓住后，他立即加以笼络，而一旦自以为稳操胜券，则马上实施恶毒的报复。作者通过对潘月亭与李石清"斗法"的精彩描写，淋漓尽致地表现了资本家的贪得无厌、荒淫无耻、心狠手辣和狡诈虚弱。除了潘月亭这一主要人物之外，其他如故作多情、愚不自知的富孀顾八奶奶，与众多情人胡乱调情的面首胡四，以为有了金钱就可以随心所欲地结婚离婚的洋奴张乔治，等等，无不展现

---

① 《老子》第七十七章。

着这个纸醉金迷、腐烂透顶的社会阶层的各个侧面。同时，剧本还安排了一个特殊的人物——金八，他虽然自始至终都没有出场，但他的影子却似乎无处不在。可以说，金八这个不露面的符号性、象征性人物，代表的是半殖民地半封建社会恶势力的总后台，是所有罪恶的总根源。

对于"不足者"，曹禺是用同情和怜悯的眼光来看待的，在描写他们屈辱下贱的生存状态的同时，还着重挖掘和表现了他们身上闪烁的"金子般的心"。陈白露是《日出》中作者着重描写的人物，她也是串联"不足者"与"有余者"两个阵营的关键性人物。陈白露出身于书香门第，受到"五四"个性解放思潮的影响而离家出走，只身来到大都市，却被都市繁华炫目的物质享受所左右，与丈夫分手，委身于潘月亭，成为一名高级交际花。昔日朋友方达生的来访唤醒了她内心深处仍然存留的率真清纯的热情，激发了她的朝气，她挺身而出，冒着生命危险搭救了受黑社会迫害的女孩小东西。她一方面深深地厌恶自己的堕落，一方面又对奢华的生活恋恋不舍，因此一直沉溺于矛盾和痛苦之中。最后，潘月亭的银行倒闭，陈白露也负债累累，她对这个社会，也对自己彻底绝望，最终因精神崩溃而自杀。《日出》中的陈白露这一悲剧女性形象，是曹禺继《雷雨》中的繁漪之后，贡献于中国现代戏剧的又一杰出艺术形象。可以说，陈白露是《日出》的核心人物，她的内心冲突正是《日出》悲剧性冲突的聚合点，她的悲惨结局正是《日出》这部悲剧批判力量的凝结点。连这样一个年轻美丽、天真可爱、向往自由、追求幸福的女子都可以被腐蚀、被毁灭，这种社会制度该有多么腐败和恐怖！

如果说陈白露因曾经依附于"有余者"阶层，还不能算是纯粹的"不足者"的话，那么翠喜和小东西就是处于社会最底层的"不足者"的代表了。人老珠黄的翠喜为了养活一家人，来到城里卖笑为生,受尽侮辱打骂,强颜欢笑的背后浸透着凄凉的血泪。尽管自己处境艰难,但她对小东西这个更加弱小的生命却给予了极大的同情、关怀和帮助,让她感受到一丝人间的温情。而小东西从翠喜身上看到了自己的明天,她不愿接受任人践踏和宰割的命运而悬梁自尽。

"有余者"过的是天堂般的奢靡生活,"不足者"则在阴暗的地狱中苦苦挣扎。寄生虫一样的上层社会因腐化堕落而自掘坟墓,被黑暗吞噬而几近窒息的下层社会也看不到任何光明的希望。对于这种"损不足以奉有余"的极端不合理的社会制度,曹禺怀着一种"时日曷丧,予及汝偕亡"①的强烈不满和决绝态度,为它敲响了丧钟。在《日出·跋》中,曹禺写道:"我要写一点东西,宣泄这一腔愤懑,我要喊'你们的末日到了!'对这帮荒淫无耻,丢弃了太阳的人们。""我们要的是太阳,是春日,是充满了欢笑的好生活,虽然目前是一片混乱。于是我决定写《日出》。"正是在这个意义上,曹禺将剧名定为《日出》,他在呼唤着一种充满光明的新制度和新生活的到来。在全剧结束时,曹禺设置了一个富有某种象征意味的场景:在明亮阔大的"日出"背景中,劳动者齐声合唱高亢洪壮的打夯歌,那歌声给人的感觉是一种"大生命在浩浩荡荡地向前进,向前进,洋洋溢溢地充满了宇宙"。这样,曹禺就为他这部凄惨而阴暗的人间悲剧安置了一个乐观而光明的结尾,同时也让观众看到一线希望,而不致陷入无边的黑暗之中。

在艺术表现方面,《日出》也比《雷雨》有了新的突破。《雷雨》虽然为曹禺带来了很高的声誉,产生了广泛的影响,但曹禺本人对《雷雨》还是不太满意的,最主要的是它"太像戏

---

① 《尚书·汤誓》。

了"。在写《日出》时，曹禺称他想"完全脱开了 La pièce bien faite（佳构剧）一类戏所笼罩的范围，试探一次新路"。他说："我决心舍弃《雷雨》中所用的结构，不再集中于几个人身上。我想用片断的方法写起《日出》，用多少人生的零碎来阐明一个观念。如若中间有一点我们所谓的'结构'，那'结构'的联系正是那个基本观念，即第一段引文内'人之道损不足以奉有余'。所谓'结构的统一'也就藏在这一句话里。"① 的确，《日出》这部戏不像《雷雨》那么集中整一、紧张激烈，那么富有戏剧性，而是用"片断的方法"，将"人生的零碎"呈现在舞台上。它淡化了情节结构，而将重心放在了情绪、情感和思想结构上。它虽然不如《雷雨》那么"像戏"，却也因此而更加贴近生活，更加富有社会现实的囊括性，其所蕴含的悲剧性似乎也更加的深广了。由于其在思想艺术诸方面的建树，《日出》问世之后即受到了广泛好评，一位外国学者称赞道："《日出》在我所见到的中国戏剧中是最有力的一部，它可以毫无羞愧地与易卜生和高尔兹华绥的社会剧的杰作并肩而立。"②

三 《原野》

三幕悲剧《原野》是曹禺的第三个剧本，与《雷雨》《日出》一起被称为曹禺的"三部曲"，它们是曹禺在他创作的黄金时期推向中国剧坛的三部各具特色的重量级作品。这一次，曹禺将创作视野转向了农村，讲述了一个农民复仇的故事：八年前，焦阎王为了霸占仇虎家的田地，串通土匪，活埋了仇虎的父亲，反而诬陷仇虎是土匪而将他送进大牢，并将仇虎的妹妹逼娼致

---

① 曹禺：《日出·跋》，文化生活出版社1936年版。
② H. E. 谢迪克：《一个异邦人的意见》，《大公报》1936年12月27日。

死，仇虎的未婚妻花金子也成了焦阎王的儿子焦大星的妻子。仇虎出狱后，决意复仇，但此时焦阎王已死，仇虎便杀了焦大星，并让焦母亲手杀死了自己的孙子。仇虎带着金子出逃，焦母报案，侦缉队围剿，仇虎走投无路而自杀。

《原野》塑造了仇虎这样一个悲剧英雄的形象，他是曹禺作品中唯一的悲剧英雄，也是中国戏剧史上少见的悲剧英雄，更加接近西方经典悲剧中的复仇英雄形象，他的身上有着美狄亚、哈姆雷特等悲剧形象的影子。仇虎的形象具有一种"原始的力"，他是一个"原野"的人，那种反抗的意志和威力，那种炽烈的情欲和粗野的激情，都染着一层原始蒙昧的色彩。曹禺在批判封建家庭和都市社会丑恶的同时，一直在为现代社会寻找着出路，不断地流露出对未受现代文明浸染的人类原始状态的怀念和神往。这一点在他后来的《北京人》中表现得更为直接，但在此前的《日出》中已经透露出这种取向的信息，而在《原野》中则体现得更加明显了。剧本的开头就写道："大地是沉郁的，生命藏在里面。"仇虎正是一个"大地之子"，他的身体里蕴藏着蓬勃旺盛的原始生命力。他的反抗、他的复仇、他的爱情，都给人一种强烈的力感。然而，仇虎毕竟不是一个真正的原始人，他是在封建宗法制的农村长大的，这就注定了他内心世界不可避免的矛盾。在复仇火焰的炙烤下，他杀死了自己的儿时好友、无辜的焦大星，还让更加无辜的小黑子死于非命，让瞎眼老太婆焦母断子绝孙，承受着无以复加的精神痛苦。复仇为他带来了短暂的快感，然而之后他很快便陷入自责和恐惧之中无法自拔。在无边的原野上，在黑暗的森林中，仇虎的心理出现种种幻觉，导致人格分裂、精神崩溃，最终举刀自尽。但不管怎么说，仇虎的死是悲壮的，他在拼尽全力奋勇反抗之后，以一种顽强不屈的姿态倒下，让我们感受到了悲剧的崇高和壮美。

曹禺生长于城市，对农村、农民是不熟悉的，《原野》的创作素材主要通过间接途径获得，剧本的写作不得不依靠作家丰富的艺术想象力。在《原野》的创作中，曹禺大量借鉴了表现主义的艺术手法，尤其受到了美国表现主义剧作家奥尼尔《琼斯皇》的直接影响。表现主义是西方现代主义戏剧的一个重要流派，这派剧作家不满于对外在事物的描绘，要求突破事物的表象揭示其内在的本质，要求突破对人的言行的摹写而表现其"深藏在内部的灵魂"，要求丢弃人的个性而表现其原始性的"永恒的品质"。在表现派剧作中，最引人注目的是对各种人物潜意识的开掘，并把它"戏剧化"。为了达到这样的目的，这派剧作家借用了象征主义戏剧的各种象征手法，同时往往大量运用内心独白、幻象和梦境的具象化等主观表现方式。在舞台表演上，表现主义戏剧长于用灯光变幻造成各种光怪陆离的梦幻效果，并喜用各种歪曲变形、抽象的舞台美术手段，以造成能强烈震撼观众心灵的舞台效果。奥尼尔的《琼斯皇》是表现主义戏剧的代表作之一，曹禺的《原野》不但在表现方法上，而且在某些情节段落上都与《琼斯皇》非常相似，尤其是第三幕仇虎在森林中奔逃时的心理幻觉描写，与琼斯皇被土著黑人追捕而逃入森林后心路历程的刻画如出一辙。这种通过挖掘人物内心世界来深化悲剧冲突、塑造悲剧形象的艺术方法，尽管不是曹禺的首创，但他的"拿来主义"的尝试却为中国悲剧创作提供了新的范例，为丰富中国现代悲剧的创作方法和艺术风格作出了重要贡献。

在这里不能不提到一点，那就是曹禺悲剧的诗意，这一点在《原野》中体现得最为突出。早在《雷雨》问世之后不久，曹禺就强调"我写的是一首诗，一首叙事诗"[①]，"我要流荡在人们中

[①] 曹禺：《〈雷雨〉的写作》，《杂文》月刊1935年第2号。

间还有诗样的情怀"，使"观众的情绪入于更宽阔的沉思的海"①。《日出》发表后，叶圣陶撰写了题为《其实也是诗》的文章，指出《日出》能将诗意的内涵隐藏在文字背后，让读者自己在阅读过程中感悟出来，"具有这样效果的，它的体裁虽是戏剧，其实也是诗"②。而关于《原野》，曹禺后来谈道："它是讲人与人的极爱和极恨的感情，它是抒发一个青年作者情感的一首诗，它没有那么多的政治思想。"③ 曹禺的戏剧艺术风格是开放性的，既不是传统的现实主义，同时也不能看作现代主义，而是以现实主义精神为内核，借鉴吸收现代主义的各种表现方式，成就了自己独特的艺术品格，有人将其称为"诗意现实主义"，庶几近之。我们阅读曹禺的剧本，观看曹禺的话剧，常常感叹于其饱满的情绪、丰富的情感、多义的语言和诗化的意境，心中不由得涌动起"诗样的情怀"，获得一种如诗如画般的审美享受，这都源于他的作品中充沛的诗意。《原野》是曹禺诗剧的巅峰之作，无论是人物语言的设计、内心活动的描写还是戏剧情境的营造，都无时无处不流淌着浓浓的诗意，将诗意现实主义推向了极致。当然，曹禺悲剧的诗意不仅仅来源于他对西方现代主义戏剧的学习，更与他深厚的中国传统文学艺术积淀有着极为密切的关系，这一点对于当下的中国戏剧创作是不无启发意义的。

四 《北京人》

抗日战争时期，曹禺创作了一些表现抗战生活的急就章式的

---

① 曹禺：《雷雨·序》，文化生活出版社1936年版。
② 原载《大公报》1937年1月1日，转引自田本相《曹禺评传》，重庆出版社1991年版，第90页。
③ 曹禺：《给蒋牧丛的信》，转引自田本相《曹禺传》，北京十月文艺出版社1988年版，第464页。

剧本，由于缺乏足够的生活积淀和艺术雕琢，大都不太成功。1940年冬，曹禺的三幕悲剧《北京人》一问世，即引起强烈反响，此剧在重庆连演了40场，场场爆满，创造了中国话剧的新纪录。

在《北京人》中，曹禺又回到了他所熟悉的城市旧家庭题材，描绘了一个封建大家庭的衰败。该剧选取了一个典型的没落士大夫家庭，描写了曾家三代人。老一代"北京人"曾皓是封建家庭权势与精神统治的代表，他不遗余力地维护着传统的家庭伦理和"仁义道德"，为自己无力挽回它们的日益式微而痛心疾首。实际上，在他道貌岸然的外表下，隐藏的是一颗自私而虚伪的心。作者通过他对愫方的暧昧态度，将这个伪君子的丑恶内心刻画得入木三分。从曾皓这一僵尸般的人物身上，我们看到封建制度走向灭亡的前因和这种趋势的必然性。

曾文清是第二代"北京人"的代表性人物，他相貌清俊，天资聪颖，心地善良，性情温厚。然而，就是这样一个本来应该大有前途的人，由于长期受到封建思想文化的熏染，使得他的灵魂散发着一股霉气。"重重对生活的厌倦和失望甚至使他懒于宣泄心中的苦痛。懒到他不想感觉自己还有感觉，懒到能使一个有眼的人看得穿：'这是一个生命的空壳。'"是的，这只是一个空壳，因为他的人性、他的意气、他的生命力已经被吞噬了。他对愫方是有着深挚的感情的，而且愫方对他也是一往情深的，可他没有勇气承担这份爱，使得两个人始终停留在相对无言中相互得到一点慰藉。他也想出去做事，想有一番作为，可他一次次怀着希望出走，又一次次沮丧地归来。寄生的士大夫生活习性早已经剪断了他飞翔的翅膀，可以说他的失败早已命中注定。对家庭的绝望，对自己的绝望，让他心灰意懒，对人生没有了任何希冀，最终选择了吞噬鸦片，了却自己的生命。曾文清的一生是那么平庸乃至卑微,而他的悲剧却又是那么令人惊心动魄。他是一个好人,却不自觉地成了旧制度的殉葬者,让人不能不反思其中的社会原因,体现了《北京人》这部悲剧思想上的深刻性。

很显然,前两代"北京人"是没有任何希望了,于是作者便将希望寄托在了第三代"北京人"和原始"北京人"的身上。曾霆是"北京人"的第三代,他看透了这个大家庭的腐烂和虚弱,在与袁圆的交往中知道了什么才是真正的爱情,什么样的生活才是真正人的生活,最终毅然地与瑞贞离婚,决然地离开了大家庭,去追寻自己的美好人生。此外,剧中还出现了一个未出场的原始"北京人"即北京猿人的形象,曹禺借剧中人类学家袁任敢之口说道:"这是人类的祖先,这是人类的希望。那时候的人要爱就爱,要恨就恨,要哭就哭,要喊就喊,不怕死,也不怕生。他们整年尽着自己的性情,自由地活着,没有礼教来拘束,没有文明来捆绑,没有虚伪,没有欺诈,没有阴险,没有陷害,没有矛盾,也没有苦恼;吃生肉,喝鲜血,太阳晒着,风吹着,雨淋着,没有现在这么多人吃人的文明,而他们是非常快活的!"理想与现实构成了强烈的对照和反差,曹禺对原始"北京人"生活方式的憧憬,其实正是对现实中"北京人"的批判,同时也表达了他对未来"新北京人"的坚定信念。曹禺自己后来谈到《北京人》的创作动机时也说:"当时我有一种愿望,人应当像人一样地活着,不能像许多人那样活,必须在黑暗中找出一条路子来。"[1]

《北京人》中还有一个人物是不能忽视的,这就是愫方。愫方是曾文清的表妹,寄居在曾家。她端庄秀丽,善解人意,文静柔弱的外表下是一颗坚韧执着的心。她就像一枝空谷幽兰,寂静

---

[1] 曹禺:《和剧作家们谈读书和写作》,《剧本》1982年第10期。

而惊艳地开放在这个封建大家庭的断井颓垣之中，为之增添了一抹难得的亮色。曹禺仿佛将自己全部美好的情感，都倾注在了这个几乎完美无瑕的女性身上。对此，曹禺自己也是承认的，他说："愫方是《北京人》的主要人物。我是用了全副的力量，也可以说是用我的心灵塑造的。"① 在寄人篱下的生活中，愫方隐忍地承受着种种不堪，尤其是因为她爱上了曾文清这样一个"废人"，这使得她经受了更大的痛苦。她以超乎常人的耐心默默地守望着自己无望的爱情，给了曾文清最大的关怀和帮助，最终还是没能阻止悲剧的发生。曾文清的死，彻底惊醒了愫方海市蜃楼般的梦境，她终于看清了周遭的一切，义无反顾地"出走"，去寻找自己新的生活。可以说，愫方这一角色的设置，为我们冷静地"旁观"这个封建大家庭的种种提供了一个最好的视角。同时，连愫方这样一个逆来顺受的女子都与之决裂，则更进一步揭示了这个封建大家庭的丑恶和黑暗。因此，愫方的确是《北京人》中一个极其重要的人物，她也成为继繁漪和陈白露之后，曹禺塑造的又一个成功的女性形象。

如果说《原野》是对《雷雨》的"郁热"和"戏剧化"特质的进一步发扬，那么《北京人》则是对《日出》的"沉静"和"生活化"风格的又一次深化。曹禺对俄国作家契诃夫的戏剧艺术十分推崇，称"契诃夫那种寓深邃于平淡之中的戏剧艺术，确曾使我叹服"，并承认自己"受过契诃夫的影响"，他还说："《日出》还不能说有契诃夫的影响，《北京人》是否有点味道呢？不敢说。但我还是我。"的确如曹禺所说，他喜欢契诃夫的艺术，并受其影响，但并不是"照搬模仿"，而是"经过消化"和"融入结合"，"化出中国自己的风格，化出作家自己的

---

① 田本相：《曹禺传》，北京十月文艺出版社1988年版，第274页。

风格",实则是一种"新的创造"①。不管怎样,《北京人》可以说是曹禺由"戏剧化的戏剧"向"生活化的戏剧"转变的作品,它没有大起大落的极端事件和炽热浓烈的极端感情,所表现的都是日常的生活细节甚至琐屑小事,真可谓于细微处见精神,于无声处听惊雷,是一部典型的"寓深邃于平淡之中"的"几乎无事的悲剧"。

五 《家》

曹禺的最后一部重量级作品是写于1942年的四幕悲剧《家》,这次曹禺又转换了一种创作方式,它不是原创,而是改编。但是,与其说话剧《家》是对巴金小说的改编,不如说是曹禺在原著故事情节基础上的一次新的创作。巴金的小说《家》主要表现了觉慧和觉民等对封建家庭的反抗,而曹禺的话剧《家》则将全部笔墨集中在了觉新、瑞珏和梅小姐三人身上,着重描写了青年男女的爱情悲剧。在改编时,曹禺既忠实于原著的基本精神,又有不少新的创造。"他觉得剧本在体裁上是和小说不同的,剧本有较多的限制,不可能把小说中所有的人物、事件、场面完全写到剧本中来,只能写下自己感受最深的东西。他读巴金小说《家》的时候,感受最深的和引起当时思想上共鸣的是对封建婚姻的反抗。当时在生活中对这些问题有许多感受,所以在改编《家》时就以觉新、瑞珏、梅小姐三个人的关系作为剧本的主要线索,而小说中描写觉慧的部分、他和许多朋友的进步活动都适当地删去了。"② 曹禺从戏剧的特点出发,从自己对原著的理解和感受出发,完成了这次改编,《家》也成为中国

---

① 《曹禺论创作》,上海文艺出版社1986年版。
② 《曹禺同志漫谈〈家〉的改编》,《剧本》1956年12月号。

现代戏剧史上最为成功的改编。

瑞珏在小说《家》中的地位并不是很突出，而在话剧《家》中，她被塑造成了性格鲜明的主角，在剧中处于中心位置，她与觉新的关系和心理变化被描写得十分细腻。剧本从瑞珏结婚开始，到她的死亡结束，可以说瑞珏的命运和心路历程构成了全剧的主线。瑞珏是那种贤妻良母型的传统女性，她既是幸运的，更是不幸的，因为她虽然有幸"战胜"了梅小姐，与自己心爱的人结为夫妻，可她却始终没有得到觉新对她的真爱，而且还要默默地忍受残酷的封建礼教强加于她的种种迫害，直至夺去她的生命。即便如此，她仍然以自己的善良和宽容，处处为别人着想，同时也没有放弃追求幸福的信念。这个美好的女性被毁灭的悲剧，令人生出无尽的同情，不禁为之扼腕叹息。瑞珏的形象，是曹禺成功塑造的又一个悲剧女主人公，她与蘩漪、陈白露、愫方一起，构成了曹禺创造的悲剧女性画廊。

梅小姐在剧中的戏份虽然比不上瑞珏，但在有限的场景之内，也给人留下了深刻的印象。她与觉新青梅竹马，相互爱慕，却在封建家长的干预下无缘结合。被迫嫁到外省不久即守寡的她，重回故地，旧情难忘，然而面对已做他人夫的觉新，尤其是看到瑞珏对觉新全身心的爱以及为此而付出的一切，她还是压抑了自己的感情，甚至和瑞珏成了"同病相怜"的好朋友。传统的思想，隐忍的性格，再加上善良的心地，使得梅小姐选择了牺牲自己、成全他人，却也导致了她的悲剧性命运，情感郁结于心转为疾患，让她年纪轻轻就丢掉了性命。

觉新是三人关系的中心，却因为在"三角恋"中的被动性而处于尴尬的地位。他深爱着梅小姐，却在封建家长的威逼之下娶了瑞珏；瑞珏的贤德和柔情融化了他的心，可他对梅小姐还是旧情难舍；因为不忍心伤害瑞珏，他又一次伤害了梅小姐；面对长辈们以祖训和礼俗等为由对瑞珏的迫害,他默默忍受,不敢反抗……从某种程度上说,他要为瑞珏和梅小姐的悲剧负很大的责任,可他自己又何尝不是一个更大的悲剧性角色呢?作为长房长孙,觉新被这个封建大家庭规定了太多的义务和责任,他背负着伦理和道德的枷锁,忍辱负重,如履薄冰,俯首听命,上下周旋,努力维护着大家庭表面上的秩序与和睦,为了家族的形象和利益奉献着一切,包括自己的幸福。但觉新毕竟是一个有自己的思想和情感的年轻人,而且是受"五四"个性解放思潮影响的新时代青年,他也想追求个人的自由,追求自主的婚姻,追求幸福的生活,他也羡慕觉慧、觉民他们绝不妥协的反抗精神并给予他们力所能及的支持,可他最终还是无法挣脱传统思想观念的束缚,导致他内心充满矛盾,人格几近分裂,精神极端痛苦。正如有人说的那样:"《家》里面觉新、瑞珏、梅小姐三个人物都是好人,但是这三个善良的人物之间却产生了不该由他们负责的、复杂痛苦的矛盾,造成了大家的不幸。"[①] 可以说,觉新的悲剧既是性格悲剧,也是社会悲剧,这一悲剧形象在处于传统向现代转型时期的中国社会是具有典型意义的。

有一个值得注意的现象:曹禺最重要的几部悲剧作品中,都塑造了几乎完美的女性形象,如果我们称之为"女性礼赞",似乎也毫不为过。《雷雨》中的蘩漪、四凤、侍萍,《日出》中的陈白露、翠喜、小东西,《原野》中的金子,《北京人》中的愫方、瑞贞、袁圆,《家》中的瑞珏、梅小姐、鸣凤……这些女性形象,几乎个个都是真、善、美的化身,成为剧中最亮丽的风景。这或许与曹禺的身世和经历有直接的关系,曹禺在襁褓中失去母亲(在他出生第三天去世),由知书达理、善

[①] 《曹禺同志漫谈〈家〉的改编》,《剧本》月刊1956年12月号。

良贤淑的后母（也是他母亲的妹妹，他的姨母）抚养成人，年轻时与几位女子的朦胧感情也给他留下了美好的回忆，这使得女性成了曹禺心中的一方净土、一处圣地，成了他创作的源泉和讴歌的对象。曹禺笔下的众多女性形象，已成为中国戏剧史上不朽的经典，但也有人持不同意见，有学者这样批评他的《家》："巴金旨在发泄'对于不合理的封建大家族的愤恨'的小说原著，到了曹禺的笔下，虽然保留着《雷雨》式的'毁谤着中国的家庭和社会'的主题内涵，但于诗情画意、情景交融中推到前台的却是对恪守'妾妇之道'的瑞珏、鸣凤、梅小姐极不人道的'舍身爱人'的神圣礼赞，以及对觉新和觉慧或一夫二妻或主仆偷情的男权神话的极端渲染。"[1] 不管怎样，作为一种学术探讨，以上观点至少对于我们看待曹禺悲剧中的女性形象，提供了另外一种视角。

从主题来说，《家》是对从《雷雨》到《北京人》批判旧家庭、旧制度这一主题的延续和深化。从风格来讲，《家》是对从《日出》到《北京人》生活化戏剧风格的继承和发扬。从总体来看，《家》与《北京人》有着更多的相似性，从两者中"时常可以嗅到来自两园——大观园和樱桃园的气息"[2]。契诃夫的《樱桃园》和曹雪芹的《红楼梦》尽管有许多差异，但两者在风格和主题上却有近似之处，它们都用富有诗意的笔法，通过对日常生活和人物心理的描摹刻画，表现了旧家庭、旧制度的崩溃。从这个意义上说，《北京人》和《家》受到了《樱桃园》与《红楼梦》的影响，应该是有道理的。

---

[1] 朱君、潘晓曦、星岩：《阳光天堂：曹禺戏剧的黄金梦想》，广西师范大学出版社2006年版，第256页。

[2] 郭富民：《插图中国话剧史》，济南出版社2003年版，第198页。

作为曹禺的最后一部重要作品，《家》获得了很大的成功。该剧1943年4月于重庆上演，在战时环境下竟然连演63场，万人空巷，盛况空前，又一次创造了中国话剧的新纪录。尽管就思想艺术成就而言，《家》并没有真正超越曹禺的处女作《雷雨》，可它却成了曹禺此后再也难以超越的一座高峰，这不能不说是曹禺个人的悲哀，更是中国现代戏剧的悲哀。

第四节　郭沫若的悲剧创作与观念

郭沫若（1892—1978），原名郭开贞，字鼎堂，号尚武。出身于四川乐山一个封建大家庭，幼年即熟读古诗文，打下了良好的文学功底。1913年东渡日本，探求救国救民之道，"去造新的光明和新的热力"[①]。旅日学医期间，参与反帝爱国活动，并于1918年开始文学创作。1921年，与成仿吾、郁达夫、田汉等发起成立中国现代文学史上成就最高、影响最大的文学社团之一的创造社，同年出版了"开一代诗风"的新诗集《女神》，奠定了他在中国文学史上的地位。郭沫若是中国现代戏剧史上一个百科全书式的人物，他的创作涉及诗歌、散文、小说、戏剧等各种文学体裁，此外他还是颇有建树的历史学家和古文字学家，又是杰出的社会活动家，新中国成立后长期担任国家领导人，被称为"继鲁迅之后中国文化战线上又一面光辉的旗帜"（邓小平语）。郭沫若是中国现代戏剧史上最杰出的作家之一，尤其在历史悲剧创作方面取得了突出成就，为中国现代悲剧观念与创作的发展和成熟作出了重要贡献。

---

① 郭沫若：《女神之再生》，《郭沫若剧作全集》第1卷，中国戏剧出版社1982年版。

一 早期悲剧创作

郭沫若的戏剧创作开始于1919年，在短短几年时间里接连写出了《黎明》（1919）、《棠棣之花》（1920）、《湘累》（1920）、《女神之再生》（1921）、《广寒宫》（1922）、《孤竹君之二子》（1922）、《卓文君》（1923）、《王昭君》（1923）、《聂嫈》（1925）等神话剧和历史剧，此外还写过一部现实题材的即兴抒情剧《月光》（1922）。郭沫若这一时期创作的剧本都是诗剧，从体裁到表现方式，诗的成分更多一些，而剧的因素则相对不足，基本上处于从诗到剧的过渡形态。另外值得注意的一点是，从一开始，郭沫若的戏剧创作就以悲剧为主，这也为他成为中国现代戏剧史上最杰出的悲剧作家之一奠定了基础。

郭沫若早期戏剧创作中成就比较突出、影响比较大的是三部历史剧：《卓文君》《王昭君》和《聂嫈》，合称《三个叛逆的女性》。妇女解放是五四思想解放运动的重要部分，这一命题也成为当时文学创作的热点，而郭沫若对妇女解放问题的认识因与刚刚进入中国的社会主义学说相结合而显得比较前卫，他指出："女权主义只可以作为社会主义的别动队，女性的彻底解放须得在全人类的彻底解放之后才能办到。女性是受着两重的压迫的，她们经过了性的斗争之后，还要来和无产的男性们同上阶级斗争的战线……如今是该女性觉醒的时候了！"[①] 可以说，在《三个叛逆的女性》中，《卓文君》和《王昭君》都是通过借古喻今来表现"女性觉醒"的，而《聂嫈》则是对帝

[①] 郭沫若：《写在〈三个叛逆的女性〉后面》，《三个叛逆的女性》，光华书局1926年版。

国主义镇压中国人民的"五卅"惨案的"一个血淋淋的纪念品","没有五卅惨案的时候,我的《聂嫈》的悲剧不会发生"①。

(一)《卓文君》

《卓文君》借《史记》中记载的"卓文君私奔司马相如"的历史题材,做"翻案文章",塑造了一个崭新的卓文君形象,赋予了这一古老的故事全新的意义和时代精神。卓文君与司马相如的私奔,在历史上不是被道学家们视为有违封建礼教的"淫奔",就是被无聊文人们当作风流韵事大加渲染。郭沫若则反其道而行之,他在卓文君的身上看到了可贵的闪光点,着重表现了她反抗命运、追求幸福的女性自我意识的觉醒,肯定了她作为反对封建礼教、反对专制制度的"叛逆女性"的独特意义和价值。

剧本开始时的卓文君作为一个青年孀妇,在礼教家法、社会舆论和自身观念的束缚下,是一个自艾自怜的弱者形象。风流倜傥、才华横溢的司马相如的出现犹如一道闪电,让她在黑暗中看到了光明,死寂的内心开始萌动。但这时的卓文君还是比较犹豫的,心理是非常矛盾的,而司马相如情深意长、言辞恳切的来信,让她深切体会到知音难得,促使她下定了最后的决心。她义正词严地对父亲卓王孙、公公程郑说:"你们老人们维持着的旧礼制,是范围我们觉悟了的青年不得,范围我们觉悟了的女子不得!"这表明卓文君的个性意识和女性自我意识已经彻底觉醒,因此她才会视封建礼法为无物,毅然出走,"朝生的路上走去",体现出觉醒了的女性大无畏的精神。

---

① 郭沫若:《写在〈三个叛逆的女性〉后面》,《三个叛逆的女性》,光华书局1926年版。

《卓文君》的出现，有着特定的时代背景和深刻的社会意义。在五四思想解放运动中，妇女解放问题是一个焦点问题，因为在封建社会，妇女背负了极其沉重的道德枷锁，她们受到的精神剥削和压迫是最严重的，封建礼教的毒害性和反人性化在妇女身上体现得是最为突出的，所以妇女的解放在五四思想解放运动中就显得格外迫切，也更加富有典型意义。中国现代话剧的第一个剧本《终身大事》反映的正是女性自我意识的觉醒和对婚姻自由的追求，而郭沫若的《卓文君》因其富有诗意的表达方式以及这一题材的群众基础和推陈出新，故而有着更为广泛而深刻的社会影响，尤其对广大青年产生了巨大的鼓舞作用。另外，郭沫若具有诗人气质的浪漫主义史剧风格，也在《卓文君》中初步形成。

（二）《王昭君》

王昭君的故事最初见于《汉书·元帝纪》和《汉书·匈奴传》，历代文人对这一题材有着浓厚的兴趣，创作了大量的诗文和曲艺作品。关于昭君出塞的故事，历史上主要有两种版本：一种是源自《汉书》的版本，王昭君因拒绝贿赂而被画师毛延寿捉弄，无缘成为嫔妃，后被嫁于匈奴，虽英年早逝，但促进了民族和睦与交流，被后世传诵，杜甫的诗句"一去紫台连朔漠，独留青冢向黄昏"更是令世人对昭君的命运感叹不已。另一种是马致远杂剧《汉宫秋》的版本，王昭君被写成了汉元帝的爱妃，在匈奴的武力威胁之下，朝廷束手无策，汉元帝只好忍痛割爱，答应将昭君送给匈奴。昭君洒泪而别，在途中投江而死，表现出不屈的抗争精神和崇高的民族气节，令人肃然起敬。这两种版本虽然都是悲剧，但性质有所不同，前者属于命运悲剧，后者属于民族悲剧。郭沫若却对昭君出塞的故事情节和人物形象进行了全新演绎，将其改写成了"王昭君反抗元帝的意旨自愿去下嫁匈奴"的"性格悲剧"①，从而塑造了一个敢于反抗王权、具有叛逆精神和个性特征的新型王昭君形象。

关于昭君出塞的原因，史书称"积悲怨，乃请掖庭令求行"②，但究竟有何悲怨，则不得而知。郭沫若抓住这一点做文章，写出了昭君悲怨的缘由，并为塑造昭君的性格打下了坚实的基础。在郭沫若笔下，昭君的悲怨不是因为没能得到皇上的宠幸，而恰恰相反，是由于封建帝王"一夫可以奸淫万姓"的特权破坏了她原本应该拥有的幸福。郭沫若在剧中设置了昭君的义兄这样一个角色，他与昭君青梅竹马，以心相许。昭君被选入宫之后，义兄在绝望之中投江而死，昭君的母亲也因思念女儿最后疯而致死，这就为昭君的悲怨、愤恨进而反抗提供了直接而充分的理由和动力。

昭君的性格在她面对两次关键性"机会"时的态度中得到了充分的体现。第一次是画师毛延寿向她索贿，表示如果昭君向他行贿，他就会将昭君的真容呈给汉元帝，这样昭君不仅可以不去和番，而且很有可能得到皇上的宠幸。昭君是怎么做的呢？她给毛延寿的回答是一记响亮的耳光！第二次是汉元帝发现毛延寿作弊后将其斩首，并屈尊向昭君求爱，答应册封她为皇后。对于封建社会的大多数女人来说，做皇后恐怕是她们做梦都想得到的荣耀，可是在满腔怨恨的昭君的眼里，人的尊严是无法用荣华富贵来换取的，因此她说："我的欢乐我哥哥替我带去了，我的苦痛我妈妈替我带去了。"她已经是"什么都没有的人"，而这一切都是封建专制之下的皇帝特权造成的。她怒斥汉元帝："你为

---

① 郭沫若：《写在〈三个叛逆的女性〉后面》，《三个叛逆的女性》，光华书局1926年版。

② （东汉）班固：《汉书·匈奴传》。

满足你的淫欲，你可以强索天下的良家女子来恣你的奸淫！你为保全你的宗室，你可以逼迫天下的良家子弟去填豺狼的欲壑！"最后，她决然离开"腥臭"的宫廷，远嫁匈奴。

《王昭君》这部历史悲剧通过塑造王昭君的反抗和叛逆形象，体现了"五四"思想解放的精神，那就是以"人"的尊严，反对"帝王"的权威；以个性的解放，反对封建专制制度。

（三）《聂嫈》

在《三个叛逆的女性》中，《聂嫈》是悲剧意味最浓的一部。该剧的史实见于《史记·刺客列传》：勇士聂政为报严仲子的知遇之恩，替其刺杀了韩国宰相侠累。因与姐姐聂嫈容貌相像，为了不连累姐姐，聂政毁掉面容、挖去双眼后剖腹自杀。聂嫈是一个颇有胆识、勇于担当的女子，她觉得自己不能贪生怕死而"灭贤弟之名"，于是冒死前去认尸，向围观的人宣扬聂政的英勇事迹，最后因悲伤过度而死在弟弟的尸体旁边。郭沫若的历史悲剧《聂嫈》在采用史书记载基本情节的基础上，进一步挖掘和拓展了聂政与聂嫈之死的内涵意义，他们的死已不仅仅局限于"士为知己者死"和"扬弟之名"的狭隘范畴，而是体现了一种反对强权、争取自由的大无畏精神，因而具有了更加广泛而深刻的社会意义。因此，聂嫈表彰弟弟的英雄壮举，是为了"使天下后世的暴君污吏知道儆戒"。她的坚贞不屈，她的舍生取义，她的悲壮命运，因而更加具有一种震撼人心的力量。

《三个叛逆的女性》比较集中和典型地体现了郭沫若戏剧创作的一些特点，概括起来主要有以下四个方面。一是富有诗意。郭沫若的戏剧抒情性很强，善于营造情景交融的优美意境，十分注重语言的美感。洪深曾说，"自从田郭（指田汉和郭沫若）等写出了他们底那样富有诗意的、词句美丽的戏剧"，"戏剧在文学上的地位，才算是固定建立了"①。纵观郭沫若的戏剧作品，富有诗意始终是一个非常突出的特点，而他早期的戏剧甚至全为诗剧。二是浪漫主义的艺术风格。郭沫若的戏剧热情奔放、气势磅礴，充满丰富的想象力和强烈的主观性，这是他的浪漫主义诗风在戏剧创作中的延续和发展。三是多采用历史题材。郭沫若的戏剧绝大部分为历史剧，而他最成功的和有影响的戏剧则全部都是历史剧，他也成为中国现代戏剧史上最杰出的历史剧作家。四是擅长悲剧创作。郭沫若的戏剧创作以悲剧见长，而历史悲剧则是他最擅长的创作体裁，他的代表作《屈原》即是一部杰出的历史悲剧。实际上，以上四个方面的特征，归根结底都是因为郭沫若既是一位诗人，又是一位历史学家，这两种身份的化合，形成了郭沫若戏剧创作的独特风貌。

当然，郭沫若的早期戏剧创作还是有一些不足之处，除了前面提到的诗的成分多、剧的成分少之外，最突出的问题在于历史人物的"现代化"。在《王昭君》一剧中，这一点表现得十分明显，王昭君的性格和思想给人的感觉是太超前了，简直就是一位现代女性。《聂嫈》中的酒家女也是一位从现代"穿越"到战国时期的女性，她的很多台词实际上是作者对当下社会现实与时事的评论。当然，戏剧毕竟是一种艺术创造，历史剧也不见得非要完全遵循历史事实，但是如果违背了起码的艺术真实原则，那么就不能不说是一种缺陷了。

二 抗战时期的悲剧创作

（一）六大史剧

抗日战争时期，郭沫若的戏剧创作达到了巅峰，无论数量还

---

① 洪深：《中国新文学大系·戏剧集·导言》，上海良友图书公司1935年版。

是质量都堪称个人之最。从1941年冬到1943年春,在短短的一年半时间里,郭沫若一口气写出了六大史剧,即《棠棣之花》(1941)、《屈原》(1942)、《虎符》(1942)、《高渐离》(1942)、《孔雀胆》(1942)和《南冠草》(1943)。这六大历史悲剧的问世,一举将中国现代历史剧创作推向了高峰,同时也直接确立了郭沫若作为中国现代戏剧史上最杰出的历史剧作家和最杰出的悲剧作家之一的历史地位。

抗战爆发后,作为中国文化界的领袖人物,郭沫若组织和参与了大量的抗日救亡工作,并通过自己的观察和思考,对这场战争逐渐有了深入的认识。他认为中华民族的抗日战争是一场伟大的战争,是伟大时代的"一幕伟大的戏剧",他决心创作出无愧于这个伟大时代的"崇高的史诗"[①],于是就有了六大史剧的诞生。郭沫若在20世纪20年代曾写过一些历史剧,对这种体裁比较有把握,再加上经过多年的积淀和锤炼,他的思想境界和文学素养都达到了成熟的地步,而且很多题材已在他的头脑中酝酿多时,因此,六大史剧能够在很短时间内推出并产生强烈的社会反响,看似偶然,实则必然,它是一种厚积薄发,是一件水到渠成的事情。

五幕悲剧《棠棣之花》是六大史剧中的第一部,它是郭沫若在自己的早期诗剧《棠棣之花》和《聂嫈》的基础上整理与创作的第一部大型历史剧。在《棠棣之花》中,作者以"主张集合,反对分裂"为主题,设计了一个由"墓地"走向"十字街头"的总体结构。剧本分为上下两部,上半部主要描写聂政为民除奸、为国除害的义举,下半部则着重表现与聂政外貌相同

[①] 郭沫若:《今天创作的道路》,《沫若文集》第12卷,人民文学出版社1959年版,第136—137页。

的孪生姐姐聂嫈追随兄弟的足迹，走向十字街头，召唤民众进行斗争，最终英勇献身的壮举。剧本将一个古老的"士为知己者死"的历史故事，演变成了一首"愿自由之花开遍中华"的战歌，具有较强的现实感召力。无论从创作方法还是从整体面貌来看，《棠棣之花》与郭沫若的早期戏剧相比，都有了质的飞跃，它标志着郭沫若的戏剧创作开始走向成熟。

五幕悲剧《屈原》取材于战国时期楚国的历史，以楚国对秦外交上两条路线的斗争作为全剧的主要情节线索，通过屈原与南后郑袖、大夫靳尚的冲突，描写了爱国与卖国的斗争，表现了屈原忧国忧民、不畏强暴、坚贞不屈的伟大人格和崇高品质，成功地塑造了屈原这一中国戏剧史上的典型形象，该剧也成就了郭沫若戏剧创作最辉煌的一刻。《屈原》的诞生也与当时中国的政治局面有直接的关系，此时抗日战争处于相持阶段，国民党却掀起又一次反共高潮，边区政府遭到严密封锁，国统区无数的共产党人和进步青年被杀害、关押，还有震惊中外的"皖南事变"的发生……为了"把这时代的愤怒，复活在屈原时代里去"①，郭沫若创作了历史悲剧《屈原》。事实上，《屈原》早已超越它的时代，成为中国现代戏剧中历史剧创作的典范之作，产生了深远的影响。

五幕悲剧《虎符》描写战国时期魏国信陵君窃符救赵的故事，题材来源于《史记·魏公子列传》。帮助信陵君窃得虎符的如姬是一个关键性人物，史书对她的记载却极为简略。郭沫若对如姬这个人物非常感兴趣，经过长期的孕育之后，他在《虎符》中塑造了一个光彩照人的如姬形象，而且使她成为剧中的主人

---

① 郭沫若：《序俄文译本史剧〈屈原〉》，《沫若文集》第12卷，人民文学出版社1959年版，第158页。

公，原来的主角信陵君反而退居二线，成了一个辅助性人物。全剧紧紧围绕窃取虎符这个中心事件来写，表现了如姬的远见卓识、宽广胸怀和机智勇敢。她认为只有靠"仁义"才可以治天下，因此她才会反抗自私残暴的魏王，千方百计帮助信陵君窃符抗秦救赵进而救天下。如姬这样一个几乎被湮没在历史中的女子，被作者赋予了独特的人格和鲜明的个性，她的惊人行动源于她的主体意志，她本来有机会逃走，但为了避免信陵君被污蔑，她选择了死。她将匕首插入了自己的胸膛，壮烈地死去。《虎符》是郭沫若继《屈原》之后奉献给中国剧坛的又一佳作，其知名度和影响力虽不及后者，但在主题、戏剧性和人物形象等方面均有突出成就和独特贡献，可以说是一部常常被"轻视"了的优秀悲剧。

五幕悲剧《高渐离》取材于《史记·刺客列传》，写的是荆轲刺秦王失败后，他的好友高渐离为了完成荆轲未竟的事业，以击筑奏乐的手段接近秦王，在演奏乐曲的过程中，突然以筑击向秦王，谋刺未成而壮烈牺牲。剧中的高渐离形象塑造得比较成功，他抱着病残之躯于虎狼丛中奋起一击、殊死一搏的悲壮身影令人震撼，他为正义事业而斗争到底的坚定信念和义无反顾的献身精神令人敬仰。然而为了配合当时现实斗争的需要，剧中的秦王形象被"小丑化"，没能表现出他雄才大略的一面，这一缺陷在新中国成立后的修改稿中得到了弥补。

四幕悲剧《孔雀胆》取材于《元史》《新元史》和明末清初诗人刘联声的《阿盖妃》一诗，讲述的是元末云南大理总管段功与王妃忽地斤、丞相车力特穆尔斗争的政治悲剧，其间穿插着段功与梁王之女阿盖公主的爱情悲剧。段功因击败反元的农民军，保护了梁王的政权而立下功勋，梁王将公主阿盖许配给了他。与王妃私通的丞相车力特穆尔对阿盖垂涎已久，在情欲、权力欲和民族偏见的支配下，他开始了一系列阴谋活动。他先是授意王妃毒死王子穆哥，嫁祸于段功；梁王大怒，将毒酒"孔雀胆"交给阿盖令其毒死丈夫；为防万一，车力特穆尔去探访段功的动静，并送去了有毒的蜜枣。危急时刻，阿盖对丈夫的爱战胜了父王的意志和权势的威慑，她制止了阴谋，让丈夫明白了自己的处境。然而，段功并没有立即采取行动对阴谋进行反击，而是一直左右摇摆，犹疑不定，将希望寄托在梁王身上。车力特穆尔一计不成又生一计，设埋伏用乱箭射死了段功，并企图侮辱阿盖，被梁王发现后二人搏斗，阿盖乘其不备将车力特穆尔杀死，为段功和穆哥报了仇。王妃无地自容，跳河自尽。阿盖心愿已了，用孔雀胆酒结束了自己的生命。只剩下无限悲痛的梁王，在那里追悔不已。《孔雀胆》的情节模式与莎士比亚的《奥赛罗》和关汉卿的《哭存孝》有一些相似之处，只不过剧情更为复杂，主题思想比较模糊，政治悲剧、爱情悲剧、性格悲剧、民族悲剧……作者似乎都想表现，却都没有表现好。要在一部戏剧当中反映这么多主题，几乎是一个不可能完成的任务。

五幕悲剧《南冠草》（演出时改名为《金凤剪玉衣》）取材于侯玄涵的《夏允彝传》和夏完淳的诗集《南冠草》，写明末爱国诗人夏完淳抗清的悲剧，谴责了洪承畴等人的卖国投降行径。剧中描写了一批为国捐躯的有气节的文人学士：面对洪承畴的审问，坚贞不屈，视死如归，讥讽汉奸，坦然就义的刘公旦；在女婿夏完淳的感召下从萎靡动摇到坚定信念，醉赴刑场，保全晚节的钱彦林；呼喊"杀尽东方的夷狄""杀尽卖国的汉奸"，疯癫的外表下有着一颗炽热执着的爱国心的"狂人"顾咸正……主人公夏完淳是作者精心刻画的一个少年英雄形象。为了继承父亲为之献出生命的抗清事业，他投笔从戎，九死不悔。他智勇双全，意志坚定，临危不惧，大义凛然，痛斥奸贼，慷慨赴死。这个 16 岁的诗人和抗清斗士，用他年轻的生命完成了一曲崇高悲壮的英雄颂歌，令人同情，更令人敬佩！

值得注意的是，六大史剧中，除了《孔雀胆》和《南冠草》，其他四部均取材于战国时代。郭沫若的历史悲剧之所以偏爱战国题材，与他对这一段历史的研究和理解有直接的关系。郭沫若认为，"战国时代，整个是一个悲剧的时代"，"战国时代是以仁义的思想来打破旧束缚的时代……是人的牛马时代的结束。大家要求着人的生存权"，"但这根本也就是悲剧的精神，要真正把人当成人，历史还须得再向前进展，还须得有更多的志士仁人的血流洒出来，浇灌这株现实的蟠桃"①。郭沫若没有提到恩格斯，其实他的这个观点正好与恩格斯的一个论断不谋而合。恩格斯在关于悲剧《济金根》致拉萨尔的信中，提出了历史的必然要求和这个要求实际上不可能实现之间的悲剧性冲突②这一著名论断。马克思主义观点认为，悲剧的主人公应当由顺应历史潮流的进步阶级的代表人物来承担，他们从事的是正义的事业，他们的思想、意志和行为代表着"历史的必然要求"，但是由于种种原因，这种要求却暂时无法实现，这就构成了"悲剧性冲突"，这样的戏剧就是真正的悲剧。战国时代之所以是"悲剧的时代"，正是因为这是一个大变革的时代，也是一个矛盾斗争十分激烈的时代，无数仁人志士为人类进步的正义事业而奋斗，却遇到了强大的阻力，往往为此而付出鲜血甚至生命的代价。这样的时代，这样的英雄，是悲剧表现的理想对象。郭沫若以他对历史的敏锐观察，选择了战国时代这个悲剧的"富

---

① 郭沫若：《献给现实的蟠桃——为〈虎符〉演出而写》，《郭沫若论创作》，上海文艺出版社 1983 年版，第 421—422 页。

② 参见《马克思恩格斯全集》第 29 卷，人民出版社 1985 年版，第 586 页。

矿"作为自己历史悲剧创作的题材库,这种选择是非常明智和有眼光的。

(二) 郭沫若的史剧观

郭沫若的历史剧创作之所以个性鲜明,成绩斐然,这与他独特的史剧观有着直接的关系。郭沫若关于历史剧创作的观念、原则和方法论散见于他谈创作的一些文章当中,经过梳理和归纳,大致可分为以下四个方面。

第一,历史与现实的关系。郭沫若认为,在历史剧创作中,历史与现实并不是对立的,"我们可以据今推古,亦正可以借古鉴今"①;"现在的事实固可以称为现实,表现的真实性也正是现实"②。同时他还主张,剧作家要有当代意识,要使历史为现实服务。他说:"因为所谓客观的历史家到底是在向现代发言,他便会无意间用自己时代的精神写作。"③ 历史剧的"主题就是把古代善良的人类来鼓励现代的人的善良,表现过去的丑恶而使目前警惕"④。

第二,把握历史的精神。郭沫若提出,历史剧创作应当"把握历史的精神而不必为历史的事实所束缚。剧作家有他创作上的自由,他可以推翻历史的成案,对于既成事实加以新的理解,新的阐发,而具体地把真实的古代精神翻译到现代"。谈到自己的历史剧创作时,他说:"我主要的并不是想写在某时代有些什么人,而是想写这样的人在这样的时代应该有怎样合理的发展。"⑤ 为了"把握历史的精神",郭沫若对剧作家提出了很高的

---

① 郭沫若:《我怎样写〈棠棣之花〉》,《郭沫若论创作》,上海文艺出版社1983年版,第372页。
② 郭沫若:《历史·史剧·现实》,《戏剧月报》1943年第4期。
③ 《莎士比亚评论汇编》(上),中国社会科学出版社1985年版,第326页。
④ 《郭沫若讲历史剧》,上海《文汇报》1946年6月26、28日。
⑤ 郭沫若:《我怎样写〈棠棣之花〉》,《郭沫若论创作》,上海文艺出版社1983年版,第373页。

要求，他认为"史剧家对于所处理的题材范围内，必须是研究的权威"，"优秀的史剧家必须得是优秀的史学家"①。这一要求看起来有点严苛，但从郭沫若自身在历史剧创作方面的成功因素来分析，还是很有道理的。

第三，"失事求似"的历史剧创作原则。与"把握历史的精神"相对应，郭沫若还总结出了一条历史剧创作的主要原则："失事求似"。他说："历史研究是'实事求是'，史剧创作是'失事求似'。"② 也就是说，在把握好总的历史精神的前提下，剧作家可以发挥自己的想象力，对历史人物和史实进行艺术化的处理，甚至可以适当地虚构，这样反而更能够表现历史精神。"史学家是发掘历史的精神，史剧家是发展历史的精神。"③ 他还指出，对历史人物心理的充分挖掘是历史剧创作大有可为的重要方面："古人的心理，史书多缺而不传，在这史学家搁笔的地方，便须得史剧家来扩展。"④ "失事求似"是郭沫若对历史剧创作原则的精辟概括，郭沫若本人以及其他剧作家的创作实践表明，那些成功的历史剧往往是比较好地贯彻了"失事求似"原则的作品，这反过来又证明了"失事求似"原则对历史剧创作的适用性和指导意义。

第四，"赋、比、兴"的历史剧创作方法。郭沫若提出："写历史剧可用《诗经》的赋、比、兴来代表。准确的历史剧是赋的体裁，用古代的历史来反映今天的事实是比的体裁，并不完全根据事实，而是我们在对某一段历史的事迹或某一个历史的人物，感到可喜可爱而加以同情，便随兴之所至而写成的戏剧，就

---

① 郭沫若：《历史·史剧·现实》，《戏剧月报》1943年第4期。
② 同上。
③ 同上。
④ 同上。

是兴。我的《孔雀胆》与《屈原》二剧,就是在这个兴的条件下写成的。"对于"赋、比、兴"三种方法,郭沫若进一步解释:"一是再现历史的真实,次是以历史比较事实,再其次是历史的兴趣。"[①] 用赋、比、兴来比喻历史剧的三种类型,的确是一种比较新颖、形象而贴切的说法。以此标准衡量,郭沫若的六大史剧中,《屈原》和《孔雀胆》是"兴",而"赋"的作品似乎没有,那么其余四部便都属于"比"了。

总的来看,郭沫若的史剧观一方面强调历史的客观性,即一定要"把握历史的精神",必须在对历史有相当研究的基础上才能进行历史剧创作,并且在创作中要贯彻"表现的真实性";另一方面,又十分注重作家主观能动性的发挥,在不违背上述要求的前提下,作家可以"失事求似",大胆虚构,将自我表现融入剧中。质而言之,这是一种浪漫主义与现实主义相结合的史剧观,是一种在历史、现实与作家主体三者之间达到了恰当的平衡的史剧观。郭沫若的史剧观是中国现代戏剧史中历史剧创作进入成熟阶段的一个产物、一种体现,也是中国现代戏剧美学思想中一份很有价值的遗产,值得研究和借鉴。

三 《屈原》的思想艺术成就

历史悲剧《屈原》是郭沫若的六大史剧中思想艺术成就最高、影响最大的一部,也是郭沫若的戏剧代表作。通过对《屈原》的深入解读,我们可以较为全面深刻地认识郭沫若历史剧和悲剧创作的观念和方法,体会其思想和艺术特色。

《屈原》共分五幕,以事件发生的先后为序,通过裁取历史事件的几个重要截面,将情节浓缩在了一天的时间和有限的几个

---

① 《郭沫若讲历史剧》,上海《文汇报》1946 年 6 月 26 日、28 日。

场景里，颇有一些"三一律"的味道。

第一幕在屈原府中的橘园。写楚怀王拒绝了秦国使臣张仪要楚国绝齐结秦的要求，接受了屈原联齐抗秦的政治主张，屈原心情很好，在微风轻拂的暮春之晨，漫步于橘园中，写下诗篇《橘颂》，将其赠送给学生宋玉，并向宋玉讲解其中所表达的做人的道理。通过《橘颂》的写作、赠送和讲解，屈原高洁的精神世界得到了充分的展现，他对学生的亲切关怀和殷切期望也令人感动。

第二幕在宫廷，剧情陡然发生转变。屈原应南后之邀观看歌舞表现，南后假装晕眩，倒在屈原怀中，与靳尚合谋诬陷屈原"淫乱宫廷"。楚怀王大怒，将屈原罢职并逐出宫廷，同意了张仪提出的让楚国绝齐结秦的要求。屈原被突如其来的变故惊呆了，虽极力抗辩，却无力挽回局面，只能悲怆地呼喊："你陷害了的不是我，是你自己，是我们的国王，是我们的楚国，是我们整个儿的赤县神州啊！"

第三幕又回到橘园。屈原神情恍惚地回到家中，陷入极度的悲愤和痛苦之中，不愿见人，只是怒视一切，喃喃自语。没有人能够理解他、安慰他，帮助他，周围所有人都以为屈原精神失常了，在背后窃窃私语。屈原的得意门生宋玉也见风使舵，加入了造谣中伤屈原的行列。素来敬仰屈原的邻里乡亲无法判断是非，所能做的只是来到橘园为屈原招魂。在声声呐喊中，屈原感到了深深的寂寞和悲哀，他终于离家出走。

第四幕来到城外。屈原踯躅而行，一个知道内情的渔人给了他一些安慰。可他又遇到了楚怀王、南后和张仪，恶毒的南后将屈原当疯子来戏弄。屈原虽大骂了张仪，但张仪和南后的侮辱使他受到了更深的伤害。楚怀王下令将屈原拘禁在东皇太一庙。

第五幕在东皇太一庙。南后欲杀害屈原，赐以毒酒，婵娟误饮身亡。屈原被仆夫救出，奔赴汉北寻求出路。这一幕是全剧的高潮，在雷电交加的黑夜，屈原愤怒的情感彻底爆发，那段气势磅礴、摄人心魄的《雷电颂》，是屈原的理想、品德、情感的最集中最强烈的表现，它所倾泻的，不仅仅是屈原的愤怒，也是压抑在作者心中的"时代的愤怒"。

《屈原》的主题思想和艺术特色集中体现在屈原形象的塑造上。郭沫若在描写屈原这个人物时，在"把握历史的精神"的前提下，很好地处理了历史与现实的结合，在创作中采取了"失事求似"的原则，大量地运用了"兴"的手法，塑造出了一个有血有肉的屈原形象。可以说，郭沫若的史剧观在《屈原》中得到了最集中的展现。《屈原》的风格，就是浪漫主义与现实主义相结合的风格。郭沫若抓住屈原作为诗人和政治家的内在特质，突出表现了他热爱祖国和人民、品行高洁、爱憎分明、不畏强暴、坚贞不屈的精神品格，他既有政治家的远见卓识和刚强意志，又有诗人的耽于理想和多愁善感，两种看似相互冲突的性格特征完美地统一在一个人身上，遂造就了屈原这样一个性格丰富、气质独特、个性鲜明的艺术形象。

在塑造人物形象时，对于情节的构思和处理，作者并没有拘泥于具体的历史事件的真实性，而是从人物性格特征的内在要求出发，从时代特征和历史发展的趋势着眼，去构造一种"可能的历史"或者说"应该的历史"，而不是去简单地再现"本然的历史""准确的历史"。比如，剧中的南后郑袖这一人物，在造成屈原悲剧的过程中扮演着非常关键的角色。实际上，关于南后的史料记载是十分有限的，郭沫若却通过大胆推断和想象，创造出了这样一个寡廉鲜耻、阴险毒辣的女性形象，造就了一个独特的艺术典型。不管真实的历史中屈原是否被南后以如此卑鄙的手段所陷害，但从剧中的核心冲突看，从体现历史的精神看，郭沫若的这种设计是合乎情理的。再比如,关于屈原的命运结局,史书记载为"怀石遂自沉汨罗以死"①,郭沫若却在剧中改为"我决心去和汉北人民一道,做一个耕田种地的农夫"。这一处理,既可以说是一个大败笔,因为与屈原的性格相矛盾;也可以说是一个合理的假设,因为从"这样的人在这样的时代应该有怎样合理的发展"②的角度来说,也不能排除这样一种历史的可能性。因此,郭沫若的历史剧创作在遵循现实主义的基本原则的同时,有着显著的浪漫主义特色。

婵娟这一人物的设置,是郭沫若历史剧浪漫主义风格的典型表现。有关屈原的历史典籍中从来没有出现过婵娟这样一个人物,因此婵娟的形象纯属郭沫若虚构而来。剧中的婵娟是一个镜像式的人物,可以说她是屈原诗歌的象征和道义美的化身,是对屈原形象的一种补充和完善。她美丽、纯洁、善良,爱憎分明,坚贞不屈。在屈原遭到陷害,感到孤独无助,感叹"举世混浊而我独清,众人皆醉而我独醒"的时候,只有她无条件地相信先生的人格清白,坚定地追随在先生身边,为他排忧解难。她谴责子兰的寡义,痛斥宋玉的背叛,反击南后的污蔑,以柔弱之躯与邪恶势力抗争。为了她热爱的祖国,为了她执着的理想,为了她敬仰的先生,婵娟献出了她年轻而美丽的生命。应该说,婵娟是郭沫若的天才创造,她是《屈原》中一个光彩照人的形象,散发着动人的艺术魅力。

充沛的情感,抒情的表达,壮美的境界,是《屈原》获得成功的因素中不可忽视的方面。很多作家和学者不止一次地表达

---

① (西汉)司马迁:《史记·屈原列传》。
② 郭沫若:《我怎样写〈棠棣之花〉》,《郭沫若论创作》,上海文艺出版社1983年版,第372页。

过"作品即自传"的观点，郁达夫就曾说过："文学作品，都是作家的自叙传。"① 与屈原相似，郭沫若也是一位浪漫主义诗人，同时还是一位政治家，同样身处内忧外患的时代风云中，这使他在精神上与屈原有着深度的契合，现实与历史达到了高度的融合。可以说，郭沫若写《屈原》，几乎相当于在写自传，因此，在作者与剧中人合二为一的情况下，郭沫若那种激情澎湃、气势磅礴的浪漫主义诗风就在剧中得到了淋漓尽致的展现。其中能够最典型、最集中地表现这种风格的，当数《雷电颂》："风！你咆哮吧！咆哮吧！尽力地咆哮吧！在这暗无天日的时候，一切都睡了，都沉在梦里，都死了的时候，正是应该你咆哮的时候，应该你尽力咆哮的时候！""啊，这宇宙中的伟大的诗！你们风，你们雷，你们电，你们在这黑暗中咆哮着的，闪耀着的一切的一切，你们都是诗，都是音乐，都是跳舞。你们宇宙中伟大的艺人们呀，尽量发挥你们的力量吧。发泄出无边无际的怒火，把这黑暗的宇宙，阴惨的宇宙，爆炸了吧！爆炸了吧！""鼓动吧，风！咆哮吧，雷！闪耀吧，电！把一切沉睡在黑暗怀里的东西，毁灭，毁灭，毁灭呀！"此处所引只是整个《雷电颂》的一小部分，相信读者已经从中感受到了一种将要冲决胸膛的感情的洪流，一种可以毁灭宇宙的心灵的力量。纷繁的意象，密集的语言，奇特的想象，雄浑的意境，在充满主观抒情意味的表达中，给人以强烈的情感冲击和审美享受。作为《屈原》中最经典的段落，《雷电颂》甚至获得了独立的生命，它已与奏出"五四"最强音的诗歌《天狗》一起，被人们视作郭沫若最优秀的诗篇而不断传诵。

---

① 郁达夫：《五六年来创作生活的回顾》，《文学周报》第5卷第11、12号合刊，1927年10月。

总而言之，郭沫若的《屈原》作为中国现代历史剧成熟的标志，在中国戏剧史上树立起一座丰碑。作为一部悲剧作品，《屈原》的出现标志着中国现代悲剧观念和创作在成熟的路上又向前迈进了一步，达到了一个新的境界。

第五节　悲剧理论研究的深化

自从王国维第一次运用西方悲剧理论研究中国文学之后，"悲剧"这一概念开始被国人接受，在戏剧创作与批评中逐渐成为一个重要的美学范畴，进而扩展到文学艺术和美学领域乃至人们的日常生活当中，成为使用频率颇高的一个词汇和概念。这种扩散和普及，进一步强化了人们对于悲剧作品的重视程度，从而又更进一步加深了人们的悲剧观念。然而，文艺美学意义上的悲剧和日常生活层面的悲剧毕竟不能与作为戏剧类型范畴的悲剧完全画等号，而我们这里的讨论是侧重于后者的，因此我们还是将目光回到戏剧领域。前面几节，我们主要以作家和作品为研究对象，考察了中国现代悲剧创作的基本情况以及其中所透露出的悲剧观念。我们知道，实践与理论是相互制约也相互促进的，两者是密不可分的。在考察了悲剧创作的一面后，我们有必要对中国现代悲剧理论与批评方面的基本状况和主要成果进行一番梳理和分析，以便能够对中国现代悲剧观念的面貌有一个较为全面立体的认识。

一　朱光潜的《悲剧心理学》

1933 年，法国斯特拉斯堡大学出版社出版了朱光潜的《悲剧心理学》英文版，直到半个世纪之后该书的中文版才在中国出版。尽管如此，作为中国学者系统研究悲剧理论的第一部专著,我们还是不应该忽视《悲剧心理学》对于中国现代悲剧理论研究的意义,不能因为它当时没有在国内出版而将它排除在中国现代学术视野之外。在这部著作中,朱光潜不仅对西方悲剧理论进行了系统梳理,提出了许多富有创造性和建设性的真知灼见,而且他也没有忘记中国悲剧,尤其针对中国古典悲剧问题发表了一系列观点,这些都应当在我们研究中国现代悲剧观念和悲剧理论问题时纳入考察的范围。

(一) 悲剧的审美距离问题

顾名思义,这部书主要是从心理学的角度来探讨悲剧创作和悲剧理论问题的。朱光潜从"心理距离"入手,首先讨论了悲剧审美中的"距离"问题。"心理距离"说是西方文艺美学当中影响极为广泛的一种理论,它的源头可以上溯到很早的时代,不过普遍公认的首创者是瑞士心理学家爱德华·布洛,他在1912年发表《作为艺术的一个要素与美学原理的"心理距离"》一文,正式提出了"心理距离"学说。布洛在传统的"空间距离"的基础上,创造了"心理距离"这一概念,它指的是观赏者对于观赏对象在情感上和心理上保持的一种距离,这种距离既不能太近,也不能太远,否则就无法获得美感。"布洛认为:'在创作和鉴赏中最好的是最大限度地缩短距离,但又始终有距离。''距离过度'是理想主义艺术常犯的毛病,它往往意味着难以理解和缺少兴味;'距离不足'则是自然主义艺术常犯的毛病,它往往使艺术品难于脱离其日常的实际联想。"[1] 因此,无论是在生活中还是在艺术中,"中庸"都是一种理想的状态。谈到戏剧,朱光潜认为:"戏剧艺术由于是通过真正的人来表现人的行动和感情,所以有丧失距离的危险。它有写实的倾向,容易在观

---

[1] 朱光潜:《悲剧心理学》,安徽教育出版社1996年版,第44页。

众头脑里产生活动在真实世界里的虚假印象。"[1] 同时,"戏剧以真人为艺术媒介还有一个不利之处,那就是观众很容易取一种批评态度",这"与超然观照任何艺术品所必需的全神贯注是格格不入的"[2]。因此,朱光潜认为阅读剧本要优于看舞台演出的戏剧,"许多悲剧的伟大杰作读起来比表演出来更好"[3]。

那么,在悲剧创作中应该怎样使生活"距离化",最大限度地克服悲剧审美中的"距离不足"问题呢?朱光潜总结出了六个方面的表现手法:(1)时间和空间的遥远性。悲剧中形成审美距离最常见的方法就是让戏剧情节发生的时间在往古的历史时期,地点在遥远的国度。例如,古希腊悲剧一般取材于《荷马史诗》和民间神话,除了《波斯人》属于"应景之作"外,其他作品都没有采用同时代事件为题材;莎士比亚的悲剧中,只有《奥赛罗》在时间上较近,但他把地点放在了意大利,而且用一个黑皮肤的摩尔人做主角,谁也不知道这个摩尔人究竟是哪里的人。(2)人物、情境、情节的非常性质。悲剧的主人公往往是具有神性的人、品德格外高尚的人或者意志力超强的人,观众不可能把他们与自己等同起来;而且这些特殊人物所处的情境也是非常特殊的,例如俄瑞斯特斯必须杀死自己的母亲、安提戈涅需要在亵渎神灵与违反国法之间作出抉择;最后,悲剧情节具有异常的性质,例如俄狄浦斯全力避免"杀父娶母"预言的应验,却在无意之中杀死了自己的父亲,娶了自己的母亲。总之,人物、情境和情节的非常性质,使得悲剧高于一般的生活,从而形成了审美的距离。(3)艺术技巧与程式。悲剧与别的艺术形式

---

[1] 朱光潜:《悲剧心理学》,安徽教育出版社1996年版,第46页。
[2] 同上书,第47页。
[3] 同上书,第48页。

一样，本质上也是人为的和形式的，它一般会要求某些形式特点，如统一、平衡、对比、场与幕的适当分布等，而这些都是实际生活中的事件所不具备的。（4）抒情成分。悲剧是从抒情诗和舞蹈中产生出来的，它不是用日常生活语言，而是以诗歌体写成的。诗歌是一种抒情的文体，并且与现实世界有相当的距离。抒情成分在古希腊悲剧中占有重要地位，合唱主要承担的是抒情的功能。近代以来戏剧语言越来越趋于写实，诗的衰落也导致了悲剧的衰落。（5）超自然的气氛。大多数伟大悲剧中，往往有一种神怪的气氛。这种气氛加强了悲剧感，使我们的想象驰骋在一个理想的世界里。古希腊悲剧诗人在这方面有完善的技巧，莎士比亚的悲剧中也大都设计了超自然的场景，使人觉得悲剧人物的头上闪烁着一道神秘的光芒。（6）舞台技巧和布景效果。世界毕竟不是舞台，而只要舞台建造和装饰得像一个舞台，谁也不会将二者混淆。古希腊人根本就没有舞台，剧场的装饰也极其简单。中国戏曲虽然在舞台上演出，却也很少用布景装饰。写实主义兴起后，戏剧成了对现实生活的拙劣模仿，审美距离的拉近也造成了戏剧美感的丧失。

朱光潜的结论是："写实主义与悲剧精神是不相容的。悲剧中的痛苦和灾难绝不能与现实生活中的痛苦和灾难混为一谈……悲剧与现实之间隔着一段'距离'。悲剧情节通过所有这些'距离化'因素之后，可以说被'过滤'了一遍，从而除去了原来的粗糙和鄙陋。"①

（二）关于悲剧快感

悲剧为什么能够引起我们的快感？这是一个很有意思的问题，也是一个非常复杂的问题。朱光潜对西方关于悲剧快感的两

---

① 朱光潜：《悲剧心理学》，安徽教育出版社1996年版，第57页。

种最主要的理论观点进行了辨析,试图在此基础上找到问题的正确答案。宋宝珍有一个说法我很赞同,她说:"悲剧的快感问题并非朱光潜的发现,但是对这样一个问题引起理论的关注,却是朱光潜的独到之处。一个重要理论命题的发现,本身就是一项学术研究的重大突破。"① 因此,朱光潜最后是否彻底解决了这个问题也许并不重要,因为学术是无止境的,更重要的、更值得我们敬佩的,是他的这种勇于面对挑战性难题的探索精神。

关于悲剧快感的探讨,朱光潜首先从"恶意说"开始谈起。有一种观点认为,从悲剧中获得快感是因为人类的一种幸灾乐祸的心理。"巨大的灾难临到我们自己头上时,便成为悲剧的根源;但降临到别人头上却给我们最大的快感。因此,悲剧的情感效果取决于观众对自己和悲剧主角的区别的意识。"② 卢克莱修把悲剧快感的原因归结为安全感,认为这并不是因为我们对别人的不幸感到快乐,而是因为我们庆幸自己逃脱了类似的灾难。从这种理论出发,很容易形成悲剧唤起我们的优越感的观点。而按照霍布斯的说法,笑来源于"突然的荣耀感"。以此推论,那么欣赏悲剧和喜剧就没多大区别了。还有比上述观点"更不合人情"的看法:悲剧快感的原因,与其说是安全感或自我优越感,毋宁说是我们从远古的祖先那里继承过来的对于流血和给别人痛苦这种野蛮人的渴望。"恶意说"通常是与法格的名字连在一起的,这位法国学者有一句被经常引用的话:"淫猥的大猩猩爱看的是喜剧;野蛮的大猩猩爱看的则是悲剧。"③ 在对"恶意说"的主要观点加以引述后,朱光潜对其进行了学理性的批判。他指

---

① 宋宝珍:《残缺的戏剧翅膀——中国现代戏剧理论批评史稿》,北京广播学院出版社 2002 年版,第 248 页。
② 朱光潜:《悲剧心理学》,安徽教育出版社 1996 年版,第 61 页。
③ 同上书,第 64 页。

出,"恶意说"最大的错误在于忽视了审美态度与现实态度、作为艺术品的悲剧与实际苦难场面的区别,将生活中的快乐与审美快感相混淆。悲剧是"距离化"了的,它所引起的情感反应与实际生活中有很大不同,甚至是与一个人的道德天性没有必然联系的。如果"恶意说"是成立的,那么悲剧快感应该与悲剧的恐怖程度成正比,可事实并非如此。绝大多数观众绝不欣赏悲惨结尾本身,反而真诚地希望悲剧主角有更好的命运。"人心中都有一种变悲剧为喜剧的自然欲望,而这样一种欲望无疑不是从任何天生的恶意和残忍产生出来的。"[1]

接下来,朱光潜又对"同情说"进行了分析,同样得出了否定的结论。博克是"同情说"的代表性人物,他认为悲剧快感不是来自明白意识到舞台上演出的可怕情景的虚构性质,而现实的痛苦和灾难更能吸引与打动我们。博克进一步阐述:悲剧模仿现实,并且除通常由真的灾难引起的快乐外,还能产生来自艺术模仿效果的快感。但是,在唤起同情和吸引观者这方面,悲剧远远不及我们的同类遭受的实际苦难,它宣告了"现实的同情的胜利"。朱光潜首先指出了博克观点的自相矛盾和逻辑上的漏洞,接着对博克"同情说"的理论基础进行了一一驳斥。他强调,悲剧的同情主要是一种审美同情,它与实际生活中的道德同情在性质上是完全不同的。道德同情由于与悲剧行动的动机和趋势相抵触,往往不利于悲剧的欣赏。他还指出,悲剧给人带来快感的能力是有限度的,超出限度时快感就变成了痛感。现实苦难由于需要更大同情,所以比悲剧更有吸引力的说法也是很可疑的,这是对人性中审美方面的亵渎。另外,将生物学上的人性的某一面过分夸大,必然会遮蔽另一面的真理。为了将关于"同

---

[1] 朱光潜:《悲剧心理学》,安徽教育出版社1996年版,第72页。

情"的问题分析得更透彻,朱光潜又从观众和演员的角度,分别对悲剧欣赏和表演中的"分享者"与"旁观者"两种类型进行了辨析,认为两者都是有弊端的。他指出:"理想的审美经验既需要分享,又需要旁观。通过分享,我们才能理解艺术品中表现的情感;通过旁观,我们才能看出这些情感是否得到了美的表现。"[①] 朱光潜对"同情说"的分析和批评是非常有力度的,许多见解深刻地洞悉了艺术的规律,不仅适用于悲剧,也适用于其他艺术。

(三) 悲剧感与崇高感

亚里士多德在《诗学》中提出的悲剧中的怜悯与恐惧的问题,是西方学者两千多年来乐此不疲、争论不休的一个热点话题,但在朱光潜看来:"'怜悯'和'恐惧'这短短两个词一直成为学术的竞技场,许许多多著名学者都要在这里来试一试自己的技巧和本领,然而却历来只是一片混乱。"[②] 在西方哲学家中,柏拉图是第一个对悲剧发起攻击的人,他不喜欢悲剧的原因在于悲剧激起的怜悯,他认为这是一种应当压制而不应当培养的毫无价值的情感,因为在他看来,怜悯是恶而不是善,是灵魂的一种缺陷。正因如此,柏拉图将悲剧诗人逐出了他的理想国。那么,亚里士多德在为悲剧辩解时,为什么要在"怜悯"之外加上"恐惧"呢?朱光潜认为这是一个非常重要的问题,却一直没能引起学者们的关注。他首先对怜悯这种感情作了分析,认为怜悯当中有主体对于对象的爱或同情的成分,而怜悯的另一个基本成分是惋惜的感觉。他接着指出,真正的怜悯绝不包含恐惧,他引用伯格森的话来说明这一点:"在我们对别人的苦难所抱的同情

---

① 朱光潜:《悲剧心理学》,安徽教育出版社1996年版,第90页。
② 同上书,第102页。

中，恐惧也许是不可忽视的，然而这毕竟只是怜悯的低级形式。真正的怜悯不只是畏惧痛苦，而且更希望去经受这种痛苦。"[1]朱光潜认为，悲剧的怜悯是一种审美同情，其本质在于主体与客体的区别在意识中消失，因此这种怜悯多少有一点自怜的意味。同时他又强调，对于一部伟大的悲剧来说，有没有不幸的结局这一点并不重要。"悲剧在征服我们和使我们生畏之后，又会使我们振奋鼓舞。在悲剧观赏之中，随着感到人的渺小之后，会突然有一种自我扩张感；在一阵恐惧之后，会有惊奇和赞叹的感情。"[2] 因此，恐惧是悲剧感中不可或缺的成分，但不能将其与生活中的恐惧混为一谈。"如果说悲剧不等于纯粹的英雄气魄，那么它也不等于纯粹的恐怖。纯粹的恐怖不仅不能鼓舞和激励我们，反而让人郁闷和意志消沉。"[3]

与怜悯和恐惧相关的悲剧感与崇高感的关系，是《悲剧心理学》中最有理论创见的论述之一。朱光潜首先引述了布拉德雷的观点："崇高有两个同样必要的阶段——第一个阶段是否定的，第二个是肯定的。在第一个否定的阶段中，'我们似乎感到压抑、困惑甚至震惊，甚或感觉受到反抗或威胁，好像有什么我们无法接受、理解或抗拒的东西在对我们起作用'。接着是一个肯定的阶段，这时那崇高的产物'无可阻挡地进入我们的想象和情感，使我们的想象和情感也扩大或升高到和它一样广大。于是我们打破自己平日的局限，飞向崇高的事物，并在理想中把自己与它等同起来，分享着它的伟大'。"[4] 接着，朱光潜就崇高感与悲剧感的关系提出了自己的观点，首先，"悲剧感中能打动我

---

[1] 朱光潜：《悲剧心理学》，安徽教育出版社1996年版，第107页。
[2] 同上书，第115页。
[3] 同上。
[4] 同上书，第118页。

们的事物，正如在崇高感中一样，其基本特征都是或在体积上（用康德的术语说是'数量上'）超乎寻常，或在强力上（用康德的术语说是'力量上'）超乎寻常"。其次，"悲剧感正如崇高感一样，宏大壮观的形象逼使我们感到自己的无力和渺小"。最后，"像崇高感中的'暂时阻碍'一样，悲剧恐惧也只是走向激励和鼓舞这类积极情绪的一个步骤"。因此，"悲剧感是崇高感的一种形式。但是这两者又并不是同时存在的：悲剧感总是崇高感，但崇高感并不一定是悲剧感"，悲剧感区别于崇高感的独特属性在于"怜悯的感情"。"只有怜悯并不足以产生悲剧效果，而单是恐惧同样不足以产生悲剧效果"，"作为一种美的形式，可以说崇高恰恰是可怜悯的对立面。悲剧的奇迹就在于它能够将这两个对立面结合在一起"[①]。就这样，朱光潜对历来众说纷纭、莫衷一是的怜悯与恐惧及其关系问题作出了富有辩证意味的阐释，并就以往人们较少关注的悲剧感与崇高感的联系和区别提出了自己的独特见解，这些重要观点无疑是具有很大的启发意义的。

（四）关于中国为何缺乏悲剧

《悲剧心理学》中讨论悲剧与宗教、哲学之间关系的章节，也许是该书中最具有原创精神的一个部分。在这一部分的论述中，不仅有关于宗教、哲学与悲剧之间的联系和区别的学理性辨析，而且还有对东西方文化与戏剧的实证性比较研究。朱光潜作为一个来自中国的东方学者，在探讨悲剧问题时必然会与西方学者有着不一样的思维和视野，而他对于中西戏剧的比较研究，特别是关于中国戏剧和印度戏剧的许多独到观点，尤其引起西方学术界的关注。无论这些观点公允与否，朱光潜都为东西方戏剧的

[①] 朱光潜：《悲剧心理学》，安徽教育出版社1996年版，第118—124页。

学术交流与融合起到了拓荒的作用，仅此一点就足以名垂青史。朱光潜对中国古典悲剧是持否定态度的，即认为中国古典戏曲中不存在悲剧，但这并不妨碍我们从他的论述中观察中国现代悲剧观念的某些表现。

朱光潜首先提出了一个问题：悲剧的发达为什么只在古希腊而不在世界其他地方？由此他引出了一个观点："命运观念对悲剧的创作和欣赏都很重要。"① 对于有西方学者提出的宿命论的观念属于东方的论调，朱光潜作出了有力反击。他说："如果我们把荷马史诗、古典型悲剧和浪漫型悲剧、中世纪传奇和北欧神话的基本精神，拿来和中国儒家典籍和印度佛教经文的基本精神作一比较，就会觉得这种看法很奇怪。要不是它触及悲剧的中心问题，如此荒谬的看法本来是不值一驳的。"② 他强调，宿命论既不属于宗教，也不属于哲学；悲剧与命运观念有着密切的关系，但悲剧并没有将宿命论当作一种信条；同时，悲剧既不同于哲学，也不同于宗教，"它深深感到宇宙间有些既不能用理智去说明，也不能在道德上得到合理的证明。正是这些东西使悲剧诗人感到敬畏和惊奇；我们所谓悲剧中的'命运感'，也正是在面对既不能用理智去说明，也不能在道德上得到合理证明的东西时，那种敬畏感和惊奇感"③。朱光潜认为，使人脱离悲剧的因素，一是宗教，悲剧感产生了宗教，但反过来，宗教又消弭了悲剧感；二是伦理哲学，即一种固定而实际的人生观，它使人满足于"自己的园地"，而不去管什么人生的苦难。在朱光潜看来，希伯来人和印度人走的是宗教的道路，中国人和罗马人

---

① 朱光潜：《悲剧心理学》，安徽教育出版社1996年版，第277页。
② 同上书，第278页。
③ 同上书，第280页。

则是满足于一种实际的伦理哲学,所以这样的民族是产生不了真正的悲剧的。

朱光潜说:"像罗马人一样,中国人也是一个最讲实际、最从世俗考虑问题的民族。他们不大进行抽象的思考,也不想去费力解决那些和现实生活好像没有什么明显的直接关系的终极问题。对他们来说,哲学就是伦理学,也仅仅是伦理学。除了拜祖宗之外(这其实不是宗教,只是纪念去世的先辈的一种方式),他们只有非常微弱的一点宗教情感。……在遭遇不幸的时候,他们的确也把痛苦归之于天命,但他们的宿命论不是导致悲观,倒是产生乐观。……只要归诸天命,事情就算了结,也不用再多忧虑。中国人实在不怎么多探究命运,也不觉得这当中有什么违反自然或者值得怀疑的。善者遭殃,恶者逍遥,并不使他们感到惊讶,他们承认这是命中注定。中国人的国民性有明显的伏尔泰式的特征。他们像伏尔泰那样说:'种咱们的园地要紧',不用去管什么命运。"① 这实在是一段概括中国国民性的精彩论述。王国维曾经说中国人的精神是世间的、乐天的,鲁迅也批判过中国人的瞒和骗以及"阿Q精神",但像朱光潜这样平和冷静、鞭辟入里、逻辑严密地论析中国人的民族性格的文字,似乎还是第一次出现。

在分析了中国人务实的伦理哲学之后,朱光潜接着谈到了悲剧的问题。他说:"中国人既然有这样的伦理信念,自然对人生悲剧性的一面就感受不深。他们认为乐天知命就是智慧,但这种不以苦乐为意的英雄主义却是司悲剧的女神所厌恶的。对人类命运的不合理性没有一点感觉,也就没有悲剧,而中国人却不愿承

---

① 朱光潜:《悲剧心理学》,安徽教育出版社1996年版,第283—284页。

认痛苦和灾难有什么不合理性。"① 同时他还指出，中国的文学受到道德感的束缚，文学创作总要追求一种严肃的道德，因此虚构性、娱乐性的文学向来是被鄙视的，这也是中国戏剧发展得比较晚的一个重要原因。而具体到悲剧这种戏剧类型，朱光潜的看法是："中国文学在其他各方面都灿烂丰富，唯独在悲剧这种形式上显得十分贫乏。事实上，戏剧在中国几乎是喜剧的同义词。中国的剧作家总是喜欢善有善报、恶有恶报的大团圆结尾。他们不能容忍像伊菲革涅亚、希波吕托斯或考狄利娅这样引起痛感的场面，也不愿触及在他们看来有伤教化的题材。"② "随便翻开一个剧本，不管主要人物处于多么悲惨的境地，你尽可以放心，结尾一定是皆大欢喜，有趣的只是他们怎样转危为安。剧本给人的总印象很少是阴郁的。仅仅元代（即不到一百年时间）就有五百多部剧作，但其中没有一部可以真正算得悲剧。"③ 不过他紧接着就提到了元杂剧《赵氏孤儿》，此剧曾被伏尔泰改写成《中国孤儿》，是欧洲人最熟悉的中国戏剧。朱光潜认为，《赵氏孤儿》并不是中国戏剧里最好的作品，更不是一部悲剧，它之所以被介绍到欧洲，主要是因为剧中抒情的成分较少，翻译起来比较容易。他认为《赵氏孤儿》的故事本来是一个悲剧题材，却被写成了喜剧。道德目的使作者强调了孤儿的被救，而不是他的复仇。真正的主角是程婴，而不是孤儿。全剧的结局也是善恶皆得到应有报应的大团圆，连奸贼自己也承认这是公道的。《赵氏孤儿》的题材与《哈姆雷特》非常接近，而两者的追求却相去甚远。

---

① 朱光潜：《悲剧心理学》，安徽教育出版社1996年版，第285页。
② 同上书，第286页。
③ 同上书，第287页。

在关于中国悲剧的问题上，我们不得不指出，朱光潜也犯了他自己在书中批评过的"牺牲悲剧来保全他的哲学"的叔本华式的错误。可以说，朱光潜是将以古希腊悲剧为范本的欧洲古典和近代悲剧当作了衡量一切悲剧的标尺，用一套从亚里士多德到尼采的西方哲学家和悲剧理论家的论著中梳理总结出来的悲剧理论，以及他自己在这些理论的启发下形成的一些悲剧观念为准绳，来衡量欧洲之外的世界其他地区的悲剧，其结果也就可想而知了。在文学艺术上，没有放之四海而皆准的统一标准，地域有别，环境有别，文化有别，人种有别，时间有别，用一个"模子"去"套"古今中外的所有文艺作品，显然是十分荒谬的。作为中国现代屈指可数的大学者之一，朱光潜无疑是非常值得我们尊敬的，但他对中国古典悲剧的偏见，却是我们不敢苟同的。朱光潜之所以会犯这样的低级错误，主要原因恐怕在于他当时所受的西方学术熏陶（此时他已留学欧洲多年，在法国完成此书），使他在不自觉中形成了一种西方本位思想。事实上，朱光潜后来在中国古典悲剧的问题上也发表过一些比较公允的观点，但因不属于本课题的研究范围，所以这里不再讨论。

除了以上几个方面的重要问题外，《悲剧心理学》还分别对悲剧中的正义观念、"净化"与情绪的缓和、痛感中的快感、悲剧与生命力感，以及黑格尔、叔本华、尼采的悲剧理论等进行了探讨分析，提出了不少有价值的观点。但是，我们最好还是不要把这一节搞成《悲剧心理学》的专场推介会，所以书中的其他内容和观点就只好割爱了。

朱光潜说："《悲剧心理学》（*The Psychology of Tragedy*）一书，当时作为博士论文，曾在斯特拉斯堡大学出版社出版过。由于印数很少，国内很少有人知道，但在国外颇引起了一些反响。"① 朱光潜所言非虚，《悲剧心理学》在当时的欧洲的确引起了较为强烈的反响。朱光潜的导师、法国斯特拉斯堡大学心理学系主任夏尔·布朗达尔教授称赞朱光潜关于中西戏剧比较的研究"是最富有独创性的"，"这些富有独创性的见解也是最值得争议的，但同时也是对我们最有教益的"②。英国学者拉斐尔在他的《悲剧是非谈》(The Paradox of Tragedy) 中，引用了《悲剧心理学》中关于中国戏剧的不少观点，并且认为朱光潜对中国和西方以及印度戏剧的比较研究，"对建立一种全面的悲剧理论提供了有价值的论据"③。就国内来说，朱光潜的《悲剧心理学》也是一部填补空白的著作，"不仅开创了中国现代理论家系统研究西方美学的先例，而且在中国现代戏剧理论批评史上率先树立了学理性研究的范例"④。而在中国悲剧理论史上，它的开创之功更是不可磨灭的。

二 其他学者的悲剧理论探讨

（一）章泯的《悲剧论》

中国现代学者关于悲剧研究的专著可谓凤毛麟角，章泯的《悲剧论》（商务印书馆1936年出版）是除朱光潜的《悲剧心理学》之外我们所见到的唯一一部，因此而显得比较珍贵。纵观

---

① 朱光潜：《作者自传》，《朱光潜美学论文集》，上海文艺出版社1982年版，第16页。

② ［美］邦尼·麦克杜哥：《从倾斜的塔上瞭望：朱光潜论二十世纪三十年代的美学和社会背景》，《新文学史料》1981年第3期。

③ 转引自钱念孙《朱光潜与中西文化》，安徽教育出版社1995年版，第209页。

④ 宋宝珍：《残缺的戏剧翅膀——中国现代戏剧理论批评史稿》，北京广播学院出版社2002年版，第246页。

全书，章泯关于悲剧的论述主要是一些介绍性的、普及性的内容，真正有新意、有价值的理论探索并不多，但由于"物以稀为贵"，我们还是要对这部著作进行简要的介绍和分析。该书共分为九章，各章的题目分别是：悲剧的起源，悲剧的目的，悲剧的情绪和思想，悲剧的统一性，悲剧的题材、主题和方法，悲剧的布局，悲剧的人物，亚里士多德的悲剧论，席勒的悲剧论。

作为一个左翼戏剧、电影导演、剧作家和理论家，章泯对于悲剧的观察和思考是站在马克思主义的历史唯物主义和辩证唯物主义的立场的，体现出明显的"左派"特征。譬如他认为，悲剧是社会现实的一种反映，反过来说，是社会现实的悲剧性决定了悲剧这种艺术形式的出现。他说："在人类的社会生活中，从最初到现在都充满着'悲剧的'现实。""人与大自然间的斗争，人与命运或神间的纠葛，人本身的矛盾，人与社会间的冲突，阶级与阶级间的冲突"，"都是存在着'悲剧的'现实"，"'悲剧的'现实是悲剧所由发生的源地"。同时他又强调，"悲剧不是戏剧家个人的主观意志形成的"，而是"'悲剧的'现实的扮演者的情调和声息的反映"。[①] 悲剧是对社会现实的反映，这当然是不错的，但过分强调它的客观性而忽视甚至否定作家的主观能动性，则未免有些失之偏颇了。

章泯认为，近代以来的悲剧可以分为两种。一种是"颓废的浪漫派的悲剧，及一些自然派的悲剧"，其产生的历史背景和主要特征是："随着社会的发展，人对于他的社会环境开始明白地意识到它的威力，而感到无可奈何，只得屈服逃避，在这样的立场上产生出来的悲剧，它的目的，一方面使观者对于社会环境

[①] 章泯：《悲剧论》，《章泯戏剧选》，中国戏剧出版社1987年版，第482—483页。

的势力感到可怕，同时就使观者同情于那悲剧的主人公之无可奈何的苦痛。"[1] 另一种是以易卜生为代表的"进步悲剧"，对于此类悲剧的"进步性"，他也进行了论证："随着社会的进展，人对于自身及其环境的认识也越来越明白和深入，所以必然地，人对于他的环境，也会转取一种积极的挑战的态度。"这类悲剧"在观者心里并没有引起对某种势力的恐怖，而只从积极的方面引起了同情"，这种同情"不仅是同情他对于那苦恼的被动的忍受"，"还同情着他的主动的反抗的精神"。[2] 章泯对两种悲剧的划分和评价有一定的合理性，但也存在着过于绝对和极端的问题。事实上，浪漫主义也好，颓废主义、自然主义也罢，这些流派的作品并不都是消极的、被动的、没有反抗的，相反倒是有不少作品显示出强烈的社会批判性和反抗精神。因此，独尊一家而罢黜百家，认为只有现实主义才是唯一正确的道路，这样的观念显然是一叶障目的片面认识，甚至可以说是一种偏见。

对于悲剧创作的题材，章泯的观点是："最适合于悲剧这种戏剧形式的题材，是这样的社会现实：包含着两种以上的敌对着的势力，在矛盾的发展中形成一种动作，在这动作中有一方面受挫，至少在那个悲剧的范围内是受挫了，同时又还得有可能引起观者的同情。"[3] 在这里，我们还是看到了作者立论的不严密甚至与前述观点的自相矛盾。首先，悲剧并不只是表现矛盾冲突中一方的受挫，更重要的是这受挫的一方须有一种崇高的品格和不屈的抗争精神；其次，悲剧引起的情感反应不是只有同情，而是多种情感的混合，同情只是必要条件之一；再次，悲剧必须能够

---

[1] 章泯：《悲剧论》，《章泯戏剧选》，中国戏剧出版社1987年版，第490页。
[2] 同上书，第490—491页。
[3] 同上书，第496页。

引起观众的同情,而不是"有可能引起",如此等等。像这样的漏洞在章泯的《悲剧论》中还有不少,我们也没必要在此一一指正。尽管这样,但我们还是不能粗暴地否定它的价值。作为现代历史上国内出版的仅有的一部悲剧论著,《悲剧论》自有其不可替代的历史地位和意义。

(二) 鲁迅的悲剧观

鲁迅虽然没有创作过悲剧,但是他的小说、散文和诗歌中,处处弥漫着浓重的悲剧气氛,这些悲剧性作品,即使与任何真正的悲剧相比也毫不逊色。此外,他还发表过一些关于悲剧的精辟观点,产生了广泛而深远的影响。鲁迅的文学观和他的创作以及他的精神,深刻地影响了数代中国作家、知识分子和普通民众,这种影响不但至今仍在延续,而且还将长久地持续下去。对于这样一位具有深沉的悲剧意识并且影响巨大的作家和学者,我们在探讨中国现代悲剧观念时显然是不能忽视的,也是无法越过的。

鲁迅对悲剧问题的关注也是从中国古典戏曲和文学中的"大团圆"问题开始的。1924年7月,鲁迅在《中国小说的历史的变迁》一文中,论及唐代元稹的传奇《莺莺传》在后世的再创作及其流变时,列举的金代董解元的《弦索西厢》(《西厢记诸宫调》)、元代王实甫的《西厢记》、关汉卿的《续西厢记》,明代李日华和陆采的两种《南西厢记》等,说它们都源于《莺莺传》,"但和《莺莺传》原本所叙的事情,又略有不同,就是:叙张生和莺莺到后来终于团圆了"[①]。对于这种追求"团圆之趣"的现象,鲁迅当然是很不以为然的,但为什么会出现这种现象呢?鲁迅对此进行了深刻的剖析。他说:"这因为中国人底心理,是很喜欢团圆的,所以必至于如此。大概人生现实底缺陷,

---

① 《鲁迅全集》第9卷,人民文学出版社1981年版,第316页。

中国人也很知道，但不愿意说出来；因为一说出来，就要发生'怎样补救这缺点'的问题，或者免不了要烦闷，要改良，事情就麻烦了。而中国人不大喜欢麻烦和烦闷，现在倘在小说里叙了人生底缺陷，便要使读者感到不快。所以凡是历史上不团圆的，在小说里往往给他团圆；没有报应的，给他报应，互相骗骗。"①在1925年7月写的杂文《论睁了眼看》中，鲁迅又进一步发挥了他的这一观点。他说："中国的文人，对于生活，——至少是对于社会现象，向来就多没有正视的勇气。""先既不敢，后便不能，再后，就自然不视，不见了。""万事闭眼睛，聊以自欺，而且欺人，那方法是：瞒和骗。"②

鲁迅列举了中国古代文学中的一些作品和现象，对这种"瞒和骗"的现象进行了分析和批判，其中有一段关于才子佳人小说的批评可谓入木三分："中国婚姻方法的缺陷，才子佳人小说家早就感到了，他于是使一个才子在壁上题诗，一个佳人便来和，由倾慕——现在就得称恋爱——而至于有'终身之约'。但约定之后，也就有了难关。我们都知道，'私订终身'在诗和戏曲或小说上尚不失为美谈（自然只以与终于中状元的男人私订为限），实际却不容于天下的，仍然免不了要离异。明末的作家便闭上眼睛，并这一层也加以补救了，说是：才子及第，奉旨成婚。'父母之命媒妁之言'经这大帽子来一压，便成了半个铅钱也不值，问题也一点没有了。假使有之，也只在才子的能否中状元，而决不在婚姻制度的良否。"③ 这实在是一段精彩的评论，我们不能不为鲁迅眼光的毒辣和思维的敏锐而赞叹。近些年来一

---

① 《鲁迅全集》第9卷，人民文学出版社1981年版，第316页。
② 鲁迅：《论睁了眼看》，《语丝》第38期，1925年8月3日。
③ 同上。

些人对鲁迅有点"审美疲劳"了,听说中小学语文课本也在削减鲁迅文章的数量,可我们不得不承认:鲁迅太独特了,太了不起了。很多话从鲁迅笔下写出来往往显得比较尖刻,带着刺儿,让有的人读着不舒服,可当我们仔细体会他的话的意思后,往往会有一种醍醐灌顶的感觉,就会想:说得精辟!还真是这么回事,我原来怎么就没想到呢?我想这就是鲁迅的价值和意义,我们的社会,尤其是我等愚民,太需要这样一位"毒辣"的启蒙老师了!

中国人、中国文人不愿意正视现实,不愿意睁眼看世界,自然也就不喜欢悲剧了。"《红楼梦》中的小悲剧,是社会上常有的事,作者又是比较的敢于实写的,而那结果也并不坏。无论贾氏家业再振,兰桂齐芳,即宝玉自己,也成了个披大红猩猩毡斗篷的和尚。和尚多矣,但披这样阔斗篷的能有几个,已经是'入圣超凡'无疑了。至于别的人们,则早在册子里一一注定,末路不过是一个归结:是问题的结束,不是问题的开头。读者即小有不安,也终于奈何不得。然而后来或续或改,非借尸还魂,即冥中另配,必令'生旦当场团圆',才肯放手者,乃是自欺欺人的瘾太大,所以看了小小骗局,还不甘心,定须闭眼胡说一通而后快。"[①]《红楼梦》在鲁迅看来是小悲剧,还远不能称得上大悲剧,可中国人连这样的小悲剧都不愿意接受,非要改来续去,弄出一个"大团圆"的结局,才算满意。这是一群什么样的国民啊!这样的国民性不能再持续下去了!因此,鲁迅在文中大声地呼喊着:"文艺是国民精神所发的光,同时也是引导国民精神的前途的灯火。……中国人向来不敢正视人生,只好瞒和骗,由此生出瞒和骗的文艺来,由这文艺,更令中国人更深地陷入瞒和

---

① 鲁迅:《论睁了眼看》,《语丝》第38期,1925年8月3日。

骗的大泽中,甚而至于已经自己不觉得。世界日日改变,我们的作家取下假面,真诚地,深入地,大胆地,看取人生并且写出他的血和肉来的时候到了;早就应该有一片崭新的文场,早就应该有几个凶猛的闯将!"鲁迅断言:"没有冲破一切传统思想和手法的闯将,中国是不会有真的新文艺的。"①

鲁迅的"悲剧将人生有价值的东西毁灭给人看"的著名论断,是在写于1925年2月的杂文《再论雷峰塔的倒掉》中提出的。鲁迅在1924年10月曾写过杂文《论雷峰塔的倒掉》,对"西湖十景"之一、法海镇压白娘子的雷峰塔的倒掉大声叫好。大概觉得意犹未尽,第二年他又写了《再论雷峰塔的倒掉》。鲁迅说:"我们中国的许多人,——我在此特别郑重声明:并不包括四万万同胞全部!——大抵患有一种'十景病',至少是'八景病',沉重起来的时候大概在清朝。……点心有十样锦,菜有十碗,音乐有十番,阎罗有十殿,药有十全大补,猜拳有全福手福手全,连人的劣迹或罪状,宣布起来也大抵是十条,仿佛犯了九条的时候总不肯歇手。现在西湖十景可缺了呵!……但仍有悲哀在里面。其实,这一种势所必至的破坏,也还是徒然的。畅快不过是无聊的自欺。雅人和信士和传统大家,定要苦心孤诣巧语花言地再来补足了十景而后已。无破坏即无新建设,大致是的;但有破坏却未必即有新建设。"②鲁迅是主张将封建传统的东西全部"破坏",来"建设"全新的中国文化的,他对封建势力的复辟始终保持着高度的警惕。他觉得"破坏"得还不够彻底,因此列举了西方近代以来的"轨道破坏者"(勃兰兑斯语)卢梭、施蒂纳尔、尼采、托尔斯泰、易卜生等,认为"他们不单

---

① 鲁迅:《论睁了眼看》,《语丝》第38期,1925年8月3日。
② 鲁迅:《再论雷峰塔的倒掉》,《语丝》第15期,1925年2月23日。

是破坏，而且是扫除，是大呼猛进，将碍脚的旧轨道不论整条或碎片，一扫而空"，而"中国很少这一类人，即使有之，也会被大众的唾沫淹死"①。从这种对"破坏"的"破坏"中，鲁迅深刻地认识到了其中的悲剧性："这一种奴才式的破坏，结果只能留下一片瓦砾，与建设无关。……瓦砾场上还不足悲，在瓦砾场上修补老例是可悲的。我们要革新的破坏者，因为他内心有理想的光。"②

正是在这种对破坏与建设、守旧与革新问题的思考中，鲁迅提出了他著名的"悲剧论"："悲剧将人生有价值的东西毁灭给人看，喜剧将那无价值的撕破给人看。讥讽不过是喜剧的变简的一支流。但悲壮滑稽，却都是十景病的仇敌，因为都有破坏性，虽然所破坏的方面各不同。中国如十景病尚存，则不但卢梭他们似的疯子决不产生，并且也决不产生一个悲剧作家或喜剧作家或讽刺诗人。所有的，只是喜剧底人物或非喜剧非悲剧底人物，在互相模造的十景病中生存，一面各各带了十景病。"③鲁迅的深刻之处在于，他看到了悲剧和喜剧的破坏性，认为它们都是"十景病"的敌人。显然，鲁迅这里所说的"悲剧"，是一个广义的概念，并不仅仅是一种戏剧类型。然而，正所谓"无心插柳柳成荫"，鲁迅的"悲剧将人生有价值的东西毁灭给人看，喜剧将那无价值的撕破给人看"这句话，后来被普遍认为是他为悲剧和喜剧下的定义，因而被人们在讨论悲剧和喜剧问题时广泛采用。有学者指出："近现代以来，不少人认为这是鲁迅对悲剧和喜剧的科学界定。这是相当错误的。其实，鲁迅这里

---

① 鲁迅：《再论雷峰塔的倒掉》，《语丝》第 15 期，1925 年 2 月 23 日。
② 同上。
③ 同上。

只是突出了悲剧和喜剧所具有的破坏性。"① 这种说法本身没有错，事实的确如此。但是，正如鸡下蛋、作家写作品却无法规定人们怎样吃鸡蛋、如何解读作品一样，一个观点一旦发表，它的主人就失去了对它的控制力。鲁迅的"悲剧论"确实是在特定的语境下产生的，但这并不妨碍人们将其推而广之，当作一种具有普遍适用性的悲剧定义。当我们将"悲剧将人生有价值的东西毁灭给人看"这句话作为悲剧定义来看的时候，我们发现，这事实上是鲁迅的一个天才的发明创造，是鲁迅对悲剧理论的一个巨大贡献。历史上对悲剧的界说有很多种，最著名的是历来被西方学者奉为经典的亚里士多德的"悲剧是对一个严肃的、完整的、有一定长度的行动的摹仿"，将其拿来与鲁迅的"悲剧论"比较一下，感觉如何？至少可以这么说：在古今中外的学者中，鲁迅是第一个从价值的角度看待悲剧的。他的观点即使不完全科学，我们也无法否认它的独特性和"片面的"深刻性。

"悲剧将人生有价值的东西毁灭给人看"，用这句话来衡量古今中外公认的经典悲剧作品，我们发现它具有广泛的适用性和强大的解释力。以中国悲剧经典《窦娥冤》为例，这部戏如果按照以往的悲剧标准来评判，它是不是悲剧就很成问题。窦娥这个主人公，既没有高贵的身份，也没有强大的力量，她的悲剧命运不是她的自由意志的主动追求，而是黑暗不公的社会强加于她的，所以《窦娥冤》这部戏既不是命运悲剧，也不是英雄悲剧，更不是性格悲剧。西方传统的悲剧理论和观念在遇到中国古典悲剧时，失去了解释的能力。正因为如此，许多接受了西方传统悲剧观念的中国学者，都对中国古典戏曲中的悲剧打

---

① 熊元义：《中国悲剧引论》，解放军文艺出版社2007年版，第283页。

上了大大的问号,或者干脆否定。而如果我们用鲁迅的"悲剧论"来对《窦娥冤》的悲剧性作出判断和解释,问题就迎刃而解了:窦娥是一个集众多美德于一身的女子,她是"有价值的",她本身就是价值的代表和象征,她的不幸遭遇和无辜惨死,无疑是"人生有价值的东西"的毁灭。因此,《窦娥冤》当然是一部悲剧。

鲁迅的悲剧观是在"五四"那样一个除旧布新的社会历史文化环境中形成的,具有鲜明的时代特征和个性特征。他对"大团圆"的批判,是他对中国国民性思考的一个组成部分,有着他特有的深刻性;而他的"悲剧论",则是他对悲剧理论的一大贡献,为我们看待悲剧问题打开了一扇新的大门。尽管鲁迅并没有形成自己的悲剧理论体系,但他的悲剧观无疑是我们必须继承的一笔宝贵财富。

(三)钱钟书论中国古典悲剧

1935年8月,钱钟书在《天下》月刊(*T'ien Hsia Monthly*)用英文发表了一篇题为《中国古典戏曲中的悲剧》的论文,后来翻译成中文收录在了相关文集中。在这篇文章中,钱钟书对王国维提出的一些有关中国古典悲剧的观点进行了批评,并发表了自己对这些问题的看法。钱钟书说:"悲剧自然是最高形式的戏剧艺术,但恰恰在这方面,我国古代剧作家却无一成功。除了喜剧和滑稽剧外,确切地说,一般的正剧都属于传奇剧。这种戏剧表现的是一连串松散连缀的激情,却没有表现出一种主导激情。赏善惩恶通常是这类剧的主题,其中哀婉动人与幽默诙谐的场景有规则地交替变换,借用《雾都孤儿》里一个通俗的比喻,就像一层层肥瘦相间的五花肉。至于真正的悲剧意义,那种由崇高而触发的痛苦,'啊!我心中有两种情感!'之类的感受以及因未尽善而终成尽恶的认识，在这种剧作中都很少涉及。"① 他同时指出："有相当一部分古代戏曲的结尾是悲哀的，但是一个敏感的读者很容易觉察到它与真正悲剧的区别：读完作品，并无激情已经耗尽之后的平静，或者如斯宾诺莎所谓的对存在于万物之中的命运之捉弄的默许；恰恰相反，却被一种剧烈的悲痛所缠绕而感到极度的郁郁不乐和怅然若失，甚至连自身都想回避。"② 钱钟书将白朴的《梧桐雨》、洪升的《长生殿》与莎士比亚的《安东尼与克里奥佩特拉》、德莱顿的《为爱牺牲》这两组同样描写为了爱情而失去江山的君主的剧本进行了对比，认为两部中国戏曲留给人的更多只是同情，而不像两部英国剧本那样上升到了更高层次的悲剧体验。显而易见，钱钟书的悲剧观念完全是西方传统的悲剧观念，他对中国古典戏剧的观察视角与朱光潜和早期的王国维是大体相同的，在否定中国古典悲剧的存在这一结论性观点上也是完全一致的。更有意思的是，钱钟书在20世纪80年代的论著中，也转变了他对王国维和中国古典悲剧的态度，表现出了更多的理解、宽容甚至赞许。两位大学者隔着历史时空的"争论"与"和解"，颇耐人寻味。

王国维有关中国古典悲剧的论述我们在第三章中已有较为详细的介绍和分析，我们知道，王国维后来修正了他在《红楼梦评论》中得出的否定中国古典悲剧的观点，认为元杂剧中是有悲剧的，除了《汉宫秋》《梧桐雨》等之外，他特别指出："其最有悲剧之性质者，则如关汉卿之《窦娥冤》，纪君祥之《赵氏孤儿》，剧中虽有恶人交构其间，而其蹈汤赴火者，仍出于其主

---

① 钱钟书：《中国古典戏曲中的悲剧》，载李达三、罗刚主编《中外比较文学的里程碑》，人民文学出版社1997年版，第359页。
② 同上书，第359—360页。

人翁之意志，即列于世界大悲剧中，亦无愧色也。"① 对于被王国维认为"最有悲剧之性质"的《窦娥冤》和《赵氏孤儿》，钱钟书并不认同。他说："一、它们是文学名著。这一点我们也默认。二、它们都是大悲剧，因为赴汤蹈火都出自主人翁的意志。对于这样的，我们还有话要说。三、它们是大悲剧，可以说是建立在这个基础之上，即认定《俄狄浦斯》《奥赛罗》以及《贝雷尼斯》都是大悲剧。这一点，恕我们不敢苟同。"② 对两部作品，钱钟书都作了具体分析，以证明它们并非悲剧，这里只列举他对《窦娥冤》的论述。钱钟书说："最后一折中，具有中国戏曲特色的因果报应，使我们的义愤之情完全化为乌有。随之出现的问题是：这种因果报应是否加强了悲剧气氛？即使我们暂时回避这个问题，抛开第四折不计，难道我们能说前三折给我们留下了无须安慰、无须鼓舞、独立自恃这么一种悲剧印象吗？只要细心体味一下，便会作出否定回答。人们觉得，窦端云这个人物性格非常崇高，毫无缺陷，她的死令人非常同情，她的冤屈令人十分愤怒，以至于第四折中人们迫切需要调节一下心理平衡。换言之，剧作者这样描写是为了让该剧以因果报应结尾，而不是以悲剧告终。"③ 同时他还指出："窦端云既没有任何过错应当夭亡，也不是命运注定要丧生。如果说她的性格中有什么可悲的弱点的话，那么剧作者对此则是视而不见的，而且最终希望我们也同样如此。"④ 另外，钱钟书还认为："悲剧有两种主要类型：一

---

① 王国维：《宋元戏曲考》，《王国维文学论著三种》，商务印书馆2001年版，第161页。
② 钱钟书：《中国古典戏曲中的悲剧》，载李达三、罗刚主编《中外比较文学的里程碑》，人民文学出版社1997年版，第362—363页。
③ 同上书，第363—364页。
④ 同上书，第364页。

种是以人物性格为中心的悲剧，另一种是以命运本身为主的悲剧。莎士比亚的悲剧属第一种，而古希腊的悲剧却属第二种。中国古代戏剧中勉强称得上悲剧的作品大都倾向于第一种。像莎式剧一样，它们都摒弃了三一律，并强调人物性格及其对恶劣环境的反应。但是，它们并不是悲剧。正如我们所看到的，因为剧作者对于悲剧性弱点及悲剧冲突的概念，只是一种不适当的观念而已。"①

我们如果跟着钱钟书的思路走的话，会觉得他说得很有道理。可是当我们站在高处远处看时，就会发现他的南辕北辙。中国古典悲剧的主人公的确往往没有性格缺陷，因果报应的确会削弱悲剧气氛，但是谁规定的悲剧主人公必须要有性格缺陷、悲剧不能表现因果报应？说到底，这只是西方人对悲剧的一种传统认识而已。如果钱钟书仔细考察过西方现代悲剧，我相信他就不会如此轻率地下结论了。中国古典悲剧在很多方面与西方现代悲剧是不谋而合的，它们都属于社会悲剧，而不是命运悲剧、性格悲剧；它们的主人公也不是有性格缺陷的贵族或英雄，而是善良的普通人；它们的矛盾冲突不一定那么紧张激烈；它们的结局也不见得非要死亡和毁灭。总之，这是一种"凡人的悲剧"，一种于平凡中见崇高的悲剧，一种更加关注伦理道德和社会问题的悲剧。如果我们承认西方现代悲剧是悲剧，那么又有什么理由否认中国古典悲剧的悲剧性呢？

（四）唐君毅的"超悲剧"理论

在中国现代悲剧理论史上，唐君毅是一个里程碑式的人物。在将近半个世纪的关于中国古典悲剧问题的理论探讨中，王国维

---

① 钱钟书：《中国古典戏曲中的悲剧》，载李达三、罗刚主编《中外比较文学的里程碑》，人民文学出版社1997年版，第365页。

是先行者，而唐君毅则是殿后者。唐君毅对于中国古典悲剧的认识，也像王国维、钱钟书等人一样，经历了一个从否定到肯定的过程。

1947年3月，唐君毅在《东方与西方》第1卷第1期上发表了一篇题为《中西文化精神之比较》的论文，其中对中国古典悲剧和悲剧意识问题有较多的论述，一个总的倾向是持否定态度。唐君毅在对中西文化进行深入比较后指出，西方文化精神的重心是宗教与科学，而中国文化精神的重心则是道德和艺术。西方悲剧常表现"为善而得罚"，是因为"宗教精神肯定客观之神意或神秘命运之不得不然，科学精神肯定客观事物之不得不然。由神意命运事实之不可移易，而人自觉中以为可得者，终不可得，以为可逃者，终不可逃，则主观自觉屈服于客观即成悲剧"①。中国文学则反之，认为"为善必得赏"，其原因"实由相信神圣律、自然律与人之道德律之一致。盖以艺术眼光看自然，自然皆可空灵化，则无机械必然之定律所支配之自然。以道德眼光看天，则天心内在于人心，而谓有超越外在之神意或天命，故与人意相违，而与人以灾难之思想，亦宜不能有。而人对天，亦可不负其良心自觉所昭示者以外之责任"②。中国文化缺乏宗教与科学的精神，即使有宗教与科学，也是统摄于道德与艺术精神之下的，于是："中国道德精神之贯注于艺术文学，则使中国文学富道德教训之意味。而戏剧小说，尤多意在劝善惩恶。盖为善而得罚，不可以垂训。加以中国人之不肯定人之强烈意志与神力自然力之冲突对待，故小说戏剧恒终于大团圆，而西方式

---

① 唐君毅：《人文精神之重建》（一），广西师范大学出版社2005年版，第67页。

② 同上书，第78页。

悲剧遂难产生。"①

唐君毅以《红楼梦》《西厢记》和《水浒传》为例，具体分析了中国小说戏剧中为什么缺乏悲剧："《红楼梦》似悲剧，而后人必继之以《红楼续梦》、《红楼圆梦》，使终于喜剧。《西厢》终于惊梦，有凄凉之感，而后人必继之以《续西厢》，咏张生之得其妻妾。皆反悲剧之意识。""《水浒》中人物，似有命运感，噩梦所示，为一悲剧预兆。《红楼梦》著者，以荒唐言，洒辛酸泪，似有悲剧意识。但皆终与西方之悲剧意识不同。其根本处，在此二书中人物，皆缺乏强烈的目的性之意志。"②

最后，唐君毅将中国缺乏悲剧的原因归结为中国人的纯粹艺术精神，以及由此而导致的虚无主义和人生无常感。他指出："《水浒》、《红楼梦》中烟梦式的人生，于科学精神宗教精神，两无所根，亦挂搭不上真正之形上实在。此亦可说是一大虚无主义。""原纯粹之艺术精神，根本在移情于物而静观静照之。静观静照之极，必托出对象，使之空灵。对象真达空灵之境，即在若有若无之间，与我全然无对待。"③

1953年，唐君毅在《中国文化之精神价值》一书中，将他对中国古典悲剧与悲剧意识的思考向前大大推进了一步，不但颠覆了他本人此前的很多观念，而且创造性地提出了"中国式悲剧意识"和"超悲剧"的概念，从而将中国人对于悲剧理论的探索提升到了一个新的境界。

《水浒传》一直是唐君毅非常推崇的一部中国古典文学作品，他说："吾意中国之小说戏剧中，《水浒》之境界为最高，

---

① 唐君毅：《人文精神之重建》（一），广西师范大学出版社2005年版，第78页。
② 同上书，第74—75页。
③ 同上书，第75页。

《红楼梦》次之,其他小说戏剧,如《西厢》、《桃花扇》、《三国演义》等又次之。"① 关于《水浒传》究竟是不是悲剧的问题,唐君毅在六年前就有过思考,答案基本是否定的。经过六年的深入研究,他终于豁然开朗,有了一个重大发现:"《水浒》之境界绝非喜剧,亦非悲剧,只能谓之悲剧而超悲剧。"② 同时他又指出:"中国最高之悲剧意识即超悲剧意识,诚可称为中国文学之一最高境界矣。"③ 至此,唐君毅彻底否定了自己以前的观点,肯定了中国古典悲剧和悲剧意识的存在。他说:"中国小说戏剧中,虽少西方式悲剧,然亦非全无中国式之悲剧意识。《红楼梦》、七十回本之《水浒》之本身、王实甫之《西厢》与孔尚任之《桃花扇》等,皆表现一种中国式的悲剧之意识。"他同时指出了中西悲剧意识的不同之处:"西方之悲剧,皆直接关涉个体人物或人格之悲剧。中国之悲剧意识,则为'人间文化'之悲剧意识。故《红楼梦》之悲剧,非只宝玉、黛玉二人之悲剧,乃花团锦簇之整个荣、宁二国府之悲剧。七十回本《水浒传》,收束于一梦,实亦使整个《水浒》,笼罩于一中国式之悲剧情调中。吾意《水浒》乃中国文学中之悲剧而又超悲剧之一作品。"④

唐君毅认为,中国的悲剧意识,实际上是一种超悲剧意识,它与西方的悲剧意识有着很大的差异。他指出,西方的小说戏剧,"其悲剧之所以形成,一方由悲剧主角之沉酣于其理想或幻想,力求所以达之,而坚执其行动与事业,终以其性格缺乏之暴

---

① 唐君毅:《中国文化之精神价值》,广西师范大学出版社 2005 年版,第 260 页。
② 同上。
③ 同上书,第 264 页。
④ 同上书,第 259 页。

露、客观宇宙社会之力量与内心要求之冲突,而形成悲剧。故西方式之悲剧,实即主观之力与客观之力二者相抗相争之矛盾之所成,而悲剧之结局,则归于自我意志之解脱,与精神之价值之凸显"①。中国虽然没有西方式的悲剧,却有自己独特的悲剧意识:"若《水浒》之境界为超悲剧,则吾人可谓中国之悲剧意识,主要者,殆皆如《红楼梦》式之人生无常感。人生无常感,即包含人间社会之一切人物,与其事业,及人间文化本身之无常感。中国之历史小说戏剧,常皆具有此感。"② 与此同时,唐君毅还对中西悲剧及悲剧意识的审美价值和文化精神进行了对比。他认为:"西方悲剧之使人有解脱感,并使人对纯粹精神价值或纯善,有一直觉的观照,乃西方文学之最能提高人类精神境界之处。至于西方悲剧恒不免过于激荡人之情志之流弊,亦不足以掩其提高人类精神境界之功。"③ 而中国的超悲剧意识,"既叹其无常而生感慨,亦由此感慨而更增益深情,更肯定人间之实在,于是成一种人生虚幻感与人生实在感之交融"④。唐君毅举了两个例子,一个是陈子昂的《登幽州台歌》:"前不见古人,后不见来者。念天地之悠悠,独怆然而涕下。"另一个是屈原《远游》中的"唯天地之无穷兮,哀人生之长勤。往者吾弗及,来者吾不闻"。唐君毅认为,这种中国式的悲剧意识或者说超悲剧意识,具有苍凉悲壮的审美特征。他进一步指出:"苍凉悲壮之心灵,悬于霄壤,上下无依,往者已往,而来者未来,可谓绝对之孤独空虚而至悲。然上下古今皆在吾人感念中,即又为绝对之充

---

① 唐君毅:《中国文化之精神价值》,广西师范大学出版社2005年版,第263页。
② 同上。
③ 同上书,第258页。
④ 同上书,第264页。

实。夫然而可再返虚入实，由悲至壮，即可转出更高之人间之爱与人生责任感。"①

这样，唐君毅既完成了对自己的超越，也完成了对以往该领域学术境界的超越。我们再也不用去讨论中国古代有没有悲剧、悲剧精神、悲剧意识和悲剧观念的问题，再也不用去羡慕西方悲剧的崇高悲壮、震撼人心而哀叹中国古典悲剧的廉价团圆、消极逃避。中西悲剧和悲剧意识是两种不同文化的产物，具有不同的文化精神，不能简单地评判优劣高下。事实上，中国悲剧和悲剧意识不仅不是柔弱的、消极的，反而具有非常积极的意义，能够唤起人们更加强烈的人间之爱和人生责任感。唐君毅第一个提出中国悲剧和悲剧意识具有不同于西方的独特审美形态和文化精神，这是中国悲剧研究领域的一次重大理论突破，为建立中国悲剧理论体系奠定了坚实的基础。可以毫不夸张地说，唐君毅是中国现代学者中研究中国古典悲剧的集大成者，他将该领域的学术水平推上了一个全新的境界，其贡献是十分巨大的。然而由于历史的隔绝，他的杰出的研究成果直到半个多世纪之后才为大陆学界所知晓，这不能不说是一个莫大的遗憾。

---

① 唐君毅：《中国文化之精神价值》，广西师范大学出版社2005年版，第264页。

结　语

中国悲剧观念现代转型总论

　　中国悲剧观念的现代转型，是在中国近代以来社会政治、思想、文化和戏剧变革的大环境下，在外因与内因的共同作用下发生的。这一转型不是一蹴而就的，而是经历了一个相对漫长的过程。转型之后所形成的中国现代悲剧观念，既不是对中国古代悲剧观念的完全否定，也不是对西方悲剧观念的简单照搬，而是在学习吸收西方传统悲剧观念的同时，在创作实践经验和教训以及理论研究的启发下，在观众审美选择的影响和作家们的自觉努力下，汲取古今中外悲剧理论与创作中的有益成分，经过"化学反应"而最终形成的既不同于中国古代悲剧观念，又不同于西方悲剧观念的一种新型的具有中国特色的现代悲剧观念。

　　一　中国悲剧观念现代转型发生的历史环境

　　19世纪下半叶，在欧洲剧坛，批判现实主义戏剧正值盛期，现代主义戏剧已初露端倪；而歌剧、芭蕾舞剧也已瓜熟蒂落，出现了一大批经典剧目。但在中国的戏剧舞台上，仍然是传统戏曲一统天下。如果不是国门洞开，西风东渐，民族危亡，人心思变，那么我们的传统戏曲也许可以将这种垄断局面不断地延续下去。但是1840年的鸦片战争，惊醒了国人的天朝美梦。西方文明从炮舰轰开的裂缝中进入了神州古国,中西文化在此发生了全方位的激烈碰撞,戏剧界自然也在所难免。

国门既破,清廷的腐朽反动日见其甚,中国的资产阶级启蒙主义者和改良派开始登上政治舞台。他们鼓吹民主,谋求变法,组学会,设学堂,办报馆,宣传立宪改良的主张。1898年"戊戌变法"的失败,使维新派痛切地认识到治民愚、启民智的"维新之道"的重要性。这时,他们特别注意到了小说与戏剧强大的宣传教育功能。1902年,梁启超提出了"小说界革命"的口号。这里的"小说",是对包括小说、戏剧、唱本等在内的各类叙事性文学艺术的总称。

20世纪初,一些思想进步的文人对传统戏曲进行了改造试验,史称"戏曲改良"。他们或改编旧剧,托古人之口;或取材时事,借志士之壮举,抒发胸中块垒,弘扬兴邦主张。几年间,一批反映新的社会内容、改革戏曲的新剧作纷纷问世。但这些文人创作大多是案头剧,难以很快转化成舞台形象。此时的戏曲舞台上,也开始上演时事新戏,但艺术上十分粗陋。虽然演时事、穿新装,却沿袭着旧的表演程式,显得滑稽可笑。事实证明,这种"旧瓶装新酒"的改良式革新是没有出路的。

在戏曲改良的过程中,人们对戏曲艺术局限性的认识越来越深入,对戏曲的批判越来越强烈,戏曲的生存与发展面临严峻挑战。要使戏剧革命深入下去,取得实质性的突破,还需要借助新的东西、新的力量。特别是为了配合现实斗争,加强戏剧的宣传教育作用,人们日益感到戏曲改良不能适应时代的要求。于是,进步的知识分子将目光投向了西方戏剧,发现了盛行于西方的戏剧样式——话剧。

1907年2月,由中国留日学生李叔同、曾孝谷发起成立的春柳社在日本东京公演法国作家小仲马的话剧《茶花女》第三幕，6月又公演了根据美国作家斯托夫人的小说《汤姆叔叔的小屋》改编的话剧《黑奴吁天录》。这两部话剧的演出，标志着中国话剧的正式诞生。辛亥革命之前，春柳社成员大多回到国内，继续从事话剧活动，被称为"春柳派"。与此同时，全国有不少话剧团体在开展演剧活动，其中影响最大的是任天知领导的进化团，他们被称为"天知派"。"春柳派"与"天知派"各自具有鲜明的特色，一派创作态度严肃，追求戏剧的思想和艺术品位；一派注重商业经营和戏剧的宣传鼓动功能，表演形式轻松活泼而缺乏思想艺术内涵。这两个风格截然相反的话剧流派，为新生的话剧在中国的文化土壤中生根发芽，逐渐为更多的中国观众所认识和接受，共同作出了不可磨灭的贡献。

五四之前的中国早期话剧被称为"文明戏"，1914年是文明戏达到鼎盛的一年。这一年，在商业的刺激下，上海的文明戏社团陡然猛增，达到数十个之多，职业演员在千人以上，演出剧目数百个，一时盛况空前，形成了所谓"甲寅中兴"的局面。但这是一种畸形的繁荣，因为为了追求丰厚的利润，文明戏已经沦为商业资本的奴隶。这不但不是艺术的繁荣，相反却隐含着深刻的危机。1916年，"甲寅中兴"第一功臣郑正秋愤而离开新剧舞台，宣告了文明戏时代的结束。

从1916年起，以《新青年》为核心阵地的五四新文化运动精英们开始关注戏剧问题，他们掀起了一场关于中国传统戏曲存废问题的大讨论，陈独秀、胡适、钱玄同、周作人、傅斯年等人发表了一系列激烈言论，主张彻底废除传统戏曲，而全面学习西方话剧。保守派的代表人物张厚载从美学价值的角度为传统戏曲辩护，认为新兴的话剧是无法取代传统戏曲的。余上沅、宋春舫等中间派学者则既不同意废除传统戏曲，也不主张全盘西化，而是希望在吸收中西戏剧精华的基础上，建立一种新型的中国现代戏剧。这场争论既是对中国传统戏曲的一次清算，也是对中国早期话剧活动经验与教训的一次总结，更是对中国现代戏剧发展方向和路径的一次探讨，大大地深化了国人对于戏剧问题的认识，为中国现代话剧的形成做好了理论上的准备。随着20世纪20年代初欧阳予倩、洪深、田汉、丁西林等话剧作家及其作品的涌现，中国现代话剧终于建立起来。

中国悲剧观念的现代转型就是在这样的大背景下发生的，其最主要的原因可归纳为以下三个方面：一是受到国家民族悲剧性命运的直接触发。近代以来的中国灾难深重，封建王朝日益衰弱腐败，人民处于水深火热之中，西方列强疯狂掠夺瓜分，亡国灭种的威胁悬于头顶，中国人一下子从天堂掉进了地狱，悲惨而残酷的社会现实打破了"大团圆"的美梦，中国人不得不面对一个悲剧性的拷问：生存还是毁灭？在这样的环境之下已没有任何中间选项，传统的"中和"思想已无用武之地，走投无路之下唯有奋起抗争方有一线生机，这就使得中国人的悲剧意识大大增强了。二是对戏剧的现实功用的空前重视。自19世纪末、20世纪初以来，因为维新、启蒙、革命、救亡等的需要，戏剧的地位和作用空前提高，戏剧被当作开启民智、激励人心的最重要的宣传教育工具。而在戏剧当中，悲剧无疑对人的情感和思想具有更加强烈的震撼作用，因此得到了大力的提倡。而悲剧作品的日益增多，反过来又影响了人们的悲剧观念。三是随着话剧的引进而传入中国的西方悲剧观念的影响。古代中国也有自己的悲剧观念，但这种悲剧观念在近代中国社会遭遇了严峻挑战。话剧这种西方戏剧样式的引入，一方面改变了中国传统的戏剧形式，另一方面也在改变着中国人的戏剧观念。而西方戏剧是以悲剧为主的，其悲剧理论和创作有着深厚的传统与丰富的内涵。话剧取代戏曲成为中国戏剧舞台主导者的过程，同时也是西方戏剧观念尤其是悲剧观念在中国日益深入人心的过程。当然，我们在这里还是要强调，中国悲剧观念的现代转型，并不是由西方悲剧观念直接取代中国古代悲剧观念，而是两者在碰撞中逐渐融合，最终形成了一种新型的悲剧观念。

二 中国现代悲剧观念的主要特征

在总结中国古代悲剧意识的形态与内涵时，我们概括出了主题的伦理化、人物的符号化、结局的团圆化、类型的混合化、审美的中和化五个方面的特征，并分别进行了分析讨论。而对于中国现代悲剧观念，我们不想这么做。中国现代悲剧观念与中国古代悲剧观念既有区别，又有联系，但它的形态和内涵更加丰富和复杂，不像中国古代悲剧观念那样呈现出模式化特征，可以用线条简明地勾勒出基本的轮廓。中国现代悲剧的类型和风格是多种多样的，有英雄悲剧，也有凡人悲剧；有性格悲剧，也有心理悲剧；有家庭悲剧，也有个人悲剧、社会悲剧；有情节悲剧，也有抒情悲剧、情境悲剧；有现实主义悲剧，也有浪漫主义悲剧、现代主义悲剧……有如此之多的悲剧类型和风格，那么与之相关的悲剧观念必然也是多向的、多元的，如果试图对其具体形态和内涵进行"标准化"总结，简单地用几句话概括其"基本特征"，其结果也只能是大而无当或者以偏概全。有鉴于此，我们索性放弃了这样的冲动，转而从总体上对其进行观照。我们认为，中国现代悲剧观念相对于中国古代悲剧观念，有以下三个方面的主要特征。

首先，是"大团圆"的打破。中国传统的哲学观念、思维模式和文化心理是趋向于圆形的，对于"圆"的追求是中华民族的一个基本情结。在两千多年的封建社会中居于主导地位的儒家思想，讲求的是"中庸"，崇尚的是"温柔敦厚""平和中正",认为"物极必反""过犹不及",要求文学艺术"哀而不伤,乐而不淫"。在这样的文化环境下,中国古代悲剧观念呈现出一种注重伦理道德、追求"大团圆"的显著特征。这种悲剧观念是"发乎情,止乎礼"的,是不走极端的,因此也就很难产生西方那种彻头彻尾的毁灭式悲剧。尽管我们强调过,结局是否"大团圆"不是判定一部戏剧是否为悲剧的主要依据,我们也不能将其作为否定中国古典悲剧的理由,但不可否认的是,"大团圆"情结和创作模式的确弱化了中国古典悲剧的悲剧性,也削弱了中国古代悲剧观念的强度。归根结底,"大团圆"是中国封建制度和思想文化的产物,是中国传统文化心理和思维模式的一个典型代表。而中国悲剧观念的现代转型,正是从打破"大团圆"开始的。事实上,明清时期孟称舜、孔尚任等人的悲剧创作已经对"大团圆"模式有所突破,卓人月、梁廷枏、黄启太等人也对"大团圆"模式提出了批评。到了 20 世纪初,王国维、无涯生、蒋智由等人将西方的"悲剧"概念引入中国,对中国人传统的悲剧观念形成了强烈冲击。以春柳派为代表的中国早期话剧,率先彻底打破"大团圆"模式,创作了一大批以死亡和毁灭为显著特征的话剧作品。虽然很多作品是为了破圆而破圆,思想艺术水平也不高,很难称得上是真正的悲剧,而只能名之曰"惨剧",但不管怎样,"团圆之趣"的打破,仍然是具有非常重要的意义的。从某种意义上说,团圆意味着封闭和保守,而破圆则意味着开放和进步。因此,"大团圆"的打破,不仅是打破了一种戏剧创作模式,更是打破了中国人传统的世界观、人生观和价值观。所谓不破不立,如果不彻底打破根深蒂固的陈旧观念,那么现代文明之风是很难吹进中国人的心中的,因此尽管"大团圆"并非一无是处,但在这样的历史环境下,它是必须要被打破的,否则中国人的现代悲剧观念是无法建立起来的。20世纪20年代，欧阳予倩和田汉的悲剧创作比起早期话剧中的悲剧，在破圆方面就做得自然合理了很多，思想艺术水准有了大幅度提高。30年代曹禺的悲剧创作，不仅全部摈弃了"大团圆"的结局，而且在悲剧性格的塑造和悲剧主题的挖掘上达到了前所未有的深度，再加上艺术表现手法的纯熟运用，使得中国现代悲剧的创作水平达到了全新的高度，开始进入了成熟的阶段。而与悲剧创作互为表里，中国现代悲剧观念也在打破传统的"大团圆"情结后，越来越呈现出一种现代的气质。

其次，是"人"的发现。什么是现代？关于这个问题的答案可能会五花八门甚至互有冲突，但毫无疑问"现代"是一个相对的、动态的概念，不同文化、不同时代对现代的认识肯定会有所不同。但是对于20世纪上半叶的中国社会来说，我们认为现代的最主要体现和最显著标志就是"人"的发现。西方早在此前四百多年的文艺复兴时期就已经发现了"人"，但在中国，这一伟大的革命直到五四新文化运动时期才拉开序幕。文明社会与野蛮社会、现代与传统最根本的区别，就在于是否把人当"人"。鲁迅在《狂人日记》中写道，"我"翻开历史，看见每一页上都写着"仁义道德"，最后从字缝里发现，满本都写着两个字："吃人！"周作人认为，五四新文学是"人的文学"，而中国古典文学是"非人的文学"。兄弟两人的观点虽有偏激之处，却也体现出了他们特有的深刻。我们看中国古典悲剧中的主人公，个个都是仁义道德的化身，似乎完美无缺，但我们看到的只是代表着封建礼教教义的一个个符号，看不到充满个性特征的人物性格，因为他们不是"人"。文学作品中、戏剧舞台上、现实生活里，我们又看到有多少青年男女被封建礼教剥夺了爱情的自由和幸福的权利，甚至剥夺了盛放的生命！这，可以说是中国古典悲剧、古典文学和古代社会中不断上演的最大的悲剧。而中国现代悲剧与古典悲剧最本质的不同，就是"人"与"非人"的差别。从《潘金莲》到《获虎之夜》，从《雷雨》到《原野》，从《屈原》到《风雪夜归人》，中国现代最杰出的悲剧中最震撼人心的，不是死亡和毁灭，而是主人公对于个性自由、人格尊严、自我意志和自我价值的不懈追求，我们从中感受到的，不是道德的图解与宣教，而是人性的崇高与伟大。这才是现代悲剧应有的品格，这里面所体现的，才是真正的现代悲剧观念。

最后，是古今中西的融合。中国悲剧观念的现代转型是在中国知识界和戏剧界全面否定中国古典戏曲、全面学习西方话剧这样一种历史环境下发生的，那么由此而产生的中国现代悲剧观念是否是对西方悲剧观念的全盘照搬呢？我们认为情况不是这样的。从发展态势和总体格局来看，中国现代悲剧观念既没有将中国古代悲剧观念全部扫进历史的垃圾堆，也没有将西方悲剧观念当作金科玉律原封不动地接受下来。在这样一个转型的过程中，中国古代悲剧观念与西方传统悲剧观念、中国古代悲剧观念与西方现代悲剧观念、中国现代悲剧观念与西方传统悲剧观念、中国现代悲剧观念与西方现代悲剧观念、中国现代悲剧观念与中国古代悲剧观念之间构成了五对关系，每一对两两之间都是既有冲突又有调和，既有碰撞又有融合，最终的结果是在多种观念形态的相互交织中，形成了中国现代悲剧观念的成熟形态。中国早期话剧中的悲剧虽然在结构方式上模仿西方传统悲剧，但无论从形式来看还是从思想来看，都是一种不中不西、既不像传统又不是现代的混合与混乱状态，这实际上就是因为中与西、传统与现代之间的关系尚处于初级阶段，各种观念正处于相互碰撞和冲突之中。而在中国现代悲剧逐渐进入成熟阶段后，从代表作家的代表性作品中，我们体会到的是既中又西、既传统又现代，这是一种兼容并蓄、和谐统一、水乳交融。田汉的《名优之死》、曹禺的《北京人》、郭沫若的《屈原》、吴祖光的《风雪夜归人》，即是这样的典范之作。我们对这些作品的思想艺术特色都做过较为细致深入的分析讨论，此处就不再重复了。总之，中国现代悲剧观念是古今中西多种形态的悲剧观念相互交融的产物，它既是现代的，也是中国的。

三　中国悲剧观念现代转型的重要意义

中国悲剧观念的现代转型，是中国社会文化和民族心理从传统向现代转型的组成部分，一方面，它是在整个社会转型的大背景下在各种力量的推动下发生和完成的；而另一方面，它又对社会文化和民族心理产生了反作用力，成为推动社会转型的一个不可忽视的因素。因此我们说，中国悲剧观念的现代转型具有十分重要的意义。对于这种意义，我们一方面应当给予充分的估量和肯定，但另一方面也要本着实事求是的态度，不必将其过分夸大。本此立场，我们将中国悲剧观念现代转型的意义归纳为以下三点。

第一，推动了中国现代悲剧创作的繁荣。在世界范围内，悲剧创作的成就是衡量一个民族或国家文学艺术水平的重要依据，西方几乎每个民族和国家都拥有伟大的悲剧作家与悲剧作品，他们为之而感到极大的自豪。中华民族其实并不缺少悲剧意识，我们能从那些崇高悲壮的远古神话当中强烈地感受到这一点。然而，在两千多年的封建社会中，崇尚中庸的儒家思想和压制人性的封建礼教极大地削弱了中华民族的悲剧意识。虽然中国人也有自己的悲剧观念，中国的古典悲剧也取得了很高的思想艺术成就，但不可否认，我们的悲剧观念和悲剧创作是受到了很大制约的，其强度和力度以及对人的情感与思想的震撼性影响远不如西方。也许正因为如此，中国现代学者普遍认同一点，即中国古典戏曲中是缺乏悲剧的。而与此同时，几乎没有人对中国现代悲剧的存在提出任何质疑。事实上，随着悲剧观念从传统向现代的转变，中国剧作家的"悲剧生产力"得到了极大的释放，中国现代悲剧创作呈现出空前繁荣的局面，这是中国历史上任何时代都不曾出现过的现象，元杂剧和明清传奇最鼎盛的时期也无法与之相比。中国现代悲剧创作的繁荣，其意义不仅在于为中国和世界剧坛贡献了曹禺这样的大悲剧家和《雷雨》这样的经典悲剧作品，更重要的意义在于大大增加了戏剧表现社会人生的深度，大大增强了戏剧对于社会和民众的影响力，使得戏剧在中国文化转型和民族精神重塑的历史进程中发挥了不可替代的作用。

　　第二，促进了中国现代悲剧文学的发达。首先要说明的是，我们这里所说的"悲剧文学"指的是除了作为戏剧类型的悲剧之外的、体现悲剧意识和悲剧精神的、具有悲剧性审美品格的文学作品，包括悲剧小说、悲剧诗歌、悲剧散文等。与戏剧的情形相类似，我们在列举中国现代文学中的经典作品时会发现，悲剧性作品占了绝大多数。仅就小说而言，有老舍的《骆驼祥子》《四世同堂》，巴金的《家》《春》《秋》《寒夜》《憩园》，沈从文的《边城》，萧红的《呼兰河传》，张爱玲的《金锁记》，郁达夫的《沉沦》，路翎的《财主底儿女们》，张恨水的《金粉世家》……单是鲁迅一人就可以列出一个长长的单子：《狂人日记》《阿Q正传》《药》《祝福》《故乡》《伤逝》《孔乙己》《在酒楼上》《孤独者》……可以说，强烈的悲剧色彩，是中国现代文学的一个突出特征。中国古典文学从《诗经》《离骚》发端一直到《桃花扇》《红楼梦》作结，悲剧意识贯穿始终，但很少有像20世纪上半叶的中国现代文学这样集中和浓烈的。也许有人会想到魏晋时期，那也是一个悲剧文学发达的时代，不过我们还是要说，中国现代悲剧文学中所蕴含的悲剧意识的丰富性和深刻性，所表现的悲剧精神的力度和强度，远远超过了魏晋时期。究其原因，我想除了中国近代以来充满悲剧性的国家与民族命运以及对这种命运的反抗这样一个大背景之外，中国悲剧观念的现代转型也是一个不容忽视的原因，而且是一个更为直接的影响源。行动源自观念，中国现代悲剧观念的形成对于中国现代悲剧创作的繁荣和悲剧文学的发达，即使不是唯一的决定因素，至少也是直接产生影响的最为重要的因素之一。

第三，为民族精神注入一股强大的力量。一百多年的中国近现代史，是中国人民反抗重重压迫、寻求独立自主的历史，也是民族精神坍塌与重建的历史。从鸦片战争的震惊到《辛丑条约》的屈辱，从洋务运动的失败到戊戌变法的流产，从封建王朝的覆灭到北洋军阀的混战，中华民族遭遇了前所未有的巨大灾难，陷入了前所未有的痛苦和迷茫，对自己引以为豪的文化传统产生了前所未有的怀疑，民族自信心受到了至深至重的打击，民族精神的根基已经坍塌。中华民族如果不想继续沉沦下去，成为任人欺辱宰割的"劣等民族"直至被开除"球籍"，就必须重塑民族精神。那么，这个民族最缺少、最急需的是什么呢？答案是：悲剧精神！什么是悲剧精神？质而言之，就是面对悲剧命运绝不屈服、抗争到底的精神。中华民族的悲剧意识和悲剧精神虽然源远流长，却随着封建专制制度和"奴才文化"的日益强化而渐次弱化，直至消失殆尽。在西方悲剧观念的直接触动和影响下，中国悲剧观念开始从传统向现代转型。这一转型的进程恰与民族精神重建的进程同步，这不是一种偶然，因为两者之间有着密不可分的关系。从表层来看，中国现代悲剧和悲剧文学通过对悲剧性现实的艺术再现，通过对悲剧主人公坚强不屈的斗争精神和献身精神的热情讴歌，让观众和读者在艺术的世界里得以释放压抑的情感，得到精神的享受和心灵的慰藉，同时也刺痛并唤醒他们被艰难时势销蚀的意志和麻痹的神经，使他们重新鼓起勇气去面对逆境并战而胜之，这就是悲剧艺术的力量。而从深层来看，中国现代悲剧观念的丰富内涵，尤其是对专制和强权的反抗、对人性的赞美、对个性自由的追求、对人格尊严的捍卫、对自我权利的强调等有别于传统民族精神而更富有现代性的内容，则更是为重建中的民族精神注入了新鲜的血液和强大的力量。由于悲剧艺术更容易打动人，更容易对人产生潜移默化的影响，因此它在个人和群体性格塑造中的作用是一般的政治宣传和理性说教所无法比拟的。正如中国现代悲剧观念是一种新型的悲剧观念一样，中华民族精神也在浴火重生后呈现出新的面貌，而现代悲剧精神则是其中最有活力的组成部分。

参考文献

［1］ 袁珂校注：《山海经校注》，上海古籍出版社1980年版。
［2］ 许匡一译注：《淮南子全译》，贵州人民出版社1995年版。
［3］ 周振甫译注：《周易译注》，中华书局1991年版。
［4］ 李民、王健译注：《尚书译注》，上海古籍出版社2004年版。
［5］ 杨天宇译注：《礼记译注》，上海古籍出版社2004年版。
［6］ 杨伯峻译注：《论语译注》，中华书局1980年版。
［7］ 杨伯峻译注：《孟子译注》，中华书局2010年版。
［8］ 陈鼓应：《老子译注及评介》，中华书局1984年版。
［9］ 陈鼓应注译：《庄子今注今译》，中华书局2001年版。
［10］ 王守谦等译注：《左传全译》，贵州人民出版社1990年版。
［11］ 关贤柱等译注：《吕氏春秋全译》，贵州人民出版社1997年版。
［12］ （汉）司马迁：《史记》，中华书局1982年版。
［13］ （汉）班固：《汉书》，中华书局1962年版。
［14］ （汉）班固：《白虎通义》，商务印书馆1937年版。
［15］ （晋）干宝：《搜神记》，中华书局1980年版。
［16］ （唐）吴兢：《贞观政要》，上海古籍出版社2008年版。

［17］（唐）欧阳询：《艺文类聚》，上海古籍出版社1982年版。

［18］（宋）司马光等：《资治通鉴》，中华书局1956年版。

［19］（元）脱脱等：《宋史》，中华书局1977年版。

［20］（清）张廷玉等：《明史》，中华书局1974年版。

［21］赵尔巽等：《清史稿》，中华书局1977年版。

［22］吕思勉：《中国近代史八种》，上海古籍出版社2008年版。

［23］（清）马骕著，王利器整理：《绎史》，中华书局2002年版。

［24］周振甫译注：《诗经译注》，中华书局2002年版。

［25］董楚平译注：《楚辞译注》，上海古籍出版社2009年版。

［26］曹旭：《古诗十九首与乐府诗选评》，上海古籍出版社2002年版。

［27］逯钦立编：《先秦汉魏晋南北朝诗》，中华书局1983年版。

［28］《曹操集》，中华书局1959年版。

［29］《陶渊明集》，中华书局1979年版。

［30］（南北朝）刘勰著，范文澜注：《文心雕龙注》，人民文学出版社2006年版。

［31］（清）彭定求编：《全唐诗》，中华书局1960年版。

［32］曾昭岷等编：《全唐五代词》，中华书局1999年版。

［33］《李白全集》，上海古籍出版社1997年版。

［34］《杜甫全集》，上海古籍出版社1999年版。

［35］《李商隐全集》，上海古籍出版社1999年版。

［36］《白居易全集》，上海古籍出版社1999年版。

［37］《李煜词集》，上海古籍出版社2009年版。

［38］唐圭璋编：《全宋词》，中华书局1965年版。

［39］《苏轼全集》，上海古籍出版社2000年版。

［40］《范仲淹全集》，四川大学出版社2007年版。

［41］（明）施耐庵、罗贯中：《水浒传》，人民文学出版社 1997 年版。
［42］（明）罗贯中：《三国演义》，人民文学出版社 2002 年版。
［43］（明）胡应麟：《诗薮》，上海古籍出版社 1979 年版。
［44］《汤显祖诗文集》，上海古籍出版社 1982 年版。
［45］《吴梅村全集》，上海古籍出版社 1990 年版。
［46］（清）曹雪芹、高鹗：《红楼梦》，人民文学出版社 2000 年版。
［47］（清）刘鹗：《老残游记》，人民文学出版社 2000 年版。
［48］任继愈主编：《中国哲学史》，人民出版社 2003 年版。
［49］汤一介、李中华主编：《中国儒学史》，北京大学出版社 2011 年版。
［50］张君劢：《新儒家思想史》，中国人民大学出版社 2006 年版。
［51］任继愈主编：《中国道教史》，上海人民出版社 1989 年版。
［52］任继愈主编：《中国佛教史》，中国社会科学出版社 2009 年版。
［53］葛兆光：《中国禅思想史——从 6 世纪到 9 世纪》，北京大学出版社 1995 年版。
［54］匡亚明：《孔子评传》，南京大学出版社 2005 年版。
［55］杨泽波：《孟子评传》，南京大学出版社 2004 年版。
［56］陈鼓应、白奚：《老子评传》，南京大学出版社 2001 年版。
［57］颜世安：《庄子评传》，南京大学出版社 2006 年版。
［58］王凯：《逍遥游——庄子美学的现代阐释》，武汉大学出版社 2003 年版。
［59］李泽厚：《中国古代思想史论》，人民出版社 1986 年版。
［60］李泽厚：《中国近代思想史论》，人民出版社 1979 年版。

［61］李泽厚：《中国现代思想史论》，人民出版社1987年版。
［62］陈来：《宋明理学》，华东师范大学出版社2004年版。
［63］容肇祖：《明代思想史》，齐鲁书社1992年版。
［64］《古代礼制风俗漫谈》，中华书局1992年版。
［65］［古希腊］亚里士多德著，罗念生译：《诗学》，人民文学出版社1982年版。
［66］［德］黑格尔：《美学》，商务印书馆1996年版。
［67］［德］黑格尔：《历史哲学》，生活·读书·新知三联书店1956年版。
［68］［德］黑格尔：《小逻辑》，商务印书馆1980年版。
［69］［德］叔本华：《作为意志和表象的世界》，商务印书馆1997年版。
［70］《马克思恩格斯全集》，人民出版社1985年版。
［71］《别林斯基选集》，上海译文出版社1980年版。
［72］《卢卡契文学论文集》，中国社会科学出版社1981年版。
［73］《弗洛伊德论美文选》，知识出版社1987年版。
［74］［德］弗洛姆：《逃避自由》，上海文学杂志社1986年版。
［75］［法］拉法格著，王子野译：《思想起源论》，生活·读书·新知三联书店1978年版。
［76］［英］汤因比著，曹未风等译：《历史研究》，上海人民出版社1986年版。
［77］［英］凯伦·阿姆斯特朗著，胡亚幽译：《神话简史》，重庆出版社2005年版。
［78］闻一多：《神话与诗》，上海人民出版社2006年版。
［79］谢选骏：《神话与民族精神》，山东文艺出版社1987年版。
［80］［英］海伦·加德纳：《宗教与文学》，四川人民出版社1989年版。

[81][法]丹纳著,傅雷译:《艺术哲学》,人民文学出版社1963年版。

[82][英]罗宾·乔治·科林伍德:《艺术原理》,中国社会科学出版社1985年版。

[83][英]拉曼·塞尔登编,刘象愚、陈永国等译:《文学批评理论——从柏拉图到现在》,北京大学出版社2003年版。

[84][法]让·贝西埃等编,史忠义译:《诗学史》,百花文艺出版社2002年版。

[85][美]韦勒克、沃伦著,刘象愚等译:《文学理论》,生活·读书·新知三联书店1984年版。

[86]顾祖钊:《文学原理新释》,人民文学出版社2000年版。

[87]胡经之、王岳川主编:《文艺学美学方法论》,北京大学出版社1994年版。

[88]伍蠡甫、胡经之主编:《西方文艺理论名著选编》,北京大学出版社1985—1987年版。

[89]《古典文艺理论译丛》,人民文学出版社1961—1966年版。

[90]胡经之主编:《中国古典文艺学丛编》,北京大学出版社2001年版。

[91]胡经之:《文艺美学》,北京大学出版社1999年版。

[92]叶朗:《美学原理》,北京大学出版社2009年版。

[93]彭吉象:《艺术学概论》,北京大学出版社2006年版。

[94]朱光潜:《文艺心理学》,复旦大学出版社2005年版。

[95]《朱光潜美学论文集》,上海文艺出版社1982年版。

[96]宗白华:《美学与意境》,人民出版社1987年版。

[97]宗白华:《艺境》,安徽教育出版社2006年版。

[98]李泽厚:《美的历程》,中国社会科学出版社1989年版。

[99]李泽厚、刘纲纪主编:《中国美学史》,中国社会科学出版

社 1987 年版。
- [100] 张法：《中西美学与文化精神》，北京大学出版社 1994 年版。
- [101] 张法：《中国美学史》，上海人民出版社 2000 年版。
- [102] 《王国维文学论著三种》，商务印书馆 2001 年版。
- [103] 《王国维文学美学论著集》，北岳文艺出版社 1987 年版。
- [104] 叶嘉莹：《王国维及其文学批评》，河北教育出版社 2000 年版。
- [105] 佛雏：《王国维诗学研究》，北京大学出版社 1999 年版。
- [106] 《鲁迅选集》，人民文学出版社 1983 年版。
- [107] 钱念孙：《朱光潜与中西文化》，安徽教育出版社 1995 年版。
- [108] 唐君毅：《人文精神之重建》，广西师范大学出版社 2005 年版。
- [109] 唐君毅：《中国文化之精神价值》，广西师范大学出版社 2005 年版。
- [110] 徐复观：《中国文学精神》，上海书店出版社 2004 年版。
- [111] 徐复观：《中国艺术精神》，华东师范大学出版社 2001 年版。
- [112] 黄永武：《中国诗学》，台湾巨流图书公司 1979 年版。
- [113] 余虹：《中国文论与西方诗学》，生活・读书・新知三联书店 1999 年版。
- [114] 朱东润：《中国文学批评史大纲》，上海古籍出版社 2001 年版。
- [115] 温儒敏：《中国现代文学批评史》，北京大学出版社 1993 年版。
- [116] 张少康：《中国文学理论批评史教程》，北京大学出版社

1999年版。
[117] 郑克鲁主编：《外国文学史》，高等教育出版社1999年版。
[118] 朱维之、赵澧、崔宝衡主编：《外国文学史》，南开大学出版社2004年版。
[119] 蒋承勇：《世界文学史纲》，复旦大学出版社2008年版。
[120] 刘大杰：《中国文学发展史》，百花文艺出版社2007年版。
[121] 游国恩、王起等主编：《中国文学史》，人民文学出版社2002年版。
[122] 袁行霈主编：《中国文学史》，高等教育出版社2005年版。
[123] 陈子展：《中国近代文学之变迁·最近三十年中国文学史》，上海古籍出版社2000年版。
[124] 司马长风：《中国新文学史》，香港昭明出版社1978年版。
[125] 钱理群、温儒敏、吴福辉：《中国现代文学三十年》，北京大学出版社1998年版。
[126] 雷达、赵学勇、程金城主编：《中国现当代文学通史》，甘肃人民出版社2006年版。
[127] 冯光廉主编：《中国近百年文学体式流变史》，人民文学出版社1999年版。
[128] 李达三、罗刚主编：《中外比较文学的里程碑》，人民文学出版社1997年版。
[129] 王瑶：《中国文学史论》，北京大学出版社1986年版。
[130] 王瑶主编：《中国文学研究现代化进程》，北京大学出版社1998年版。

[131] 陈平原主编：《中国文学研究现代化进程二编》，北京大学出版社 2002 年版。
[132] 《中国文学古今演变研究论集》，上海古籍出版社 2002 年版。
[133] 王一川：《中国现代性体验的发生》，北京师范大学出版社 2001 年版。
[134] 郑家建：《中国文学现代性的起源语境》，上海三联书店 2002 年版。
[135] 杨联芬：《晚晴至五四：中国文学现代性的发生》，北京大学出版社 2003 年版。
[136] 赵恒瑾：《中国新文学的现代性追求》，学林出版社 2006 年版。
[137] 罗成琰：《百年文学与传统文化》，湖南教育出版社 2002 年版。
[138] ［德］莱辛：《汉堡剧评》，上海译文出版社 1981 年版。
[139] ［英］阿·尼柯尔：《西欧戏剧理论》，中国戏剧出版社 1985 年版。
[140] ［美］约翰·霍华德·劳逊：《戏剧与电影的剧作理论与技巧》，中国电影出版社 1961 年版。
[141] ［德］曼弗雷德·普菲斯特著，周靖波、李安定译：《戏剧理论与戏剧分析》，北京广播学院出版社 2004 年版。
[142] ［德］彼得·斯丛狄著，王建译：《现代戏剧理论》，北京大学出版社 2006 年版。
[143] 周宁主编：《西方戏剧理论史》，厦门大学出版社 2008 年版。
[144] 周靖波主编：《西方剧论选》，北京广播学院出版社 2003 年版。

[145] 余秋雨：《戏剧理论史稿》，上海文艺出版社1983年版。
[146] 《中国古典戏曲论著集成》，中国戏剧出版社1959年版。
[147] 俞为民、孙蓉蓉主编：《历代曲话汇编——新编中国古典戏曲论著集成》，黄山书社2006—2009年版。
[148] 吴毓华编：《中国古代戏曲序跋集》，中国戏剧出版社1990年版。
[149] 陈多、叶长海选注：《中国历代剧论选注》，上海古籍出版社2010年版。
[150] 谭帆、陆炜：《中国古典戏剧理论史》，华东师范大学出版社2005年版。
[151] 朱恒夫主编：《中国戏曲美学》，南京大学出版社2008年版。
[152] 曹其敏：《戏剧美学》，人民出版社1991年版。
[153] 孟昭毅：《东方戏剧美学》，经济日报出版社1997年版。
[154] 周靖波主编：《中国现代戏剧序跋集》，北京广播学院出版社2003年版。
[155] 季玢编：《中国现代戏剧理论经典》，苏州大学出版社2008年版。
[156] 焦尚志：《中国现代戏剧美学思想发展史》，东方出版社1995年版。
[157] 胡星亮：《二十世纪中国戏剧思潮》，江苏文艺出版社1995年版。
[158] 宋宝珍：《残缺的戏剧翅膀——中国现代戏剧理论批评史稿》，北京广播学院出版社2002年版。
[159] 刘明今：《中国分体文学学史·戏剧学卷》，山西教育出版社2013年版。
[160] 钱南扬校注：《永乐大典戏文三种校注》，中华书局1979

年版。

[161] （明）臧懋循编：《元曲选》，中华书局 1958 年版。

[162] 隋树森编：《元曲选外编》，中华书局 1959 年版。

[163] （明）毛晋编：《六十种曲》，中华书局 1958 年版。

[164] 郑正铎主编：《古本戏曲丛刊》，商务印书馆、上海古籍出版社等 1953—1986 年版。

[165] 徐沁君校注：《新校元刊杂剧三十种》，中华书局 1980 年版。

[166] 宁希元校注：《元刊杂剧三十种新校》，兰州大学出版社 1988 年版。

[167] 张月中、王钢主编：《全元曲》，中州古籍出版社 1996 年版。

[168] 王季思主编：《全元戏曲》，人民文学出版社 1999 年版。

[169] （明）冯梦龙编：《墨憨斋定本传奇》，中国戏剧出版社 1960 年版。

[170] 刘世珩编：《暖红室汇刻传奇》，江苏广陵古籍刻印社 1990 年版。

[171] （清）钱德苍编：《缀白裘》，中华书局 1957 年版。

[172] 傅惜华编：《元代杂剧全目》，作家出版社 1957 年版。

[173] 傅惜华编：《明代杂剧全目》，作家出版社 1958 年版。

[174] 傅惜华编：《明代传奇全目》，作家出版社 1959 年版。

[175] 傅惜华编：《清代杂剧全目》，人民文学出版社 1981 年版。

[176] 蒋星煜主编：《元曲鉴赏辞典》，上海辞书出版社 1990 年版。

[177] 蒋星煜、齐森华、赵山林主编：《明清传奇鉴赏辞典》，上海辞书出版社 2004 年版。

［178］李汉秋、袁有芬编：《关汉卿研究资料》，上海古籍出版社1988年版。

［179］毛效同编：《汤显祖研究资料汇编》，上海古籍出版社1986年版。

［180］徐扶明编著：《牡丹亭研究资料考释》，上海古籍出版社1987年版。

［181］叶长海主编：《长生殿：演出与研究》，上海文艺出版社2009年版。

［182］蒋星煜：《〈桃花扇〉研究与欣赏》，上海人民出版社2008年版。

［183］阿英编：《晚清文学丛钞·小说戏曲研究卷》，中华书局1960年版。

［184］王国维：《宋元戏曲史》，商务印书馆1915年版。

［185］［日］青木正儿著，王古鲁译：《中国近世戏曲史》，商务印书馆1936年版。

［186］徐慕云：《中国戏剧史》，世界书局1938年版。

［187］周贻白：《中国戏剧史长编》，人民文学出版社1960年版。

［188］张庚、郭汉城主编：《中国戏曲通史》，中国戏剧出版社1980年版。

［189］廖奔、刘彦君：《中国戏曲发展史》，山西教育出版社2003年版。

［190］余秋雨：《中国戏剧史》，上海教育出版社2006年版。

［191］李修生、赵义山主编：《中国分体文学史·戏曲卷》，上海古籍出版社2001年版。

［192］赵建新、田广等：《中国戏剧简史》，兰州大学出版社2008年版。

［193］任半塘：《唐戏弄》，作家出版社 1968 年版。
［194］薛瑞兆：《宋金戏剧史稿》，生活·读书·新知三联书店 2005 年版。
［195］李修生：《元杂剧史》，江苏古籍出版社 1996 年版。
［196］郭英德：《明清传奇史》，人民文学出版社 2012 年版。
［197］李简：《元明戏曲》，北京大学出版社 2003 年版。
［198］胡忌、刘致中：《昆剧发展史》，中国戏剧出版社 1989 年版。
［199］张庚主编：《中国近代文学大系·戏剧集》，上海书店出版社 1995 年版。
［200］洪深编选：《中国新文学大系·戏剧集》，上海良友图书公司 1935 年版。
［201］《中国新文学大系 1927—1937·戏剧集》，上海文艺出版社 1985 年版。
［202］《中国新文学大系 1937—1949·戏剧卷》，上海文艺出版社 1990 年版。
［203］董健主编：《中国现代戏剧总目提要》，南京大学出版社 2003 年版。
［204］《中国话剧运动五十年史料集》，中国戏剧出版社 1958—1963 年版。
［205］刘厚生、胡可、徐晓钟主编：《中国话剧百年剧作选》，中国对外翻译出版公司 2007 年版。
［206］程凯华、邹琦新编：《中国话剧辞典》，湖南师范大学出版社 2000 年版。
［207］路闻捷、石宏图、贾克勤主编：《中国戏剧家大辞典》，中国戏剧出版社 2003 年版。
［208］《欧阳予倩全集》，上海文艺出版社 1990 年版。

[209]《欧阳予倩戏剧论文集》,上海文艺出版社1984年版。
[210]《田汉剧作选》,人民文学出版社1955年版。
[211]《田汉论创作》,上海文艺出版社1983年版。
[212] 何寅泰、李达三:《田汉评传》,湖南人民出版社1984年版。
[213] 吴新嘉编:《中国当代文学研究资料·田汉专集》,江苏人民出版社1984年版。
[214] 陈瘦竹:《论田汉的话剧创作》,上海文艺出版社1961年版。
[215]《曹禺全集》,花山文艺出版社1996年版。
[216]《曹禺论创作》,上海文艺出版社1986年版。
[217] 田本相:《曹禺传》,北京十月文艺出版社1988年版。
[218] 田本相:《曹禺评传》,重庆出版社1991年版。
[219] 田本相、胡叔和编:《曹禺研究资料》,中国戏剧出版社1991年版。
[220] 朱栋霖:《论曹禺的戏剧创作》,人民文学出版社1986年版。
[221] 钱理群:《大小舞台之间:曹禺戏剧新论》,浙江文艺出版社1994年版。
[222] 朱君、潘晓曦、星岩:《阳光天堂:曹禺戏剧的黄金梦想》,广西师范大学出版社2006年版。
[223]《郭沫若剧作全集》,中国戏剧出版社1982年版。
[224]《郭沫若论创作》,上海文艺出版社1983年版。
[225] 王训昭、卢正言等编:《郭沫若研究资料》,知识产权出版社2010年版。
[226] 陈鉴昌:《郭沫若历史剧研究》,四川大学出版社2009年版。

［227］《夏衍剧作选》，中国戏剧出版社 1984 年版。
［228］《夏衍论创作》，上海文艺出版社 1982 年版。
［229］《吴祖光剧作选》，中国戏剧出版社 1981 年版。
［230］《吴祖光论剧》，中国戏剧出版社 1981 年版。
［231］陈白尘、董健主编：《中国现代戏剧史稿》，中国戏剧出版社 2008 年版。
［232］葛一虹主编：《中国话剧通史》，文化艺术出版社 1997 年版。
［233］郭富民：《插图中国话剧史》，济南出版社 2003 年版。
［234］宋宝珍：《世界艺术史·戏剧卷》，东方出版社 2003 年版。
［235］刘彦君：《东西方戏剧进程》，文化艺术出版社 2005 年版。
［236］廖可兑：《西欧戏剧史》，中国戏剧出版社 2005 年版。
［237］郑传寅、黄蓓：《欧洲戏剧史》，北京大学出版社 2008 年版。
［238］陈世雄：《欧美现代戏剧史》，文化艺术出版社 2010 年版。
［239］田本相主编：《中国现代比较戏剧史》，文化艺术出版社 1993 年版。
［240］李强：《中西戏剧交流史》，人民音乐出版社 2002 年版。
［241］董健、马俊山：《戏剧艺术十五讲》，北京大学出版社 2004 年版。
［242］周安华主编：《戏剧艺术通论》，南京大学出版社 2005 年版。
［243］施旭升：《戏剧艺术原理》，中国传媒大学出版社 2006 年版。

[244] 谭霈生：《戏剧本体论》，北京大学出版社2009年版。
[245] 谭霈生：《论戏剧性》，北京大学出版社2009年版。
[246] 吴梅：《中国戏曲概论》，江苏文艺出版社2008年版。
[247] 傅瑾：《中国戏剧艺术论》，山西教育出版社2003年版。
[248] 江巨荣：《古代戏曲思想艺术论》，学林出版社1995年版。
[249] 吕效平：《戏曲本质论》，南京大学出版社2003年版。
[250] 郑传寅：《中国戏曲文化概论》，武汉大学出版社2003年版。
[251] 郑传寅：《古代戏曲与东方文化》，武汉大学出版社1997年版。
[252] 施旭升：《中国戏曲审美文化论》，北京广播学院出版社2002年版。
[253] 程华平：《中国小说戏曲理论的近代转型》，华东师范大学出版社2001年版。
[254] 牛国玲：《中外戏剧美学比较简论》，中国戏剧出版社1994年版。
[255] 彭修银：《中西戏剧美学思想比较研究》，武汉出版社1994年版。
[256] 姚文放：《中国戏剧美学的文化阐释》，中国人民大学出版社1997年版。
[257] 傅谨：《二十世纪中国戏剧的现代性与本土化》，台北"国家出版社"2005年版。
[258] 黄爱华：《20世纪中外戏剧比较论稿》，浙江大学出版社2006年版。
[259] 何辉斌：《戏剧性戏剧与抒情性戏剧：中西戏剧比较研究》，中国社会科学出版社2004年版。

[260] 周慧华、宋宝珍：《西方戏剧史通论》，浙江大学出版社 2008 年版。

[261] 蓝凡：《中西戏剧比较论》，学林出版社 2008 年版。

[262] 曹萌：《中国古典戏剧的传播与影响》，中国社会科学出版社 2006 年版。

[263] 康保成：《中国古代戏剧形态与佛教》，东方出版中心 2004 年版。

[264] 胡明伟：《中国早期戏剧观念研究》，学苑出版社 2005 年版。

[265] 高益荣：《元杂剧的文化精神阐释》，中国社会科学出版社 2005 年版。

[266] 么书仪：《晚清戏曲的变革》，人民文学出版社 2006 年版。

[267] 郑正秋、张冥飞：《新剧考证百出》，上海中华图书集成公司 1919 年版。

[268] 陈大悲：《爱美的戏剧》，北京晨报社 1922 年版。

[269] 《宋春舫论剧》，中华书局 1923—1936 年版。

[270] 田根胜：《近代戏剧的传承与开拓》，上海三联书店 2005 年版。

[271] 胡星亮：《中国话剧与中国戏曲》，学林出版社 2000 年版。

[272] 欧阳予倩：《话剧、新歌剧与中国戏剧艺术传统》，上海文艺出版社 1959 年版。

[273] 袁国兴：《中国话剧的孕育与生成》，中国戏剧出版社 2000 年版。

[274] 廖奔：《东西方戏剧的对峙与解构》，上海辞书出版社 2007 年版。

[275] 胡星亮:《现代戏剧与现代性》,人民文学出版社 2007 年版。

[276] 黄爱华:《从传统到现代:多维视野中的中国戏剧研究》,人民文学出版社 2009 年版。

[277] [德] 尼采著,周国平译:《悲剧的诞生》,生活·读书·新知三联书店 1986 年版。

[278] [德] 卡尔·雅斯贝尔斯著,亦春译:《悲剧的超越》,中国工人出版社 1988 年版。

[279] [丹麦] 索伦·克尔凯郭尔等:《悲剧:秋天的神话》,中国戏剧出版社 1992 年版。

[280] [英] 雷蒙·威廉斯著,丁尔苏译:《现代悲剧》,译林出版社 2007 年版。

[281] 程孟辉:《西方悲剧学说史》,中国人民大学出版社 1994 年版。

[282] 朱光潜:《悲剧心理学》,安徽教育出版社 1996 年版。

[283] 佴荣本:《悲剧美学》,江苏文艺出版社 1994 年版。

[284] [古希腊] 埃斯库罗斯等著,张竹明、王焕生译:《古希腊悲剧喜剧全集》,译林出版社 2007 年版。

[285] 陈洪文、水建馥选编:《古希腊三大悲剧家研究》,中国社会科学出版社 1986 年版。

[286] [英] 莎士比亚著,朱生豪译:《莎士比业悲剧集》,中央编译出版社 2009 年版。

[287] 王维昌:《莎士比亚研究》,安徽大学出版社 1999 年版。

[288] 张丽:《莎士比亚戏剧分类研究》,中国社会科学出版社 2009 年版。

[289] 王季思主编:《中国十大古典悲剧集》,齐鲁书社 1991 年版。

[290]《中国古典悲剧喜剧论集》,上海文艺出版社1983年版。
[291] 谢柏梁:《中国悲剧史纲》,学林出版社1993年版。
[292] 谢柏梁:《世界悲剧文学史》,上海文艺出版社1995年版。
[293] 谢柏梁:《世界古典悲剧史》,中国戏剧出版社2004年版。
[294] 谢柏梁:《世界近代悲剧史》,中国戏剧出版社2004年版。
[295] 杨建文:《中国古典悲剧史》,武汉出版社1994年版。
[296] 张文澍:《元曲悲剧探微》,中华书局2008年版。
[297] 焦文彬:《中国古典悲剧论》,西北大学出版社1990年版。
[298] 王宏维:《命定与抗争——中国古典悲剧及悲剧精神》,生活·读书·新知三联书店1996年版。
[299] 熊元义:《回到中国悲剧》,华文出版社1998年版。
[300] 熊元义:《中国悲剧引论》,解放军文艺出版社2007年版。
[301] 任生名:《西方现代悲剧论稿》,上海外语教育出版社1998年版。
[302] 张法:《中国文化与悲剧意识》,中国人民大学出版社1989年版。
[303] 尹鸿:《悲剧意识与悲剧艺术》,安徽教育出版社1992年版。
[304] 邱紫华:《悲剧精神与民族意识》,华中师范大学出版社2000年版。
[305] 赵凯:《悲剧与人类意识》,学林出版社2009年版。
[306] 周春生:《悲剧精神与欧洲思想文化史论》,上海人民出

版社 1999 年版。
[307] 王光文:《中国古典文学的悲剧精神》,江苏教育出版社 2006 年版。
[308] 章泯:《悲剧论》,商务印书馆 1936 年版。
[309] 陈瘦竹、沈蔚德:《论悲剧与喜剧》,上海文艺出版社 1983 年版。
[310] 朱克玲:《悲剧与喜剧》,文化艺术出版社 1985 年版。
[311] 黄药眠、童庆炳主编:《中西比较诗学体系·中国现代悲剧意识与西方悲剧传统》,人民文学出版社 1991 年版。
[312] 焦文彬:《历史的艺术反思:中国古典悲剧自觉意识到的历史内容》,陕西师范大学出版社 1998 年版。
[313] 时晓丽:《中西悲剧理论比较》,西北大学出版社 2001 年版。
[314] 佴荣本:《文艺美学范畴研究:论悲剧与喜剧》,南京大学出版社 2002 年版。
[315] 王列耀:《基督教文化与中国现代戏剧的悲剧意识》,上海三联书店 2002 年版。
[316] 向宝云:《曹禺悲剧美学思想研究》,电子科技大学出版社 2004 年版。
[317] 郭玉生:《悲剧美学:历史考察与当代阐释》,社会科学文献出版社 2006 年版。
[318] 马小朝:《历史与人伦的痛苦纠缠——比较研究中西悲剧精神的审美意蕴》,中国社会科学出版社 2008 年版。